無語凝噎

姜玥敏 著

目次

第一章
這個雪夜如夢似幻

一

一九八〇年的最後一天，整個白天都陰霾沉沉，藩城彷彿還浸淫在昨夜的夢裡。但給人的感覺還是相當溫暖的。風很微弱，蒼白的冬陽上午還短暫地露過幾次臉，中午起就深囚於逐漸增厚的雲層中，掙不出來了。天色因此比平時暗得早，到秦義飛從食堂吃過晚飯回寢室的時候，大院裡已經黑透了。

他坐在岑寂的辦公桌前，發了好一會呆，不知道該怎麼打發接下來的漫漫長夜。每天的這個時候都是最讓他感覺到無聊和孤獨的。頭腦有點昏沉，心裡空落落的，但睡覺時間還早得很。看點書吧，一時還打不起精神。走親訪友吧，對於一個剛從下面縣裡借調上來沒多久的孤家寡人，亦無從談起。

這時，秦義飛忽然注意到窗玻璃上細微的沙沙聲，和漆黑的院子裡那翻飛在昏黃路燈光暈中微弱的亮點。他俯向窗玻璃，詫異而又有幾分欣喜地發覺外面正在下雪。而且那雪的來頭還不算小。往上看，窗外的天空更陰沉了，彷彿有誰拿墨汁將天幕瞎塗亂染了一氣。

家鄉該也在下雪吧？秦義飛悶悶地想：雪花就像一條大被子，把屋子和世界都包裹得嚴嚴實實啦。哦，這樣的夜晚！這麼靜，這麼美，連一絲半點風聲都聽不到。要是整個世界就此讓雪給凍住了，從此永遠定格在這個時間，這個樣子上，那冰雕玉砌，玉樹瓊花，普天銀光，豈不就成了個（未免有些陰森的）夢幻世界了嗎？而人也定格了，定格於此時此刻的那個年齡，老到七老八十的從此得以不死，小到牙牙學語的從此不會長大，因而也不用去上學、做工，永遠做年輕父母懷抱中的乖寶寶。其他人呢？該上班的上班，該享受的享受，該當總統的還當總統，該當叫花子的還當花子，總之一切都永久維持在原狀上。那局面，雖然遠不夠公平，遠不能皆大歡喜，其實也還是相當理想的呢——起碼，誰都不用再吃苦、受罪，更不必再惶恐於衰老乃至死亡的威脅，豈不真成了不是夢幻、勝似夢幻的人間天國？

他驀地打了個寒顫，為自己的念頭感到一絲古怪。可是，剛離開窗前，卻意外地聽到寢室門上似乎被人敲了兩下。聲音怯怯的，若有若無。這時候會有什麼人上門來呢？怕是自己的錯覺吧？可是，門聲又響起來，還是兩下，卻比先前響了些，而且分外真切。

「誰呀？」問話的同時，他上前擰開了門。但隨即又本能地倒退了一步。

門口出現一個穿著件紫紅底、黑隱條布質棉襖的女孩，笑吟吟而又帶著幾分羞澀地看定了他。而她那烏亮的瞳仁裡，剛好清楚地映現出吊在頭頂的白熾燈溫暖的光澤，和秦義飛有幾分迷惑的臉龐。她那有些蓬鬆的頭髮上還沾著幾絮未融的雪花，蒼白的面頰和鼻翼上，則如晨露般凝著幾點雪花融化而成的小水珠。

秦義飛的心呼呼作響：「你是找我的嗎？」

話出口的剎那，他已經認出了她：「徐曉彗！」

女孩微微點了點頭，秦義飛不由自主便側過身子，將她讓進了門。同時，他下意識地探出頭去，向樓道兩旁飛速地掃了一眼。樓道裡黯寂如故，只是他門前的地板上留下一小灘淺淺的水漬和幾個殘存著雪跡的淡淡的腳印。

秦義飛腦海中倏地閃亮了一下——今晨他出門時，曾注意到門前有一小灘泥跡和一長溜蔓延開去、深淺不一的腳印。當時他十分迷惑，昨天下過點毛毛雨，外面是比較濕滑的。但卻並沒有任何人來找過自己，怎麼會有腳印留在自己門前？難道就是眼前這多少有幾分神祕的女孩的？

他想關門，卻又遲疑了一下；不關，又覺得不太妥當，於是將門輕輕掩上。不料，那女孩的胳膊似乎不經意地往後一靠，喀嗒，門鎖被她碰上了。

二

粉碎四人幫後第一年，一九七七年夏天，國家恢復了高考。而此時的秦義飛剛好從藩城地區師專物理系畢業。儘管熱愛自己的專業，並且學習成績相當突出，但他留校的願望還是落了空。按照哪裡來哪裡去的原則，他被一刀切分配回澤溪縣去，在城郊中學教初中物理。

本來，他也沒什麼奢望，打算就在家鄉平靜地混一輩子算了。父母都吃了一輩子粉筆灰，自己也算是子承父業吧。然而，畢竟時代已是如此地不同了，風生水起的改革開放大勢，恰如潮水一般，給年輕人裹挾來無窮的機遇。中央召開的全國科技大會，又如春風化雨，催生了地區科技局的誕生。

科技局設立了旨在普及科學知識，煥發群眾尊重知識、學習科技熱情的科技館。從小就崇拜高士其、迷戀《十萬個為什麼》和儒勒·凡爾納系列作品等科幻、科普類作品的秦義飛，授課之餘曾嘗試著寫過幾篇科幻小說和科普小品，有一篇科幻小說還上了省科技館出版的《科普天地》，並被《藩城日報》選用了好幾篇科普小品。沒想到就此引起地區科技館的重視，一九八〇年元旦剛過，一紙公文發到了澤溪縣城郊中學，將秦義飛借調到科技館宣傳科工作。

雖然科技館初創不久，編制尚緊，但汪館長在試用了他幾個月之後，明確向秦義飛承諾，向行署編辦申請的新編制隨時會下來。到時候，將優先辦理秦義飛的調動。

草創之初的科技館和地區科技局都擠在同一座頗有些年頭的老院落裡。據說這裡原先是晚清一位藩城著名畫家的私宅。院子倒是不小，新粉刷的圍牆圈出一塊上百畝的天地和一座長方形的四層大樓——這就是科技局和科技館的辦公大樓。寬敞的院門後有東西兩排廂房，現在是科技局的傳達室和後勤科用房。局裡有兩名炊事員的小食堂和水房也設在這裡。

前院最美麗的風景是那兩棵至少有百多年樹齡的老樟樹，翁鬱挺拔，歷經滄桑依然活得生機勃勃，且終年飄溢著特有的清香。後院小一些，卻相當精緻。花窗假山一如既往，一小溜粉牆雖然青苔斑駁，反襯出一種特別的韻味。花草滿徑的碎石小道曲曲彎彎地漫上一座小土丘，丘上的「清秋亭」有待修葺且已塌了一個角，但老畫家手書的那三個蒼勁飽滿的大字依然清晰可辯。

平時，在食堂吃過晚飯後，秦義飛常常獨自登上後院的清秋亭，有時還攀上亭後的土山頂端，久久眺望院牆外的風光，心中隱約驛動著蠢蠢的豪情。

科技館樓房不高，院落裡的樹木又很密集，因此樓裡的採光就成了問題，白天都常常需要開燈的樓道，陰冷而潮濕，其長度差不多相當於兩三節連接在一起的火車車廂。「車廂」的通道尚算寬敞，面對面排列著兩排每間二十平米左右的房間。

秦義飛就棲身於西邊倒數第二間朝南的辦公室裡。房間靠窗處放著張辦公桌，邊上有兩張黃褐色的舊皮沙發和一個漆皮差不多磨盡了的木茶几。緊挨沙發處安了一張床，床對面則是兩個鐵皮文件櫃。床自然是秦義飛的，那張辦公桌卻是汪館長的。秦義飛所在的宣傳科連他共擠了三個人，加上資料櫃之類，因此不可能再放下一張床。秦義飛初來的兩個月睡的都是地鋪。後來汪館長就讓他在自己獨用的辦公室安了張木床。白天他把被褥卷起來放上檔櫃頂，汪館長下班後再拿下來鋪在床上。館長辦公室就成了他的「家」。

三

三天前的下午，因為是週末，手頭沒什麼事，汪館長又出差不在，秦義飛就溜回住處看書。就在這時，那女孩出現在門口。

聽到響動，秦義飛轉過身來，兩人的目光剛好撞在一起。女孩明顯怔了一下，隨即哈了哈腰：「館長，你好。」

秦義飛趕緊聲明館長不在，自己是宣傳科的，暫住在這裡而已。並問女孩找館長有什麼事。女孩的神情輕鬆了許多，她吐了下舌頭，眸子閃閃地嬉笑道：「我說這個館長怎麼這麼年輕呢。」

秦義飛招呼她坐，她也就大大方方地在秦義飛對面坐了下來，說：「我來這裡是想看看，你們有沒有什麼科普方面的資料。天文、地理，或者百科知識之類，隨便什麼都可以；有的話我想借一些，或者買一些……不，雖然我平時也喜歡看些亂七八糟的東西，想些怪七怪八的問題，但我今天是為我父親來的。他在廠裡出了工傷，躺在床上兩個多月了。你可以想像他有多麼無聊。他平時什麼愛好也沒有，就是特別喜歡這類知識，而且還寫了不少科普文章。他還在《藩城日報》發表過好些篇作品呢。」

「哦，請問你父親叫什麼名字？說不定我也看過他的文章呢？」

「他叫徐方向。發表文章時就叫方向。」

哦！秦義飛立刻想起了方向這個名字。《藩城日報》的科技版他是常看的，方向這個名字又很大氣，所以容易記住。但印象中這個方向。發表的似乎都是些有關生活或科技類的小知識，如吃蘋果削皮好還是不削皮好，扇子或房子是誰發明的，一年二十四節氣的來歷之類。但他還是表示讚許地點頭道：「是有印象，我看過他不少文章。」

「這麼說，你又是科技館的，一定也寫過好多文章吧？你能告訴我你的名字嗎？說不定我也看過你的文章呢？」

「我叫秦義飛。文章嘛，倒也算是寫過點。筆名就叫義飛。」

女孩一下子挺直起了身子：「真是太榮幸了，原來你就是義飛老師啊？一點不騙你，我就是看過你的文章。你寫的才真叫科普文章呢。尤其是一篇關於彗星的文章，我還把它剪下來了。因為我從小就對彗星有一種特別特別的感情。我的名字叫徐曉彗。原來不是彗星的彗，而是智慧的慧。高一時我自作主張把它改成了彗星的彗……你還不能理解嗎？彗星的形象多麼美妙呵？其他星辰看上去都亮晶晶的，其實卻傻傻地、一覽無餘地天天待在原地，千年萬年，寸步不移，太沒勁了……」

「我可以插你一句嗎？星辰可不是一動不動的。浩瀚宇宙中就沒有靜止的物體。所有星辰，一切天體，不管是恆星還是行星，還有哪怕是細小到肉眼根本無法辨識的塵埃，每時每刻都在劇烈地永恆地運動著，旋轉著、變化著，分裂著或積聚著，循環往復，乃至無窮。所謂不動，只是我們觀察者的一種錯覺或者無知而已……」

「這個我是知道的。但是我說的是從表面現象上看，它們不是都好像一動不動的嗎？可彗星就不是那樣的啊，我特別喜歡的就是她自由自在，特立獨行，來如風去如電的瀟灑形象。而且，你不覺得彗星特別美麗、特別清高，特別自由、而且還特別神祕而孤傲嗎？一個人要能活得像彗星那樣，自己主宰自己的命運，不是特別有意思嗎？」

彗星在中國的傳統文化乃至普通民眾心目中的形象歷來是很不妙的，諸如掃帚星、會帶來晦氣或厄運等等無稽之談由來已久。而眼前這個看起來個子矮小卻頗有心氣的女孩，獨能有這樣一種很不一般的認識，不由得讓秦義飛刮目相看。

但也許是出於對科學的尊崇感，又多少也有些賣弄的欲望在吧，他還是忍不住又給徐曉彗潑了點冷水：「我很欣賞你的浪漫，可是……彗星可不像你想像的那樣浪漫、瀟灑；甚至，它和別的星辰一樣，是決無所謂自由可言的。首先，她也有固定的運行軌道，受制於星球間的引力，因而她的來去也有軌道和週期限制的。還有，彗星在古人眼裡可不是個討人喜歡的形象。你應該知道，她就是所謂的掃帚星，是不吉利的象徵；古人由於缺乏天文知識，總是將她與地球上的災難、戰爭等聯繫起來……」

「我才不信這一套呢！」徐曉彗略顯蒼白的臉上泛起兩酡紅暈，纖細的雙手也大幅度地比劃起來：「老實說，我才不管它什麼好的壞的呢，我就想要做一個與眾不同的人！」

秦義飛對她的想法和率直頗覺驚訝，但臉上沒有流露出來：「像你這樣有個性的女孩，我還是第一次遇見呢。」

徐曉彗更加眉飛色舞，幾乎不假思索便地接道：「像你這樣有知識又……那個的人，我也是第一次遇見呢。我可以問問你是哪一年出生的嗎？」

「我是一九五四年出生的。」

「哦，我是一九六〇年出生的。秦老師你這麼有知識，有思想，起碼應該是大學畢業生吧？」

「應該算是吧。你呢？」

「唉，現在後悔也不及了。從小我爸就怪我太愛幻想，好高騖遠，對周圍的生活和俗人從來都看不上眼，也太不把學習當回事了，結果讀到高中也勉勉強強……不過也有個原因是，我媽退休了，按政策可以頂替一個子女，家裡就讓我頂替她進了人民商場。我一點也不喜歡這個工作，更不喜歡周圍那些婆婆媽媽的小市民，我簡直厭煩透了。今天能碰見你，真是太幸運了！」

四

門鎖碰上的聲音很輕微。但那堅定的喀嗒一響，卻如引信般，驟然引爆秦義飛胸中某種久抑的欲望。周身的血液突然被一股神祕的火苗點燃般，呼呼騰湧，頭腦裡也彷彿灌下一大口烈酒般溫和而暈眩起來。

當時兩個人靠得是那麼近，以至徐曉彗轉過頭來的時候，那幾根輕輕掠過他鼻翼的髮絲，那一縷久違的、令他分外渴望又有幾分畏懼的異性的體息，也讓他不多一會前還彷彿已虛無而枯萎的情懷，突然像春花怒放的山谷般繁華而絢爛。

這麼個岑寂的夜晚，這麼個神祕的雪夜，這麼個精靈般熱情而率真、大膽地突然降臨的女孩！

秦義飛差點就伸出手去，將徐曉彗攬入懷中。但實際上，他卻是大大地後退了一步，轉身到桌上抓起暖水瓶，要給徐曉彗倒茶。「外面一定很冷吧？」他的嗓音也多少有些顫抖起來。

「不要不要。我不喝水。」徐曉彗緊跟著他來到桌前，伸手按住暖瓶不讓他倒水。兩人的手相距那麼近，差點就碰在一起了。秦義飛只要一翻掌就能輕易地握住她的手。秦義飛也注意到她的手是那麼的纖細嬌嫩，只是上面明顯有兩朵早春初綻的紅梅般的凍斑。他的心又悸動了一下，憐愛之情油然：「你穿得太少了吧？看都生凍瘡了。」

徐曉彗縮回手去，輕輕撫揉著，卻不說話，又像那天下午一樣，熱烈而專注地凝視秦義飛。灼灼目光裡分明吐露著無窮的意味。秦義飛有些發窘地避開她的注視，一時也不知再說什麼好，竟又下意識地伸出手去。但手掌在半路上又轉了個向，直接掠過徐曉彗的頭頂，又收回自己的頸前。似乎他是要比劃一下兩人的身高：「你好像有……」

「一米六。」徐曉彗順勢站到秦義飛身前：「我是不是太矮了點？」

「不矮不矮。我也只有一米七八。」

徐曉彗似乎有點不相信，她誇張地掂起腳來，抬手按在秦義飛頭上，往自己身上一劃，兩人變得差不多高了。徐曉彗咯兒一聲笑了，秦義飛心裡又湧過一陣暖流，卻仍然有些拘謹，平時的伶牙俐齒像是被什麼風給吹走了，只會再一次請徐曉彗坐下來。徐曉彗卻還是搖搖頭站著不動，並且又不說話了，只是一個勁地盯著他微笑。秦義飛這才注意到她的面頰兩面，也各有一個角幣般大小的凍瘡斑，在發燒般紅潤的臉色和柔和的燈光襯映下，兩朵桃花般別有種異樣的魅力。他的心也因此而又哆嗦了一下：「你真要多穿點衣服呢。外面在下雪呢。」

徐曉彗卻不出聲了。

「一會兒你怎麼回去呢？哦，我是說，我真沒想到……你找我有什麼事嗎？」

身後還是沒有回音。秦義飛偏過頭來，目光正好撞在徐曉彗灼亮的眸子上，那麼熱切而灼烈的目光，那麼純真而動人的笑容——

「那天我回家後，一直都想你的……」徐曉彗的聲音很輕，吐字卻分外清晰，剎時像一根高舉的鼓捶重重地擂在了秦義飛的心坎上。但他更加不知所措了，半晌才期期艾艾地哦了一聲。

徐曉彗又逼近他一步：「你不相信嗎？」

秦義飛還是回避著徐曉彗的目光，卻點了點頭。

「你呢？」

秦義飛猛地張開雙臂，將徐曉彗攬入了懷中。這才發現，徐曉彗的臉頰火一般發燙，身子也觸了電般一瞬瞬地痙攣著，以至她那細碎而白潔的牙齒也在發出輕微的磕碰聲。

窗外的雪花好像在竊竊地笑。雪片裡夾著細碎雪粒，撲簌撲簌地打在窗玻璃上的聲音，在這萬籟俱寂的靜夜，聽起來分外真切、多情。

這個雪夜如此溫馨。

五

「喲，快十點了。你該回去了。十點半門衛要關大門的。」

「我不管。」

「那怎麼行？不回去你家人要著急的，天又下著雪。哦，雪好像停了，可是樹上全白了，真是銀妝素裹呀。天空也發亮了呢，還有點紅兮兮的，看上去真是美極了。不，應該說是淒美呢。你怎麼不說話，你在想什麼？」

「什麼也不想。」

「那還不趕快穿衣服。」

「我在想，人真的就沒有命裡註定的運數嗎？三天前剛見你第一眼時，我怎麼就有一種很熟悉、很親切、很依戀的感覺呢？我想我以前一定見過你。不在現世，就在前生……最近你有沒有到人民商場買過東西？說不定就是在我櫃檯上買的。要不然就是以前，我在學校門前或者就在科技館附近的馬路上見過你——我家住得離這兒很近的。嗯，是倉台街五一號，一個大雜院，你可別去那兒找我。我討厭那個地方，都住著些庸俗不堪的下里巴人；大門前的小破巷也擠滿了亂七八糟的小攤點，成天亂哄哄的——所以現在我走後院上下班，改騎自行車，不走這邊了。但以前我坐九路公車下班在藩城門下車，都會經過你們院門口，步行十來分鐘就到家了……你沒有印象不等於我沒有印象。反正我的印象是很深刻的。你長相很特別的，又這麼有氣質。所以我一看見你就有一種說不清的感覺，心裡還有點慌慌的。哼！你倒好，說什麼對我毫無印象，氣死人啦。」

「我的意思是，我覺得在外面碰上你的可能不大，要知道我借調到科技館還不到一年。好了好了，快起來回家去，真的不能再拖啦。抱歉的是，我不方便去送你，否則讓收發室老吳頭或者門衛看見就不好了。」

「我才不怕他們呢。」

「哎！還是小心為妙。現在的人……我不是說了嗎？我現在是借調關係，就是說，我還不能正式算是科技館的人。要想早一天調過來，各方面就都得特別小心、特別努力才行。這可是國家正規事業單位，想來的人太多了！要是我有點兒蜚言蜚語的，那就前功盡棄了。」

「這個我懂。不過要是我，才不會把這看得太重。澤溪不是挺好的嗎？聽說這幾年鄉鎮企業發展得非常紅火。調不成你還回去當你的老師不也蠻好嗎？我向來對藩城沒什麼好感覺，人老土，方方面面都保守。我從小就想當老師，可惜當不成，萬一你那個的話，我就跟你到澤溪去，也找個什麼小學或者幼稚園——其實我最喜歡孩子了，當年要不是家裡人反對，死腦筋認准什麼國營企業鐵飯碗，我真想過要考幼師的——到澤溪，我當不成正式教師，想辦法當個代辦的總可以吧？」

一陣突如其來的燥熱，夾雜著某種陰鬱的恐懼，襲上秦義飛心頭。徐曉彗的話裡有一種特殊的意味，讓他深深地皺起了眉頭：這女孩的頭腦實在有點天真呢。中國人是想幹什麼就能幹什麼的嗎？而且，她的性格也未免有些自以為是，總這樣的話，恐怕是難以和她對話的呢！聽聽她都想到哪去了？要跟我回澤溪？我好不容易才有機會出來。這怎麼可能？就是我不得不回去，憑什麼還得帶著你？

但時間不容許他多想什麼，於是再一次換上笑臉，哄孩子似地催促徐曉彗：「別耍孩子氣了。起來吧。要不我幫你穿……我要掀被子啦……」

「不行。你還沒說呢！」

「說什麼？」

「那句話。」

「什麼話？」

「就是那句人人都會說的話。」

秦義飛心裡隱隱地明白了是什麼話，但卻依然裝糊塗地直搖頭。

「我——愛——你……」

「這個嘛……其實這種話說不說……好好好，我說我說，我……我愛你。」

話音未落，徐曉彗像隻小狗般呼地躥出被窩，緊緊抱住秦義飛的脖子，把一個響亮的熱吻狠狠地灼在他滾燙的面頰上。

六

可是，磨磨蹭蹭穿好衣服，終於捱到門口的徐曉彗，突然肩膀一挺，把秦義飛拉開的門又給頂上了。并又撲到了他的懷裡，雙手緊緊摟定他的腰，腦袋在他胸口一個勁蹭磨著，耍賴的孩子般嬌聲道：「我不走，我就是不走嘛！」

懷中的徐曉彗面色緋紅，眼波閃閃而簌簌戰慄著，秦義飛感覺自己攬著的簡直就是一個灼烈而執拗的火團，推不開又吃不消，心裡不由得冒出一絲厭懼，臉上卻絲毫不敢流露出來。只好耐住性子溫言勸慰。而徐曉彗回答他的卻是一連串的「不嘛，不嘛」或者：「我回家也是睡不著的，乾脆就讓我等到天亮，他們開門再走就是嘍……」

秦義飛慌得直搖頭：「要知道這是我們館長的辦公室，他經常天不亮就起來早鍛鍊的，沒准就心血來潮到單位轉一轉，那樣的話就太可怕啦……」

好說歹說，徐曉彗的眼神漸漸黯淡下來。不再說不，卻也不肯馬上離開。一隻手還在他胸口上劃來劃去地似乎在寫著什麼，然後逼著秦義飛猜她寫的是什麼字。原本無心在意的秦義飛只好讓她再寫一遍，她還沒寫完，他心裡就明白了，可是卻依然裝糊塗。徐曉彗哼地一聲重重地刮了他鼻子一下：「不就是個心字嘛？你這麼聰明的人會不明白？我就要你答應我，一定要像我一樣，也給我一個真正的『心』」！

「那當然，那當然……」

其實秦義飛心裡是咯噔了一下的，但轉而想想這不算什麼特別的承諾，自己本來就是在真心相待她嘛，於是就繼續打他的馬虎眼。可是徐曉彗的臉上卻頓時又洋溢起孩子氣的歡欣來：「好！我就等你這句話！」

說完，再不用秦義飛哄，一把拉開門，乾乾脆脆就走了！

秦義飛貼著虛掩的門縫，看著徐曉彗的身影消失在過道口，又探頭看了看東邊的過道，確信沒有人跡後，才放心地關上了房門。

他長長地籲了口氣，心情一下子放鬆了。

但身上還是熱乎乎的，腦子裡也活像剛喝過酒一樣暈暈乎乎。回頭看看床上那散亂的被褥，真有點懷疑是不是真的發生過先前的一切。但那一切又分明恍如一幀幀電影畫面一樣飛快地閃回於眼前，他下意識地整理了一下床鋪，被褥掀動時，鼻息裡又鑽進了徐曉彗身上特有的那股淡淡的體息。

這簡直像一場夢呵。他不由自主地掐了一下胳膊：簡直就是現實版的「聊齋」呢——徐曉彗呵徐曉彗，你到底是人還是精呵？

當然是人。問題是，我是不是太魯莽也太輕率了些？我對她的情況幾乎可說是一無所知，她到底是怎樣一個人，又是怎麼想的，是不是有什麼目的，我也完全不瞭解，怎麼就一下子到了這種地步？

她的性格也真是很吸引人呢。這麼大膽，這麼率真，這麼熱烈。剛見過一面就主動跑來了，畢竟是晚上哪，還下著那麼大的雪。她真把我看成她什麼人了嗎？真要是這樣的話，這事情也未免荒唐呢？不過，她那份孩子氣倒也很討人憐愛的——可是，她也幼稚得有些盲目呢。說什麼要是我調不成就隨我回澤溪去，這也未免太任性了……也不問問我的想法，我的實際情況；好像就那麼一來，她就已經是我的什麼人了，這怎麼可能？

秦義飛忽然覺得異常疲憊：今天我恐怕是太衝動了！可別惹出什麼麻煩來呵！

腦子裡頓時一片混沌，而頭頂上日光燈鎮流器的嗡嗡聲，好像也突然出了故障似地異常放大了。

到了這時，秦義飛當然會有所憂慮。徐曉彗的出現，先頭的一夕狂歡，在他的潛意識裡原不過是一場意外之喜，一時歡娛或者說是一次欲望本能的滿足而已。雖然他也在徐曉彗的要求下說出了「我愛你」這個在徐曉彗看來也許是理所當然的詞彙。但實際上，在他這一頭，壓根還談不上這一步；至少這不可能成為他的一種承諾。他的實際情況根本不允許他再對任何一個齊佳之外的女性作這種承諾。

他和齊佳是同鄉，也是大學的同學。齊佳小他一歲，也晚一屆畢業，並也分回了澤溪。因為學的是中文專業，她在縣文教局當辦事員。算起來，兩人正式戀愛已逾五年，關係一直很好，而且早已得到雙方父母的認可。如果不是秦義飛借調來地區科技館，他們本來計畫要在今年結婚的。

對他的借調，齊佳是支持的。她本是個溫順而寬厚的人，而且特別善解人意，相處幾年來，她從來沒在任何大問題上拂過秦義飛的意。秦義飛一向不喜歡當教師，兩人因此約定，一旦秦義飛調動成功，他們就結婚，再以照顧夫妻關係的名義將齊佳調上藩城來。畢竟齊佳也是嚮往大城市生活的。

可是現在，我都幹了些什麼呵……

秦義飛茫然地望著窗玻璃，腦子裡也像外面白花花寒凜凜的世界一樣混沌。他恍若看見齊佳的影像忽明忽暗地疊映在玻璃窗上，正神色峻烈地逼視著他。他頓時感到一陣強烈的負疚感。我太衝動、太草率了！而徐曉彗並不知道我的內情，看她那副摯熱的表現，顯然是沒把這事當遊戲。恐怕我得懸崖勒馬！趕緊找機會和徐曉彗好好談談，把我的實際情況跟她講清楚，一切都太快也太突然了些，她應該能諒解我的。畢竟我們才剛剛開始，她的這種表現也不過是一種任性和幼稚的衝動而已，決不至於會對我有什麼真正的感情。

這麼一想，秦義飛感到心情舒展多了，於是起身到桌前去喝水。可是剛剛端起茶杯，手卻在半道上僵住了。他又一次強烈懷疑，自己今晚是不是碰上狐仙了——因為積雪的緣故，外面很亮，透過玻璃，窗外的一切都歷歷可見；可是他看見的是，距他窗外大約十米處的老樟樹下，分明站著一個人！

這個人分明就是徐曉彗！

他不相信自己的眼睛，放下茶杯撲到窗前，打開窗子仔細再看，樹下卻又空空的杳無人跡了。他失聲笑了起來：我這是怎麼啦？見神見鬼的。都過去好一會了呀，她怎麼還可能站那兒？真以為你是什麼了不起的人啦，有那麼招人迷的？

可是關上窗子後，他又覺得不放心了。除非我真的發生了幻覺，否則剛才不是她，還能真是狐仙嗎？

他終於還是沒法安心，索性打開房門，悄悄出了樓道，小心地來到那棵老樟樹下。定睛一看，心霎時又拎了起來——樟樹下有一個明顯的足跡形成的紛亂的雪窩，說明的確有人在此站過。而一行細細淺淺的腳印又劃了個半圓，拐到通道上，然後延向院外。

毫無疑問，那只能是徐曉彗的。

第二章　一步錯步步錯

一

不知不覺中悄然降臨的大雪，不知不覺又杳然消逝。

寒潮畢竟只是寒潮，短短幾天之後，市區裡就看不到大雪的蹤跡了。天氣異常晴朗，大街、房屋、行人的表情，都像春天的陽光一樣日益明媚。不僅如此，氣溫回升的速度也令人意外，午後竟連續兩天超過了十五度。

而在藩城郊外，尤其是地勢較高、丘陵起伏的耳湖地區，才會感到冬天的威勢猶存。背陰的北坡上，松枝、崖壁和灌木叢上，或多或少還殘存著一小片一小片的積雪。開闊的湖面上不時有冷硬的陣風掠過，把平靜的水面搓揉得一派紛亂，宛如皺紋密布的老人那蒼老的愁容。

最觸目的是漫山遍野的萎黃。草叢尚在沉睡，花枝大多無葉，灌木一片沉寂；最煞風景的是沿湖的楊柳，一株株都成了光禿禿的大掃把，望眼裡一片淒涼。偶爾有幾隻出沒於枯枝間的烏鴉，更添了幾分蕭條。

最惹眼的無疑是入口處那片別處少見的臘梅園了。幾十株臘梅一樹一樹竟相吐豔，枝頭一片嬌黃。風歡的時候，那花痕枝影投映在平滑如鏡的水面上，更彷佛仙境一般，與別處的蕭條形成強烈的對照。

對照鮮明的，或許還有秦義飛和徐曉彗的心境，或者說，情緒與心思。

徐曉彗的情緒明顯要高於秦義飛。兩人在郊線車站碰頭時，她早早就站在那裡，向著秦義飛來的方向，偏著個腦袋張望好久了。遠遠地看見秦義飛的身影，她就像一抹燦爛的陽光一樣飛射過來，緊緊挽起他的手，親熱地攬在肘彎裡，一句怨言也沒有。路上也總是笑眯眯地緊偎著他，樂樂呵呵地說不完的話。

在公車上，徐曉彗旁若無人的表現更讓秦義飛感到分外窘迫。

秦義飛和徐曉彗上車時，沒能占到座位。秦義飛站在後車門邊，拉著扶手，徐曉彗緊挨他站著，起先也撐著點椅背，車開不久，她乾脆就雙手抱住了秦義飛，把頭埋在他肩窩裡，隨著汽車的顛蕩，愜意地閉上了眼睛。

秦義飛雖然出身在縣城裡，到底也在藩城讀過幾年大學，自忖不是保守的人，但徐曉彗的這種姿態卻仍然讓他感到些許不自在。沒想到，徐曉彗竟暗暗踮起腳尖，乘著車身的晃蕩，囁起嘴唇在他唇上輕輕地吻了一下。秦義飛本能偏開頭去，可是徐曉彗卻追著他的臉又來了一下。秦義飛慌忙偷看身邊，視線剛好和後排座一個穿著身灰布中式棉襖的中年婦女對上了，她故意將身子一扭，向著他狠狠地翻了個白眼。秦義飛頓覺臉上燙起來。於是趕緊俯向徐曉彗耳畔悄悄警告道：「別這樣，後面有人在看我們哪。」

可是，徐曉彗回應他的，是一個不屑地翻向後排的白眼，和一個更明顯也更熱烈地貼在他唇上的吻。同時，雙手還在他腰間使勁搔弄了幾下！秦義飛無奈，只好高高地仰起臉來，假裝關注車外的景色，再也不看周圍一眼。

徐曉彗今天的衣飾也透著鮮豔的春天氣息。她穿的是一件顯然是新買的粉色春秋衫，色彩和式樣都是市面上很少見人穿的。緊繃繃的胸前還露出件繡著幾朵鮮豔玫瑰的開司米毛衣，頸子上又束了條淡綠色的綢紗巾，渾身洋溢著青春的芳息，加上她那妖小玲瓏的身材，看上去更是輕盈可人。

相比起來，秦義飛的穿著就黯淡多了。身上還是那件穿了快一個冬天的厚棉襖，外套顏色灰僕僕的，前襟還有一小條明顯的油漬；腳上的皮鞋出門前他倒是擦了一下，畢竟心不在焉，擦得馬虎了些。皮鞋也太舊了點，所以看上去還是皺兮兮、髒巴巴的，顯得人更沒有精神了。

其實更沒有精神的是他的心境。全然沒有受到這幾天氣候的提振，依然還是冷兮兮的。有時候，甚至可說是灰不溜秋的。今天本來是他約的徐曉彗到耳湖來玩。但從早上睜開眼睛，他就覺得振作不起來，眼皮澀澀的，心頭還莫名其妙地慌慌的。他很清楚，隔夜自己睡得不踏實是一個原因，但那個這幾天一直在心頭攢動的「目的」，才是首要的原因。

一切都發展得太迅猛了，彷彿這幾天升溫的天氣，幾乎由不得自己掌控。

這幾天裡，他們又幽會過幾次，機會應該說是充裕的。怪的是，一到那個時候，好像他就不會說話了，好幾次話已湧到嘴邊，一看見徐曉彗那滿心歡喜滿眼幸福又理所當然的神情，頓時又不忍掃她的興，把話頭咽了下去。

關鍵的關鍵首先還在於自己的猶豫和遲疑（當然也不乏暫且貪歡得過且過的苟且之心）。秦義飛深知自己個性中的某些軟肋。生性謹慎，且又有所迂闊；心地善良，卻又易在需要剛斷時心腸太軟；雖也不乏慷慨激昂、熱血沸騰的基因，卻又往往失之於優柔寡斷。其次，徐曉彗那幾乎從一開始就顯露無遺的明快、果敢，並由此而形成的理所當然的姿態，以及她性格中某種似乎是先天即具的獨斷特質，始終對從來不認為自己軟弱或黏糊的秦義飛，形成一種無形的制約力，輕易難以突破。

他雖已隱隱感覺到，表面看去天真無邪、嬌柔而率真的徐曉彗，其性格的內層或許並不柔軟或簡單。但此時秦義飛仍然沒有意識到，外表看上去單弱而柔曼的徐曉彗，實質上其個性及意志中的剛烈、執拗與頑韌，決不亞於耳湖邊那飽經風吹浪打的礁岩，或裸露於浪灘邊那些久經磨礪的老樹的氣根。

二

耳湖是公園內的一片小水泊，因其形似耳朵得名。一泓清澈秀麗的柔水，淺淺地彌漫於起伏的峰巒腳下。在它的相對較為窄些的「耳垂」處，一座九曲長橋把遊人送到對岸。順著緩坡上去，便是這個景區的最佳處：半山亭。從下面望上去，半山亭掩映在低矮但濃密的馬尾松間，只露出一個六角形亭閣的頂部，好像一個老人戴著的笠帽。亭子下面那青鉛色的裸岩中間有一道明顯的裂隙，裂隙間有一條僅容一人通行的石蹬小徑，就是有名的一線天。這一線小徑兩邊的岩石從遠處仰望，很像是老人曲起的膝部。正是午後，周遭靜悄悄的，老人儼然正倚著山坡在小憩。

秦義飛正想過九曲橋，徐曉彗將他拉住了，也不徵求秦義飛意見，就向橋畔一個代客照相的遮陽傘招了招手：「幫我們來一張吧。」

傘下立刻跑來一個喜滋滋的老頭，指揮著他們以橋為背景照合影。秦義飛卻僵在那裡，心裡頗覺猶豫。有心拒絕，看見徐曉彗那興奮得孩子般紅光滿面的表情，又開不出口。轉念再想，照就照一張吧，一般男女朋友或同事之間，照個合影不也是常見的事嗎？

於是便倚著橋欄，擺好了姿勢。為了避免不必要的麻煩，他刻意把身子站直，兩手插在褲袋裡，臉上也笑得很節制。不料徐曉彗一把就抱緊了他的腰，還把頭倚偎在他的懷中，露出一臉陽光般幸福的嫵媚——

「這樣不太好吧？」秦義飛婉轉地表示了自己的擔憂。

「有什麼不好的？」徐曉彗依然抱住他，笑咪咪地看著鏡頭。

話音未落，耳邊卡嚓一響，一切已成為定局。

事已至此，秦義飛便不再說什麼，默默地付了錢。回過身來準備寫郵寄的信封時，徐曉彗卻已在一邊寫好了。秦義飛見她寫的是自家的地址，不禁又有點擔心起來，徐曉彗揮揮手：「沒事。我家人不會拆我信的。」

秦義飛於是又閉上了嘴巴，心裡卻更加忐忑了。

兩人手挽著手走過曲橋時，眼前出現一塊紅漆大字的石刻：漱玉泉。

石刻下有幾行黑漆小字：漱玉泉係因耳湖下豐富的沼氣不斷上湧而形成。一串串不斷湧起的氣泡好似一串串美麗的珍珠，向人們送來無盡的祝福。更妙的是，不斷湧騰於水面下的無數細密的氣泡，彷彿是一張寬厚的汽墊，但水面上看起來依然平靜。傳說湖底有條青龍，汽泡正是它的呼吸。誰若將硬幣放在水面上而能漂浮不沉者，青龍會保佑他和家人都平安吉祥，並滿足他許下的美好心願。

秦義飛念念有聲地看完說明後咧嘴一笑：「看來，想托青龍之福的人還真不少哪。」

他指的是身後的水面下那白花花一大片靜靜沉著的分幣和角幣。

他一時興起，從崖邊找來根枯樹枝去攪那些角幣，不料徐曉彗一把奪下他的樹枝：「別這樣！那裡面躺著好多人的美好心願哪！」

「你還當了真啦？」秦義飛不以為然地看了徐曉彗一眼。

徐曉彗趕緊捂住了他的嘴巴：「行了行了，可你也別太認真了。這些許願的人，多數也是試著玩玩而已。真信的人呢，多少也有點心理安慰，不是蠻好的事嗎？所以，我也要許個願。就當是玩玩不行嗎？」

秦義飛對這種名堂當然沒興趣，但見徐曉彗一臉的虔誠，又不忍拂她的興，便從口袋裡摸出幾個角幣給她：「你就玩玩罷。我說過了，真能浮起來，也絲毫說明不了任何問題。」

可是徐曉彗早已俯身到水邊，小心翼翼地將角幣輕輕地置於水面上。可是一連兩枚都迅即飄飄搖搖地沉入水底，和那一大堆白花花的角幣做了同夥去。

徐曉彗顯然是當真的。眼見得她的臉色已變成了一張白紙：「不算的不算的，一二不過三，第三次才算數的。」

說完，她雙手捂胸，念念有詞地默禱了幾句什麼，屏住呼吸又放上第三枚角幣。這回，那枚角幣居然真地像一片葉芽般在水面上漂了起來——「成啦！成啦！」徐曉彗拍著手，開心得雙腳都跳了起來：「你看你看！它真的浮起來啦！」

話沒落音，角幣又晃晃悠悠地沉入了水中。

徐曉彗一把拉住秦義飛的胳膊，使勁搖晃著，眼角邊竟濺起幾點淚花來：「浮起來就應該算是應驗了吧？」

「你到底許了什麼願啊，這麼當真？」

「當然是關於我們倆的。在天願為比翼鳥，在地願為連理枝。唐玄宗和楊貴妃不是也在長生殿許過願嗎？」

秦義飛驟然感到一陣心絞。他含含糊糊地應了一聲，拉起徐曉彗往山坡上走。

上半山亭需要經過一線天。兩面石壁中間的通道雖然不寬，也不陡，只是那些石蹬砌得有些馬虎，大大小小，厚薄不一，凹凸不平。有些還被周圍樹木蔓延過來的裸根覆蓋著，且因崖壁的滲水而變得濕滑，踩上去不小心摔下來可不是玩的。秦義飛拉著徐曉彗的手，自己在頭裡先走。沒走幾步，徐曉彗就不動了。秦義飛回頭問她怎麼了。她閉著眼睛說路太難走，她害怕。秦義飛說這路又算不得險，有什麼好怕的？徐曉彗眼中閃出一線黠光：「你不怕就背我嘛？」

秦義飛真地俯下身子，徐曉彗也就真地伏在他背上。秦義飛吃力地挺直身子，剛邁上一個石蹬，徐曉彗卻又咯咯大笑著讓秦義飛放她下來。秦義飛不理她，顧自往上走。徐曉彗咚咚捶著他的背，硬是從他背上掙脫了下來：「真當我這麼嬌氣呵——就想看看，你心裡到底有沒有我。」說著，濕熱的嘴唇又把他嘴唇緊緊裹住，發出吧地一聲響：「真想把你一口吃下肚！」

秦義飛慌忙閃開去，佯裝沒聽清道：「你說什麼？」

「恨不得把你吞到我肚皮裡，這樣你就永遠也不會離開我了。」

「開玩笑，我有什麼好的嘛……」

「就好，就好，就好！」說著她又把嘴唇貼了過來。秦義飛的心更緊地縮起來，不由得直往身後躲，直到倚在石壁上，悶悶地喘開了粗氣。

徐曉彗詫異地湊上來，抱住他說：「怎麼，你不高興啦？怪我不好，把你累著了吧？」

秦義飛終於下定了決心。他順勢抱緊徐曉彗，嘴湊著她耳根顫聲道：「不對，你沒有錯。要怪都得怪我。早就該把話說清楚的，而我……根本來說，也是……一心不能二用，請你一定要體諒我！」

「你這是什麼意思？」徐曉彗霍地掙出秦義飛懷抱，兩眼睜得大大的，像一隻猝然受驚的兔子，直愣愣地逼視著秦義飛。秦義飛趕緊躲開她的目光，期期艾艾地又不知該怎麼說了。

太陽已經開始滑落，像一隻碩大的燈籠，紅紅地棲在耳湖對面起伏的山巔上。山腰間那一大片蒼鬱挺拔的杉樹林上空，不知從哪飛來一群灰喜鵲，看上去起碼有五、六十隻，吱吱呀呀地互相招呼著，上上下下盤旋著，在平滑如鏡的水面上留下一串串姿影；隨即又在枝杈間起起落落著，似乎是要歸巢了。秦義飛忽然浮起無限感慨，不禁喃喃道：「你看那些鳥呵……有時候想想，這人哪，還真不如做一隻自由自在的鳥呀，看他們親愛友善、無拘無束的，多好……」

可是徐曉彗顯然已意識到了什麼，根本無心聽他的感歎，甚至頭也沒回一下，她臉色蒼白地使勁搡著秦義飛，催他快把話說清楚。

秦義飛心裡倒覺得平靜了些。於是點點頭，把自己和齊佳的關係和盤托了出來。而他沒講幾句，徐曉彗就一個大轉身，背對著他，深深地垂下頭去，彷彿要逃避什麼似地，緊緊咬著一根拇指，再也不看他一眼。秦義飛多次歪過頭去，想看看她的表情，她卻又堅決地轉開身去；秦義飛想去摟她，反被她狠勁一下推倒在石壁上。秦義飛越說越沒底氣，聲音也漸漸低了下來，但他還是硬著心腸，把自己認為該說的話說完。

「騙人！」徐曉彗突然迸出一聲尖叫，把秦義飛嚇得打了個哆嗦：「鬼才信你的鬼話呢！」

「我以我的人格起誓，剛才說的沒有半句假話。」

「人格？你還好意思說人格？那天晚上你怎麼不說人格？你有人格，怎麼可以對我做那種事？

那種事是一個正經的人、有人格的人隨隨便便可以做的嗎？而且，假如你說的都是真的，後來那幾次你怎麼還是隻字沒提什麼齊佳？什麼早和她談了五年了……現在你玩夠了我，倒來跟我說什麼人格了！不可能，我跟你說，你看錯人了。我可不是個隨隨便便的人，聽你玩，聽你騙。你應該很清楚，我從一開始就是認真的。剛才在泉水邊上，還掏心掏肺許的願……」

「正因為我越來越感覺到你的真心，不忍心讓你受到傷害，所以才把實話告訴你——不信你可以看看這個。」秦義飛說著，從胸前掏出他特意帶來的一本小相冊。那上面都是他在過去幾年裡和齊佳的照片，有合影的，更多的是齊佳的單人照。他剛要打開，徐曉彗一把奪過去翻開來，剛看了幾張，她的臉又扭歪了，紅一陣白一陣，隨即哇地一聲慟哭開來。一隻手抹著淚，另一隻手則緊攥拳頭，雨點似地直往他肩膀上捶。

「你別哭，你別哭，你……你冷靜點好不好？」

雖然早就預感到今天的攤牌會有一些麻煩，但真的面對徐曉彗的反應尤其是眼淚時，秦義飛還是亂了陣腳，慌得張口結舌，不知說什麼好，也不知做什麼好，於是下意識地又想去摟徐曉彗。不料腦門上啪一聲，被徐曉彗用相冊重重地敲了一下。秦義飛想去接相冊，腦子一陣迷眩，相冊掉在石蹬上，又跳到下邊的泥溝裡。他撲過去撿起來，相冊上已沾了些許泥水。他還沒顧上擦拭，一扭頭發現徐曉彗已飛快地跑開了。那身影矮小卻敏捷，一跳一躍的，活像一隻拚命逃避惡狼的小羊。

「徐曉彗，徐曉彗你別走呀！小心，小心地滑……」

可是，徐曉彗已經像一隻受驚的岩羊般，跳躍著，轉眼就跑到了九曲橋上。秦義飛追了幾步，驀然怔住。但見徐曉彗抓住橋欄上面的欄杆，雙腳蹬在下面的欄杆上，作出一個投湖的姿態，厲聲道：「你敢過來，我就跳下去！」

「你……你千萬別動！千萬別跳！好好好，我不過來，我保證不過來，你看你看，我就在原地等你。你冷靜點好不好，有什麼話都可以商量，千萬別做傻事！」

徐曉彗狠狠地啐了他一口，一溜煙地跑過九曲橋，很快消失在對面的林中小道上。頭也沒回過。

三

三天過去了。

五天過去了。

徐曉彗毫無動靜。

越是這樣，秦義飛的神經就繃得越緊。因為徐曉彗那天回去後到底是怎麼想的，他不清楚。而不確定性是相當磨人的。雖然你直覺到事情不會就此了結，卻又不由自主地希望這就是結局。雖然你希望這就是結局，卻又不由自主地希望不是這樣的一種結局。

白天，秦義飛坐在辦公室裡，在人前像模像樣的辦著事，實際上眼睛幾乎就沒落在紙面上。腦後稍有動靜，他便會緊張地扭過頭去，既期望又不希望看到徐曉彗出現。上食堂或者到大院外去辦什麼事，他也會警覺地四下窺探，總覺得徐曉彗會在哪棵樹下或什麼拐角處等著他。晚上在寢室裡還是什麼都做不成，時不時地會打開門看看，徐曉彗會不會又悄悄地站在門口。經驗告訴他，徐曉彗是可能這麼做的。

那時的科技館只有一部電話，安在走道盡頭的小木几上，供所有人公用。電話外面加了個木盒子，白天盒子開著，傍晚下班時，辦公室主任回家時會將盒子的撥號盤鎖上，這時的電話就只能接聽而不能向外撥打了。以往秦義飛對它的存在並不太在意，因為人生地不熟的他極少會接到電話。現在他卻對它多了一份特別的關注，一聽到鈴響就衝出去先接，生怕萬一徐曉彗打來電話讓別人接到。而別人先接了電話，他也會支起耳朵留意著，猜測會不會是要自己去聽的電話。他這麼懸念著也不是沒根據的，去耳湖前徐曉彗就曾打過幾次電話給他。

但是沒有，電話沒有，信也沒有，人更是沒有半點蹤跡或聲息。

也許這就是她的性格吧？真的像彗星一般獨往獨來。來得轟轟烈烈，去得乾脆利落？再說，事情本來就只能如此了。她又是聰明人，要強而不願意示弱的人。我的情況都擺得明明白白，態度也堅決而客觀，並無商量的餘地了。她就是一萬個不情願，還能怎麼樣？愛情可不像做買賣，可以討價還價；或者是兩國交兵，可以打打談談；愛情是兩廂情願的事，你愛我，可以，但我不愛你，或者說沒法愛你，你總不能逼著別人把心切一半來遂你的意吧？而我，雖然和她發生了肉體關係，但那並不是我欺騙的結果，而是她主動找上門來的結果。雖然我沒有及時告知她真相，可是在那種彼此並沒有確定什麼的情況下，幾乎就不可能多說什麼嘛！況且，就是我不好，不是也及時止步了嗎？你真以為自己是什麼人嗎？這世上好男人多得是，徐曉彗的長相挺好看，又這麼年輕，真以為人家會像呆子一樣，只會吊死在你這棵樹上不成？

秦義飛最擔心的其實還不是能不能和徐曉彗分手，而是希望能儘量和平地減少對她的刺激和傷害，從而也最大程度地減少自己的內疚和愧怍、惶懼之感。他的愧懼源自自己內心固有的某種道德感，也與社會環境密不可分。雖然一九八一年的中國，思想解放風生水起、經濟改革如火如荼，觀念領域的許多禁區和忌諱依然如鐵幕深垂，極大地制約著人們的幾乎一切思想言行。尤其對於「男女關係」，人的認知仍可謂極端敏感，它依然是道德之大防所存焉。對此，秦義飛這個年紀的人，潛意識不可能不有所浸潤而戒備或自製。其七情六欲之本能雖可能逞露於一時，「道德感」卻更可能制約其一世。因此，在與徐曉彗的關係上，儘管他不斷地自我開脫，心中卻始終籠著團大大的陰影，終覺得無論這事是不是自己主動引發的，自己作為男人，在這事上做得是不當的，於情於理都是虧欠的。雖然自己還沒結過婚，畢竟是一個有了固定女朋友的人，再與別的女孩發生了性關係，那官面上說來，是不道德的，私面上說也是少年輕狂，縱欲發昏，怎麼說也是對徐曉彗的不負責任。而且，怎麼就那麼輕率地就走到那一步，又那麼倉促地就葬送了徐曉彗的希望（可是不「倉促」的話，豈不是更不好嗎）？或許，真像她所說的那樣，在第一次晚上就把自己的實情和盤托出，對她的傷害也不至於這麼大吧？

徐曉彗騎在欄杆上作勢欲跳的情景，也像電影裡的定格鏡頭一樣，老在他心屏上閃現。真沒想到她會有如此劇烈的反應，會如此剛烈而執拗。恐怕她只是威脅威脅我而已。但萬一她一時失控真跳下去，或者，這幾天裡，她又做出別的什麼糊塗事來可怎麼得了！

他這麼想也不是空穴來風。徐曉彗的性格裡有許多逐漸顯露出來的特質讓他越來越感到自己缺乏駕馭她的信心。就說那天耳湖分手的事吧。本來他以為徐曉彗只是一時任性跑開去，等一會還會回來，或者會在汽車站等他一起回去。沒想到他緊跟著她的路徑追到汽車站時，卻怎麼也找不見她的影子。他問了站上人，先前並沒有汽車發出。於是就在站上等，直等到天黑透了，仍然見不到徐曉彗的蹤影，只好忐忑不安地獨自坐末班車回去。

這也是他這幾天一直特別不安的原因之一，難道她那天沒坐汽車，獨自走回去了（根據他後來得到的消息，還真就是這麼回事）？從耳湖回市區有十來公里遠呢。不至於吧？難道她還是想不開，後來竟又在哪裡跳了湖？

是中午時分，大家都下班了。他端著搪瓷飯盆也想去食堂時，迎面看見局裡收發室的老吳頭舉著封信走過來，笑眯眯地遞給他。這個明顯有幾分詭異的笑首先就給了他一個不詳的直覺，老吳頭的話更讓他一下子面紅耳赤：

「你的信。剛送來的。小姑娘蠻漂亮哩。」

他立刻明白是怎麼回事，含含糊糊嘀咕了一句，接過信便假裝沒聽清老吳頭後面的話，扭頭跑出樓道。看看四下無人，一哈腰鑽進路邊的樹蔭裡，立即摸出信來。手抖抖地捏了捏，信很薄。信封上只寫著「煩交秦義飛先生親收」幾個字。那是他第一次看見徐曉彗的字體，從此這字體便刀刻斧鏤般鐫刻在他腦膜上了——徐曉彗的字跡一個個都像是小人兒般緊緊站列在一起，有的高些，有的矮些，卻幾乎是一樣的，雖然有些細瘦，有些稚嫩，卻都昂首挺胸而倔強無比。

這第一印象再次證明了他的某種判斷。他對著陽光仔細看了看信的封口，看不出拆動的痕跡，心稍稍平靜了些。然而，撕開信剛瞥了一眼，腦袋裡就嗡地一響，彷彿真有顆火光直冒的隕石在自己頭頂炸落。

一整頁信紙上只有歪歪扭扭大小不一的幾行字和好幾個驚嘆號：

「我做不到！我離不開你！我要和你好好談談！！」

令秦義飛心驚肉跳差點厥倒的還不是這幾個字句，而是那些字和標點，統統都是褐紅褐紅的，也就是說，這是一份血書！

天哪！真是她用血寫的？有這個必要嗎？這哪是要求？更不是請求，而是威逼，是命令！哦，她怎麼這樣啊？看那副模樣，她可是一點兒也不像個烈性子的人呵。這下麻煩大了……

飢餓感早已煙消雲散。他打消了去食堂的念頭，掉臉走出了大院。

街上和往常一樣，人來人往，車流喧嘩，汽車的尾氣和它們卷起的塵埃，讓每個行人都捂起嘴巴或皺起一張苦巴巴的臉。正是午飯時分，人們步履匆匆，目不旁顧。但是秦義飛卻覺得似乎有很多人都在詭異地打量著他，悄悄地指點著他。甚至還有人捂著嘴竊竊地發笑。頭上的太陽也不知從什麼時候開始變得黯淡失色，視野裡一切都灰濛濛的，顯得那樣失真，那樣不懷好意。但他還是強打起精神，努力在人流中搜索徐曉彗的身影，但毫無蹤跡。

他停住腳步，倚著棵法國梧桐發了一會愣，不知道自己該何去何從。他下意識地又摸出信來看，這才驚愕地發現，信的另一面，還有一大片用圓珠筆密密麻麻寫就的小字：

我不是傻瓜，一開始就懷疑，我愛你而你不愛我！但是我找不到理由，也想不通我做了什麼不對，老天爺才讓我這麼不幸。讓你對我另眼相看，就像從一面破碎的鏡子裡看我一樣。我不甘心，我就是不甘心。因為我第一眼就沒有辦法地愛上了你。我愛你身上所有的特點，不論是好的還是壞的。我愛你的每一句話，每一個笑容和每一個動作。雖然你看起來並不算太英俊。但是我愛你的智慧和才華。這一切都對我十分珍貴，在我心思裡再沒有任何人可以超過你。

那個可怕的夜晚，我不知怎麼回到的家。我一分鐘也沒有闔上過眼睛。我只能老老實實地愛著你。我還想像著你也是真真實實地愛我的。這是一份多麼合乎我們心意的難得的愛情。世界上簡直沒有任何東西可以相比！我們心心相印，就像早晨樹林裡的鳥鳴一樣，和諧而自然。而且頭上的青天，天空的白雲和地上的樹木，都希望我們真誠相愛，白頭到老！

可是，為什麼你就不能放下架子，真心愛我一點點？為什麼？為什麼？？

——為什麼，我不是明明白白告訴你了嗎？你怎麼還這麼固執？而且，這根本就不是架子不架子的問題。就是沒有齊佳，至少到現在，我也沒法和你心心相印！

四

天剛黑下來不多會，一直在科技局院門外的梧桐樹下焦灼徘徊的秦義飛，果然看見徐曉彗的身影出現在大院對面的石拱橋上。他立刻迎了過去。

兩個人對了下眼神，秦義飛快步越過徐曉彗，越過石拱橋，隱入對面的巷子裡。一直走到護城河邊上的樹蔭下，秦義飛才放慢腳步，回頭招呼了徐曉彗一聲，並解釋說，「最近晚上常有人留在單位加班，在宿舍見面不太方便。」

「這個沒關係。」徐曉彗說話時眼睛看著身邊的水面：「在哪見都一樣。」她的聲音有些嘶啞，表情卻比秦義飛想像得平靜得多，只是沒像往常那樣主動去挽他的胳膊，而與他保持了一小段距離。藉著路燈的光照，秦義飛偷眼細看，心又抽搐了一下。她的氣色與前些天大相徑庭。臉色異常蒼白，以前咯兒咯兒泉水般不斷翻湧的笑容，也像是被兩天來重又來襲的寒流凍住了，臉上僵硬而萎黃。整個感覺，她就像變了個人似的。

下午快下班前，魂不守舍的秦義飛終於接到了徐曉彗的電話，說是晚上會來看他。秦義飛剛應了一聲她就掛斷了電話。但秦義飛眼前卻掠過老吳頭那曖昧的笑語，頓時擔心起來，目前這種情況下再在寢室裡見她，既不合適也沒那個心緒。於是早早到食堂吃了點飯，就一直在院門外等著徐曉彗。

「不管你相信不相信，我真的不想為難你。這幾天我一直在掙扎……做不到，我根本做不到，我沒法欺騙我自己！我不可能離開你！遇到你，是老天給我這輩子唯一的機會，我決不會放過這個機會！」

「其實，這幾天我也很難受……」

「你有什麼好難受的？一切都是我的錯，鬼迷心竅了，沒頭沒腦地跳進陷阱裡！」

「怎麼是陷阱呢？我真的不是刻意在傷害你，或者故意利用你的情感。這一切對我也活像一場夢——它真要是場夢倒好了。大家都不受傷害。」

「哼，就知道你會這麼想。你的目的達到了，正好好輕輕鬆鬆地甩開我。我不希望這是一場夢。不，就是夢我也要讓它變成現實。因為這是我這輩子活到現在的第一次真情，一旦失去，就不可能再有下一次了。所以我不能就這麼真的像顆流星似地灰飛煙滅。」

「別這麼想好不好？你的生活天地還大得很！實在說吧，你這樣的想法和那天差點跳湖的做法……都有些極端呢。今天那封血書，也讓我很害怕。真的，我絕對沒有想到會是這樣的結果。我們的相處雖然短暫，今後還可以是……朋友，或者兄妹。」

「虧你說得出來，兄妹和朋友能是我們那樣的嗎？我就想聽你說一句話：你真的就這麼狠心嗎？真的非要甩了我嗎？」

「這不是甩不甩的問題，而是根本就沒法子的事情。或者說，愛莫能助……」

「好啊！總算又聽到你說到了愛字，這可是你自己說的！那好，我再問你一句，從頭到現在，你心裡對我有過哪怕是一絲一毫的愛嗎？」

「怎麼說呢，一切都這麼短暫。而且，如果沒有齊佳的存在——畢竟我和她談了五年了，雙方家裡也早就認定了。如果不是我借調來藩城，我們可能都結過婚了。站在我的立場上，你試著想想，我怎麼可能拋棄她而……」

「又來這一套了。難道愛情也有先後的分別嗎？難道愛了五年和愛了五天也有什麼不同的嗎？一個人要是真有愛心，有什麼不可能的？下個狠心不就行了？」

聽到徐曉彗這種理論，秦義飛心裡陡然湧起強烈的反感。差一點就想說，你這種話未免也太偏私了，如果我能對齊佳下個狠心，為什麼就不能對你下個狠心？但是他清楚這是說不得的。尤其是對徐曉彗這種性格，且已可說是癡迷心竅的人來說，只能引發更大糾葛，使事情更複雜化。但究竟該怎麼說好，怎麼才能真正說服她，心裡亂哄哄的他，一時又想不出更好的話來。於是他選擇了沉默。

沒想到，徐曉彗竟像是得到了某種允諾一樣，突然撲上來，一下子摟住了他的腰，而且摟得是那麼緊，渾身也明顯地戰抖不已。「答應我，答應我好吧！」她不停地央求著。「從頭開始，一切都重頭開始。就當我們倆沒有過任何關係，你和她也沒有過任何關係，我們三個人都從頭開始，這總可以了吧？哪怕你試著再愛我一回也不好嗎？好不好？好不嘛！你也別給我裝傻！明明白白告訴你，從今往後，我也不會再讓你裝傻的！」

「不是我在裝傻，而是你真的太傻了。明明知道是沒有結果的事情，我又不過是一個再平庸不過的男人，何苦還非要吊住這棵歪脖子樹不放呢？」

「沒錯。天下大樹好樹英雄樹多得是，可我就是只看上你這棵歪脖子樹了——就這麼說定了！」

秦義飛當然是明白徐曉彗的意思的。若要反駁，他有無數詞藻來反駁，若要否定，他有更多雄辯的理由。只是，他又墮入了自己性格的某種泥淖，仍然採取了自以為是和緩或委婉的言詞。沒想到徐曉彗再也沒容他多說什麼，耐著性子又聽他說了幾句話後，她煩躁地捂住耳朵，大喊一聲：「我不聽！我什麼也不想聽了。」緊接著，竟然一個轉身，就此走了！

五

從早晨起床開始，齊佳就感到一種難言的壓抑感。心裡沉甸甸的，似乎有什麼解不開的心結梗在裡面，細想卻想不起最近有什麼值得自己不安的事情。但就是提不起精神來，喉嚨裡也總好像黏著片菜葉子，咳不出又咽不下，以至呼吸也明顯不暢，時不時地便要深深地吸一口長氣，這才稍稍鬆快一些。騎車上班的路上，她感到自己找到答案了。今天的天氣也太陰沉了，氣壓顯然極低，欲雪非雪的，暗無天日。

可是很快她就明白真正的壓抑來自哪裡了。這就是心靈感應吧？

大約十點鐘的時候，那個女孩在齊佳的辦公室外露過一下面，齊佳看了她一眼，不認識，就埋頭忙自己的事了。可是沒多會兒，她又出現了，這次是側著身子站在門外，歪過頭來專注地向裡探視。齊佳的視線投向她，她就把視線挪開，卻仍然不開口，也沒有進來的意思。

齊佳忍不住就迎向門口，問她是不是有什麼事情。女孩淡淡一笑點了點頭，說的竟是：「我找你。」而且，目光更加專注地上上下下審視著齊佳：「你就是齊佳吧？我看過你的照片。我剛從藩城來。秦義飛告訴過你的情況。」

齊佳喔了一聲，深深地吸了口氣。她努力抑制著突然怦怦加速的心跳，也認真地打量了這個女孩一番。試探道：「是他讓你來的嗎？還是……他沒事吧？或者，你們是同事？他讓你帶什麼東西來？」

「不是，他現在很好，你儘管可以放心。但是他不知道我要來。我想和你談談。找個地方我請你喝茶好嗎？」

齊佳覺得兩條腿有些發飄，恍若坐在一條動盪的船上。但她仍然努力保持著鎮定，用力點了點頭，甚至，還顯得相當友好地笑了一笑。徐曉彗立刻轉過身去，腳步嚓嚓響著，一溜煙地下了樓。齊佳躊躕片刻，到隔壁跟同事打了個招呼，關上門跟了上去。

街上亮了一些，但感覺比先前冷了許多。風也明顯大起來，一陣一陣地把枝頭殘存的枯葉掃下來，在地上無奈地打著旋，與紙屑和廢舊塑膠袋等亂七八糟的垃圾一起飄零——看好了，保不准立馬就又要來一場冰天雪地了……

齊佳緊緊裹好頭巾，偷眼看看那女孩，她似乎根本沒有冷的意識，穿得就很單薄，還沒戴圍巾。可能是不想顯得比齊佳矮太多吧，她的身板始終挺得很直，一直有點示威似地高高昂著頭。只是說話時，目光總有些閃爍，且有意無意地閃避著齊佳的目光。

他們並沒有進茶館。倆人就在一家店鋪的背風處漫無意義地扯談了一會，然後順著大街慢慢向城中心踱去。而不多一會，那女孩（齊佳現在已知道她叫徐曉彗）就把想說的話都說完了，齊佳也完全清楚了她的來意。

他們實際上是一對敵人，那還喝什麼茶呢？

但徐曉彗並沒有離開的意思，齊佳也不想粗暴地拒斥她。除了對徐曉彗的想法和行動感到幼稚、覺得有點可笑外，她並不怎麼覺得她有什麼可憎之處。這個年紀的女孩自己才當過不幾年，很清楚對感情會有怎樣一種狂熱和偏執。她甚至有些嘆羨她的坦誠、率真和大膽，換了自己再絕望也不可能有勇氣直接去找自己的對手解決問題。當然，她也有些難以置信，他們才相處多久呵，居然就會有這麼癡的情感和這麼決絕的行動？而秦義飛又是怎麼回事？至此一絲風聲也沒向自己透露過。現在還置身度外，讓我獨自來應對這種莫名其妙的局面。你以為這事是鬧著玩的？你等著！不管這事結局怎麼樣，我跟你也不會輕易了結！

她很少說話，一直在沉默地聽著，只是在徐曉彗又一次明確要求她「放手」時，才十分堅決地（臉上還努力帶著笑容）應了一句：「你覺得這是可能的嗎？即使什麼也不論，就說我和秦義飛相處的時間也比你們長得多呵。五年多呵，其中凝聚著多少情感，沉澱了多少夢想，結晶了多少希望呵？更不用說其中還牽涉著他家和我家兩個大家庭的喜怒哀樂在，說放就放？換了你，放得下嗎？」

徐曉彗第一次顯出了驚惶和絕望的神情，第一次直面著齊佳，放肆地死盯著不放，似乎要從她臉上摳出最後一絲希望來。

終於，她深深地歎了口氣：「你真行。讓我沒辦法恨你。可是我怎麼辦？我不知道怎樣才能不去想秦義飛。每一分每一秒都不行，現在還是不行。」

她說話的語氣和眼神與先前已完全判若兩人。

看著她那蒼白而消瘦的臉色和被寒風吹得十分蓬亂的頭髮，齊佳差一點想伸手幫她理一理，手伸出去卻移到了自己頭上。她無奈地搔了會頭皮，表示同情道：「如果是我，恐怕也會這樣吧。但是……」齊佳本想說：「那你就別去想他，也別去談他。強摘的果子不甜。這世上好男人多呢，」諸如此類。但她立刻意識到自己的身分。明白這些話是不能從自己口中說出的，而且，也無須自己說。每一個失戀者都明白這個道理。但這並不是他們的良藥。唯一的良藥是時間，是對煎熬的承受。是尋找一切可能的發洩管道盡情宣洩……秦義飛你等著吧，夠你喝一壺的了。

這一刻她真有些同情她了。但只是一瞬間，很快就被從自己心深處湧上來的厭煩和委屈淹沒了：你們愛怎麼折騰就儘管去折騰好了，憑什麼要讓我來陪綁？走了這麼長的路，泡了這麼長的時間，她感到腳冷得快麻木了，心裡更是冷得像凍了一砣冰。所以她希望儘快結束這個無奈而無聊的過程。

但是，徐曉彗就是沒有絲毫離開的意思，兩眼要麼死死盯著地上，要麼就翻呵翻地不時棱巡著她。她只好使勁搓揉著面頰，逕自往前走去。徐曉彗卻又緊緊地跟在她身邊。仍然不再說什麼，卻不時地偏過頭來窺測她的神情。她一看她，她立刻把頭扭開去望天。這女孩怎麼這樣？我到天邊她也跟到天邊嗎？

秦義飛，你怎麼這麼混帳！

六

又拐過一個大彎，十字路口出現了縣郵電局大樓，齊佳眼睛一亮：「對不起，我剛想起來，我要去給我媽打個電話，她最近身體很不好。要不我們先就這樣吧？」

可是，徐曉彗點了點頭，卻還是沒有就此告別的意思，而是默默地跟著她進了郵電局大廳。齊佳索性不管她，真的到櫃檯前填了個單子。但她要的是秦義飛的長途電話。不一會，服務員讓她到六號通話間去。她走進去關上門，拿起話筒前偏頭看了看，徐曉彗就在隔間門外站著，若有所思地注視著她。她無奈地哼了一聲，把身子轉了過去。

「麻煩你找一下——你就是秦義飛吧？」

「是的……齊佳啊，你好嗎？」

「很好，好得不能再好了。」聽見秦義飛的聲音，齊佳的鼻子驟然一酸，眼淚便斷了線的珠子般一個勁地滾落下來。她一手撐著頭，身子倚在電話臺上，使勁閉住眼睛，任淚珠從眼角滑落著，同時竭力保持著語調的平穩：

「我認識了一個新朋友，徐曉彗。她現在就在我身邊。就在這電話間外面……別喊了，老天爺也在我的頭上，要是喊他有用，我早就喊了……什麼意思，她的意思你還會不明白？……行了行了，你不用解釋什麼了。她都跟我說了。我的問題是現在怎麼辦？該說的也都說了，她就是沒有離開的意思，打又打不得，罵又不管用，我該怎麼辦？對了，她還給我帶了條兔毛圍巾來，紅豔豔、毛茸茸的，漂亮極了，看著就暖和。她自己的脖頸裡卻是空空的。你倒是給我出個點子，我該給她個什麼樣的回禮？不相干？是的，是不相干，別忘了我也和你不相干！我們到現在還不是夫妻，她的確沒理由來找我，可是她就是來了，你拿她怎麼是好？堅決？你怎麼不堅決？你幹得好事，卻拿我做擋箭牌；她自然要來做我的文章……喂，你怎麼了，幹嘛不說話了？」

秦義飛一副哭腔哀歎道：「實在說，我現在也是束手無策。早知道她是這種個性，打死也我也不敢沾她呀！我的意思是，你應該相信我，無論如何、無論有多大的壓力，我都是不可能會選擇她的……但是我也很難呵！你現在也瞭解點她了吧？你知道的，我這人狠不出來，尤其是對待她這麼一個小姑娘。就是我真能跟她來狠的，說不定她也真會鬧到我單位裡去的，那我還能指望什麼呢？不過，有些情況她跟你說過沒有？據說她的身世是很特別的。她實際上等於是孤兒，生父母本是上海人，都是工程師，母親還是個總工。文革中被下放到東北，生下她沒多久，生父就患病死了。生母在天寒地凍的鄉村根本無力撫養她，只好把她送給從藩城下放東北的一對工友，後來她就隨現在的養父母落實政策回了藩城。養父母都是普通工人，又下放過，家境是很差的。就說住的那個地方吧，我前幾天悄悄去看過，整個一個貧民成堆的大雜院。你可想而知心高氣傲的她改變自己命運的願望會有多強烈了……她生母嗎？聽說現在也落實政策回到了上海，但因為養父母不放心，她和生母的聯繫只能是偷偷摸摸的。說起來，她的命運也真夠不幸的，想到這些，我就更狠不起來。再說，你有這個感覺嗎？我覺得她的性格顯然因為這特殊的童年而有著極其倔強的一面，相對來說，還是有點吃軟不吃硬。所以我只能婉言相勸，力求和平解決。要不，你讓她跟我說話？」

齊佳下意識地回了下頭，結果是嚇了一大跳，徐曉彗的腦袋乾脆已頂在電話間的玻璃上，耳朵貼著玻璃，竭力試圖聽到些什麼。她趕緊把玻璃門拉嚴些，並把話筒更緊地貼緊耳廓：「算了，改天我看看工作不忙的話，就請兩天假過去一趟。不過，你可要儘快把事情處理好，我不想老攪在你們中間當陪綁客，何況現在看來，我根本和不了這個稀泥。」

她放下話筒，回頭再看，徐曉彗已經不在了。她松了口氣。可是，當她結完話費走出郵電局時，卻發現徐曉彗就坐在門外的臺階上等著她。零星的雪花在臺階上融化成點點水花。她根本不為周遭的任何情況所動，兩隻手撐著腦袋，頭深深埋在雙膝間；兩人目光相會的一瞬間，齊佳的心不由得抽搐了一下。不過間隔了十來分鐘時間吧，徐曉彗的精神面貌明顯變得更加萎頓而憔悴。

但是，一旦又面對齊佳，她的目光裡卻又倏地射出幾分剛烈而桀傲的挑戰意味，齊佳不禁又暗暗抽了口冷氣。

「時間不早了，要不我們找個飯店隨便吃點什麼再說吧？」

「我不吃。」徐曉彗站起來，身子又挺得直直的了：「我這就回藩城。」

「那麼……不好意思，讓你白跑了。我的意思是，有些事是可以通融或者謙讓的。有些事，任何人，包括你，我想都是不可能退讓的。也根本沒法退讓……當然，我們都是女人，我知道你……」

「別假惺惺了好不好？我沒胃口聽你的教訓。老實說，我倒希望你今天跟我來橫的。我的脾氣你可能不知道，那樣我是決不會輕易跟你甘休的！現在，我承認你的涵養要比我好……算了，不說這些了，秦義飛剛才怎麼說？」

「……你大概已經聽見他的話了。他的意思恐怕你還是不能接受的。」

「哼！真羨慕你呵，他和你的心那麼齊。那你就告訴他，這都沒用！你們就是穿一條褲子我也不怕。我不會輕易讓他甩掉的。早知道有今天，他就不該起那份賊心！我的感情更不是隨便什麼人可以玩弄和踐踏的！」

這一刻，齊佳幾乎不敢看徐曉彗的臉。她的臉色蒼白異常卻也決絕異常，眼睛裡迸射著讓齊佳不寒而慄的寒光：「請你轉告他——讓他走著瞧！」

說完，徐曉彗的揮舞著的手猛地向下一劈，掉頭就走。

齊佳情不自禁追上去：「要不你還是把圍巾帶回去吧？」

徐曉彗頭也沒回，啪地一甩手，把齊佳遞過去的圍巾重重地打落在地上。

齊佳撿起圍巾，縮著脖子，一言不發地看著她快步遠去，直到再也看不到她的蹤影才悻悻地往公交站去。

可是，她坐的那趟汽車開出沒多遠，她卻又看見了徐曉彗。一個人怔怔地站在路邊，垂著頭不知在想什麼。

紛亂無序的雪花越發密集起來。

七

同樣的雪花，此時也籠罩在百多公里外的藩城上空。

聽說徐曉彗還是這麼個冷硬如鐵的態度，秦義飛的心情可想而知。但惶恐憂慮之餘，一直被負疚和同情抑制著的怨恨和厭煩，卻也火一樣躥了上來。

這女人也未免太任性了！我都這麼苦口婆心了，居然還癡心妄想去找齊佳。幸虧齊佳還是很通情達理的，換了個徐曉彗一樣的女人，知道了這個情況，我還有日子過嗎？唉，歸根到底，還是我表現得太軟弱了，束手束腳的，反而給了她幻想的餘地。下來我決不能再對她太客氣，不能給她有半點希望。我們的關係結束了就是結束了。你沒有理由再來見我，或者再糾纏什麼。看你能把我怎麼樣？還說什麼走著瞧，走著瞧就走著瞧！牛不喝水你還真能強按頭嗎？

可是，想是這麼想，一個人的個性和某種心理態勢一旦形成，決不是輕易扭轉得了的。轉眼之間，秦義飛的信心又消失得無影無蹤，心裡就像這糟糕的天氣一樣，狂雪亂舞了。尤其是夜裡，一個人在床上輾轉反覆時，秦義飛還覺得一肚子委屈，一頭的憤慨和無數的理由，一旦天光大亮，睜開眼第一個念頭卻是，徐曉彗今天不會鬧上門來吧？坐在辦公室裡，心裡一波一波翻湧著的，又盡是煩憂與恐慌。

骨子裡他還是渴望事情不至於變得太糟，能有個平和的結局最好。而徐曉彗不過是威脅幾句而已，要不了多久，她還是會選擇面對現實的。

實際情況好像也真是這樣，徐曉彗嘴上喊得那麼凶，但實際上她從澤溪回來之後，表現得完全就是另一回事。而且她還給秦義飛打過兩次電話，但態度都出乎意料地平和。就像和秦義飛的關係根本沒發生過什麼變化一樣，只是要求來見見他。每回還都不忘噓寒問暖地關心他幾句，說寒潮又來了，你一個人在這裡，衣服夠不夠，要不要我給你送只熱水袋來；甚至還說，我想給你打件毛衣，你喜歡粗毛線還是細毛線的？顏色是米色的好還是藏青色的好？對此，秦義飛都語氣淡漠（以示彼此的關係沒有特殊的親密成分）卻又小心翼翼地找理由拒絕了。但心底裡，他反而更添了幾分狐疑和擔憂。總怕徐曉彗是在耍什麼新花招，這從徐曉彗那種儼然仍然是秦義飛什麼人的姿態和語調裡就能直覺得到。而這一點，尤其讓秦義飛不舒服。

但是，不知不覺間，一個多月竟然就這麼過去了。徐曉彗再也沒有任何動靜。期間，齊佳來看過秦義飛，秦義飛也回家過完了春節。雖然在齊佳來的那幾天裡，倆人出出進進的時候，秦義飛曾有好幾次都驚出一身冷汗，恍然在身後什麼地方見到徐曉彗的身影閃動，卻都沒有得到確認。他希望那是自己的幻覺。齊佳也認為那只是他做賊心虛、神經過敏。她還特意挽緊秦義飛的胳膊，說，「要是真被她看見我們倆，不更好嗎？這樣她才可能死心嘛。」

秦義飛卻還是掙開了齊佳的手，說：「你不知道她的，這樣恐怕只會更刺激她的怨恨心，還是小心點好。」但他心裡多少還是有些寬慰的。暗想：看來，徐曉彗這人哪，表面上風風火火，甚至蠻不講理，骨子裡還是有理性的。畢竟她不是唐吉珂德，她只是個二十一歲剛出頭的年輕女孩，一時的癡情任性難免，繼續和風車大戰的結果是什麼，她終究還是看得到的。

八

然而，命運很快就給了秦義飛的僥倖心一切響亮的耳光。

元宵夜焰火的硝煙氣尚未散盡，單位開始上班的第一周，年味也如街頭尚零星響起的鞭炮一樣意猶未盡。辦公室裡，長假後的同事都還在戀戀地議論著春節期間的各種感受。已經頗覺輕鬆的秦義飛也來了興致，和大家談開了自己在縣城過年時，澤溪種種有趣的年俗和特色。不料剛有些忘乎所以之際，一位同事從外面進來，把剛到的一封信遞到了秦義飛手中。

只瞟了一眼封皮，秦義飛渾身的毫毛就齊唰唰地豎了起來。他立即甩掉話頭，找了個藉口離開辦公室，一邊快步向樓道外走去，一邊抖抖著撕開了信封。

如先前那封血書一樣，信上沒有台頭，沒有署名。內容厚實了些，言詞依然是單刀直入，直奔主題而沒有任何虛飾。那字跡則因為是圓珠筆寫的，與血書感覺大為不同，一個個就像徐曉彗本人一樣，硬戧戧的，透著骨子裡的倔強與剛勁，而且書寫時用力明顯過重，不僅個個字力透紙背，使黃黃的卻很厚實的信紙背面摸著感覺指肚上糙糙的。不少字還劃穿了紙頁——

我考慮了好久，還是決定把這個消息告訴你：我剛剛看到檢驗報告，證實我真的懷孕了。

不知道你是不是高興。但我是高興的，真的是太高興了！這是耳湖的青龍對我祈禱的報應（原文如此）。知道你不相信這個，以前我也不太信，現在我澈底相信了！我現在天天祈禱的是，我要平平安安把這個兒子生下來。

但是我現在還不能和家裡說，養父母是不會同意的，他們從來不和我一條心。天下所有的別的女人有了痛苦，有了委屈和不幸的命運，也不能和外人說，但起碼還可以有一個父母的溫暖懷抱可以傾訴，可是我連這個港灣也沒有！所以我來到了上海。現在，我的白髮蒼蒼的苦命生母是我在這個世界上唯一可以相信的人。她和我抱頭痛哭，她說我的命運太悲慘了。我不這樣想。我覺得我有了你的孩子，我就有了希望！我就得到了滿足！

不要來找我，我現在不會見你。因為我知道你會怎麼想。

壞了壞了！這下可真的無可救藥了……

整個中午，秦義飛粒米未進，也毫無飢餓的感覺，一直在大街小巷裡沒頭蒼蠅一般茫無頭緒地亂竄著。不如此他就沒法使自己的心緒平復下來。他坐不住，一分鐘也坐不住，甚至停下來歇一會也沒法做到。走一會，他就會找個背靜的角落把徐曉彗的信再看上一遍，而實際上，他已經能背得出信上的每一個字來。那些字個個都像徐曉彗那尖尖的指頭，幸災樂禍地指點著他，戳得他心驚膽戰。

天氣晴朗得讓人生疑。春節以來一直像老天的怨氣般扣在城市和樓宇頂上的陰霾，此時被笑眯眯地直立在頭頂上的太陽驅趕得無影無蹤。街上樹影幢幢，行人的影子則淡白得若有若無。雜亂的汽車的喇叭聲，還有圍在一家小店門口不知為什麼而開懷大笑的幾個女人的笑聲，聽起來也都飄忽而鈍化，感覺陰陽怪氣的。其實，大街上的一切都顯得那麼怪異，甚至恐怖。

我上當了！

這麼要緊的問題，我怎麼就那麼輕易地置之度外了呢？

這女人太狡猾了，很顯然，她一開始就留著這一手了！

這可怎麼是好？這可怎麼是好？

除了這些實際上毫無意義的言詞，他的腦海中幾乎如頭上不見一絲雲彩的天宇一樣，一清如洗。

什麼叫大難臨頭？

這就是大難臨頭！

九

秦義飛自認為是個很有理性的人，衝動和一時的放縱誰都難以盡免，但有頭腦的人，會憑藉理智和知性，將種種感性的飛揚約束在一個可控或盡可能小的範圍之內。所以從一開始，哪怕在那個驚喜而迷亂的初夜，他在和徐曉彗的關係上就特別地存著一份小心。惟恐一不留神懷上孩子會惹上不必要的麻煩。就是和齊佳，雖然兩人的關係早就明確，但為了避免節外生枝，他們在同居時也始終採取著必要的措施。

為了不影響健康，他們的措施主要是安全套而基本不用藥物。問題是，安全套的來源在這個年頭還是個頗讓人撓頭的問題。八〇年代初的中國，安全套是由國營藥店或單位的工會及婦女組織等有限的管道免費發放的，不像後來這樣，雖然需要花錢，但卻確保了你無論在超市還是街頭的性用品小店，甚至自動售貨機上都可以輕易地買到。那時可不成，錢不能買到的除了許多特權和公平、正義等人格權益外，還包括安全套。

來之不易，用起來就特別珍惜。所謂珍惜，就是重複使用。重複使用難免就可能出紕漏。

沒想到，最不該出的紕漏，偏偏就出在徐曉彗身上！

那是他們去耳湖之前最後一次約會時的事情。

本來，秦義飛和徐曉彗時，因擔心不安全，是決不使用舊的的。那天他心懷鬼胎（打算過幾天到耳湖時與她攤牌），也沒有那個興致。但徐曉彗彷彿預感到什麼似的顯得格外溫存，秦義飛便生出了「最後一次吧」的念頭。但事到臨頭了，秦義飛才發現自己的衣箱裡已翻不到新的安全套了。舊的倒是有一隻，但那是上回用過洗淨的，從信封裡取出時已黏縮成一團。秦義飛也猶豫了一下，但最終還是鬼使神差地讓僥倖心占了上風。沒想到就此鑄成了大錯——等他發現那東西居然脫落了時，一切都來不及了。

「糟了糟了！」他懊喪萬分地驚呼起來：「這下可有麻煩了！」

他立即催促徐曉彗趕緊起來排便、清洗。可是徐曉彗卻滿不在乎地賴在床上不肯動彈。他不得不將她拉起來後，依然忐忑不安。因為他深知這與其說是一種措施不如說是一種心理安慰，根本不保險。於是又一再曉以利害，央求徐曉彗第二天務必再來一下，他硬著頭皮也要去藥店買一種叫作早孕停的口服藥物讓她服下，以防萬一。

現在想來，恐怕是他那過分的張惶失措給了徐曉彗某種暗示。或者，徐曉彗在這個問題上過於幼稚而並不在意；更可能的是，徐曉彗反而將之視為了一個必要時可以有效挾制秦義飛的法寶。總之，徐曉彗當時是答應了秦義飛的要求，但實際上第二天她根本沒來。

為此，秦義飛曾好幾天坐立不安。去耳湖的路上，他也曾抱怨過她的輕心。但徐曉彗始終不以為然地撇撇嘴皮：「幹嘛這麼黏糊？又不是壞事，怕什麼？」但她後來的說法也確實讓秦義飛稍稍心安了幾分：「就那麼一次，哪有這麼容易懷上的？萬一真有了，不也有辦法對付嗎？」

儘管這樣，過些天再見到她時，秦義飛還是特別問過徐曉彗，這個月身上來沒來？

徐曉彗的回答很肯定：「你煩人不煩人哪？來了！」

十

澤溪是距藩城是最遠的下屬縣，實際距離雖不過百來公里，但因公路狹窄破敗，加上出城進城的時間，一個單程順利時也要跑上三四個小時，加上誤車和等票等因素，秦義飛每回家一次，都要花上多半天時間。

火車也不用說了。車站特有的某種狀態就讓人望而心悸。車上、站上那亂勁，真如趕牲口出圈，人仰馬翻。

今天，秦義飛就在從上海回藩城的火車上，結結實實地又體驗了一回。他席地而坐在兩節車廂的連接處，苟延殘喘。空氣混濁不堪，仍有人在不停地吞雲吐霧。煙氣和咳嗽、噴嚏、喧嘩、體臭、屁臭混合成令人窒息的濃霧，周圍人的大腿、屁股還不斷地蹭磨著他頭髮蓬亂的腦袋。他又累又渴，而更累的還是他的心。加之無意中聯想到計畫生育這個問題時，他的心又感到一陣分外酸痛的擠迫，思緒嘎然而止。

自己將面臨的，算是什麼「生育」呢？如果不加以制止，豈止是給計畫生育添亂的問題？如果真的讓一個私生子來到這個世界上，將給自己和孩子本人帶來什麼樣的後患？秦義飛至此仍然不敢深入細想，也無須多想就知道有多麼嚴重。可這個愚蠢的徐曉彗，卻依然縱情任性、一意孤行，硬生生地要將自己拖入這個無底的黑洞之中！

尤為可恨的是她的目的。毫無疑問，她是想以此作為籌碼，要脅自己滿足她的情感，逼迫自己選擇與她成婚。而這恰恰是秦義飛最不能容忍或滿足的。唯一的選擇就是制止。無論如何要說服徐曉彗放棄她的瘋狂！

可是，秦義飛到現在才越來越明確地意識到，自己對徐曉彗人格的認知和估判，從一開始就是大大低估而膚淺失誤的。相比起來，無論在心智、意志還是策略或性格上，幼稚天真的都是自己而非嬌小而兒女態十足的徐曉彗。

接到徐曉彗信那天，秦義飛在大街上沒頭蒼蠅般亂竄了一氣後，為潛意識支配著，來到了徐曉彗的家門口——蜂樹巷三七號院。進去，還是不進去？他的心嗵嗵亂跳。萬一我碰到的是她父母，我該怎麼說？說不定他們正想找我的麻煩而不得其人，我這不正是自投羅網嗎？況且徐曉彗信上說她沒把懷孕的實情告訴父母，我冒冒失失露出來的話，豈非只會壞事，或者更深地激怒徐曉彗？他猶豫良久，最終打消了找徐曉彗或向其家人求助的念頭，轉身直奔公交站——他始終懷疑徐曉彗是不是真的去了上海。而如果沒去，這個時候她應該是在上班，我到人民商場找她去！

令他失望的是，他在商場假裝顧客樓上樓下各個櫃檯反覆轉了個遍，就是見不到徐曉彗的身影。硬著頭皮打聽了幾個營業員，都說不認識徐曉彗這個人。這也不奇怪，商場很大，櫃檯不同，未必人人都互相認識。但令他驚訝不解的是，他最後問到的一個人卻肯定地告訴他：毛線櫃確實有過徐曉彗這個人，是頂替她母親進來的也沒錯。但她在幾個月前就辦了停薪留職手續離開了。現在在幹什麼，他們就不知道了。

幾個月前我還根本不認識徐曉彗。那麼，她早就不在商場了，怎麼還說得有鼻子有眼的？出於虛榮心還是出於抬高自己身分的考慮？不管怎麼樣，這個女人的水真是深得很哪！而她現在又在幹什麼？以何為生？這倒不必管它，我又不可能和她怎麼樣。怪不得她說來就來，說走就走，自由得很，搞不好她現在就是個無業人員，居然還要死要活要嫁給我，真把我當作她的人生支柱啦？

天哪，我碰上的居然是這麼個人！人民商場在全市商業系統應該是第一塊牌子了吧，又是國營企業，鐵飯碗，徐曉彗居然瞧不上，說走就走，真是太有性格了！這說明什麼？要麼說明她心高氣傲，敢作敢為，將來沒准會有大出息，要麼說明她幼稚狂妄、衝動胡為，將來必吃苦頭——無論如何，這個人真個是很不簡單呢！

唉，現在還管這些幹嘛？趕緊找到她要緊。否則，真的要讓這麼個將來恐怕自己都無以為生的人，把我的孩子生了下來，那就太不可思議了！

他又摸出徐曉彗的信仔細看了一下，信封上的郵戳還真是上海的，而且還清清楚楚地寫著上海延安西路一二三八號的地址！此前他雖然注意到了這個，直覺中卻懷疑是徐曉彗玩的什麼花招。現在看來，只有下定決心去上海了。時間不等人，無論如何我不能坐以待斃，任她胡來！

第二天一大早，他就擠上了去上海的火車。

上海，浩渺恢宏、博大繁華、中國近現代乃至當今最先進最發達概念之代名詞的上海！而一下火車，他就有了一種不祥的預感。雖然他此前很少去上海，但一找到延安西路他就開始懷疑自己真是急傻了。延安西路這麼繁華，是上海最著名的商業街之一，居民大多都居住在這條著名大街後面那些毛細血管般縱橫交錯的小巷子裡，徐曉彗的生母再那個，也不大可能住在這個堂皇的大街上吧，我居然就這麼冒冒失失地衝了過來？

果不其然，又累又乏的他拖著沉重的雙腿找到延安西路一二三八號前時，澈底傻了眼，赫然呈現在眼前的，是一家操著全國各種方言之人頭攢動的鞋店。在它的前前後後，都是各種各樣珠光寶氣、盛氣凌人的商家店鋪，根本不可能是哪個居民的住家！

這不怪徐曉彗，這不怪徐曉彗。他完全忘記了自己的尊嚴，不管不顧地癱坐在鞋店門前的馬路牙子上，疲乏而悲哀抱住自己熱汗涔涔的腦袋，喃喃歎息著：只能怪我自己太簡單也太輕信了，不，太愚蠢！太可悲！

——這天晚上，奔波了一天的他軟綿綿地仰臥在被褥上，很想閉一會眼睛卻絲毫沒有倦意。很想結束眼前這種不明不白的、束手無策的狀況卻又一籌莫展。時間不等人哪！可要是徐曉彗一直不出現，自己除了坐以待斃，還有什麼辦法呢？

他看看時間快十點鐘了，便一躍而起，趁著大院沒關門前，衝到橋對面的煙紙店買了一包飛馬香煙和火柴。回到寢室後，他像個老煙槍一樣一支接一支地連抽了幾枝煙。又嗆又咳之後，他並沒有感到心情有多少松釋，反而突然泛起一陣噁心想吐的感覺，蹲在地上毆啊毆啊地乾嘔了好一陣後，他忽覺身子發沉，自己竟無力站起來了。眼前也天旋地轉，摸摸額頭，一手的冷汗——後來他知道，這是醉煙。是學吸煙者的必由之境，也是他從此成為煙民的一個起點。

十一

就在他從上海回來的第三天傍晚，徐曉彗出現了。

秦義飛正想去食堂，一見她的身影，扭頭就向大院外走去。徐曉彗乖巧得很，馬上也一聲不吭地跟著他。秦義飛走得很快，徐曉彗的步幅也一點不小，兩人就這麼迅速地來到了外面的小巷裡。一看周圍沒什麼人了，秦義飛猛地爆發了。他一個急轉身，手指差點就截著徐曉彗的鼻尖了：

「你搞的什麼名堂！這麼重大的事情，關係到我切身利益的事情，你居然也敢騙我！居然還一騙再騙，把我耍得團團轉，你太不像話了……」

可是，徐曉彗似乎早有準備，一點兒也不生氣，不還嘴，任由他吼叫著，只是又像先前那樣，癡癡地望他，一言不發地盯著他，甚至還似乎很欣賞他發怒的樣子，時不時露出一絲由衷的笑意來。

秦義飛不禁氣短：「你笑什麼？」

「我笑了嗎？笑了又怎麼樣？我覺得你很好玩。你知道嗎？你這種時候是最可愛的。也是最傻的。你想，你還真的會跑到上海去，你說你傻不傻？不過，這倒也說明你心裡還有幾分在意我的……」

「胡說八道！我跟你談正經事呢！」

徐曉彗也喊起來：「我說的都是正經事！你不要聽我馬上就走！」

秦義飛最怕看到的恰恰就是她的這種表情和態度，不知不覺就洩了氣，反不知說什麼好了。

徐曉彗這才又若無其事地開了口：「好了好了，都怪我不好。」說著，她將手中拎著的一隻紙袋塞到秦義飛手上：「我在上海給你買的一件夾克衫，現在上海最時興的。尺寸是我估摸的，可能差不多，你回頭穿穿試試，不行以後我再去換」——秦義飛觸電般使勁抽回了手：「不要不要，誰讓你給我買什麼衣服的？都什麼時候了，你還跟我來這一套。說，你真的去上海了？那我怎麼找不到你？」

徐曉彗的臉上剎時綻開一朵燦爛的笑靨，又像是得計的自得，又像是證明了什麼的寬慰：「你又不知道我媽住址，怎麼找得到我？」

「你信封上不是寫著嗎？完全是胡說八道！」

徐曉彗咯咯地笑得前仰後合了：「那是順手寫寫的，我上海家住哪裡，你又不是我什麼人，我有什麼必要告訴你？」

「那你為什麼還騙我在人民商場工作？」

「呵，你可真行啊，改行做公安啦，把我的什麼都摸這麼清楚，有必要嗎你？」

秦義飛怔了一下，立刻轉換話題：「也是，現在談這些都毫無意義。你說吧，什麼時候去做人流？我可以陪你去。你要明白，這件事上我決不會任由你胡來。」

「休想！」徐曉彗的神色突然大變，轉眼就成了頭兇狠的母獅，又尖又利的嗓音也讓秦義飛不由自主地打了個寒戰：「你真把我看成一隻傻不拉嘰、任你哄任你玩的小綿羊了？我今天來就是要告訴你，這是天意，老天爺是站在我這邊的！在這個問題上沒有任何商量的餘地。你只有兩條路——如果你還有良心，是個負責任的男子漢，那就明媒正娶，光明正大地做這個孩子的爸爸。要麼你負心到底，那就偷偷摸摸地做這個私生子的父親，你一輩子也別想見到他！」

「徐曉彗，話怎麼能這麼說呵，這不是負責不負責的問題！你完全知道我沒法負這個責。」

「怎麼沒法負？只要你有這個責任心，就能負這個責。社會上像我們這種例子多得是，下個狠心不就完了。」

「事情哪有這麼簡單呢？感情的事……再說，你客觀地想想，世上什麼事都不能兩全，凡事也都有個先來後到，就連上廁所也不例外，不是嗎？」

「放屁！這和上廁所扯得上嗎？」

「我只是打個不恰當的比方嘛。再說，齊佳年紀不小了，你還這麼年輕，將來機會有得是。」

「不會有了。真正的愛情給予人的機會，永遠只有一次！」

「哎呀，你怎麼還是這麼固執？」

「對，我從來就是個固執的人，你剛剛知道嗎？告訴你，我這個人不光是固執，也萬分堅強。只要有必要，我什麼後果都不怕承擔，不信你看著好了。」

話沒落音，徐曉彗轉身就走。早有防備的秦義飛一個箭步衝上去，張開雙臂攔住徐曉彗的去路：「你不能走！我們的話還沒說清楚呢，這孩子到底怎麼辦？」

徐曉彗突然掄起手中的衣服袋子，劈頭蓋臉地打向秦義飛：「你知道怎麼辦！你知道怎麼辦還來逼我！……」

雖然只是軟軟的衣袋子，但徐曉彗下手相當狠，秦義飛本能地抱住頭，只覺得耳邊呼呼生風，腦門上啪啪作響，一隻衣袋的拎把又抽過他眼睛，他不禁哎喲一聲叫起來，眼淚直流。

徐曉彗的手停在了半空，她撲上來就抱住秦義飛的頭，想察看他的眼睛。秦義飛沒好氣地推開她。她愣怔了片刻，恨恨地哼了一聲，揚長而去。

秦義飛不甘心地追上去，還想攔住她。沒想到一團黑影呼地飛過來，緊接著臉上一疼，細看才發現，徐曉彗還是把那件衣服扔給了他。

十二

一連好些天都在焦灼地期待著徐曉彗的電話或身影出現的秦義飛，等到的竟是一紙父親發來的加急電報：母病速回！

幾個字像重錘一樣，砸得秦義飛暈頭轉向。他一分鐘都沒耽擱，立刻跑到館長辦公室去。可是他幾乎跑不動路，兩條腿不聽使喚地踢拖著，心怦怦跳得透不上氣。他的神色一定失常得厲害，以至汪館長一見他就驚愕地站了起來。

請過假，秦義飛揮揮手，連個謝字都忘了說，也顧不上收拾什麼東西，一路敲打、掐揉著不聽使喚的雙腿，掙扎著跑向公車站。幸運的是，他搭上了剛剛響鈴的午班客車。

沉重地喘息了好一會也無法平靜的他，又摸出電報反覆看了好幾遍。

電報上光說母病，沒有加「危」字。這是不是說明問題還不至於太嚴重？但不一定。教了一輩子書、現在又當技校校長的父親，其性格他是很瞭解的。他表面上溫文爾雅，瘦骨嶙峋的，骨子裡相當自尊也相當剛強。文革中他被學生打斷過一隻胳膊，回家見到秦義飛還笑著說是自己不小心從樓梯上摔下來的。打從秦義飛在外讀大學幾年到現在，家裡大大小小也發生過許多麻煩，父母都生過這樣那樣的毛病，但他們從來都瞞著秦義飛，更不曾打過電報來。父親的這種性格也深深地影響了秦義飛。自己在外，也總是報喜不報憂，遇到再大的麻煩也儘量自己克服，決不給父母增添心理壓力。沒想到現在，父親竟破天荒了發來這樣的電報。這只能說明一點，母親這回一定病得很嚴重！

唉！早知道這樣，我真不該離開家到藩城來！徐曉彗那邊還不知道會是怎樣的結果，這邊又碰上這麼不幸的事情！要是我不離家的話，說不定什麼麻煩也不會發生，起碼徐曉彗的麻煩就不會產生——唉，都什麼時候了，我還去管它什麼徐曉彗！母親才剛過五十二歲啊！要是她有個三長兩短的話……

秦義飛家中兄妹兩人，母親自然都十分疼愛。但從秦義飛切身的感受來看，也許是自己從小比較多病，大了又外出讀書，母親對他總是有幾分偏愛。一個簡單的例子就是，在困難年頭，妹妹有時候會抱怨吃不到葷菜，父母親也可能多日不吃一個雞蛋，但秦義飛每天早餐的麵條或稀飯下面，永遠會臥著一隻雞蛋。

那時因為貧困，家裡的廁紙都是裁成一小條一小條的粗草紙，廚房客廳和父母房裡的電燈都是比螢火蟲光亮不了多少的三支光的節能燈，只有秦義飛和妹妹住的地方有一盞二十五瓦的白熾燈，以免他們看書做作業損傷眼睛。

別一個印象也永久地烙在腦海中，那是他上初二的時候，有一天回家路上他覺得提不動腿，在路上坐了好一陣也緩不過勁來。父親當時還關在學校裡，焦灼的母親不放心，半夜裡借來輛自行車，獨自把他推到縣醫院看急診。醫生初步懷疑是甲肝（台灣稱「A肝」），母親當著秦義飛的面哭出聲來。

個子矮小也精瘦的母親硬是不許秦義飛自己走路，沉重地喘息著，背他上下三樓好幾趟去抽血、驗尿。等待結果的時間分外漫長，母親臘黃的臉上滲滿豆大的汗珠，她像是害怕秦義飛會被人搶走似地，將他緊緊摟在懷裡。幾乎喘不過氣來的他，只覺得母親一直在哆嗦著，腦門上熱乎乎地淌著母親的淚水，鼻息裡濃濃的，全是母親頭上的汗味……

汽車到站的那一刻，秦義飛想到了齊佳。

要不要先給她打個電話？這時候他特別希望有她在身邊。可是一想到給她打電話要耽擱時間他又作了罷。我還是先回家要緊。可是一想到齊佳，腦海中又突然閃過徐曉彗的身影，隨即電光火石般一亮：天哪！這事會不會又跟徐曉彗有關？

雖然徐曉彗擅自找過齊佳後，秦義飛曾警告過她不許再找父母的麻煩，但她能自說自話地去找齊佳，也一定能再去我家！

隨著時間推移，秦義飛越來越感到徐曉彗有著相當狡獪而潑辣果敢的一面，但有些方面，她的智商卻依然會顯得十分幼稚。總以為可能通過外力來左右秦義飛的情感，殊不知那反而會加劇他的反感。可是，她就是這麼個人，想到做到，而且什麼都做得出來！雖然有關她自己的一切情況，她總是躲躲閃閃、語焉不詳甚至假話不斷，對與秦義飛相關的一切情況，包括單位電話，家庭狀況乃至齊佳的情況，她從一開始時就打探得十分仔細並且顯然是有意識地牢記在心。

她真要找我家人的話，很容易就能通過父親的學校瞭解到我家的住址——徐曉彗，要是真的是你把我媽給嚇出病了，看我……

十三

「近鄉情更怯」。多年在外的秦義飛很早就對這句話有著特別自我的體驗。每次從外面歸來，越近家門，腳步越發沉重。匯聚於心最多的，此時並非即將與親人聚首的歡欣。而是某種莫可名狀的情愫。總好像那是個隱匿著什麼不可測的危機的地方，某種隱隱的憂慮始終會在心中作梗。

但是，就在他三步並作兩步跨躍上樓梯時，先前閃過的那個疑惑，突然又橫亙在眼前，直覺再次驅使他僵在了自家門前：萬一真和徐曉彗有關，我該怎麼說？

他縮回了敲門的手，屏住氣息俯下身去，先向屋裡窺探了一下。他家住在縣文教局的一座七〇年代建築的老房子的四樓上。十多年下來，本來就粗糙單薄的門鎖下面的薄板上，已裂開了一條斜長的細縫。透過這道裂縫，他一眼就看見了母親，並且嗅到了從裡面透出來的那股子他熟悉而又莫名地感到幾分彆扭的家的氣息。這氣息中最鮮明的是混雜著淡淡的蔥蒜味和煤氣味兒的廚房的味道

——母親顯然是剛剛做過晚飯，現在正疲憊地正對著房門，坐在客廳的八仙桌前垂著頭發愣。屋裡灰朦朦的，照例沒有開燈。一抹黯淡的晚霞通過廚房的玻璃泛映在母親晦暗的的臉上。她就那麼定定地側視著窗外，神色茫然地不知在想著什麼。

徐曉彗！一定是徐曉彗來過了！

秦義飛完全確信了自己的預感——他用早已捏在手心的鑰匙打開了房門。

母親一下子跳到門前，拍著雙手笑道：「啊，你真的回來了。」

秦義飛惶惶地換拖鞋的時候，她一個勁地撫摸著他的頭：「你這一向都還好吧？路上怎麼樣？沒把你嚇壞吧？」

什麼也不用問了。母親完全知道是怎麼回事。秦義飛也再次確信了是怎麼回事：「爸呢？」

話音未落，父親從裡屋走了出來。他那瘦削而密布皺紋、滿是滄桑的臉上沒有一絲笑容。也不說話，就那麼定定地豎在秦義飛跟前，神色異常嚴峻地審視著他。

秦義飛讀懂了他的心理。顯然他期待的反而是秦義飛的憤怒或「理直氣壯」，以回擊某個讓他不安的現實。但秦義飛的表現讓他的期望落了空。他軟軟地坐了下去，再也不搭理秦義飛，僵著脖子死盯著窗外的樹梢。秦義飛本能地順著他的視線看了一眼，光禿禿的樹梢上還真有風景，一大窩（難道也是一家子？）黃羽長尾不知什麼鳥兒棲在枝上，像一群無家可歸的蝌蚪，又像是一行行雜亂無章的五線譜，傾訴著莫名的淒婉。

秦義飛扭回頭來，仔細地端詳了母親一會，確信她並無病容。終於長長地籲了口氣：「找什麼理由不好，偏要編這種謊話。」

「就是嘛，我剛才還說他呢，光聽些一面之詞，就這麼沉不住氣，嚇著孩子怎麼是好？快坐下息息，喝點水就吃飯。你們都不要急，有天大的事也先吃了飯再說。」

母親說著從桌上的涼水瓶裡給秦義飛倒了杯水，可是秦義飛剛想接，父親卻一步逼到他跟前，連珠炮似地逼問道：「這到底是怎麼回事？太不像話了！你還當自己是小孩子嗎？好好的有了個發展進步的機遇，怎麼才出去沒多久就捅出這麼大婁子來？這下你該怎麼收拾這局面？」

剛覺得有所寬慰的秦義飛，霎時又陷入了焦燥的境地。但他竭力使自己表現得鎮靜，先接過母親遞來的涼開水，一氣喝乾。但為保險起見，他還是先試探了一下母親，是不是有什麼人來過。母親肯定地點點頭：

「她說她姓徐，居然還說什麼已經有了你們倆的孩子——我才不信這種鬼話呢，我的兒子我還不瞭解嗎……」

秦義飛揮手阻止了母親的話頭，軟軟地癱在椅子上。悻悻地說：「是有這麼個人。她說得也基本是事實。具體情況到底怎麼樣，我想你們也該清楚了。為這事我也十分懊悔，不僅給自己惹來了大麻煩，也讓你們跟著受驚了。但現在一切都來不及了。她來的目的，我想她也肯定給你們表明了。我現在能說的就是，不論你們知道不知道這事，不論她下來還會怎麼做，做什麼，我都決不會順從她的目的的。由此產生的任何後果我都會獨自承擔，你們不用為我操心。」

先前還多少懷著些僥倖的母親頓時臉色煞白：「這麼說她真的懷了你的孩子，這可怎麼得了哇？要是她死活不聽勸，真把孩子生下來的話……」

父親的表情倒反而顯得鬆弛了些，他打斷母親的話說：「這就對了。我要的就是你的這個態度。因為我根本不相信你在這麼短暫的接觸中就會和她產生什麼真正的感情。既然這樣，我對徐曉彗說的，也是類似的意思。站在她的角度上，我能理解她的感受，甚至也有點欣賞她敢於直面困境的勇氣。但站在我們的立場上，無論如何，不可能有她期望的結果。不是我們不願、不義、不仁、或者不顧惜她的感情及我們的血脈，而是我們不能、不應、不得已。朝三暮四的結果只會造成更多的傷害和更大的麻煩，也是對齊佳的背叛和摧殘。」

「她怎麼說的？」

「當然是希望我們來做通你的工作。唉，說來也可憐，她是拿這肚裡的孩子當救命稻草呀。」母親悲愴地一個勁地搖頭：「我們根本說不通她。你爸說一句，她就冷笑一聲。但她有句話我記得特別清楚。我勸她無論如何不能冒失，先把孩子打掉為妥。需要什麼費用或者精神補償都好商量。你知道她說什麼？『我來這裡不是要錢的。真要錢，有這個孩子我會得到更多』──你看看，她恐怕把前前後後方方面面都考慮好了。義飛呵，這事還真不好辦呢！」

「所以我必須立刻叫你回來。」父親說：「事情既然已經出了，就要作好多種應對的準備。我的考慮是，我們這邊的態度必須明確、堅決，不能給她留下任何幻想的餘地，這才反而可能讓她放棄不切實際的作為。但也要作好多種準備。比如，萬一她固執己見真把孩子給生下來，我們就得準備承擔撫養孩子等一切責任。但這是下一步的問題。首要的問題是，既然她能來找我們、找齊佳，那也完全可能在絕望以後報復你、糾纏你，或者去你單位鬧。所以你就要作好調不成就回家的準備。」

「這個我也考慮過了，大不了就回家。問題是，前兩天館長剛跟我談過，市里的編制已經批下來。最近局裡就會討論進人的問題，不出意外，很快就會辦理我的調動手續。」

「你看看，她這事不就是個大意外嗎？你啊你啊，偏偏在這麼個節骨眼上惹出這麼個事！不過，我估計這女孩也輕易不至於置你於絕境。畢竟從目前來看，她的主要目的還是勒索感情。所作所為也是為了得到你而不是推開你或者毀滅你。她應該明白，如果把你毀了，或者逼回家來了，她的希望也就更渺茫了。我現在最擔心的倒是齊佳，她知道那個女孩懷孕這個新情況嗎？」

「我第一時間就給她打過電話……是的，她很震驚……這幾天她一直很難受。但是，她並沒有太多責備我。而是說，如果實在不行，她可以考慮退出，以避免我陷入絕境。這反而更讓我慚愧……唉，真是一失足成千古恨了！」

「豈止是慚愧，你應該額首慶幸！齊佳才是你應該選擇的人！有這樣的人作妻子，是你不幸中的萬幸呵！否則，如果她因此棄你而去，你只有娶徐曉彗一條路可走。而這個徐曉彗，依我的看法，雖然現在我還不認為她有多麼不好，但她這種行事方式和性格，顯然與你有太多的不合。而這時，如果齊佳也因此來逼迫你，折騰你，你這輩子還有個好嗎？不過，齊佳現在這種態度倒也不出我的預料，這麼些年來她的脾性和為人我們都有目共睹。所以我緊急叫你回來，就是想表明我的態度，你們相處的時間不短了。應該立刻去把結婚手續辦了。這樣有兩個現實的好處，一是讓齊佳的感情有個合情合理的結果。另一個，這也許可能使徐曉彗徹底絕望，從而清醒理智地處理孩子的問題。我認為這對她根本上也是一種善意。」

「可是，萬一這女孩就是癡迷不醒呢？」母親焦急地說：「我怎麼感覺她八成是那種不撞南牆不回頭的人？那樣的話，你們想過那孩子了嗎？他可是我們的骨血啊！可是，我敢肯定她十有八九不會把孩子給我們養。就是讓我們養，我們應付得了由此而來的種種麻煩和不便嗎？費用倒好說，孩子的戶口恐怕就沒法上；對外面又該怎麼說？將來讓不讓他媽來看他？老來老來又怎麼相處？唉喲，那樣的一連串結果，我可是想都不敢想哪！」

父親和秦義飛面面相覷，一時都陷入了沉默。

好一會，父親才幽幽地說了一句：「情形就是這樣了。想那麼多，暫時也遠了點吧？況且這做人哪，本來就如此。誰都希望天天快樂，事事如意。實際上，誰都沒法知道自己明天會碰上什麼難關和變故。唯一的辦法就是敢於承當，勇於應對一切。走著瞧，到什麼山再砍什麼柴吧。」

見秦義飛沒接腔，父親又補了一句：「要不，你再跟她好好談談。只要她肯拿掉孩子，經濟上我們一起來，砸鍋賣鐵也滿足她。當然，眼下來看，錢對她的作用是有限的。所以你要特別講策略，多唱白臉。反正她也清楚我的態度了。不愛聽的話都推在我身上。比如你們領結婚證的事，就說是我逼著你們去辦的……」

秦義飛無力地點點頭，想說什麼，又覺得說什麼也沒意義了。也真是覺得累，早上到現在，一直在驚懼和緊張的奔波中渡過。從心到身，都裹在濕霧般沉重的疲憊裡。此時他越是感受到父母的拳拳之心，越是感覺到自己的混帳。而想到徐曉彗，他就越發消沉。潛意識裡很清楚，不管紅臉白臉，現在恐怕是唱什麼都起不了作用了。

天快黑透了，對面樓舍的窗格子裡，都次第亮起了燈光。秦義飛這才意識到自家還沒有開燈。他起身按亮開關，屋子裡大放光明。

但是，有什麼能量能把困頓而黑暗的人心傾刻照亮，那該多好呵！

父親又喋喋地說起來，可是秦義飛發現母親不在了。

他跑到廚房探了探頭，果然見她正站在水槽前抹眼淚。他頓覺萬箭穿心，焦慮地喊了聲「媽」──母親慌忙背過臉去，擰開水龍頭甕著鼻子說她洗一下手就開飯。秦義飛正不知怎麼是好，妹妹下班到了家。

妹妹的單位不錯，在縣供電局當抄表工，又是剛參加工作不久，回來總有些自己覺得新鮮的事情議論一番。於是家裡有了幾分短暫的生氣。可是當母親把晚餐端上桌後，氣氛很快又消沉下去。徐曉彗找來家的時候，妹妹正好在家。所以她知道秦義飛為什麼回來。但是乖巧的她見大家不提，也就隻字不提。飯桌很快又為沉默籠罩，只有吧唧吧唧的咀嚼聲，分外刺耳。

第三章　恭喜你，你做父親了

一

表面上看，一切都似乎又歸於平靜。在家裡逗留了好些天，回到藩城又是好幾天過去了，他連徐曉彗的影子也沒見過。他每天觀察寢室門前，也始終沒出現過任何可疑的腳印。這倒不算離譜，兩人談崩以後，徐曉彗就沒有來過寢室。但這麼長時間連個電話或信件也不來則是少有的。

很明顯，徐曉彗是在刻意回避自己。

為什麼回避？無疑是在向自己施壓，向自己宣示：她不容我有任何討價還價的機會。她現在處於十分有利的地位，主動在她掌握之中。時間越是推移，她的優勢也就越是明顯。

對於自己這種幾乎從一開始就形成的被動無奈的地位，秦義飛尤其惱怒，也倍覺無奈。情形始終如此：如果徐曉彗願意，她可以隨時隨地地與自己聯繫，找上門來，打電話、寫信都很方便。而自己呢，打電話，她家沒有；找上她家去，目前情勢下秦義飛更不敢，萬一她家人真的並不知情，自己豈不是弄巧成拙、自投羅網？寫信也是同樣道理，要是被她家人拆到就不好辦了。而到她工作單位找吧，秦義飛曾經問過徐曉彗離開商場後到底在幹什麼。她的回答是我在跟人家做生意。

「做什麼生意？」

「這和你有關係嗎？你又不是我什麼人！」

終於有一天，秦義飛去大院外的煙紙店買香煙時，意外撞見了徐曉彗。

她沒看見他。正在煙紙店的公用電話前撥打著電話。

秦義飛的第一個反應就是煞步、後退，迅即閃身隱藏在店外一棵粗壯的法國梧桐後，心也怦怦亂跳起來，一時拿不定主意要不要面對她。

秦義飛還是第一次在她不知情的情況下近距離地仔細打量她。她仍然穿著以前去耳湖時穿過的粉色春秋衫，裡面還是那件繡著幾朵鮮豔玫瑰的開司米毛線衫，只是衣服的色彩都遠不像新的那樣鮮亮了，衣襟也鬆鬆垮垮顯然沒有熨整過。她的頸子上也不見了過去那條淡綠色的充滿春天氣息的綢紗巾。顯然，現在的她對於自己穿什麼和不穿什麼恐怕都不怎麼在乎了。而且，徐曉彗現在的模樣也使秦義飛暗暗地吃了一驚，有一瞬他幾乎要懷疑這是不是真是徐曉彗。雖然不見面並沒有太久的時間，她已是憔悴得嚇人。她偶一回首顧盼的時候，那雙凸出來的的眼珠幾乎隨時都會從眼眶裡彈出來，細長而空蕩蕩的脖頸上似乎可以看到脈搏的跳動。

內心的焦慮與不甘，竟使她變成了這副模樣！

他心裡很清楚，徐曉彗或許就在給自己打電話，這也正是自己盼望的機會。可是真正要面對她時，內心卻升騰起一種強烈的逃避感。現在他對徐曉彗越來越有一種畏懼的感覺。直覺告訴自己，面對她幾乎就等同於面對痛苦和折磨、面對脅迫與絕望。他實際上已經完全失去了說服或改變徐曉彗的信心。

然而他別無選擇。現在，哪怕她已是一匹死馬，他也要當作活馬去騎一下試試。於是他鼓起勇氣走出樹後，故作鎮定地喊了一聲徐曉彗。

徐曉彗馬上回過頭來，臉上大放光彩。她扔下電話，小鳥一樣飛到他身邊，一臉的開心：「我正在給你打電話呢。」

秦義飛快步往巷子深處走去，一邊儘量和緩地試探說：「這麼長時間了……我也一直希望能再和你好好談談。你的心情我是能夠理解的，但是你自說自話衝到我家去，我很不贊成。我的問題本來不想讓我父母知道，你這樣反而增加了我的壓力。但是你既然去了，就應該明白我沒有騙過你，我父母的態度就是那樣，我們的問題不可能再有別的辦法解決。所以，真心希望你再不要感情用事了。你只要答應不把孩子生下來，我們家可以盡最大力量給你補償……」

徐曉彗吃吃地冷笑起來：「那你倒是說說看，多少錢能補償一個人的青春和希望？多少錢能夠挽救一個沒有父親的孩子的命運？」

「所以你千萬別把孩子生下來！你想想看，你一個人怎麼帶得了他？有了這孩子，你今後還怎麼找對象成家？僅僅是一個戶口，你和我都沒辦法解決，別說一個孩子的成長、教育、醫療等等要耗費多少精力和財力了。徐曉彗，求求你，千萬千萬別做傻事，否則你將來一定會後悔莫及的！」

「哼哼，那些問題我早就考慮到了。你可以放心，這輩子除了你，我是不可能再嫁人了。所以一旦把孩子生下來，將來我吃糠咽菜也不會後悔。而且，我就是帶著孩子沿街乞討，也決不會討到你秦家門上去的！可是這孩子是你們秦家的骨血，你們的後代！你們完全可以避免這些後果發生，卻硬要逼我往絕路上走！秦義飛，我今天來，就是要最後一次問問你：你們秦家到底要不要這個孩子？」

「這不是要不要的問題，而是能不能要的問題……」

「當然能！只要你答應我，我明天就去做手術。要不然，如果你們對這個孩子還有一絲一毫良心，你們就明媒正娶，把他正大光明地生下來，讓他開開心心地看看這個世界，給他一個正常孩子都應該有的幸福生活。」

「不可能了！這次我回家時，已經和齊佳把結婚證領了——這也是你擅自上我家去的結果——我父親認為……」

「你的意思是……你和她結過婚了？你……你怎麼可以這麼做？你你你……你這個殺千刀的壞東西……」

徐曉彗身子搖晃了一下，隨即倚著身後的電杆，軟軟地蹲坐下去，雙手緊緊地捂住臉龐。秦義飛慌得腿也軟了，趕緊伸手去拉她起來，可是他的手被狠狠地打開了。

他蹲下身去，側頭去看徐曉彗的臉色，不料徐曉彗又是一推，他也一個屁股坐在了地上。就在這一瞬間，他看見徐曉彗滿臉都是眼淚。這還是他們相識以來，第一次看到徐曉彗這般哭法。是那種幾乎沒有聲音的啜泣。成串的淚水不停地流淌，臉頰歪扭地抽動，渾身劇烈地哆嗦，就是強抑著不讓自己發出聲來。

秦義飛完全亂了方寸，連連說：「對不起，真的對不起，都是我害了你，都是我不好。我也真的是不想傷害你的，一點也不想，真的……」

他情不自禁伸出手去，輕輕攬住徐曉彗肩膀：「你冷靜點好嗎？有什麼話慢慢說……」

「不要你碰我！」

他的手又一次被重重地打開了：「死走吧你！我再也不要看見你！」徐曉彗一骨碌蹦起來，用手向身後一指：「再不走我就喊了，你想不想讓所有人都聽聽我們的故事？」

身邊早已駐足了好幾個路人，不遠不近地看著他們，歪著腦袋伸著耳朵，彼此還擠眉弄眼，一個個倒像是在看消防隊員救火，表面上也是緊張，骨子裡則熱切地期待著那火勢，越大越精彩。這樣的場景，生活中屢見不鮮。而往昔自己從來都是觀賞者中的一員，多半還對那些演出者嗤之以鼻或幸災樂禍。做夢也沒有想到，有朝一日自己也成為一個可憐複可悲的演出者！

秦義飛覺得天昏地暗，不知所措。他期期艾艾地瞪了徐曉彗好一會，終於什麼也沒說，扭頭就走。

走出沒多遠，他又暗暗回頭看了一眼，徐曉彗已沒了蹤影。

這女孩實在是……沒辦法了，我只有聽天由命了。

可是老天哪，您就不能給我指一條生路嗎？

眼前倒是有一條筆直而寬敞的大路在。路燈高高地閃爍，店鋪燈彩交輝，尾燈紅亮亮的汽車在其間悠然穿梭。時間尚不太晚，三三兩兩的行人出沒在店鋪之間，挽腰摟臂的情侶則娓娓地遛達於樹蔭之下。

多麼平常而熟稔的場景，多麼親切而魅人的道路。

但那不再是自己的路，更不是自己的生活。

秦義飛滿心悲哀，卻欲哭無淚：知道我結婚了，她還會把孩子生下來嗎？

真如此，這輩子我恐怕永遠也走不著平坦的路了！

三

下午五點半左右，樓道裡照例起了一陣小小的喧嘩。各個辦公室的門怦怦碰碰先後關上，科技館的員工們相互打著招呼，扯著閒話陸續回家。

秦義飛見沒人了。也回到自己住處，一屁股坐到館長的辦公桌前，哆哆嗦嗦地摸出香煙來，埋著頭大口地吞吐了一陣，目光鬼使神差地落在了腳邊的字紙簍裡，心突地一跳，一種奇異的直覺讓他抓起字紙簍，把半簍廢紙統統倒扣在地板中央。

沒扒拉幾下，一隻揉成團的信封便突入他眼瞼。展開一看，他哇地一聲大叫起來——那稚拙而執拗、螃蟹般張牙舞爪的字跡，不是徐曉彗的又是誰的？

——藩城市運河大街一五三號市科技館汪館長親收

地址處填的是：內詳。

毫無疑問，這一定是我回澤溪期間她寫來的！

這麼說，汪館長對我趕回家去的真正原因，恐怕也是有數的了。老天哎，我回來還有鼻子有眼地騙他說母親得的是心絞痛，搶救及時才沒出事……

徐曉彗，你太過份了！太……太可惡了！

他強抑著憤怒和狂亂的喘息，反反覆覆地又在其他字紙裡翻了個遍，最終失望地癱坐在床上。

顯然，汪館長把信毀棄了，或者，收起來了。但秦義飛心裡很清楚，信的內容看不看其實並無什麼意義。徐曉彗和汪館長素昧平生，她給汪館長寫信，會說些什麼，還用得著猜嗎？無非又是癡望館長能向我施壓，以滿足她那奢望！

天哪，這叫我以後還怎麼見汪館長？

秦義飛喪魂落魄地抽著冷氣，好一陣心亂如麻，怎麼也理不出個頭緒來。

不過，館長這幾天既沒有找我談過話，神情上也沒有露出任何異常。這恐怕是出於好心。他是館裡公認的厚道人！至少，他並沒有幫助徐曉彗來做我工作的意思——這麼看，我還真是不幸中的大幸哪，闖了這麼個大禍，齊佳沒跟我添亂，館長也沒把我一棍子打死的意思……要是換個人當館長，我的前途豈不生生要斷送在徐曉彗手上？

此時又想到徐曉彗，秦義飛剛有些平緩的心境裡突然又飄起了鵝毛大雪：

這事豈不是再一次證明，徐曉彗決不是等閒之輩？就算我暫時過了館長這一關，下面她還不知會做出些什麼文章來呢！弄不好，只怕我逃得過初一，逃不過十五呢！

要是她真的再把那孩子生下來的話……我的天哎！

——她真敢把孩子生下來？

四

電話鈴響的時候，秦義飛剛好拿著飯盆，準備到食堂吃午飯。他疾步奔去拿起了話筒。

「秦義飛吧？」

一石激起千層浪。秦義飛的心堤訇然崩潰，激流湧動：「你……」

他覺得腳下的地板在左右傾斜，趕緊伸手扶住牆壁並竭力穩住自己的情緒，心裡卻暗暗歎息著，好一會沒法開口。

好久沒有聽到這熟稔而越來越感覺可怖的聲音了。

這是一九八一年九月下旬的一天。後來就成為秦義飛此生永遠忘懷不了的一個特殊的時日。

這一天，距他與徐曉彗最後見面的日子過去了有半年多。在最初的兩三個月裡，徐曉彗也曾冷不丁地給他打過幾次電話。每次都是以不歡而散告終。內容每次會有些小小的新話題，但主題則始終圍繞著孩子的生與不生而吵鬧。秦義飛挖空心思加威逼利誘，堅持勸說她打掉孩子，她則楞是像一塊千年磐石，絲毫不為所動。

秦義飛漸漸習慣了這種格局，也在心裡做好了孩子生下來的準備。

誰讓我碰上這麼個頑愚而癡執的女人呢？我無能為力了。我也盡力了。她願意吃苦頭，就讓她去吃吧。我要為此付出什麼代價，那就付吧。孩子將來會有什麼命運，就讓上蒼來決定吧。孩子將來的成長，該我負什麼責，我就努力負什麼責吧。或許，人生確乎有命，這就是我的命數所在；而有個屬於她的孩子，多少可以讓她得到某種心理寄慰，也可算得是我對她的一種償付吧？

只是，這也未免太苦了這孩子了。他是個活生生的生命，不是工具！不是藥石！可是，我又能有什麼辦法呢？這就是孩子的命吧？

發現館長已了然自己的隱私後，秦義飛也曾惶恐過一陣。他也曾多次試圖找個機會，索性向館長坦陳私密，求得他的諒解。但每次都是事到臨頭就打起了退堂鼓。而館長則完全像是壓根不知道什麼一樣，從來沒有主動和他提起過任何有關這個問題的話頭。後來秦義飛就打消了主動說起自己事情的念頭。因為一切情況都表明，徐曉彗的信（一次或幾次？）並沒有影響館長對自己的看法。他不僅再沒有提起什麼，秦義飛也再也沒在他的字紙簍裡發現任何蛛絲馬跡。更重要的是，秦義飛的人事關係不僅如期在這年的四月初正式調了過來，當他在五一勞動節假期內和齊佳到陝西她大舅處旅行結婚的時候，館長還特地給他多放了一周假。

秦義飛和齊佳的婚禮是十分低調的。好在那年頭也還不太時興大操大辦。對此，秦義飛心裡多少還是有些愧疚感的。原因也在於徐曉彗身上，他私心裡因此鼓不起做大婚事的勁頭，甚至還擔心會不會被她得知而弄出什麼名堂來。在陝西途中，他對齊佳表露過歉意。所幸齊佳又一次表現出她的善解人意。她說辦了證就是法律認可的夫妻了。社會上習慣的那些虛浮的套路她從來不在乎。但願從此能夠太平點生活就是萬幸了。

秦義飛清楚齊佳指的是什麼。他又何嘗不如是期望呢？

事實上，徐曉彗在這點上表現得也出乎意料地配合或曰奇怪。從四月他們開始緊鑼密鼓籌備婚事至今，她就再也沒來找過秦義飛，而且連一個電話也沒有來過。她完全就像是彗星離開地球那樣飛逝得無影無蹤了。

秦義飛得到了難得的喘息機會。時間一長，他私下裡甚至還滋生出一個不敢多想卻又始終在暗暗期盼著的念頭：沒准她知道了自己的態度和實際行動後，逐漸失去了信心，從而放棄了自己的癡妄（他深信她是會知道自己辦婚事的消息的，因為她給他的一貫印象就是如此，似乎始終能夠掌握他的重要動向和資訊。而要打聽這類消息，她只消以一般人身分給館裡人打個電話就很容易刺探得到）。

甚至，徐曉彗悄悄地做掉孩子，理智地開始自己生活的可能應該也是有的。畢竟她再癡迷也還是個相當精明的女人，何苦長期與人為敵最終實際上與自己為敵、與孩子為敵下去呢？

沒想到，她又出現了！

「我想見見你，你能過來一下嗎？」

「你在哪裡？」秦義飛驚恐地向樓道裡看了一眼，深恐她又在附近等著他。可是徐曉彗卻說，她此刻正在火車站候車室裡。

「那可很遠呵，你是出門去嗎？」

「是的。」

經驗告訴他，任何時候，只要徐曉彗想見他，最終他就不可能不見她。而且，關鍵還在於，許多時候尤其是眼下這種時候，他有時也希望見到她，以期得到某個相對使自己有所安心的結果，就像人們忐忑不安地上醫院作各種討厭甚至可怕的檢查，希望的並不是發現疾病，而是排除可能患病的威脅——雖然他始終沒有得到過自己想得到的結果。

五

秦義飛在候車室一排排紛亂的人腿和行包中穿行了兩趟，也沒能發現徐曉彗的影子。正在氣沮地想著會不會她已經上了火車時，遠處「喂」地一聲傳來，掉頭一看，正是徐曉彗。原來她在母嬰候車室裡！

居然忘了，她已是個即將臨產的孕婦！

忘是自然不會忘的，但潛意識裡始終希望著她不會有這一天的秦義飛，至此才萬分絕望而恐懼地意識到，某種剪不斷、理還亂的現實，已如一張漆黑的大網，鋪天蓋地、無可抗拒地罩住了自己。

再也想像不出，徐曉彗的肚子已圓滾滾地膨得像個球。而她一手扶著肚皮，一手撐著腰肢站在那裡，活脫脫成了一個陌生的女人。不，十足的孕婦！這從她的打扮上就可以看得出來。她穿著一件老婦常穿的那種寬大的灰色毛線外套，裡面還套著件豆綠色的毛線衫。下面則是一條大號的黃軍褲，褲管塞在一雙半腰黃雨靴裡，整個人看上去臃腫而滯重。

「你過來呀，坐一會嘛。」徐曉彗的舉止也明顯遲鈍，她屈著腿小心地矮下身子，用手在身邊的椅面上擦撫了一下；但那蒼白而晦暗的臉上卻陽光般溢滿了笑意：「我是回上海娘家去。孩子的預產期不到一個月了，在藩城是沒法生的……那怎麼可能？我養父母要是知道了，不把孩子掐死才怪呢！所以這幾個月我都是住在上海的。這次臨時回來幾天，也都住在好朋友家裡。老實告訴你，如果他們知道孩子是你的，你就別想有好日子過了……」

秦義飛痛苦地皺起眉頭：「到這個地步，我說什麼也沒意義了。我要再一次聲明的是，孩子是你一意孤行生下來的。將來有無數可想而知的和無法預知的痛苦和麻煩在等著他。他將來要是有什麼怨言，你別怪我就行……你別激動，我不是來和你吵架的。只是話要說清楚，希望你太太平平把他生下來。將來我會承擔我應盡的義務的。」

「我才不要你的鬼義務呢！真當我要的就是這個？」今天徐曉彗顯然不想和他再理論什麼，自己把話頭扭開了。只見她手上變戲法般出現一個紅紙包，遞給秦義飛，臉上也浮現出一絲令秦義飛膽寒的怪怪的笑來：「這個你拿著。恭賀你的新婚大喜。不管怎麼說，我們也好過一場吧？將來你再討厭我，起碼也還是我孩子的父親吧……」

熊熊怒火騰上腦門，秦義飛反感得差點叫嚷開來。但他竭力鎮定地說：「我的確結婚了。這是既成事實，你早就知道的。但我不需要也沒有收過任何人的禮金。現在正是你需要錢的時候。希望你和孩子一切平安！」

說完，他揮揮手，頭也不回地走出了母嬰候車室。一直走到大候車室入口的時候，他的身子還在劇烈地哆嗦著。他拚命作著深呼吸，不斷在心裡告誡自己冷靜。雙腳即將跨出候車室的那一瞬間，他還是忍不住回了一下頭——徐曉彗扶著母嬰候車室的門站在那裡。遠遠地看不清她的表情，但想必不會是愉快的。

他的心倏地一悸：我是不是真的太狠心了些？既然已經這樣了，我怎麼就不能稍稍說幾句溫暖點的話呢？

但他沒有片刻停留，快步匯入了廣場前的人流。

六

就這樣，一枝離弦的利箭，錚錚作響著，再也不容抗拒地牢牢紮入了秦義飛的生命之中。巧合的是，秦義飛收到徐曉彗給他信的這天，藩城的天空上，剛好又飄起了一九八二年初的最後一場冬雪。這個日子距他們在初次同居的那個雪夜，正好一年多一點。

秦義飛早就養成了一個習慣，每天郵差把局裡的信件送到收發室來的時候，只要他不出差或外出辦事，總會先一步候在收發室裡；老吳一把各單位的信件和報紙分好，他就把科技館的取走了。這樣，他就可以儘量確保自己的信件不必經過館裡人而直接到自己手中。

雖然早有思想準備，但是真的看到徐曉彗的來信後，他的心還是一陣潮湧般地緊張不已，而且，這封信捏在手裡比以往任何一封信都厚實得多。

不僅信很長，徐曉彗還破天荒地對他有了稱呼：

秦義飛先生：你好！

恭喜你，你做父親了！

我們的兒子平安降生於一九八一年十二月六號。他的名字叫言真。因為我生母姓言，他理應跟隨在我最困難的時候呵護我、支撐我生命的慈母姓。

我的第二生命終於真真實實、衝破魔爪來到了這個世界上。將來也一定會成長成一個真正了不起的男子漢！

我不在乎你以後會不會在意十二月六日這個不平常的日子。但是我真的很想知道，那一天你在幹些什麼？你一定和你的新婚太太在歡笑，在享樂，在計畫今後美好的幸福生活吧？可是，你想過我在遙遠的上海，一個因為沒有名分而不得不偷偷選擇的破舊的小醫院裡，淒淒慘慘地哭天喊地嗎？

疼痛、悲傷不會讓我流一滴眼淚，我是在為兒子委屈，為他吶喊：天下有幾個孩子出生的那一刻看不到父親慈愛的目光？天下有哪一個孩子在娘肚子裡就每時每刻面臨著他的父親和爺爺殘忍的死亡威脅？

可是這個孩子真把我氣壞了，居然長得那麼像你。眼睛、眉毛、嘴巴，還有那天真純潔的笑容，都是那麼像你。雖然我現在早已看不到你的一絲笑容。我白天黑夜都在看著他，永遠也看不夠。但我卻不敢多看他的笑容。等到哪一天他明白自己的命運，懂得這個世界有多麼殘酷的時候，他還笑得出來嗎？

但是請你放心，有我這個堅強的母親在，他就是平安的！生下他是我這輩子最正確的決定，最成功的特大收穫，最充滿希望的一個勝利！因此我絲毫不會感到後悔，永遠不會害怕任何艱難。現在我每天都沉浸在無比幸福的快樂中。因為，我的兒子是個聰明漂亮的大胖小子，一頭黑色的金子一樣烏黑的頭髮，一雙明亮聰明的大眼睛，比我想像得還要可愛一百倍。請你記住吧，記住這個在娘肚裡就飽受辛苦，聽不到一點父親聲息的兒子，生下來竟然還有七斤二兩體重。我相信，他將來一定會成長為一個高大英武，比你有出息一百倍的好男兒。

但是，我來信的主要目的是要告訴你，還有他那個自以為是的知識份子爺爺，你們永遠也別想見到他。因為你們根本就是他生命的劊子手！不共戴天的大敵人！

好了，再也不想多說什麼了。我要給寶寶餵奶了。他的小手又在抓個不停了。可憐的小寶貝，你能抓到什麼啊？想到這些，我的淚水又止不住了……

對了，這張照片不是給你的。是給你媽看的。因為她也是作母親的人。我永遠記住到你家時，只有她悄悄地對我說過幾句體貼的話。可是，因為你們的原因，我只好對不起，她也別想看到自己的親孫子。這不能怪我殘忍。

信末照例沒有署名。

信紙上不少地方字跡有些洇糊，斑斑點點，顯然是淚水浸潤的緣故。

注意到這個細節，秦義飛倍覺難堪。信上的字字句句也彷彿一條條呼呼作響的皮鞭，抽得他喘不過氣來，心頭一時間充滿了罪惡的感覺，同時也充斥著欲辨無奈的窩囊。但此時他顧不上多考慮什麼，哆嗦著拿起信封，使勁抖了幾下，果然有張一寸的黑白照片滑落在桌面上。

「呀，這孩子……」他驚歎了一聲，渾身的血液更加洶湧地奔竄開來——一個裹在襁褓裡的小嬰孩，頭上戴著個白色的毛線帽子，面無笑容地、似乎還有點怯生生地注視著他。

他……他真的像我嗎？

眉毛這一塊倒好像有點像呢。可是她說得那麼誇張，他還根本不會笑呢——什麼劊子手，什麼死亡威脅，你講理不講理，我們的目的是這個嗎？你明明知道我們反對生下他，根本是在為他的命運擔憂。明知他的命運將異常艱難，還把他強行帶到人間來，豈不是更不人道、更殘酷嗎？

哎呀，現在還想這些幹嘛？無論如何這孩子是無辜的。現在他既然來到了這個世界，我就要義不容辭地承擔起我的責任，哪怕嘔心瀝血，也要盡可能使他生活得好一點！這，對她也是一個很大的補償。

只是無論我能做些什麼，最終還是苦了這孩子了——如果她肯把孩子給我們養就好了……

這怎麼可能啊！這孩子毫無疑問是她的命根子，她現在的救命稻草，她今後生活的精神支柱，她絕不會把孩子交給我們的。僅僅是出於情感失落的報復心理，她也不可能把孩子給我們的。她是多麼的忮刻而執迷不悟，難道我還沒領教夠嗎？何況，即便她真肯把孩子給我們帶，我們就帶得了了嗎？

在我這兒根本不可能，放在澤溪倒應該可以，但是家裡突然冒出個孩子來，對外界該怎麼說？尤其是對齊佳父母又該怎麼說？就算現在能把一切圓過去，將來也終究是紙包不住火的。等到他越長越像我的時候，種種流言、種種蜚語，不能把人壓死，也會把人壓垮。而且時間長了，這種事必然會傳到齊佳家或者我單位這邊來，到那時……不不不，只有讓她帶才是最現實的辦法。

可是，萬一哪天她承受不了壓力——比如她有了理想的男人感情發生變易了，或者想結婚而男人不接受孩子，或者她養父母發覺而施加壓力等等，她都有可能改變主意。甚至，不排除哪一天她心血來潮而故意發難，硬要把孩子交給我們的話——她這人恐怕是什麼都做得出來的——那才叫可怕呢！

他心情複雜地又拿起照片，可是只瞟了一眼，就放下了，而且還特意把照片反面朝上，這才感覺心安些。

恍惚間，那孩子竟從照片裡爬了起來，張開細嫩的雙手，搖搖晃晃，顫顫巍巍地向著自己走了過來，那臉上滿是畏怯而冤溜溜的神情，小嘴巴一翕一翕地，似乎要哭，似乎又在輕輕地喚著爸爸、爸爸——秦義飛騰地跳起來，雙手使勁揮了幾下，嫋嫋青煙散了開去，孩子也不見了。

他重重地敲了下腦袋，立刻把照片夾進信裡，裝進信封塞到了枕頭下面。一轉念，還是覺得不踏實，於是又從床肚裡拖出自己的柳條箱，把信放進去鎖好，心裡才覺得稍稍踏實了些。

七

趁個星期天，秦義飛回了次澤溪。

把信和照片給齊佳看的時候，秦義飛心理是極其忐忑的。畢竟她是自己的妻子，對於自己的背叛及其愈演愈烈的後果，她雖然非常包容，但人非草木，其深心的壓力和痛苦是可想而知的。一個明確的事實就是，沒有徐曉彗之前，齊佳的表現是相當樂天和活潑的，一看就是副心無芥蒂、毫不設防的心地。和他相處時多半都笑吟吟的，話也相當多。單位、家裡、社會上什麼趣談軼聞她都愛和秦義飛聊聊。可是出了這個事之後，雖然她極少有對秦義飛指責或埋怨之言，但其他話似乎也因此凍結了。倆人獨處的時候她的話明顯少多了，彼此都刻意在回避著什麼，還經常見到她若有所思地在出神。所以，之前秦義飛經過反覆考量，曾經決定從此對徐曉彗的事情要有所保留，實在隱瞞不過的就輕描淡寫一番，以免她和自己家人再承受過多的刺激。所以徐曉彗堅持生孩子的過程與事實，他對齊佳很少提及。這次，本也不想把她的來信和孩子的照片給齊佳或家人看。但齊佳並不是愚鈍之人，她很快就從秦義飛那副心不在焉的萎靡狀態上窺出了究竟：

「你就別這麼憋屈自己了。有什麼心事就痛痛快快說出來，你應該是很瞭解我的性格的，我們現在又是夫妻了，互相信賴是起碼的原則。而且，很多問題別以為我沒有思想準備。有什麼煩惱和困境就痛痛快快地說出來，不說同心同德，起碼我可以幫你分擔點精神壓力。說吧，是不是孩子生了？算算日子也早該生了。」

秦義飛又遲疑了片刻，終於把信和照片拿了出來。齊佳一把抓起照片，仔細看了一會，竟吃吃地笑開來：「你這個壞傢伙還蠻有福氣的嘛，居然生了個兒子呢！計畫生育哎，多數人只能有一個孩子，有人想要個兒子，求神拜佛還求不到呢。」

齊佳說著又看起信來。秦義飛緊張地抽著煙，暗地裡卻在窺視她的表情。果然她斂住了笑，臉上青一陣紅一陣的，看得十分認真。

沒想到，齊佳的反應卻相當理智：「她的話是誇張了些。不過也不是全無道理……到底還是個初諳人事的女孩子，獨自承受這麼大的失落。換了個人，發瘋尋死、胡攪蠻纏的可能都不能排除。所以她衝你發洩幾句也是正常的。別太當回事的應該是你。你想過沒有，也許幸虧有了這個孩子，她才能熬過這一關……這是當然，誰都不希望用這麼種極不理智的辦法來解決問題，老實說我更不願意。但現在既然孩子已經生下來了，就應該換個角度考慮問題。我覺得，現在大家最明智的態度就是不要再互相指責、吵鬧不已。務實地處理好孩子的養育問題要緊。搞好了，說不定還能把壞事變好事……這麼吧，現在你不是每個月交給我二十塊錢嗎？以後就別交了，把這個貼給她，應該差不多了吧？」

心潮一陣洶湧，秦義飛差點落下眼淚。他大口吞吐著煙霧，才把情緒壓抑了一些：「我大概瞭解了一下，按照法律精神和有些案例，結合我的收入，每個月補貼她二十塊錢只多不少了。」

其實秦義飛原先想的是補貼徐曉彗二十五塊到三十塊錢。但這差不多相當於自己工資的二分之一了，因此故意順著齊佳的想法說，想讓她感覺好些。

「你爸媽那裡你說了沒有？徐曉彗的信上可是讓你把照片給你媽的。」

「你說我該給嗎？」

「當然該給。都說老人是隔代親，你爸是男人，可能還好些，你媽的心裡肯定要比你更牽掛孩子。不過，我覺得信就別給他們看了。問起什麼來也說得策略些。何必讓他們跟著難受呢？今後有什麼麻煩我們倆商量著辦，對他們儘量就報喜不報憂吧。」

秦義飛心裡酸酸的，為掩飾表情，扭頭假裝看窗外。正在發愣間，齊佳湊過來，用手撩撥著他後腦勺上的頭髮，歎息道：「你注意到嗎？頭上斑斑拉拉地白了不少啦。看看，看看，簡直像個小老頭了。以後怎麼也要沉得住氣些，有什麼煩惱更不要悶在心裡，單位不好發洩就回家來洩好了，我反正知道你在愁些什麼。只是不要學那些摔傢伙打老婆的無賴相就好——拔是根本拔不完的，我看你還是弄點染髮膏蓋蓋吧。不過你也該把心理好好調整一下了，一天到晚愁眉苦臉，非但於事無補，還只會讓自己萎靡消沉，這早生華髮就是個警鐘。別忘了，你現在的擔子是實實在在地壓上肩了。打鐵先要自身硬。真要為孩子著想，就先讓自己堅強起來。否則，自己過不好，孩子也就照顧不好，弄不好將來賠了一個，還要搭上一個，你仔細想想，是不是這個理？」

秦義飛感激地點了點頭，心中真有種豁然開朗之感。真得儘快打起精神來呵，人生的潮起潮落誰也免不了，那就既來之，則安之，現實地應對今後的局面吧。無論如何，我不能就此被厄運壓垮！

幸運的是，我的選擇還是正確的。換了徐曉彗，是齊佳和我私生個孩子的話，她會作何反應？

第四章 「芳草盡成無意綠」

一

「忽如一夜春風來，千樹萬枝梨花開」。

這些個漫無頭緒的感慨、梨花般白茫茫、亂紛紛的遐思邇想，就在這四月的大好春光之中，和風般席捲著秦義飛的心田，最終又繽紛落英般飄落在護城河邊——他在這裡徘徊了將近半個小時了，感覺卻似乎經歷了一輪春夏秋冬的無情輪迴；四處顧盼，仍然見不到徐曉彗的影子！有心一走了之，卻又怕徐曉彗怪罪自己。耐心再等一會，卻又是望穿秋水，焦躁難忍。

等到終於盼見徐曉彗的身影後，他卻又結結實實地吃了一驚：婀娜多姿、煙籠霧鎖般新綠茸茸的柳絲深處，居然有個看上去約模有三十歲上下的男子，與徐曉彗相依相偎，翩然而來！

起先，他還以為這是徐曉彗家的什麼親戚，或者是她拉來幫兇吵架的，不免有些緊張。等到徐曉彗介紹他的身分說：「這是我男朋友，陳建設」時，他不禁又暗暗地驚詫不迭——本來他是應該感到寬慰的。徐曉彗找了男朋友，對自己的癡情無疑應有所轉移。但就憑她的長相和性格，怎麼也不至於會看中這麼個形容十分一般的男人吧？這個人看上去就不像個有錢或有文化地位的人，更不像個有才有德的人，跟著他，能有個好嗎？她早晚會有懊悔的一天。這倒不去管她了，一切都是她的選擇，性格決定命運！問題是，如果他們結了婚，我的孩子將來是要認他為父，跟著這麼個人過日子的！我的天哪！

似乎是洞察了秦義飛的心思，徐曉彗指著陳建設說：「他是我在人民商場上班時的師傅，人很好的。要不是他的關照，我根本過不了那些關口。你反正什麼都不用管，可你知道那些日子我過得多麼苦嗎？」

秦義飛心裡更加不快，正因為知道沒有好日子過，才苦口婆心地叫你不要生這個孩子，現在這口氣，倒像是我讓你這麼做似的；可你當時是怎麼說的？「將來我討飯也決不會討到你秦家門口！」

他清楚現在不是吵架的時候，尤其當著這個陳建設的面。於是他捺住火氣，衝陳建設勉強一笑：「給你添麻煩了，謝謝你。只是……你們今後打算怎麼辦呢？」

陳建設剛想說什麼，徐曉彗把他往身後一推，插上前道：「這是我們的事，你就不用管了。但是有些事你應該拎拎清。小孩不是他的，你不能指望他來替你養孩子。再說，他現在也下海了，今後我們光靠他一個人租攤位賣毛線，日子會有多難，你這麼聰明的人不會想不過來。現在最大的難處是，我家人根本不認這個孩子，全靠我自個兒帶他。所以我也沒法幫他一點忙。」

秦義飛又是一驚：「這麼說，你不在上海過啦？」

「哧！上海又不是我的家，我連戶口都沒有，怎麼可能在那裡過日子？再說生母對我再好，她自己的經濟條件也不允許。我上面還有兩個哥哥，上海家裡就兩間小房子和一個閣樓，我生孩子那幾天就住在那個晴天沒光，雨天漏水的小閣樓上。要不是看著身邊哇哇啼哭的孩子，早就從窗口跳下去了！兩個哥哥還成天地指桑罵槐給我看白眼，怕我呆長了占他們的房子。所以你想想看，現在我除了投靠陳建設，還有什麼辦法？幸虧他不嫌棄我，也不嫌棄你的孩子，不然我只有死路一條。」

這個情況又是秦義飛沒有料到的。原以為徐曉彗有生母作依靠，孩子的將來也許會理想些，搞得好還可能成為上海人。而她在上海生活的話，也不至於三天兩頭借孩子來煩擾自己。現在這狀況太令人失望了。別的不說，就憑他們這倆個人，這孩子她怎麼帶得下去，又怎麼可能帶好？

他不禁脫口說了一句：「要不，我跟家裡商量商量，把孩子讓他們帶吧，我們保證會盡心竭力……」

「呸！」徐曉彗突然像個鬥雞般蹦到秦義飛跟前，兩眼也凶光畢露：「我哪怕自己不吃不喝，也必定會把言真帶好，帶成一個有出息的好男兒！不過，話也要說清楚，這不等於你就可以和你的稱心太太逍遙法外，什麼責任也不用負。」

「事到如今，說什麼都沒意義了。我願意面對現實，盡力而為。」

「那我們就不用再囉嗦什麼了，你表個態，準備給孩子多少生活費？」

「每個月貼你二十塊，可以了吧？」秦義飛暗中給自己留了點餘地。所以少說了一點，沒想到徐曉彗像聽見個天方夜譚似地，倒吸了一口氣，然後伸出根尖尖的食指來，點什麼似地點著秦義飛，尖利而高亢地冷笑開來。「二十塊錢一個月，你打發要飯的呀？你不吃人間煙火嗎？二十塊就是養條狗也不夠，還盡力而為呢，虧你好意思這麼吹！」

「我一個月生活費也不過二十來塊，怎麼就不夠養狗啦？」

「哦，你真當是養狗啊？養小孩跟大人能比嗎？這是你的親骨肉，是你們秦家的骨血哎，你想讓他跟個鄉巴佬一樣活嗎？城裡人養一個孩子開銷多大，你真的一點概念也沒有嗎？一個月光奶粉就要多少錢？穿的呢，用的呢？打針吃藥呢？將來上幼稚園、上學校的費用呢？起碼也要五十塊一個月，否則一切免談。」

「五十塊！我每個月工資才六十來塊……」

「你少跟我來這一套，你家的條件我不是沒有數的。」

「這純粹是我個人的責任，憑什麼又要扯上我家人？況且我父母都不過是窮教師，我媽又退休了，他們的收入決不像你想像得那麼高，身體也都有病。你別打他們的主意好不好？」

「可是我現在沒法在家裡住，在外面租房子要多少錢？我還沒有工作……」

「法律規定的是補貼孩子的生活費，而且是有標準的。我頂多可以給你三十塊。」

「不行，少了四十五塊我一分也不要。你不是說法律嗎？那我們乾脆點，改天到法庭上去談好了。要是他們判你不該出錢，那我喝西北風也不會找你要一分錢！」

說著，徐曉彗又拉起陳建設，作出要走的姿態。

秦義飛張口結舌。不是說不過徐曉彗，而是掂到了徐曉彗話裡的分量。他越來越感覺到，徐曉彗是什麼都做得出來的人，這是讓他從骨子裡懼怕她的一大原因。她真要鬧到法庭上去，就等於公開到社會上去，這是他最大的心病。因為這對她不會有什麼，對自己，一個年紀輕輕就有了私生子的人，單位裡的前途就不用說了，外界的輿論壓力也根本就不敢想像。

何況，孩子畢竟是自己的骨肉，徐曉彗的情況也看到了，憑她自己，的確養不了這個孩子……自己就咬咬牙，認了吧。

他故意沉默了好一會，歎了口氣說：「看在孩子的份上，我就不和你爭了。但有句話要說在前頭。四十五塊一個月不光是生活費，還應該包括孩子可能的醫療、教育等額外費用。就是說，你不能再以任何理由要這要那。超出了我的承受能力，我也只有豁出去，隨你怎麼辦好了。」

沒想到徐曉彗竟十分爽快地答應了他的條件。但她眼珠骨碌一轉，冷不丁又提出一個讓秦義飛差點背過氣去的要求。她要秦義飛一次性先給付十年的費用！

她的理由同樣也振振有詞：孩子現在太小，她不能工作，又一無所有，因此需要有一筆錢來應付眼下的窘迫局面。更重要的是，她還堅稱自己沒法相信秦義飛，萬一哪天他不在藩城了，或者調動工作了，耍賴皮了，她就抓狂了。

「你這不是在殺雞取蛋嗎？」秦義飛跺著腳，咬牙切齒地吼道：「再也想不到你會這麼蠻不講理。這孩子完全就是你一意孤行的產物，你倒把一切責任和後果都推到我一個人身上？算了，我算是澈底明白了，跟你這種人是永遠也沒法講理的。你愛怎麼就怎麼吧。」

秦義飛吼得嗓子都痛了，猶不解氣，恨恨地向著身邊的柳樹猛踢了一腳，揚長而去。

二

可是他越走越覺得心裡發毛。一是剛才氣昏了頭，踢樹的腳一陣陣鑽心地作疼，忍不住就慢下了步子。二是徐曉彗居然也不哼不哈卻不依不饒地就在距他幾步遠的身後，緊跟著他不放。嚓嗒嚓嚓的腳步聲貓爪子似地死死地撓著他的後腦勺。

落在他們身後的陳建設突然叫停徐曉彗，大步躥到秦義飛前面，伸手攔住了他：「秦老師，聽我說一句好不好？」

秦義飛借勢停住腳步。偷眼看看，徐曉彗已在身後不遠處站定了，示威地瞪大雙眼虎視著他。

陳建設滿面是笑，伸手哈腰地把秦義飛讓到一條靠河岸的石條椅上，一面勸他消消氣，一面摸出包香煙來，遞給他一枝，並擦燃火柴幫他點上火。

「剛才你都聽到了。我夠可以的了，什麼都不跟她計較。都怪我心腸太軟，她才得寸進尺。」

「你說得一點沒錯。社會上很多人對付這種情況，根本就是一個賴字。半個子兒也不給，讓女人有多遠滾多遠，她們反而乾瞪眼。不過，一樣事，兩面看。那號人根本就是人渣，跟你這種知書達理的人不能放一塊說。我看得很清楚，你不光是顧面子，真心是想幫小彗的。她呢，連我看著也是太過份了些。所以，回頭我也要勸她讓一步。做人不能這麼狠，把人逼絕了，大人兩敗俱傷還罷了，孩子可是無辜的。話也說回來，你們骨子裡都是好人，誰都不捨得讓孩子受罪。」

聽了這話，秦義飛心裡莫名地顫抖起來：「當初我們一家人苦口婆心地勸她不要蠻幹，主要就是從孩子角度考慮。就是不聽！現在怎麼樣？知道厲害了吧？」

「對，我也說過她多少次了，跟誰賭氣也不能跟個小生命賭氣。話也要說回來，誰讓曉彗她這麼癡情呢？你注意過沒，她手腕上有條那麼深的傷痕？據說她割腕那天，就是你在耳湖提出分手的那天晚上——多虧後來有了這孩子，給了她巨大的精神安慰，她才暫時斷了死的念頭……」

秦義飛驀然想起她那份血書，騰一下蹦了起來：「居然還有這種事？她從來沒跟我說過。」

「她多麼要強的人啊？好在這事算過去了。可是她這種脾性呵！怎麼說呢，對人好起來，能跟你割頭換頸。犯起傻來，那個倔，那個烈呵，你恐怕不比我瞭解得少吧？那你想想，日後這孩子她真要是帶不下去的話，保不准還會做出什麼沒頭腦的事情來，那你可就慘透啦。關鍵是孩子怎麼辦？萬一她再出個三長兩短，她家人打上門來找你賠人又怎麼辦？反正，這種事鬧開來，男人就臭了。明擺著，不管你有理沒理，輿論只會同情那個被拋棄的女人。」

「我可不是拋棄她，我跟她那個時還沒結婚，我有權選擇自己的終生伴侶。而且前前後後，除了沒法答應跟她結婚，我跟我家裡人對她完全是仁至義盡了。」

「可輿論不知道呀？你總不能一個人一個人地去解釋裡面的是是非非，曲曲直直吧？就是知道了怎麼回事，人們不還是會同情弱者而指摘你的不是？總之，這種事最好遮著點。一旦弄到社會上去，慘的可肯定是你，誰讓你背著個知識份子、國家幹部的身分呢？」

「可我實在是心有餘而力不足。要是錢能解決問題，要是我有錢，別說一次性付十年的，付一百年的我也心甘情願。她和孩子過得越好，我也越心安！」

陳建設一個勁地點著頭。又遞給秦義飛一枝煙：「要不，這樣好不好？今天你們倆就別談了，都在氣頭上，一弄又崩了。回頭我來跟她說，怎麼著也要讓讓步。要不，你也想想法子，先付她五年的再說？」

秦義飛心頭一動。心理本來就崩潰了，現在只希望有個緩解的法子。於是埋下頭大口吸著煙，心裡則飛速地盤算了一下：四五塊一個月，一年五四〇塊。五年就得二七〇〇塊。我的天哪……自己工作還沒幾年，又是一個人在外生活，幾乎就沒積蓄。結婚時父母給了他兩千五。他給了齊佳一千五。雖然沒辦酒，多少也收到點親友的份子，加起來手頭還暗藏了一千五，就是為應對徐曉彗的。但是還差那千把塊上哪去找？不，怎麼也不能讓齊佳知道這事，她表面上再怎麼，心理終究不會好受的，特別是關乎到錢的問題。而且，不管我怎麼難，對她還就得堅持說是談妥了，按月付給徐曉彗二十塊……

要不我回澤溪想想辦法？

不，父母那裡也絕不能張口，不能再讓他們為我心上流血了。今後對他們也儘量要把有關孩子的事都說得太平點，好讓他們放心。

只能找澤溪的老朋友湊了……

我從來沒向誰借過錢，難得厚一回臉皮，總不至於一點也借不到吧？

這麼盤算了一陣，心裡踏實了些。於是他毅然抬起頭來：「那就這麼定。徐曉彗那邊就拜託你了。但要她給我個把星期或者十天時間，我想辦法湊給她五年的。但是她也該講點信用。五年內就不能再找理由跟我要錢了。而且，給錢時她要有收據。」

「這是自然的。你能夠做到這一步，我相信她再有氣，也不至於不講理。根本上，我相信她也不是真想害你的人。」

儘管大大超出自己的預期，但如果最終能這麼解決，秦義飛還是感到幾分慶幸。畢竟這避免了矛盾的激化，還有一個剛剛意識到的好處，那就是眼下雖然可說是「剜卻心頭肉」，卻可以在五年內「醫得眼前瘡」，不必再為錢之類麻煩和徐曉彗糾纏不休。這又何嘗不是一種解脫呢？

三

想到要借錢，第一個走進眼簾的，就是許志明。

許志明從小學開始，就是秦義飛同班同學。兩人家住得也不遠，初中時趕上文革，實行就近分配，兩人又成了澤溪縣二中坐在前後排又相當處得來的同窗。

許志明有點錢，原因就在於他父親雖然只是個普通工人，卻很小就在上海學就一手開模具絕技。文革中他因為私開家庭作坊被下放回澤溪，成為縣裡唯一的七級工老師傅。雖然不合時宜，但社隊工廠在澤溪還是很早就暗流湧動，他私下裡給這裡那裡請去開模具，撈了很多外快。許志明又是家裡的獨子，手頭自然也就活絡。不僅手頭活絡，初中畢業後，秦義飛下放到偏遠的鄉村去修理地球，許志明卻憑著父親的關係，留在當地最好的一家國營企業當了鉗工。這家企業是上海塑膠十五廠在澤溪的分廠，據說有軍工背景。

許志明和秦義飛的關係、地位從此有了明顯的質變。出於自尊的考慮，秦義飛回鄉探親從不去找許志明。但許志明始終將他視為密友。偶然在路上遇見秦義飛，總要拉他上一回飯館或者冷飲店（後來則變成了茶館或者咖啡廳）。

許志明家還住在老地方沿河巷一三號。只是他家的房子舊貌換了新顏。原先和周邊一樣低矮的兩層小木樓翻修成了三樓三底的水泥樓房。邊上還有一個很大的石棉瓦棚屋，裡面放著小車床和鑽床、鉗台、角鐵、鋼板之類，是許志明父親的小作坊。

樓房堂屋後面有水泥樓梯通到房頂上，寬敞的水泥露臺中間鋪著塑膠地板革，放著把躺椅和陶台。夏夜在這裡喝茶納涼不僅別有情趣，放眼出去，周圍一片擠擠挨挨而搖搖欲墜的老房子低矮而卑微，想必也會令許志明生出鶴立雞群的豪氣。

不過那天秦義飛最驚羨的是，許志明居然還有了私人小汽車！他家門前的水泥場院上，停著輛蘇聯產拉達牌汽車。許志明謙遜地承認那是他原廠領導淘汰賤賣給他的。但還是神氣活現地拉著秦義飛在縣城裡兜了一圈風。路上秦義飛才知道，許志明也早就從他曾為之自豪的國營工廠裡辦了病退，現在專門給父親開的模具作坊當公關，兼做一些協作廠商的產品推銷。

旅行結婚回來，秦義飛請幾個特別好的朋友吃便宴那回，別的朋友給秦義飛的份子錢都是二十塊，只有許志明，隨手就摸出張新版的百元大鈔硬塞給他。

秦義飛不找他借錢還能找誰？

許志明從巷裡小飯店叫了清蒸白魚、油爆蝦、炒鱔糊等幾個相當有澤溪風味的小菜來，兩人就在露臺上暢飲啤酒。

直到彼此舌頭都有點大了，秦義飛才吞吞吐吐地道出了借錢的來意。既出乎意料又不出他所望的是，許志明彷彿早就有數那樣，格楞也沒打一下就道了個好字。

秦義飛不禁激動地追問了一句：「一千塊呵？而且，恐怕要三兩年才還得清呢。不過我會打條子給你，而且，如果要算點利息的話……」

「老兄哎，你從來不小看我的。這點錢我總還拿得出吧？」

許志明不以為然地晃著豬脖頸樣的胖腦殼，怪怪地審視了他好一會，才嬉皮笑臉地補了一句：「只要你老實告訴我派什麼用處就行。你剛結婚幾天嘛，要生兒子了？還是……啊，哈哈！」

秦義飛知道他的意思，又驚訝於他揣度的準確。他不想暴露隱私，那畢竟是見不得人的事情。但酒精卻一個勁地慫恿著他，渴望向誰一洩隱衷的欲望，和對許志明多年的信賴，最終還是促使他毫無隱諱地說出了所有實情。

令他安慰又頗覺意外的是，一直在留意傾聽的許志明的反應，非但自始至終沒有驚詫、鄙夷或絲毫的譴責，反而是一臉的同情、羨慕和看上去絕無做作的祝賀。他滿滿地斟滿雙方的酒杯，首先一飲而盡：「福氣、福氣、真正是福氣哎！你知道的，我這輩子最佩服的人就是你了。果然吧，齊佳這種漂亮又賢慧的老婆讓你搞到了，外面還生了個兒子！兒子呵，這是開玩笑的嗎？現在是啥年頭？計畫生育，只生一個好，你家裡放著個指標還沒用，輕輕鬆鬆地先有了個兒子。兒女是什麼？老子的又一條命哎，你不明擺著比別人多了一條命嗎？這是鬧著玩的？老話不是說嘛，有子萬事足，無官一身輕啊。你現在不光有子，還調到了藩城，將來官運肯定也一路享通！居然還躲躲閃閃、唉聲歎氣，想把我給笑死、眼紅死嗎？」

雖然明白許志明是在找話寬慰自己，秦義飛聽著還真就感覺心情輕鬆了許多。

兩人又喝了會酒後，許志明下樓去拿錢，回上來時，雙手托了塊大大的有機玻璃板，上面五粒一簇地綴著好多簇五光十色的賽珞璐紐扣樣品。每一簇下面都標注著紐扣的品名和型號、價碼。那些紐扣大小不一，花式繁多，有的像晶瑩的珍珠，有的像聖潔的鑽石，有的如五彩的瑪瑙，都是秦義飛從來沒有見過的新鮮式樣，在星光下競相閃爍，別說用，看著都是那麼地讓人喜歡。

許志明把一迭錢往秦義飛面前一拍。同時指著紐扣樣板說：

「你想過沒有？你現在跟一般人的確是大不一樣了。但是長遠看看，光靠你兩個死工資撐得下去嗎？好得是現在的社會生路有得是。所以我有個好主意，就看你放得下放不下知識份子的臭架子了——所以這一千塊錢呢，也不要借不借了。就算我預支給你的利潤。看見沒有，這批紐扣都是我家老頭子按照人家從香港進來的樣式，幫社隊工廠開模具加工的。大陸上根本見不到這種款式和花樣的。我現在就在幫加工廠做點推銷。你要是有興趣，回到藩城呢就幫我跑跑批發。現結、代銷都可以。藩城店家多，一家一家跑著看，有多少算多少。一個電話打過來，我這邊就給你發貨去。價錢嘛，你相信我不會讓你吃虧。平均起來，每粒紐扣五厘提成好給你。不要嫌賺頭小，藩城那麼大地方，跑得好一個月銷掉兩三千粒紐扣應該沒問題。你想想，一個月一兩百塊外快，要比你工資高多了吧？這樣你還愁以後養不好兒子嗎？」

秦義飛看著那些紐扣，早已眼花繚亂，現在聽著許志明的話更是兩眼發亮，彷彿突然發現了一條康莊大道，心裡不由得一陣陣波濤翻湧，腦子裡也風車般呼嘯不已。這些天他一直在為憑空而添並且顯然是綿綿無絕期的巨大經濟壓力而鬱悶，也早就轉過找它個什麼生財之道緩解困境的念頭，沒想到輕而易舉地就有了條光明大道！

唯一有點難的是時間和精力問題。好在自己工作不算太忙，白天也常要到區裡、街道和學校什麼的參與科普教育活動，這裡就有很多出去的理由或便當。再想想，許多商店晚上還會開門，下了班多跑跑不也行嗎？於是他仔細向許志明討教了一些具體的推銷之道和結算方法等問題，滿口應承著，就此成了許志明的推銷員。

兩個人相扶著踉踉蹌蹌下了樓。秦義飛懷裡揣著一千塊錢，又看見一條大放光明的生財之道，心裡早就湧上了一股豪氣。許志明雖然也喝得頭重腳輕，卻還是往拉達車裡扔上一個裝滿各種紐扣的大帆布提袋，執意要開車送秦義飛回家。一路上，那破拉達也像許志明一樣東搖西擺，乍乍呼呼，驚得路人紛紛躲閃，指著車屁股尖叫詈罵。兩個人全不在意，還扯開嗓子嚎了一路的語錄歌，鬼哭狼嚎的歌聲淹沒了發動機的轟鳴——

「下定決心，不怕犧牲，排除萬難，去爭取勝利！」

四

鬼扯蛋！完全是鬼扯蛋！我連徐曉彗這一難也排除不了，還排除萬難！做你的美夢去吧，我這輩子算是澈底完了！

——酒精激發的豪情到底是虛幻的。僅僅兩天後的夜裡，偶然念及這點的秦義飛，就在寢室裡抱著腦袋，癡望著地板上被自己憤極摔碎的茶杯碎片和狼籍的水跡，發出了痛徹肺腑的哀鳴。

一個多小時前，徐曉彗敲響房門的時候，秦義飛雖然很是吃驚（畢竟她好久沒不請自到寢室中來了），還並不太在意。他心裡有底，口袋裡有錢。想的是她來這裡也好，桌上有現成的紙筆，跟她把條件再說說清楚，讓她打個收條走路，費不了多少時間和口舌，今後就能有五年至少不至於再有太多糾纏的相對太平了。

然而他很快就恐懼而萬分絕望地意識到，相比起昔日曾被自己視為幼稚的徐曉彗來，自己才又一次暴露出了淺薄幼稚、虛弱無能的底子來——

徐曉彗一上來的態度還是那麼柔和，笑容中甚至還透露出幾分難得的謙恭，尤其是看見他拿出那厚厚一迭鈔票，她的眼中瞬間如打火機般亮起一股貪婪的火苗。但僅是一閃而過，很快就歸於平靜。她的身子紋絲未動，雙手也始終交迭在一起，穩穩地盤踞在膝蓋上，根本沒有伸手接錢的意思。

而且她的嘴唇又明顯地抿緊了。秦義飛一看這神情，心裡就發毛了。那筆錢裡夾了不少五塊、十塊的舊票子，因此看上去特別多、特別厚實。這也是秦義飛精心設計好了的，以期能讓徐曉彗產生他籌錢不易和數目誘人的感覺。

他又特意把錢從大信袋中取出來，捧在手中掂了幾掂：「你不數一數錢嗎？我說話算數，二七〇〇塊，預付五年，一分也不少。」

他抑制著雙手的哆嗦，又從桌上拿起一枝筆和信紙遞給她：「你打個條子吧。」

「誰說預付五年的？」徐曉彗把雙手抱在了胸前，目光灼灼地瞪著秦義飛。

「陳建設呀，我們談得好好的……而且，就這些錢，我也是費盡周折才籌齊的，你還想怎麼樣？」

「你是給陳建設錢還是給我？陳建設憑什麼能代表我？孩子是他生的還是我生的？」

「可是，他說一定能說服你的。而且，現在我只能拿出這麼多錢，再多一分也拿不出了。」

「那不行！我要你預付十年的。五四○○塊……」

「豈有此理！」徐曉彗話音未落，秦義飛的拳頭已重重地砸在桌面上。頓時筆墨亂跳，杯盞呻吟，澈底失控的秦義飛順勢又狠狠一擼，桌上的紙張、書本也嘩啦啦地落了一地。可是徐曉彗分明早有思想準備，絲毫也沒有害怕，反而顯出一副不屑甚至有點欣賞的表情，嘻、嘻地冷笑著，一迭一聲地把秦義飛的怒罵照單奉還：

「你才不像話，你才混蛋，你才豈有此理！」

秦義飛呼地躥到徐曉彗面前，拳頭又一次高高揚起，沒想到徐曉彗非但毫無懼色，反而挺身迎上，還把腳使勁踮起，幾乎就和他臉貼臉了：「你想幹什麼？想打我嗎？好啊，這才像個有血性的男子漢吶。你打，你打，你打呀！打死我才省心呢。到時候孩子就歸你了，看你還養不養他。」

一聽她提到孩子，秦義飛忽然亂了方寸。面對著咄咄逼人的徐曉彗，更不知如何是好，不由得下意識地連連後退，直到身子抵著桌子無路可退了，才一屁股坐進館長的籐椅裡，不知所措地癱在了那裡。

「你打呀？你喊呀？要不要我把門打開來，讓你們單位人都來看看你怎麼對付一個手無寸鐵的弱女子的？」

秦義飛澈底洩了氣，雖然嘴上還不肯示弱，聲音卻明顯低沉下去：

「你別來這一套，反正我不會多給你一分錢，我也拿不出──」

「你少跟我哭窮好不好？你有錢沒錢我心裡有數，你也心裡有數！而且，話要說說清楚，根本就不是我希罕你的臭錢，而是你的兒子跟你要他的生活費！我知道你對這孩子不會有感情，但是他既然來到了這個世界上，你總不能沒有一點責任心吧？」

「徐曉彗，你不能這樣逼我啊！做人要講點起碼的道理和分寸啊……」說著，秦義飛轉身從桌上拿起那包錢遞給徐曉彗：「就這樣，好吧？以後我要是條件好了，不用你說，自然會再……」

徐曉彗重重地打開了他的手：「除非你答應我一個條件。這筆錢不能算是預付的生活費。是你對我和孩子的一次性補償。從下個月開始，你要按月付給兒子的生活費，直到他長大成人。」

說著，徐曉彗一把從秦義飛手中抓過那包錢，轉身向門口走去：「你考慮考慮。一個星期後我再打電話給你。要麼，你把另外二七〇〇塊補給我。要麼，下個月一號開始，你按月付孩子生活費，具體金額到時候商量。如果你不同意這麼做，別怪我不客氣，我只有抱著孩子找你們領導去要，不信你等著看。」

關門聲響起之前，秦義飛最後看見一張詭異的笑臉。

他猛地清醒過來：「你還沒打收據呢？」

他打開門追出去，走道裡已沒了徐曉彗的蹤影。轉身撲回窗前，只見徐曉彗高高地昂著頭，大步流星地穿過老香樟，很快消失在迷茫的夜幕中。

五

一九八二年五月三日中午，秦義飛早早地來到他上次與徐曉彗、陳建設見面的城河邊上，等待著徐曉彗的到來。

儘管老大的不情願，儘管後來又在電話中爭執過多次，生活費的問題最終還是以秦義飛的妥協收場。也就是說，他已給徐曉彗的二七〇〇元不算預付生活費，而是一次性補償。從本月起，他將開始給付孩子每月四五元的生活費。

因為每月一號多有法定假日，他和徐曉彗商定，原則上每月三號為他付費的日子。秦義飛還主動提出兩個月一付的辦法，即每過兩個月的三號那天中午，他們在護城河邊的老地方，交付給徐曉彗下兩個月的（一年多後又按照他的要求，每隔一季度交付）生活費。

秦義飛這樣做的理由是這樣雙方方便些，實際的想法則是希望儘量少見到徐曉彗，以減少煩擾，延長相對的清靜期。

對此，徐曉彗並無異議，雖然她心裡很清楚秦義飛的想法，還曾尖銳地說過一句：「你就這麼討厭見我嗎？」

畢竟，對於她而言，錢早一天到手並不是壞事。而且，後來的實際也證明，取錢時間的約定對於她不過是一種形式，任何時候只要她想見到秦義飛或是提什麼新要求，有得是理由和成功率。

事實上，秦義飛自己也越益明白，儘管他徒勞地掙扎或抗辯過無數次，自己的咽喉從一開始就已牢牢地扼在了徐曉彗纖柔卻有力的手指間。

從正式支付第一筆生活費開始，秦義飛踏上了他命運的一個全新的起點。

直到時間進入二十一世紀的二〇〇五年，雖然中間仍出現了幾乎無窮無盡的反覆與波折（此一時段波折的中心問題仍然是錢，但也有許多令秦義飛痛不欲生、度日如年的其他麻煩，尤其是與兒子相關的種種問題），每隔兩個月至一個季度，秦義飛都雷打不動地恪守著自己的承諾，準時出現在那個相對固定的地點，把隨著時代和他收入變動而重新議定的並（大多還是他主動地）逐漸遞增的下一季度的生活費，交到徐曉彗手中。

正如宇宙運行的基本規律：平衡是相對的，變化和運動是絕對的。他們間的相處規律當然也決非一成不變的。比如逢年過節，比如兒子發生什麼特殊需要如上小學、上中學、上大學、參加什麼重大活動了、生什麼大病了等等情況下，秦義飛無論情願不情願，最終必然會額外給付一定費用。

但總體而言，有了一開始形成的這個規律，對心力交瘁的秦義飛來說，心理感覺和承受能力就是一個緩衝。許多時候（尤其到了這一大時段的中後期），他為徐曉彗尚能大致遵從這一規律而慶幸，甚至有時還會心生感激。因為如果她始終出爾反爾，反覆加碼或過於無賴（事實上這種現象在早期非常頻繁），他除了哭天籲地，勉從其命，實在沒有更好的應對良策。

事實反覆而無情地證明了，在與徐曉彗（她手中還有一個基本不出場的有力武器——兒子）的博弈中，他早就悟到並不得不乖乖遵從一個越來越顛撲不破的真理：他永遠也休想拗得過她。無論你如何抵抗，最終只有順從這一條路。原因不僅在於她的性格之強悍，意志之剛強，手段與謀略乃至心理尺度的把握越臻成熟與豐富。更在於他本人，幾乎先天就存在著一個根本的軟肋或命門——他害怕事情鬧大，擔心名譽掃地，更害怕兒子的生活品質或精神、利益受到損傷（徐曉彗也非常準確地把握住了他的這一弱點；雖然攻擊他不負責任、不顧兒子是她的王牌之一）。

說白了，他心中有鬼，也有愧。因此儘管他也無數次地對徐曉彗顯現出表面上的強硬，如嗓門比徐曉彗高，怒極了時抓頭髮、掐大腿、捶桌子，砸東西、並也無數次威脅自己要破罐子破摔、以死相拼等等，骨子裡和實際結果上，他卻永遠也強硬不起來。

錢是身外之物，精力也是割不盡的韭菜，多花點就多花點吧，只要她不把我逼得走投無路，實在無法承受；只要苟且、順從能換得相對的平安，只要我的錢是用在兒子身上了，就是值了——這是支撐秦義飛最基礎的心理邏輯。

而他幾乎從來沒有考慮過或者說懷疑過徐曉彗是如何支配這些錢的。

因為即使是在最憤怒最無理性的時候，他也從來不會懷疑到兒子在徐曉彗心目中的地位與意義；即使在三年後，徐曉彗又和她的丈夫生了一個兒子之後（秦義飛得悉後曾問過徐曉彗，她的丈夫是不是自己見過的陳建設，得到的是一個尖刻的反問：「我丈夫是誰，跟你有關係嗎？告訴你，不管我結不結婚，不管我跟誰結婚，我徐曉彗永遠是我自個兒，永遠是一顆黑夜裡獨往獨來的彗星！」）。

不僅徐曉彗本人反覆向他表述或暗示過，自己對小兒子的感情與對他們倆的孩子言真的感情不可同日而語；在後來長期的相處接觸及其潛意識中，秦義飛乃至齊佳都始終感覺到並深信著一點：自己這個兒子言真，在徐曉彗的生命中，是高於一切的，包括她自己的生命。

秦義飛深感遺憾卻也不無「慶幸」的是，在這長達二十多年的時光裡，不論是兒子十六歲那年，據徐曉彗說他本人已知悉了自己的身世後；還是他大學畢業、就業、結婚後，秦義飛幾乎從沒有見到過兒子一面！

既然只有一味的付出，而看不到任何回饋，又談何「慶幸」？

當然算不得慶幸。所以秦義飛深心裡也時常將此視為遺憾而懸念不已。但事物都有其複雜性與特殊性在，恰恰因為秦義飛的某種特殊心理和這個孩子與生俱來的特殊狀況，秦義飛對他的存在和感情，始終是矛盾而無奈的。如果徐曉彗是通情達理的，如果這個孩子也是通情達理或明白而寬容的，那麼客觀條件再怎麼不便，再怎麼有障礙，彼此保持諒解和默契、適度和較為經常的交往，也應該是可能的。

但問題是，徐曉彗何許人哪？她怎麼可能與秦義飛保持什麼默契？而兒子言真的具體想法或性格秦義飛因無從接觸也就無從知悉。在這種情形下，與之見面就不僅不是件好事，還可能是充滿了變數甚至是危機四伏的新的煩惱源。比如，這必然增加了暴露事實本身的可能，也增加了秦義飛應對的難度，更可能因為言真這孩子的不合作或不理解而反成了秦義飛的一個對立面——他也時常向自己提出這樣那樣更難以承受的物質或情感要求怎麼辦？甚至，萬一他要求獲得正式的名分或乾脆打上門來或打上澤溪去的話，我又怎麼辦？

凡此種種絕非不可能的顧忌始終隱隱地壓在秦義飛心頭，他的感覺反而是：與其那樣，不如不見為妙。

但是，兒子畢竟是兒子，除非喪盡天良的冷酷之人，血緣親情的紐帶和心理懸念，畢竟是輕易割絕不了的（哪怕你自己能夠淡忘他，現實也會以種種形式不斷地向你提及他、強化他在你心目中的朦朧印象）。尤其是在自己獲得相對平靜的喘息之餘，以及自己的生活與時俱進不斷改善、優化的時候，秦義飛對兒子的的愧疚和懸念心理反而會加劇起來。

兒子好嗎？他對自身畸形、扭曲的身世及多舛的命運會作何感想？

尤其是，萬一他得悉我的真實生活狀況和社會地位，和他現在的父母之間越益深刻而鮮明起來的反差後，他又會作何感想？他的心理會因此而更加沮喪嗎？他的性格會因此而越趨陰鬱、怪戾甚而變態嗎？他會更加痛恨我嗎？他會因此而破罐子破摔嗎？他會企圖以自以為得計的，其實是非理性的從而只會加劇自己悲劇命運的手段來扭轉自己的命運嗎？甚至，他會因怨生恨而設法來報復我嗎？

由於顧慮到這一點，秦義飛早已形成一個條件反射式的習慣，即他盡一切可能向徐曉彗及日漸大起來的兒子隱瞞自己真實的生活、經濟狀況和社會地位等變化，以儘量減少對他們的心理刺激。儘管這實際上仍然是徒勞，後來的事實總在證明著，徐曉彗始終有辦法掌握關於他的基本資訊，如他的職務變化、家庭住址、電話、單位的電話乃至他後來的手機號。

按照徐曉彗的描述，兒子向來對自己是充滿了怨艾甚至是仇恨的。這很自然，從明白真相那一天起（甚至更早），他對自己的身世乃至對我的印象，得到的永遠是徐曉彗的一面之詞。在她可想而知是充滿了偏見甚至妖魔化的言說中，言真怎麼可能不仇視、不怪怨我呢？

問題是，他會永遠這麼仇視我、誤會我下去嗎？他真的會永遠不與我見面嗎？如果有見面可能，他究竟會在哪一天、以何種方式與我見面呢？這一希望或曰隱憂，在秦義飛的潛意識中也始終是存在著，並且成為他的某種心理支撐。他也因此始終在心底裡作好著某一天突然見到言真的思想準備。

無數問號就這麼陰霾般長期盤踞在秦義飛心頭。如先天性心臟病，如永遠除不去的芒刺，甚至就是一把刀子，深深地刺入秦義飛的靈魂深處——這也是他無論面對著徐曉彗的什麼要求或表現，最終總是會妥協的深層原因之一。

所謂「慶幸」，還是一個更為複雜而深奧的心理秘結。自然也與秦義飛的心理平衡需要或曰自我安慰有關。不見也好，萬一見了兩人又處不好，甚至，他和母親聯起手來糾纏我、報復或折磨我，那不更糟嗎？見了又處得好的話，卻因名不正言不順、難以為社會和親友理解接受等先天困境而無法與之正常交往，我對他或他對我的感情卻無疑會因此而被啟動、昇華；那時候，對我們雙方豈不都是一種更加慘烈的痛苦嗎？

更棘手的是，即使徐曉彗和兒子言真都願意和我正常相處，社會又如何容納或評價我們的關係？換句話說，你如何對社會交代，又如何能向每一個公眾解釋得清我們的關係和個中衷曲？哪怕是在齊佳的家人面前，我也無法交代或讓他們理解、接受這一現實呵！社會上就更不用說了，僅僅一個私生子的名頭，就會讓我們父子倆都喘不過氣來，更別說由此而來的完全無法想像的種種對雙方名譽、地位和實際利益的損害了……

唉，「但願人長久，千里共嬋娟」，或許是最理想的格局了。

哪怕我們至死都不能相見或正常來往（我必須永遠保有這個心理準備），但能相安無事，彼此理解與體諒，我則盡可能地幫助他有一個盡可能理想些的物質生活，那也未嘗不是一種福分了。不是說「平安是福嗎？」

緣於這個基本原因，也緣於當時的實際境遇和安撫徐曉彗的考慮，秦義飛在三年後，也即徐曉彗又一次挺著大肚子告訴他又懷上了她自己的婚生子之際，簽署了一紙特殊協定給徐曉彗。當然，是根據徐曉彗的要求。

當時，她拿出一張紙和筆來，要求秦義飛給她一紙承諾，保證自己在任何情形下，永遠不會要求她交出言真的撫養權。也就是說，他要在確保正常承擔言真撫養費的前提下，澈底放棄對他的撫養權和監護權，即永遠不和她爭孩子。今後與孩子見不見面，孩子承認不承認他，則要待言真長大成人後，由其本人作出決定。秦義飛必須遵從言真的選擇。

表面上，秦義飛強烈反對並遲遲不肯寫這個承諾。實際上，他並不很在意這個東西。甚至在當時的情勢下，他還樂意鑒這麼一個東西，以減輕當下的某種心理壓力，即：就是徐曉彗真的肯把孩子給他，他也難以承擔由此而來的種種新的困擾。因而，不如且維持著現狀再說吧——而這現狀是你徐曉彗逼出來的。

不僅因為前述之原因，他心中始終存有一個信念，即相信，等到兒子越來越成熟後，在合適的機緣下和自己見面後，他終究會理解自己的種種苦衷而願意悅納自己的（這是徐曉彗阻擋不了的）。而由於沒有帶過言真，他當時對孩子的感情更多地體現在責任和血緣層面上，並且始終存有一種朝不保夕的自危感，最大的願望就是自保，就是太平，就是少麻煩。

同時，他心裡也非常清楚，即使自己不情願，最終也決不可能不服從徐曉彗的意志。所以他還是同意並與徐曉彗鑒定了這麼一份不平等條約。

但是，出於某種考慮，他又必須在徐曉彗面前顯示出自己對言真並非缺乏感情或不在意；直覺告訴他，輕易允諾放棄對言真的監護權，只會加倍激起她對自己的不滿⋯⋯

經過又一輪唇槍舌劍後，秦義飛又一次很是「無奈「地滿足了徐曉彗的要求，在紙上寫下：「我保證永遠承擔自己對言真應盡的一切經濟和法律責任，永遠不與徐曉彗爭奪兒子言真的監護權和撫養權。將來與兒子的關係如何相處，由其成人後決定，並保證遵從言真的任何選擇。」

接過紙條的徐曉彗，臉上又一次閃過那種抑制不住的，微妙的而讓秦義飛特別不舒服的一笑。那裡有欣慰，慶幸，分明也有自得和明顯的嘲諷。

那一刻秦義飛的心猛烈悸動著，生出了尖銳的懊悔。

也許正是這種隨著時日的演進而逐漸如雪球一樣越滾越大的懊悔和自責，促成了秦義飛後來的無盡煩惱與突然爆發的心理疾患。

這，乃至上述的種種都是後話了。

現在的問題是，早已過了約定的時間，徐曉彗仍然不見蹤影。

六

不僅是這一次，在以後的無數次「約會」中，秦義飛從來都沒有遲到過哪怕一分鐘（不僅是守時的習慣，潛意識中也急於見面從而儘快了結一個煩惱）。徐曉彗則幾乎次次遲到，但珊珊來遲，已成了徐曉彗的一個必然。

都知道初戀的男女約會中有一條不成文的規律，女方總要遲到一會以示矜持或自尊。我們這算哪門子約會？難道她次次會有特殊情況嗎？那麼她為什麼要故意如此？

秦義飛曾反覆詰問過徐曉彗這個問題，並要求她下次務必準時，她也總是有著無數的理由並答應下次會準時，結果下次卻仍然故我。

她到底想搞什麼名堂？意識到我的焦躁而心有快感，因而存心繼續折磨我？

甚至，有時候秦義飛會恐怖而厭憎地東張西望或在周邊來回走動，這樣一是可以稍稍緩解心中的焦慮，二是希望探測一下徐曉彗是不是就躲在身邊某個暗處。因為他深深懷疑，會不會她早就到了，躲在哪個暗角裡觀察自己的反應或欣賞、享受自己的窘態。

正所謂等人心焦，而秦義飛無奈地枯等著的這個人，恰恰是他內心越來越拒斥甚至懼怕見到的人。那份焦慮就更不必細述了。

久而久之，秦義飛不知不覺就形成了一種特異的心理情結。每當要去見徐曉彗付錢的前一兩天，秦義飛都會陷入一種持久而莫名的忐忑不安狀態之中，嚴重時甚至夜不成寐。

真到見面那一天時，他更是如臨大敵般神情緊繃、怎麼寬慰自己也擠不出絲毫笑容來。以至徐曉彗好幾回直訴她的不滿：「你現在怎麼都不會笑啦？」

秦義飛總是以不答作答，或者軟弱無力地哼一聲身體不好等搪塞過去。

每次都是如此。必要到見過面並且又沒有什麼意外枝節發生，他才會如遇大赦般頓覺一陣輕鬆平靜，甚至還有一種滿足的感覺。畢竟，這意味著他又有一段相對平靜的日子了——雖然事實上，徐曉彗很可能在幾天後就突然來個電話，訴說關於自己或言真的苦衷，甚至要求再見面或需要一筆額外的資助。

每次見面時，秦義飛總會在徐曉彗面前顯出一副頹相甚至是落拓、可憐巴巴的困窘模樣。其中自然有其心情、狀態本來不佳的原因，亦有某種刻意的考慮。

他決不會穿新的或時尚的服飾，哪怕是昨天剛換上的，也特意將其換成皺巴巴、土兮兮的舊衣服。屆時還故意先把頭髮擼擼亂，再把背佝起些，在徐曉彗面前走路時也故意顯得雙腿彎曲、有氣無力的樣子，以使自己看上去更憔悴一些、病態一些。

三十歲後他開始染髮。但臨近約見期時，他決不染髮，當天也決不剃須，即以一副白髮蒼蒼、鬍子拉碴、不堪重負的面目出現在徐曉彗面前。

凡此種種，目的都是想讓徐曉彗產生一種他壓力沉重或過得很不如意的印象。他覺得這樣或可減輕徐曉彗對自己的心理癡迷或報復之心，並讓她為自己和兒子的失落心理有所平衡。

再者，他發現，這樣可以或多或少地博得一些她的憐憫，以削弱她要錢或過於耍蠻的欲望。

他這樣做也是基於一個基本印象，即無論他們如何吵鬧、僵持、爭鬥，徐曉彗骨子裡似乎始終對他保有著一種特殊的情感在。而他則越來越畏懼、討厭和渴望擺脫或淡化這一點。

比如，有一回他們又在馬路上發生爭吵時，秦義飛忽然發現前面好像走過個同事，他立刻躲到一棵大樹後面，抱著頭蹲下去，假裝突發急病。

沒想到徐曉彗因此中計。她急得號哭起來，旋即抱住他拚命呼喚、拍打，並跳到馬路上去攔車，要送他上醫院。

這件事使他意識到，必要時應該利用這一點，以加大自己搏奕中的勝算或暫緩矛盾的激化。實際上，就是他們在電話中吵鬧不休的時候，秦義飛的大聲喘息、咳嗆、絕望的停頓，有時候也會讓徐曉彗有所顧憐。甚至立刻改變態度而焦急地追問他怎麼了；所以在徐曉彗過多過激的來電時，或者他希望回避某種無謂的爭執時，他便會故意對著話筒呵氣或久久地不出聲，作出自己心臟不好，透不過氣來的感覺。多少能收到某種效果。當然，這要把握火候，用得恰到好處以避免因濫用或被察覺而失效。

七

再也沒想到，徐曉彗竟像從地底下冒出來似的，從他身後的小樹林裡閃到他身後，突然的一聲對不起，把秦義飛嚇了一跳：「你怎麼會從那邊過來？」

「我抄近路走過來的。」徐曉彗喘吁吁地，汗涔涔的臉上泛著潮紅，手裡拎了絲線網袋，網袋裡裝著一隻長柄奶鍋和一袋奶粉、幾塊米粉糕：「你不知道的，寶寶現在的胃口好得要命哎，我的奶水又不足，所以順路先去買點奶粉和米糕。」

秦義飛的心頓時軟了：「那你出來這麼長時間，他怎麼辦？」

「我請門口人代我看一眼的。再說這小子呵，現在整個是顛倒乾坤，白天死睡，晚上嘛就跟你攪。我困得要死，他一刻也不肯閉眼。你罵他吧，他還衝你傻笑，活活就像你，一點也不講理。」

秦義飛一聽這種話，心裡又反感起來，不僅因為徐曉彗影射他不講理。從一開始就這樣，她說到孩子，動不動就會把他和秦義飛聯繫起來，什麼長相像你呀，脾性像你呀，笑起來活靈活現就是你的翻版呀等等，似嗔似愛的，秦義飛總覺著她是在暗示自己還和他有著什麼特殊關係似的，聽著覺得分外彆扭。一般他總是裝沒在意，惱火起來就狠狠地駁她幾句。但現在他沒心思和她理論，趕緊把裝錢的信封遞給徐曉彗，假意關心孩子，實質是希望早早了結這一回事，說：「不管怎樣，孩子還這麼小，你還是趕緊回去的好。」

徐曉彗倒也沒有久留的意思，接過信封往懷裡一揣，說了聲：「那我先走了，」轉身就匆匆地離開了。

這就是讓秦義飛憂心焦慮了好一陣的第一次「約會」，想不到就這麼簡單而和平地過去了！原來他還害怕徐曉彗會不會又臨陣出鬼，提出什麼讓他難堪的新要求來呢。至於他原本準備好要說的話，比如你什麼時候把孩子抱來我看看，或者，如果她態度好的話，就說一句你辛苦了……結果一句都沒來得及說出來。

至於孩子，倒不是他真希望非要見到他，總覺得自己該有這麼個態度以示關愛。而徐曉彗真讓自己見的話也好，她堅持不給見的話，那就是她的責任了。

望著在柳絲中飄然遠去而顯得越發瘦小的徐曉彗的背影，他好一會呆立著沒有動彈，那一刻充塞於心的竟是一種他自己也預料不到的異樣感情：其實，站在她的立場上想想，她也真是不容易呢，一個人帶著個嬰兒，沒有家人的幫助，沒有起碼的名分，沒有任何育兒的經驗，還幾乎眾叛親離，要什麼沒什麼的……

一股巨大的歉疚如潮水般湧上心來：我是不是有點太那個了？

他癡癡地點起一枝煙，狠狠吸著，暗自也痛下著決心：無論如何，今後我應該多幫幫她。不管她內心究竟是怎麼想的，我們現在矛盾的焦點，不就在錢上嗎？盡可能多弄點錢，儘量多滿足她點，至少能緩解矛盾，而且對孩子有利，我也好心安一點。

可是，除了那兩個工資，我還能從哪兒去弄錢呢？

他又想到了許志明。他那些紐扣還都在床肚裡躺著，一粒也沒賣出去呢。好幾回夜裡他翻看它們，下決心出去試試，到了白天還是找出種種藉口沒行動。有一回他揣著幾包樣品到了家小商店門口，在櫃檯前磨嘰了半晌，終於還是一聲沒吭地回來了。

而真正做起來才知道，許志明能做的事情，秦義飛還就是做不來。

個把月奔波下來，秦義飛越益痛楚的意識到，人和人真是不一樣的。許志明說得那麼簡單的事情，或者說，他做起來可能很容易成功的事情，到了自己這裡，幾乎就是寸步難行。雖然他也咬牙承受了種種意想不到的挫磨和變故。頗具嘲諷意味的是，最終盤點起來，他非但沒能推銷出去多少紐扣，反而還經常被小商店拖欠貨款，怎麼要也要不回來，結果他只好放棄了靠推銷紐扣發財的美夢。

而他後來的折騰，都和一個人有關。這人就是局裡的司機錢國大。

錢國大是個合同工，所以晚上常常被派在局裡值班。他也就像秦義飛一樣，在三樓東頭司機班裡架了張鋼絲床，三天兩頭睡在那裡。無聊的時候他就到樓下會議室裡看電視，後來熟識秦義飛以後，就常到秦義飛房間裡串門了；有時候下班了還在食堂裡多打一份菜，兩個人一起喝幾口。

酒這東西很有意思，未必見得真能解憂，尤其是一個人喝悶酒的時候，效果可能是相反的。但若兩個人相處時，有它沒它就不一樣。尤其是秦義飛和錢國大這種身分、經歷和氣質本來很少共性的人，如果沒有酒，是很「隔」的，也難以暢開彼此的心扉。而幾次酒喝下來，兩人很快就找到了共同點：發財夢。

這方面，錢國大的經驗和想頭是要大大勝過秦義飛的。他本來是郊區的菜農，土地被一家工廠徵用後，他進廠當了廠裡的貨車司機。跑長途的時候，他就經常暗底裡幫人捎帶些貨物，有時還偷偷幫外單位跑幾趟運輸，因為這個讓廠裡給了個停工待崗的處分，後來就托關係找路子來到了局裡。

錢國大老婆是和他同廠的擋車工。後來為照顧孩子方便，辭工在家門口開了個小雜貨店。他年紀剛過三十歲，已經有了一兒一女兩個都還沒上小學的孩子，所以他和秦義飛喝酒的時候，三句話有兩句話說的都是錢。

有一天下班後，錢國大忽然邀請秦義飛到他家喝酒去。

正是仲秋，天氣不冷不熱，晚來的秋風不疾不徐地輕拂著。錢國大便在雜貨鋪門前人行道上擺了張小木桌，兩人換到外面，坐在小板凳上邊酌邊聊，話題很快就又轉向賺錢的想頭上。

錢國大指著馬路對面的菜場說：「其實有個現成的好門道，就看我們敢不敢做了。」秦義飛問是什麼門道，錢國大屈起兩根細長的手指在小桌上重重一敲：「燙雞！」

錢國大說就是在菜場裡租上個攤位，放個煤爐燒開水，幫那些買雞的人殺雞褪毛。他扳著手指頭說：「我仔細考察過，這菜場雖然不大，販雞的人卻越來越多了。許多買雞的人要麼不會殺雞，要麼嫌麻煩。要是我們像大菜場一樣擺個燙雞攤子，一隻五毛加工費，保證賺得你從夢裡笑醒。」

秦義飛覺得他這個想法倒不無道理，但一想到那種雞飛狗跳的混沌場面就差點噴飯：「我們做這種事……況且，菜場晚上要關門的，我們白天又要上班，怎麼做得來？」

錢國大顯然沒想到這個關鍵，愣了一下無奈地點了點頭。

這天錢國大買了條半斤重的鯽魚，秦義飛見了忽然技癢，自告奮勇要獻藝。結果他烹調的蔥烤鯽魚讓錢國大夫婦倆大為讚歎。

這種讚歎秦義飛還是當之無愧的。因為父母都忙，他小學四年級開始就承擔了買菜和做晚餐的任務。加之他有這個興趣，又經常向母親和鄰里學習，久而久之，一些家常菜如紅燒魚、醋溜肉、魚香肉絲、煎素雞之類都相當拿手。

錢國大盛讚之餘便又拍了下大腿，說他早就有個想法，就是他家小店市口不錯，所以夜裡推著三輪車出來做他們生意的人越來越多。而他們怎麼能跟自家的條件相比？他家店前現成有個很大的牆角空地，要是搞它個夜排檔，添幾張塑膠桌椅，賣點家常小炒和啤酒什麼的，賺頭一定可觀。

「這生意只在晚上做，不影響我們上班，而且不需要多少本錢。怎麼樣？我們倆合夥，你專管炒菜端菜，我跟老婆倆負責採買原料、招呼客人和洗碗之類雜活，賺了錢四六分成。保證比你賣紐扣肥得多！」

秦義飛怦然心動，當即表示贊成。可是到底還沒有暍糊塗，轉念一想心裡就打起鼓來。憑直覺，這種生意因為本錢小、客源未必不大等因素，賺錢應該是有把握的。但這是什麼生意？在路邊擺小吃攤的不是待業工人就是進城後找不到工作的販夫走卒者流，自己好歹也是個科技館職員，編制上屬於國家幹部，居然也紮條圍裙大顛其馬勺來了？這倒也罷了，我有我的難處，顧不上那麼多虛榮了。可是萬一讓熟人或者直接就是局裡人看見了，會作何感想？笑話倒也可由他笑話，好錢我自賺之。但傳到領導耳朵裡的話，會不會影響我的根本？那恐怕也不至於，這又不是違法的勾當，他們還能開除我不成？要不我戴個口罩？這還顯得衛生文明……

錢國大一眼看出秦義飛的心事，立刻叫他不要胡思亂想：「現在是什麼年頭？解放思想，讓一部分人先富起來！可是靠幾個死工資，鬼才富得起來。我們一不偷二不搶，三不影響正常工作，正大光明的為人民服務，光榮得很！」

可是幾天後錢國大再到秦義飛寢室來時，秦義飛看到的卻是一張苦瓜臉，而且又成了個三拳打不出一個屁的悶葫蘆。

原來錢國大還真是認真的。不僅買了兩張塑膠桌子和十張簡單的塑膠椅子，還定做了一口柴油桶改裝的大煤爐。正在熱火朝天的時候，卻親眼目睹了城管人員驅逐流動排檔、掀翻油鍋、沒收他們三輪車的行動，這才想起自己恐怕也得去辦些手續。一問街道，什麼營業許可、衛生許可，治安費、占地費還有囉哩囉嗦的一大堆證呵費呵的都是以前沒有想到的；不辦好這套手續分明幹不長也幹不安生，辦吧，七扣八扣的，真有那麼大賺頭嗎？據說還有一種成本也是他們這種小本經營者難以承受的；那就是各種權力部門人員和黑社會性質的混混來蹭吃蹭喝是家常便飯，你沒有強硬的背景撐腰，一個星期就把你吃光喝乾！

秦義飛一聽也頭大了：「算了算了，還是讓那些遊擊隊去玩吧，我們犯不著！」

八

白駒過隙，逝者如水。轉眼間，年輪就滾進了二十世紀九十年代。

一九九二年的夏季似乎格外性急，剛入五月，才幾天無雨，氣溫就據說是五十年未遇地，一下子猛躥過三十二度。上班時，幾乎人人都在喊熱，人人都在說這個夏天有點怪，實在是非同尋常。

但人們談論得更多或者說被裹挾得更深的，還不是氣溫，而是另一種熱——表面上看，它體現為氣功熱、呼拉圈熱、卡拉ＯＫ熱、夜市熱、裝電話熱（包括小老闆人手舉一個大哥大、小職員爭著往腰裡挎一個ＢＢ機）、集郵和電話卡熱、美容熱、收藏熱甚至出國熱或別的什麼熱比如建築熱，整個城市完全就成了個大興土木的大工地，到處塔吊林立，日夜轟轟隆隆。隔個年把你登高一看，都不知怎麼回事，一幢幢大樓就活生生地像雨後春筍般冒起來了。

而就秦義飛而言，有時候他的生活給他的某種震撼，也可用迅雷不及掩耳這個詞來形容。

他出差回來聽到齊佳的第一句話就是：「我辭職了。」

「你說什麼？」

「信不信由你。你不是總愛說，人生的路很長很長，緊要處往往只有幾步嘛。機會來得太突然，等不得你回來了。從今天起，你老婆是『裡通外國』的『洋奴』了。願好願散，隨你一句話。」

「開什麼玩笑……」秦義飛陡然感到呼吸困難，一屁股癱軟在沙發上。怔怔地看著齊佳的表情，心裡已經相信真有什麼天翻地履的事情發生了。

自從有了徐曉彗那檔子事後，秦義飛儘管頗覺內疚，齊佳儘管也偶有煩言，卻並沒有影響到他和齊佳的正常關係。在不明就裡的外人看來，兩人正常結婚、生子；齊佳還於兩年前即一九九〇年調進共青團藩城市委，結束了兩地分居的生活，一切都像普通的三口之家一樣，呈現著幸福美滿的表象。但實際上，秦義飛個人生活品質苦不堪言，深心裡還始終埋著顆歉疚的種子。畢竟只有他和齊佳清楚，徐曉彗尤其是兒子言真的存在，決不同於一般的夫婦偶爾紅杏出牆，掀起一段風波通常也就風平浪靜。他們中間橫亙著的，是一個尖銳的楔子，隨時隨地、稍一不慎，就可能深深地紮疼他們。

秦義飛之所以不顧一切地到處折騰，甚至還參與過倒賣鋼材、煤炭什麼的，總之拚命想掙錢；也絕不僅僅是應付現實經濟壓力的需要，更多地還在潛意識中存在著一種挽救、補償乃至轉移注意力的心理，儘量能使自己這個小家庭的生活品質（至少是經濟品質）少受些影響，如此，內心的愧疚和欠缺感多少也可以稍覺舒緩。

秦義飛暗自感到慶幸的是，齊佳一如既往地寬諒著他。不僅長期容忍著這種狀況的存在，而且在他為「楔子」刺疼的時候，比如他們自己的兒子秦真如的出生和由此陡增的新的經濟壓力，及這種壓力毫無疑問地影響著他們的實際生活之際，齊佳都幾乎是毫無怨言地與他共同承擔著這重重壓力。而且，許多重要的關頭，齊佳且成了他唯一可以無所隱瞞地傾訴苦衷、尋求精神助力和實際對策的依靠。

秦義飛因此對齊佳心存感念乃至依賴自不必說。但今天這種毫無心理準備的變故，則完全出乎他的預期。

所幸，從齊佳興奮的描述中，秦義飛很快弄清了事情的原委。

原來，就在秦義飛出差後的第二天中午，齊佳下班時去車棚推車子時，碰上一個有過幾面之交的熟人何經理。兩人就邊走邊閒聊了幾句。

何經理說起，他剛調到市外資企業服務公司，那是個專為外資企業推薦雇員的機構。這幾天他正在為物色一個合適的人選而發愁。說是藩城最大的一家外資公司德國ＰＣ公司辦事處，要雇個女文秘。條件相當苛刻，要是三十歲以上三十五歲以下、有五年以上工作經驗的，還要有相當文化和氣質、有外語會話能力且一定要有個滿意穩固的家庭的（據說那樣可以減免她日後跟哪個老外私奔國外的風險）。

「都說那洋老闆多伊老頭疙瘩，也真少見他那樣挑剔的了。」何經理晃著腦袋說：「一連送去幾個都搖頭。」

齊佳對何經理的話並不在意，順口說了句：「以後有合適我的機會也讓我試試。」不料何經理的眼睛一下子亮了起來：「真是的，你不就是理想的人選嗎？行！說不定你真行。你長得很好，氣質又不錯。你不是工作好多年了嗎？還是老文秘。你今年差不多也三十出頭了吧？你先生在科技館當館長了吧？孩子又生過了，你的家庭不就很穩固也很滿意嗎？對了，你上過大學的，英語會話過得去嗎？」

齊佳立刻說：「這倒巧了，老實說德語我一竅不通。但我大學時英語成績是最好的，會話嘛，不敢說行，應付些日常事務還是有信心的。」

「會英語也可以了。但你真有心上外企去？那可是要辭職的。當然，可以把檔案放到人才交流中心。萬一有一天被多伊炒了，我們可以再推薦你到別的外資公司，或者有合適的企事業單位要你的話，關係仍可接上。」

「那我還怕什麼？」齊佳急切地叫起來——

「就這麼就成了？」秦義飛有點不相信地盯著齊佳，總覺得這一切有點不可思議，好好的一個機關幹部，撐不死也餓不死，突然就變成一個什麼外資公司的雇員了，還得辭職。而當時的外企在秦義飛心目中幾乎全無概念，齊佳這步棋走得未免太倉促也太冒險了些。

齊佳卻興奮得滿面生輝：「我知道你一下子難以接受。我也是一時心血來潮，又來不及跟你商量。所以真走到那一步時，也真夠怕人的。可是，你知道我的報酬是多少嗎？」

秦義飛呼吸都緊迫起來，趕緊問齊佳：「多少？」

齊佳眉飛色舞地賣了個關子：「你猜猜看？反正要大大高於我現在收入的好多倍。想想吧，全是外匯券呀！你說我要不要飛起來？」

這下，輪到秦義飛「飛」起來了。在齊佳面前一向習慣於喜怒不形於色的他，現在情不自禁從沙發上蹦起來：「辭職手續辦好了嗎？」

「還沒移交完。不過頭兒已經同意了。不過老實說，這會兒我可真後怕了。萬一干不了幾天讓老外給炒了，萬一……好像又不是擔這個心，總覺得像個沒娘的孩子了。」

「這我明白。哪個下海的都會有這種心理。習慣了就好了。要緊的是儘快適應新環境。別輕易讓人給炒了。人這個東西就是這樣，上得樓下不得樓。拿過高薪再失去，那才叫夠受呢——不過，你這一步跨得可真讓我刮目相看呢！畢竟這還是一種冒險。換了我，誘惑再大，恐怕也不會有你這個魄力的。」

說到這裡，他突然打了個激靈：「是不是因為我……給你的壓力太大了？」

齊佳幽幽地看了他一眼：「話也不能這麼說。作為夫妻，我們本當有福同享，有難同當的。只是，我的確很想改變這種困窘的現狀。尤其看不得你一天到晚為了些蠅頭小利到處胡亂撲騰的落拓樣。我很清楚，你的潛力和底子都比我強，所以你應該集中精力，好好發展自己的事業才是正經。」

鼻子倏地一酸，秦義飛差點掉下淚來，他趕緊扭過頭去，心裡翻江倒海地一時不知說些什麼好。

雖然齊佳早就有過跳槽之心，多次嚷嚷要去藩城新設的經濟開發區，都因他強烈反對而作罷。現在可不同，再也沒想到在外企工作薪酬居然這麼高，何況，相比起機關幹部來又毫不失體面，何樂而不為？

如今的社會已在一切方面顯現出金錢的意義。一切都在以史無前例的速度物化著。

第五章 「夕陽都作可憐紅」

一

突如其來的新生活，就以這樣的方式拉開了帷幕。

秦義飛無數次地暗暗感歎：莫非冥冥中真有神靈？他在以這樣一種方式拯救我於水火，補償我之失落和窘迫？抑或，竟是別一種形式的懲罰？

這個新生活的意義確乎是非同一般的。

首先，它幾乎立竿見影地終結了秦義飛那種為五斗米折腰，為稻粱謀奔波卻始終難見起色的困窘局面。其次，隨著時日的推移，隨著齊佳在公司地位的日益穩固，隨著中國經濟不斷騰飛和秦義飛自身事業的發展和收入的水漲船高，秦義飛小倆口的生活品質雖然談不上大富大貴，但若說是因此而不僅快速改善，且與先前形成幾乎是天壤之別，則還是成立的。

當然，這裡所指的，單純只是經濟意義上的生活品質。令秦義飛意想不到的是，他的實際的生活品質（當然是指精神層面上的）卻非但沒有獲得根本的改善，甚至，還幾乎成反比地呈現出另一種困窘和絕望。

當他搬進新居並漸而又換上更大更舒適的居所時，當他給和齊佳生的兒子真如買新玩具、添置高檔文具時，當他帶真如出去郊遊或上遊樂場時，當他的小家隨著時尚的變遷而逐漸用上空調、冰箱等一應齊全的家用電器，當他開起了自己的摩托車、汽車，並始終領先於一般人而用上BP機、手機等通訊工具時；當他帶孩子到名校報到時，當他看到孩子出色的成績報告單時……總之，當他和自己孩子的生活品質乃至孩子的學習、生活不斷向上、欣欣向榮之際，他感受到的，固然也有欣慰或得意，可是這種滿足和欣慰卻又往往如剛剛點燃的火苗突遭暴雨猛澆而迅即熄滅。隨即躍升起來的竟還是那裹著濃重濕霧的，揮之不去，吹之不散的滾滾濃煙——失落感、歉疚感乃至越益深重的自罪感反而更強烈了。

他們現在過得怎麼樣？假如言真明瞭自己的身世，知曉了我是如此生活的話，會作何感想？如果徐曉彗肯放手，使他也能在我身邊成長的話，豈不也……

諸如此類想法始終如影隨形地纏絞著他疲憊而枯乾的心靈。

他也始終試圖改變這一令他窒息的局面，並且盡力滿足徐曉彗額外加碼的種種經濟要求、不斷根據實際狀況及時、主動提升給他們的生活費標準——當然這仍是謹慎而有限度的，因為他害怕這會暴露自己的生活境遇，擔心這會刺激徐曉彗的失落感乃至經濟胃口。更有一點，他難以盡信徐曉彗會把自己給的錢全用在言真身上。畢竟她又有了個孩子，畢竟他始終無法瞭解她和言真的具體或真實的生活狀況。

為了彌補對言真的欠疚，也為了安撫自己的心靈，他後來想出了一個辦法，即從齊佳進了外企，自身經濟狀況明顯好轉的那年開始，他私下在銀行單開了一個戶頭，開始為言真定期存錢，具體數額也視收入情況而不斷增加。他的想法就是，終有一天言真會來找我，或者在某個特殊的時候，我主動將這筆錢交給他本人。

困擾他的問題還遠不止這些。其中最突出的一點是，他和徐曉彗之間的資訊從來都是不對稱的——這也是他長期鬱鬱不能釋懷的一個要因。他始終無法從徐曉彗口中聽到關於她和言真的真實生活狀況。他們的住址，徐曉彗現在在幹什麼，她丈夫到底又是幹什麼的，他們的實際經濟狀況如何；尤其是孩子，他在什麼學校讀書，他過得還好嗎？會不會因為自己的特異身世而受人歧視或自卑自棄？而自己如果有要事去找徐曉彗時，該到哪裡去找等等基本資訊，只要他問及，徐曉彗的回答總是：「你沒必要知道這些吧？」或者，「我就是不想告訴你，怎麼啦？」再或者，「你少給我假仁義了，你心裡從來就沒有他……」

好在徐曉彗從來不會斷了給他寫信、打電話或者找上門來，與她失去聯繫的可能幾乎是不存在的。而從她的言談和字裡行間，他可以間接地瞭解、揣想出一些她和言真的生活情狀。令他痛苦的是，這些情狀多半又總是破碎的、負面的，令他壓抑、棲惶而倍覺絕望的。所以，秦義飛又漸而形成一種矛盾的本能，即既想聽又害怕聽到一切關於她或言真的真實情況。以至一見到她的來信，一聽到她的電話，一見到她的人影，神經便會條件反射地緊繃起來。

當然，徐曉彗的信和態度也並非總是鐵板一塊，雖然主旨總是哀怨、需索或義正辭嚴的控訴、辯白甚而謾罵、威脅、恐嚇。但很多時候她也會在信中（如同兩人實際相處時那樣）表現得判若兩人，雖然其言詞常常是前後矛盾、反覆無常的，有時的態度卻異常溫遜、理智、且充滿了對秦義飛的理解體諒，甚至時而還會有對針對她自己的檢討、自責——儘管這在秦義飛看來，仍然也是服務於她的某種基本目的的別一種表現形式。

對徐曉彗這種神祕莫測的心態和吊詭的作派，秦義飛的判斷是，她在為自身和言真謀取更大的經濟利益，或更是在賭氣，在報復自己，並始終對自己存有深刻的戒心，擔心我或家人會與她爭奪孩子。而言真無疑是她唯一的精神支柱、命根子。

而隨著孩子一天天長大，開始具備他自己的獨立意識後，她必然會擔心我或家人與孩子見上面或聯繫上後，使他知曉許多過去不可能知曉或被她長期歪曲了的真情，從而對言真心理產生不利於她的影響。

這無疑是徐曉彗的一塊心病。融解它的惟有時間或天意。

於是，他也就儘量避免去刺激她這根神經。至於徐曉彗本人的聯繫方式，前期主要靠通信（多是她先來封信，隨後用某個公用電話打來一個電話獲取他的回復或「感受」。偶然需要他回信時，會給他一個指定的、也常變動的臨時位址）。後期，也就是在手機大面積普及以後，經他再三要求，秦義飛才得到了她的手機號。而這個手機號也會因為秦義飛莫名其妙的原因而經常變換。

反之，無論他的工作、家庭位址或聯繫電話有過多少次變動，徐曉彗總是不需等待他通知而及時獲知。因為她發現有變時，只消以任意身分給單位人打個電話就可以探到。秦義飛不可能（雖然他曾想過）要求所有單位同事，不對外人洩露自己的電話或住址等資訊，因為工作本身就需要他接受許多陌生人的諮詢或聯繫。換句話說，她可以自如地操控他，隨時隨地地掌握他的基本資訊乃至齊佳甚至孩子的基本資訊而隨時隨地的找到他、或向他發號施令。

稍令秦義飛寬慰的是，由於他在單位和一般朋友面前已經習以慣之的謹言慎行，諱言自己和齊佳、孩子的實際經濟、生活狀況等重要資訊，徐曉彗似乎並不完全瞭解他的實際生活面貌。

有一天，秦義飛在公車上偶然聽到一首歌，那就是後來風靡社會的「只要你過得比我好」，他的心劇烈地的抽搐了一下，愣怔了半晌後，提前下了車。

言真，你可能比我過得好嗎？

有一天你會相信，其實我一直都真心實意地希望你、乃至你母親都過得比我好嗎？

唉，恐怕我們這一輩子裡，誰都無法過得好了……

二

如前所述，很長一個時段裡，尤其是在言真成人前那段時期裡，由於通訊條件尚欠發達或徐曉彗認為需要以文字來表述情感等原因，她給秦義飛寫過許多信。這些信有一些是徐曉彗自況式的宣洩，或是主題反覆強調的自我申辯與塑形；最多的，則是出於那個最基本的「求助」目的，而其主角或曰中心話題，自然又與言真有關。

雖然不是主要來源，但這些信多多少少地讓秦義飛瞭解到一些他想瞭解（或他極不想聽到的）資訊。

這些信多半是功利性或目的性很強的，不值一錄。但其中也有一些還是值得玩味的。尤其是關於言真的。且也有助於我們間接揣摸秦義飛於此一時段中的心路境遇。

不妨就讓我們來看幾封徐曉彗的來信或片斷。

為便於敘述，這裡未分時序。除某些過於紊亂或文理不通而影響理解之處，主要內容、詞彙也未加修飾——需要再強調的是，當時的秦義飛基本沒有懷疑過（也無從懷疑）信的內容的真實性，因而他的感受及反應，我們不難想像。故而就暫且不在此評述了——

「……這幾天我不知是怎麼過的，我的魂靈在哪裡漂蕩？我痛苦煩躁到了極點。孩子開始考試了，我不知道該為他做點什麼。我又不願添給他一丁點負擔。可接二連三的事情又使我坐立不安。為了孩子，我經常與人換房。為了誰也不容忍這可憐的孩子我忍辱受累。最後結果又使我一步步走向受人譏笑、嘲罵的結果。人家背後如何議論我、謾罵我都無所謂，可是面對面的辱罵我又咽不下這口氣。你根本不用知道這孩子也跟著受了多少氣……」

「秦義飛，我恨過你。老實說到現在還會恨。但是我有時候也會承認，你對孩子生下來的表現還是無愧的。有時候我雖然對你很凶，但是你的話也會讓我無言以對。這幾天我天天在想，這一切的過失真的都在我，要是不生下他來，他也不用跟著我受這麼些氣了。」

「我常常一個人發呆，又常常失去生存的信心。要不是這孩子我早已命歸西天。我捨不得他，我要為他苦到底。再苦再累，我只要一看到他心裡又會平靜下來。」

「秦義飛，我有太多的話要對你講，可是你是不想聽的。我走的路一路磨難，你是沒法想像的，也根本不關心的。我一面為了每月一七三元工資在苦，一面又掛念這十歲的孩子從上午到下午，從下午到晚上的時時刻刻。」

「秦義飛，我母親去世了。今年放假孩子再也沒人幫忙照顧了。新單位是集體的，效益很不好，許多人拿百分之六十五回家。我情況特殊沒有下崗。但是保留下來的職工要交三千元集資款，我根本無能為力。走投無路的我還能求誰呢？我只有再厚一次臉皮了。對不起你，打擾你了。我跪下來求你再幫忙這一次。但是如果你不行，我決不會因為這個事恨你。因為這幾年讓我看到，你一次一次盡心盡力幫助過我，我也是有良心的人，怎麼還能怪你呢？」

「對不起，又打擾你了。真的希望你和齊佳快樂，還有你們可愛的小真如快樂……」

真如是秦義飛給他和齊佳生的這個兒子起的名字。之後不久，徐曉彗不知怎麼也得知了這一資訊。她在來電話表示祝賀的同時，特意問了一句：「為什麼你兒子的名字裡也有一個「真」字？」秦義飛的回答是：「我覺得「真如」這個詞很有意義，它是一個宗教概念，有「本質」、「本原」之意。」

徐曉彗哦了一聲便沒有再問什麼。

但是，秦義飛知道她會想什麼。而實際上，他給兒子取這個名字確乎有紀念言真的寓意在。雖然他對任何人包括齊佳都沒有說破過這層意思。但是他覺得他們會有這個想法。想就想吧，難道這還有什麼錯嗎？

三

「……你幫言真辦的市圖書館的借書卡收到了。只是我現在還借不起來，因為借書證和登記卡都要單位蓋章。我等找到了新工作再蓋章吧。關於找工作，你們這種端國家鐵飯碗的人，真是想不到會有多少難哦！你上次讓朋友介紹的那家商店本來還是蠻好的，但個體商店沒有上班時間，老早去，老晚才能回家，中午我根本沒時間回家做飯。那我怎麼照顧孩子？算了，我慢慢自己找吧。」

「本來言真上學時，中午到家就可以吃上熱飯菜，現在我也顧不上這麼多了。不過中午還不算太難，我可以早上做好點飯菜讓他回家後胡一頓。晚上再這樣怎麼行呢？無論如何我也要用心照看好他。另外，你也有兒子了，你應該知道現在的學校都是獨生子女，孩子各方面如果差一點都會被人瞧不起。言真沒有一個好爸爸，我不能再讓他沒有一點好穿著。這孩子從小是被關大的，一般我不准他隨便出去玩，也很少有同學看得起他跟他玩。就是現在放假時候也這樣。他也太內向了，有什麼心事也難得跟人說。看著他獨個兒悶在熱得像火爐的小黑屋裡發呆，我就忍不住心酸的眼淚。算了，很多事我也不說了。說了你也不會當回事……」

「生活終究還是生活，日子不知不覺就一天天混了過去，轉眼就是十二年時光在手裡沒了。這孩子比一般孩子早熟，越來越懂得體貼我了。只有他才能佔領我心，壓迫我往日創傷。秦義飛，這一切我越來越看通了，怪不得什麼人。我畢竟生活在現實中，一切要自己勇敢去面對。一個沒有本事沒有錢財沒有親生父母關照的女人，要支撐起一個破碎的生活真難！可是一個沒有親爸呵護的童年更難。但是我也知道你也不容易。一個小孩要花費多少錢，全靠你們工資支撐一個家庭其實也是很難的。另外還要額外扶持另一個孩子的你，我深深知道艱難。可是我往往沒有辦法面對我的生活，只能再來尋求你。我常常莫名其妙對你發火、心碎。收回的當然是你的反抗，結果總是自找苦吃，心靈更加折磨……」

「對生活我實在是無法把握好，完全跟我當初想的不一樣。可是生活中的麻煩卻一點也不肯減少，我真的越來越感到難呵。今夏你給我一千五百元交煤氣管道費錢，幫了我的大忙。現在放假了，我讓他少出去，給他買了一台電子遊戲機，花去四〇〇多元。這次期末考試他成績數學全班第一九十七分，語文也有九十一分，我再怎麼艱難也要給他業餘時間一個小安慰，他太應該放鬆了。」

「秦義飛，到八月二八日他要上五年級了。二五號返校要交學費，要交校服費。夏服上次交了，這次是秋服費，運動衣褲和白球鞋。另外去年你買給他的書包太小了，我要給他買一個大點的牛津書包。還要買一些筆和文具。學校不准學生用鉛筆刨刨鉛筆。我再怎麼，為了這孩子也要把他搞好點，不能讓外人更瞧不起他。他現在還是班上中隊委，全班四十八名同學，不能讓他低於中游。這是我的願望。秦義飛，我深深知道我在你那裡已經得到許多，但是你給的那些正常的生活撫養費根本解決不了新的許多問題。如果我有能力也不可能老是這樣，當然，那些你可能覺得都不是正當理由。如果你一定要這麼想，我也沒辦法，但是我不會因為這些怪罪你，到底你還有自己的孩子要撫養。」

「秦義飛，今年他上高年級了，老師都說這是孩子們的人生轉捩點，我要好好為他祝願。如果你沒有錢，就請你一定要買一個精裝的好一點的日記本給他。你在日記前面寫一句你的鼓勵的人生格言，你不用簽名。我要他從今開始每天都記下自己生活的點點滴滴。電視上說，記日記是個非常好的習慣，還能調整人的心理。言真太需要調整了……」

四

「秦義飛先生：

你真的是腦子進水了，還是故意來氣我們？你應該不會忘記你親筆簽下的保證書吧？你要想推翻放棄言真撫養權和監護權的承諾，可以，太可以了。我和真兒在法庭上等著你！否則，休想撕破！你知道我脾氣，可是為什麼你昨天在電話裡對我破口大罵我沒有和你對吵？不是我害怕你，是真兒捂住我嘴勸我不要理睬你。我一看見他焦急的眼神，氣就鼓不動了。我打電話時候他就在我身邊，耳朵裡灌滿了你的瘋狂聲音！」

「秦義飛，你太混蛋。可是混蛋的你竟然有了真兒這麼個至孝至忠的好兒子。是他的勸告才使我沒有衝上門去找你算帳。是他親口對我哭求：媽媽你別這樣做，雖然我恨透了他，永遠也不想見到他。但我身上流著他的血，我不能看著你們同歸於盡。我們吃糠咽菜也可以過我們自己的生活，永遠不和他一般見識……這就是我今天寫信的主要原因，因為在電話裡根本沒有辦法和你正常對話。雖然我也不想這麼早就讓他知道自己悲慘的命運，但是我實在忍受不了了，我不能再欺瞞他下去了。所以，我們的孩子，可憐又堅強的言真，前天深夜已經完全知道了自己的身世。昨天我給你打電話，就是想告訴你這個情況。就在前一天晚上，正是真兒的十六周歲生日。你沒有在電話裡提一個字！」

「為了安慰他敏感的神經，我沒有讓我那個小的和家裡的其他人參加，孤孤單單的我們兩個人，在飯店吃了一頓可憐的生日晚宴。我沒有想到，就在我們邊上，一家人也在給一個十六歲的兒子做生日。祝賀的人來了十幾桌，還有司儀的，攝像的，送禮的。他們的歡笑讓我一口蛋糕也吃不下，真兒卻對我說：媽媽，他們這樣吵鬧有什麼意思，也不怕別人笑話嗎？吹臘燭的時候，真兒還對我說，媽媽，我要許一個願，只有一句話，世上只有媽媽好。我當場就哭了起來。我顫抖地抱著兒子說：真兒，你的媽媽不好，媽媽一直在欺騙你。你現在的繼父對你不親你也別怪他，因為他知道你的親爸爸並沒有死，他一直就活得好好的……秦義飛，你知道他的第一句話是什麼嗎？他說我早就有感覺了。可是我不想問你，因為怕你難受……」

「我們再也坐不下去了。可憐的母子倆沿著護城河不停地走呵走，不停地說呵說，我把苦苦埋藏了十六年的祕密和忍受的痛苦全部告訴了真兒。後半夜我們再也走不動了，母子倆在河邊乾枯的老楊樹下抱頭痛哭。我跟真兒說得最清楚的是一句話：你終於長大成人了，你也知道了自己的身世，我的心事已經了掉一大半了。你的親生父親雖然對我無情無義，但是對你還是承擔了責任的。所以你今天知道了真相以後，首先要對我發一個毒誓：不管今生今世你和你親老子會怎樣，你和他打斷筋骨還連著血肉，你要把一切爛在肚子裡，保證永遠不做傷害他的事，不會影響他前程的事。那是骨肉殘殺，只會讓那些侮辱我們的人看笑話。

「他含著眼淚向我點頭保證。我又對他說，今後你想怎麼樣就怎麼樣，你想去找他就悄悄地去找他，你想跟他通信或者打電話就通信打電話，一點也不用擔心我會怎麼感受。但是，絕對不可以強迫他做什麼。我們是苦水裡泡大的人，第一要有做人的骨氣。可是他對我說什麼？他說『呸！雖然你今天才告訴我他還活著，但這個姓秦的人永遠不可能進入我的心靈。他早就在我心裡真實地死去了！我永遠永遠也不要見到這個拋棄了世上最好的母親的男人！你永遠也不許把我的一切情況透露給他。我跟他橋歸橋路歸路，餓死也不要再用他一分錢！』」

「秦義飛，你不知道這個倔強的孩子，發起火的樣子多麼像你呵，聲調都差不多一模一樣。但是，請你原諒這個可憐的孩子的賭氣話吧。他到底還只有十六歲，他剛剛聽說自己的命運會有多麼痛苦，驚慌。所以等他慢慢成熟起來，我會勸告他漸漸改變看法，慢慢接受你。不管怎麼樣，你們畢竟是血肉相聯的父子，我永遠不希望你們之間會有真正的仇恨。那樣會讓誰高興？對我有什麼好處？可是你太讓我失望，太不通情理了，竟然還在電話裡罵我不把他聯繫方式給你是居心不良，你太不講道理了！不信你試試看，你現在就是去找到他，他都可能拿把刀子捅你！」

「我現在可以放棄一切個人感情跟你說句實在話，要是你今後有什麼話想跟他說，可以寫信給我轉交他。他看不看是他的事，看了以後怎麼感想是他的事。但是我能夠保證不許他做出任何對你不利的事情來。我是他在這個世上唯一最親的人，他會聽我的話的……」

五

「我很抱歉又打擾你了。在你看這封信前，我不能不說出我內心的真實聲音。我不是來求你要什麼的，我現在什麼都不求，只求你能心平氣和聽聽我的聲音。不知為什麼，自從真兒讀書去了以後，我的精神好像有些崩潰，整夜整夜都無法入睡。思念真兒的心思像蟲子在啃我的骨頭。白天我什麼事也做不成，常常一個人發呆。我現在的老公完全不懂得理解感情，他只會陰陽怪氣說我是神經出問題了。可能真的吧，這是我從兒子生下來到現在最最嚴重的一次感情不寧。」

「真兒常常打電話給我，我有時都不想接他電話。我不能面對他給我的問候和孩子氣的關心。他到底是不是給我寵得太軟弱了？我會控制不住自己毫不掩飾地痛哭一場。所有的苦惱、煩悶、血淚、孤獨一下子湧上心頭，我這是在害真兒啊。秦義飛，我多少次真的是想在電話裡向你傾訴內心，可是我又明白你是絲毫不會在乎的。我更不想再跟你白白吵一架，傷害你也更傷害我自己。我對生活一點信心也沒有，要不是真兒支撐的話，我真的想到另外一個世界安靜。」

「你給真兒寫的信，有兩封我沒有給他看。你說的大道理對他有用還是有害？可是從你給我現在的感覺來看，你那副早衰疲憊頭髮花白的樣子，已激不起我太多的怨恨了。我只是希望有一天你們父子能夠和好，當然這需要時間和真兒的原諒。你現在能做的一切，是真兒長期以來心中夢想的生父向他的道歉。不是你信上說的那種看似歉意其實自我辯護美化。幾句輕輕的道歉和同情能醫好一個人的心病嗎？可是你小心回避的是什麼根本問題，當真兒還是小孩子不懂嗎？真兒帶著絕望和悲哀所滋生出來的寬宏大量是你的運氣和福氣，換了別的孩子說不定早就讓你焦頭爛額了。」

「在你無情拋棄我的時候，你說的是『上廁所也還有個先來後到』，在我和真兒最困難和孤獨無助時期，最需要精神安慰日子裡，你父親對真兒的無情話語，還有那年小真兒生病住院我去找你，你說我不講信用假話連篇，死乞白臉不顧一切要衝到醫院去驗證，這樣一類的往事，真兒全知道了……」

「當時我丟掉臉面，整個腦海裡為的不是我自己活下去，處處都是為真兒著想，你也不希望你的親骨肉生活得像樣一點起碼一點嗎？不錯，你也有妻兒要照顧，你也有種種難處。可是比起來，真兒得到你什麼親自照顧嗎？為了這個當初你和你父親百般不要的孩子，我不可能不為他今後著想。人生在世難料事太多了，誰知道我明天會不會突然離開苦命的兒子，這就是我那時候不得不求你的動機。為了這孩子，任何人的謾罵恥笑都能忍受，唯獨你的不能。可是你那時有些話多麼刺痛心肺。在已經太多的痛苦裡，你又埋進我心裡一層層恨。但是這種恨沒有讓我喪失理智，去你單位害你，或者向任何人說出你的祕密。你現在事業發展，小日子紅火，我們也沒有眼紅不安。你知道多少時候是真兒的勸解挽救了我的衝動啊！他這也是在挽救你，你想過沒有？」

「那時候，我和真兒呆呆地面對面坐著，百感交集，心中恨在延伸。窗戶一點點黑下來，誰也不想吃晚飯。但是我們互相鼓勵勸告，不要做有害你的事情。今天我說這些，不是求你什麼。我寫這信天已經快要亮了，我又是一個不眠之夜。可是我感覺話還遠遠沒有說完。我所積蓄的恨在真兒十六歲生日那個夜裡全訴給了真兒。可我還是不敢讓真兒看到我這些年來的日記。因為我害怕影響他對你的感情。但是我寫的東西都是真實感受。我明白我這輩子直到現在，哪怕一丁點真愛也沒有享受過，還造成我一世永世的痛苦，還扯上這個可憐無辜的孩子的命運。真幸虧我有了真兒的安慰。可是我現在真擔心他步入我同樣的苦命中，所以我對他的要求從來就十分嚴格，這可能也是我對不起他的地方。」

「秦義飛，你所做所說的一切，我對真兒公正評說過，但我不會胡說你什麼。看看周圍，人家都是獨生子女，小皇帝，都有應該有的一切。可我的真兒呢？兒子是母親的未來。可是真兒從小缺乏家庭溫暖，我這個母親所能給他的又太少。他說過他沒有一個好父親沒關係，他只要一個好母親。可我越來越覺得我不是一個好母親。從他知道父親還活著那一天起，父親已真的在他心中死了，他真的永遠不知道真相多好呵。在他不知道真相之前，我騙他說你在很遠很遠地方出差。後來乾脆說你生病死了。真兒多麼思念你。多少年前他就說他經常在夢中看見你親切而模糊影子，希望不要夢醒！那些日子我流過多少淚，可是他還太小，我不想也不敢讓他知道真相呵！現在他跌進真相的陰影中，爬出來多麼艱難，你讓他怎麼一下子接受你？看到別人父子倆親熱樣子，真兒心裡血和淚在流淌。他對我說過，有時候他真想用刀刺進自己心臟……真兒現在長大成人讀大學了。我時時為他高興，又太想念他。」

「現在我常常愛去的地方就是耳湖。一個人孤孤單單很安靜。看到翻著泡沫的泉眼，心裡也翻起泡沫往事。雖然我比以前哭得次數更多，但我不擔心我的身體，也再沒有輕生念頭。為我的真兒我會好好強迫自已努力。秦義飛，日曆越來越薄，天越來越冷清。真兒好孩子已經長大，我希望你們有一天能和平擁抱，拋開你和我的恩仇，為了孩子。我深知齊佳和真如對你生活的重要性，我不需要你給真兒一個父親般的大愛和方圓。我只求你給他一個真實的父親的愛就夠了。」

「他是我的兒子，不是齊佳的兒子，這種差別我深深明白的。但真兒這個孩子非常懂事，做事穩重，講話又特別謙虛有理，讀書也很刻苦勤奮。秦義飛，分出你的心去愛他吧。他的讀書和生活費用，我現在經濟好多了，你不需要多考慮他了。為了這個你可能永遠不會真心喜歡的孩子，你能體諒他一些就夠了。你也要照顧好你自己，畢竟你是他的生身父親。這個世界上沒有第二個人可以代替你。唉，世上有多少愛可以等待？有多少人可以重來？」

六

「……真兒二十八日到的學校。國慶日放假七天，上午許多同學準備回家，他說不想多花路費了，準備在宿舍複習功課。軍訓結束，學校要對新生考試。軍訓很苦的，累極了。他還是好幾天半夜裡就醒了。他在電話裡說：『媽媽我好幾天做夢夢到你。媽媽我今生要做你的好兒子，為你爭氣，為自己爭氣。』我好高興，真兒確實是個好孩子，我母親沒有養一個為她爭氣的好女兒，可我現在有一個爭氣的好兒子。臨別的火車站上真兒對我說：『媽媽，你要好好照顧自己。』聽到這句話，我的眼淚馬上掉下來了。」

「在他兒時，五個多月的時候，我在上海，媽媽把裡面房間給我住，他的床放在外面。推開大門，衣櫃鏡子剛好照見床上。有一次媽媽外出買菜，我把真兒放在床上，用兩張椅子擋在床邊，到走道廚房給真兒燒奶糕。廚房是三家共用的，嘈雜聲很大。等我回來推開門，看見鏡子裡面空蕩蕩，地下也沒有人。我嚇得把奶鍋摔了，大聲哭起來。真兒滾在床底下，不知是哭過了頭還是摔昏過去，我緊緊抱住他，我兒子看我哭也哭起來了。想到過去，看到今天，我兒子反而事事都為我著想，我心裡好開心，好難受。但是，我想了半天，還是忍不住把真兒回復你的一封信給你看。信裡面有一些內容過份的字句。這一點從良心講是不應該的，你是他的親生父親，你對他經濟上還是盡到責任的。我會找機會好好和他談談。這封信是他臨走時候交給我轉交給你的。我承認我以前談了很多我們之間的事情，但這封信的內容我沒有過問，完全是他自己的意思。我不想讓他和你搞不好。那樣對誰有好處？」

「秦義飛，你知道我有兩個兒子，如果有一件東西，兩個孩子都要，我會毫不思想就給真兒。這是我一直來所做的。但是，我不會需要你也這樣做。我從不後悔生下真兒。當初，要不是有真兒，今天我墳頭的草已有我的人高了。什麼是父愛，真兒永遠不想知道，也永遠無法知道。真感謝你這麼多年來沒有像社會上一些人一樣，不承擔該承擔的經濟責任。可是你的真實感情我和真兒都明白得很。你的和你老子那些刻骨銘心的語言我永生不可能忘記。在過去的悲慘日子裡，我的養父母在我關鍵時期處處為難我，那時我簡直逼到懸崖上。是我生母他老人家及時挽救了我和真兒。在藩城我沒有一個可以依靠的知心朋友和真正的親人。但是，這麼多年我和真兒從來沒在外人和養父母家人面前暴露過你的一切事情。為了真兒，在那些苦難的日子裡，我在外面租過許多回房子。上天保佑，現在這些苦日子總算過去了。」

七

「我考慮好久，還是決定把真兒寫給你的這封信轉給你。你看了以後，請一定要諒解這個不幸的孩子有些不該說的話——」

不負責任的男人：

你竟然還有臉多次讓我母親轉交你的信給我。你的那些虛情假意騙得了誰？以前我為什麼不回信你還不明白嗎？你有和我交流感情的資格麼？然而，到了今天我卻有了給你回信的「心情」了，但所謂的心情也只是我對你多年的仇恨積聚的爆發。

你在舒適的家中，陪著那女人和我那可以稱之為弟弟的男孩，在單位春風得意，一步步升官發財，可你是否能想起那個十八年前被你拋棄的可憐的女人和我這個十八年來受盡痛苦折磨的無父親的人麼？

是的，我是沒有父親的。雖然給了我身上流著的那一半骯髒的血的畜牲還活著。如果不是母親的竭力勸阻，如果不是為了那一個我十八年來歷盡磨難所要換回的日子，也就是我要報仇、討回公道的日子，我會將我身上屬於你的那一半卑劣的血全部放掉，任那四濺的血霧將你的生活空間籠住，染成血腥的紅色，以去安慰我那悲苦的母親。

十八年前，你拋棄了我的母親，全然不顧我這個即將出世、完全無法選擇的孩子。你和你可惡的一家還責怪母親，怪她不肯去打胎。難道你不是想將我這個還沒有來得及呼吸新鮮空氣的脆弱生命扼殺麼？你還有沒有人性呀？我可是你的親生骨血呀！是你與那個深深愛過你卻被你欺騙過、傷害過的女人的「愛情的結晶」呀，天哪！「愛情的結晶」！你有愛情，還配有愛情麼？當我的母親那個無助的女孩，為了保住我而跪下向外公求饒、為了我而獨自在產床上承受撕心裂肺的痛苦，為了哺育我而四處奔走、勞累歎息，為了讓你有一絲安慰將我考上大學的喜訊告訴你，卻被你認作又要詐錢的女人，在生活中默默承受著傷痛的時候，你竟然以一個個不是理由的理由推託掉自己應有的責任，你還有一點人性麼？

你以為，那定期送來的所謂「撫養費」便能彌補你所犯的罪孽，彌補你對我母親的傷害，彌補我內心的創痛嗎？你錯了，你大大地錯了！我恨你——恨你一輩子，直到永遠！這封信只是為了表明我的態度，讓你澈底死心，以後我決不會再給你寫一個字！

天理是不存在的！讓你這種丟「妻」棄子的人渣活於人世就證明了，「天理」就是我和我母親所受過的和仍將繼續忍受著的折磨。

從此以後，我將依然為挑戰「天理」而活著，直到你跪在我母親面前，受到懲罰，鍘陳世美的刀落下的那一刻！

是的，我已經十八歲了，並且上了大學，我會像個真正男人似地活著，堅強地活下去。即使有再大的困難與挫折，我都會克服。不為我自己，只為了見到我可憐的母親的幸福的微笑。我不會，哪怕有一天像只狗一樣被人踢倒在街頭，也不會向你求一絲一毫的憐憫。我會昂起我高高的頭顱，向你吐一口濃濃的痰。

我從心底裡鄙視你，鄙視你那醜陋自私的靈魂！

（信末沒有署名）

八

——當頭棒喝，五雷轟頂，天旋地轉，山崩地裂，如坐針氈，如喪考妣……任何這類可怕的字眼都不足以形容秦義飛讀過言真來信的複雜感受。痛苦？沮喪？傷心？絕望？驚愕？憤懣？委屈？都是，都不是！沒有任何言詞可以準確概括他的心情，沒有一絲力量可以按捺他那狂漲的血流。

欲辯已忘言，欲訴卻無門！

這個從未謀面，從未聆音，從未得到他一絲一毫筆跡，卻始終若即若離地遊移在秦義飛心底，並在徐曉彗的口吻和信件中日漸清晰而牽掛的兒子形象，原來根本不是那個想像中有幾分蒼白、有幾許軟弱，淒苦而聰明、寬厚而忠孝，忍辱而負重的夢中人，而是一個青面獠牙、橫眉豎目地高舉著殺威棒向自己劈頭打來的弒父者！

再也沒想到，他對我竟有如此深的仇恨！

再也沒想到，他對我竟有如此厚的誤解！

再也沒想到，我供養了十幾年、期盼了十幾年，幻想著有朝一日能與他相逢一笑泯恩仇的，竟是這樣一個兒子！

冰凍三尺非一日之寒。這不是徐曉彗長期隱瞞真相、誤導他並妖魔化我的結果又是什麼？現在的問題是：這樣的深仇如何消融得了？這樣的誤解如何化解得開？這樣的兒子如何還能面對？這樣的日子我今生還能如何消受？

更可怕的是，一個徐曉彗就讓我疲於應付、苦不堪言了，如果有一天他也像母親一樣，或者倆人聯起手來報復我，需索我、折磨我、糾纏我，我還有日子過嗎？……

——匆匆瀏覽一遍言真的來信後，秦義飛一分鐘也沒有遲疑，立刻逃出了辦公室。坐不住，一分鐘也坐不住。每回見到讓他特別揪心的信件時，自己的辦公室就成了一個讓他窒息而恐怖的囚牢。他無法呼吸，無法思想，無法以正常神態面對任何隨時可能出現的同事或上司。唯一的化解辦法就是儘快避開熟人，溜到大街上去，茫無目的地狂走一氣，心緒才可能稍稍緩和一些。

雖然在不停地走著，眼前卻視若無睹。人群、車流，鳥語、花香統統成了變形的抽象畫，黑乎乎而模糊糊，機械而紛亂地在眼前拂過，不在意尚可，一留意反令他更加心驚肉跳。

所幸最基本的意識還在。他最終還是在暮簾低垂的時候一步一挨地摸到了家裡。一關上房門，他就一屁股坐在門前的地板上，頹然長歎了一聲。卻全然不覺齊佳和真如先已在家裡，倆人驚叫著撲過來，扶他到沙發上——剎那間，他清醒過來。拚命擠出一絲笑意，安慰妻子和兒子：「沒事沒事，我這是……剛才心血來潮，從路口一路跑回家來，想試試自己的體力，沒想到……」

飯後，他和齊佳誰都沒顧上收拾，匆匆催促真如到自己房間做作業去，然後心照不宣地一起進了臥室裡，輕輕掩上了房門。秦義飛便把徐曉彗和她轉來的言真的信摸出來遞給了齊佳。

齊佳趕緊擰開床頭燈，緊張地看起信來。想不到的是，看著看著，她的眉頭竟然舒展開來，嘴裡還嗤嗤有聲地冷笑不已。末了，她把信往床上一扔，伸出食指重重地點了秦義飛的腦門一下：「真沒出息，就這麼封無聊透頂的假信，就讓你愁得這麼失魂落魄啦？」

一語點破夢中人。秦義飛一個激凌豎直了身子：「假信？你覺得這不是言真寫的？」他趕緊撿起信來，重新又看起來。這一看，不禁也微微點起頭來。

「虧你還算個小文人。這種把戲都分辨不出？什麼鍘向陳世美的鍘刀，什麼天理，什麼人性等等老氣橫秋的陳詞濫調，會是當今一個十八歲的孩子說得出來的？起碼是個看過老戲文，年齡和你我一樣起碼有四五十歲的老冬烘才寫得出來。」

「這麼說，也不像是徐曉彗寫的嘍？」

「徐曉彗那點文化底子，她寫的那些血呵淚呵的信，你看得還少嗎？實在說，這個捉刀人還是有兩把刷子的，起碼他的文字還算流暢，並且很會煽情，也深知打蛇打七寸的訣竅，這封信算得上一篇有分量的檄文呢！」

秦義飛的心情一下子開朗了許多：「恐怕真是有人捉刀的……」

「當然。言真他畢竟也有十八歲了。從徐曉彗以往的來信來電中可以看得出，他是應該知曉你的現狀的，比如你的單位、住址包括電話等等，他完全可以直接給你打電話，或者直接給你寄信……」

秦義飛直搖頭：「這倒未必。知道我情況應該是真的。徐曉彗以前多次說到過一個細節，說言真以前曾經好幾次在我單位門口徘徊，甚至晚上在我們家門口偷偷等著，想看我一眼。搞得我現在進出單位和家門，都做賊似地四面觀察，看看是不是有個像言真的人躲在哪個角落裡。但要說他一定就會直接與我聯繫，恐怕現在他沒有這個膽量或者心理準備；畢竟他還遠不能算成人，畢竟徐曉彗從小到大一定會給他施加過很大壓力，他對母親有很深的感情和同命相憐的感受也是不可否認的，所以我覺得他是不敢背著母親與我聯繫的。何況，他對我畢竟也是有很深的誤解的。」

「但他偷偷來看你，恰恰說明他對你有著與生俱來的感情在。何況他到底又懂得些什麼，又能仇恨你到什麼程度，居然就可能寫出這種絕情和悖逆的信來？」

「可是徐曉彗她為什麼要炮製這麼封信來作弄我？她的真實意圖是什麼？從事實來看，這麼多年她雖然屢屢威脅，事實上也確實沒有真的打到我單位來過。這不也證明徐曉彗對我還是手下留情的……」

「恐怕她留的是自己和孩子的後路。道理不是明擺著嗎？她如果把你逼到死路上去，身敗名裂的話，她和孩子的經濟後路，她自己的情感後路也都斷了。最可悲的是，這麼多年了，這麼多心血焦慮、金錢的付出，你到現在連她的基本資訊都一問三不知，完全被她牽著鼻子混了這麼多年！起碼她住哪裡，在哪裡工作，實際經濟狀況如何，你兒子跟哪個繼父生活等資訊你是有權知道的吧？」

秦義飛突然又煩躁起來：「你當我不想知道這些嗎？可是徐曉彗這個人認定不想吐露的東西，你就是拿刀架她脖子上也也絕對套不出來。何況我現在但能太平一點就是福了，哪還有心思或者膽量再跟她為其他名堂多較勁呵！」

齊佳白了秦義飛一眼，又安慰他道：「幸運的是現在她能玩的花招都玩過了，所圖的估計也就是錢和不斷對你施加心理壓力，以維持她的某種基本目的了。所以你最現實的策略就是走一步看一步，小心應對下去再說。我相信言真再大一些起來，徐曉彗就難以操縱他了。你終究會有直接見到他或者聯繫上他的機會。到時候，說不定就能從他本人那兒找到一個突破口。」

九

秦義飛的記憶中，還有一封徐曉彗的來信，如刀刻斧鏤般，永久難忘，以至或多或少地影響到了他的某種人生走向。

之所以深銘難忘，是因為這封信十分獨特。信中沒有徐曉彗一個字，卻又分明蘊含著豐富的潛臺詞，令秦義飛一看就明白徐曉彗的用心。他因此而好幾天悶悶不樂，內心鬱悶而憂懼，還充滿了內疚與無奈的傷感。並且，喜歡閒時劃拉幾筆小散文在藩城日報上發表的他，從此再也沒有以自己兒子真如為題材，寫過涉及他的任何一個字。並且，從此他也極少再寫散文或其他文學類文章。即便寫了，也不再在徐曉彗容易看得到的藩城日報上發表。即使在別處發表什麼東西，哪怕是他專業的科普論文或科幻作品，也多署筆名。怕的就是萬一讓徐曉彗看到了，會對她或是言真的情感有什麼意外的刺激。

他日益意識到，儘管理論上自己與徐曉彗早已沒有了任何關係，但實際上，自己些微的地位或名譽的變化，都會對徐曉彗產生某種心理衝擊，反過來會使自己蒙受莫明其妙的麻煩。他越來越恐懼並想逃避這類麻煩，雖然總是樹欲靜而風不止。但能減少幾分是幾分吧。他不得不如是想。

而到後來，隨著言真步入成人期，他更添了一份由衷的顧慮，倒不是怕言真會給自己找什麼麻煩，而是怕萬一自己的作品或身分、地位等資訊讓言真本人看到了，會增添他的失落情感或自卑、自艾等刺激。他無法改變言真的命運，唯有希望自己能少讓言真產生一些令他傷感或痛苦的負面情緒。

徐曉彗的這封信摸在手上又相當厚實，以至秦義飛收到它時，心靈又是好一陣悸動，久久沒敢拆開它。

令他萬分驚愕的是，信中破天荒地還附有兩張初中生模樣的男孩的照片。

毫無疑問，這應該是言真的照片了。

一幀照片中，言真坐在一個街邊花壇的邊沿上，身後是一叢花壇裡怒放的迎春花。迎春花後面，依稀看得到一座多層的住宅樓——這是徐曉彗和他的家嗎？

另一幀照片上，言真穿著身校服（哪個學校的校服呢？秦義飛後來和齊佳反覆辨認，還是無法確認，畢竟這種校服太普通了），稚氣地叉著腰，站在一泓碧水前的柳蔭下，臉上仍然沒有笑容，但神情比前一張照片開朗一些，只是眉宇間似乎仍然有一層令秦義飛心顫不已的憂鬱在。雖然齊佳認為這是他的心理作用。但他仍然相信自己的感覺是不會錯的。這麼個身世，又生活在徐曉彗那樣一個可想而知不會有多麼富裕和幸福的家庭中的孩子，能有多少快樂可言？

兩張照片取景都較遠，對焦也不太準確，（秦義飛心中因此而又浮出某種難言的感慨），顯然不是什麼好相機，想來這是徐曉彗的作品吧？哪怕他用放大鏡看，言真的形象也還是看不太真切。但他的神態和細細弱弱的體型，卻比較符合秦義飛心中那個模糊的印象。

只是，他總覺得這孩子似乎還是比想像中老成也偏矮了些。

然而他母親就是一個矮個子女人，而且恐怕從小就營養不佳而心情也難言有多少愉悅的孩子，你又能指望他發育得多麼理想呢？

秦義飛反覆端詳了一會照片，說不出心裡是個什麼滋味。但無論如何，自從言真出生不久時，徐曉彗給過他一張小小的黑白嬰兒照後，雖然他也間或要求得到更多的照片，都被徐曉彗以種種理由拒絕了。這是他生平第二次得到言真的相片，又是徐曉彗主動寄來的。他雖然感到幾分滿足，但更多的是訝異和陌生而複雜的感覺，也因難以判斷徐曉彗的動機而更加惴惴不安。

他沉沉地吐出一口鬱氣，把照片合扣在桌上。開始從信封裡尋找徐曉彗的來信，希望從中得到某種答案。但他又一次驚詫地發現這是徒勞的。他看到的只是幾件藩城日報副刊的剪報。除此而外，再也沒有片言隻字。

而這幾份剪報，竟然都是自己在那一年的不同時期發表在藩城日報上的文章。約略一看內容，都是他寫的與兒子真如有關的一些人生感受。

他立刻明白了徐曉彗寄來這幾篇文章，並且特意加上兩張言真照片的用意。

她的確無須再說任何話了。

第六章 慈母手中線

一

一九八七年秋天的一個傍晚，秦義飛下班回家。

這時候，他早已搬離了館長辦公室，住上了局裡新分的福利房。房子雖然不大，建築面積六十七平方米。而且因為秦義飛在局裡的資歷不長而分在了七樓。但那可是正兒八經的兩室一廳，廚房、衛生間、客廳一應俱全。在當時已足以令他和齊佳合不上嘴了。齊佳一個勁地說，真像是做夢一樣呵。我們居然也在藩城有了自己的家，還是這麼好的房子！秦義飛也在裝修一新的房間裡踱來踱去，嗅著那撲鼻的油漆味，久久坐不下來。還說過一句沒幾年後（他又搬進了三室一廳且位於主城區的新家）就讓他想起來也覺好笑的話：「我這輩子能在藩城紮下根來，住上這樣正規的房子，夫複何求?」

搬入新家的當夜，又累又乏的秦義飛頭一挨枕頭就酣聲雷動。可是半夜裡他卻依稀聽到了嗵嗵的敲門聲。

他狐疑地來到門口，透過新裝的貓眼，萬分震驚地看到，門外竟站著一臉戚容的徐曉彗，眼泡浮腫卻目光如炬，正拉著個瘦弱、畏縮的小男孩在敲門。

他使勁貼近貓眼，想看清小男孩長得什麼樣，但他始終躲在徐曉彗身後，就是看不到他的臉。正在猶豫是不是要開門的秦義飛，突然從床上豎了起來——心猶怦怦跳個不停。雖然深自慶幸這只是一個夢，但他的喬遷之喜就此煙消雲散。代之而起的仍是那多年如一日，始終陰雲般時濃時淡地纏繞著他的負疚感，甚至是罪惡感。

當他後來又搬入更好的居所，當新居所逐漸被電冰箱、洗衣機、空調、大彩電等充斥的時候，當自己和齊佳的職務、社會地位和收入隨著時代變遷而變遷之際，尤其是當自己的孩子真如日漸長大，並理所當然地享受著自家日漸寬裕的生活和暖暖的父愛母愛，並且漸次和許多家庭背景優良的孩子一樣，進入市里最好的學校就讀之時，這種揮之不去的陰霧總會不期而然地臃塞於心頭，令他久久無法釋懷。

不是我要這樣的。我已經盡了力了。換了別的不負責任的父親（社會上這種父親難到還見得少嗎？），言真恐怕連起碼的生活保障都得不到。他的命運決非我可以左右的……

而且，真如和言真雖然都是我的兒子，但畢竟他們的母親是不一樣的人。他們的命運是沒有可比性的。誰讓言真攤上這麼個地位卑微又頑固而執拗、無法通融的母親呢？但凡她能稍作通融，稍稍寬厚而真正為言真著想，我們間的相處不會這麼彆扭，這麼緊張。言真的命運也不會這麼乖戾、困窘；我完全可以在合理的範圍內給到言真更多關照和幫助。至少，通過我的關係和能力，可以讓他也得到較好的就學機會和生活際遇。可是現在，我連他的面也見不到，徐曉彗永遠採取的是不合作卻又單方面怪罪我的態度，讓我只有敬而遠之一途可擇。

環境決定性格，性格決定命運。恐怕言真的命運註定了只能如此，根本由不得我來掌控。言真，希望你有一天能夠明白其中的究竟，能夠體會到我的真實心跡。我真的是愛莫能助呵……

不過，會不會他們的實際生活狀況要比我想像得理想呢？畢竟社會整體都在進步，而我又並不瞭解徐曉彗的實際情況。她這人真真假假的話說得還少，詭詭異異的事幹得還少嗎？僅僅為了更多地從我這兒索取錢財，她肯定要想方設法地向我暗示或強調其和孩子的困苦，我怎能根據想像或她的某種表白就悲天憫人、自怨自艾呢？

——多少年來，秦義飛就是靠著這種自我安慰，一天天蹉跎過來。雖然很多理由並不能有效撫慰自己，但不這樣想，他又能怎麼想或怎麼做呢？但許多時候他仍然為自己的優裕生活和某種快樂感到深深的自罪感。

或許是聽徐曉彗信中提及過，言真有時會隱於他單位或家裡的暗處，偷偷窺伺他吧，秦義飛還漸漸而形成了某種獨獨自己秘而不宣的怪習慣，或者說是條件反射。上下班進出單位或者家中時，總會油然生出一種警戒。總要賊一樣東張西望一番，說不清是希望還是不希望看到言真的影子，然後才一溜煙地快速進出，有時候進了樓道還趴著窗子向下探望，看看是不是真的有言真的身影。尤其是當他和齊佳或者真如一同進出的時候，更會有意無意地與他們保持一點距離，臉上也絲毫不苟言笑或作憂鬱狀，潛意識裡也是不想讓假想中存在的言真或徐曉彗看到他們親密的樣子而傷感吧？

這且不論。卻說這一天，秦義飛回家的時候，心中彷彿有什麼預感似的，莫明其妙地多了份忐忑。也許這天他單位裡事多，回到家天已向晚的緣故吧，社區已充滿暮色，而街燈尚未打開，周遭黑乎乎地，攢動的人流都彷彿懷著什麼鬼胎似地步履匆匆，令人有一種陰鬱的惶惑感。而他趁著暮色一溜煙竄進樓道的時候，心情非但沒有像以往那樣有所舒緩，反而更覺沉悶起來。那時的樓道裡也沒有現在普及的聲控燈，階梯轉角處都塞滿雜物不說，家家還不捨得開樓道燈，以至更覺昏暗陰鬱。

秦義飛放慢步子，氣喘吁吁地摸到七樓後，不禁呀地一聲怔在了拐角處——居然真有個人影，黑乎乎地蹲踞於自家門口。

「誰呀？」秦義飛怯怯地問了一聲。

「是我呀，義飛。你回來啦？」

真是做夢也沒想到，踞坐在門口一隻廢紙板箱上等著他的，竟然是多時不見的母親！

秦義飛大步躥上去，打開房門將母親讓進屋裡。

燈亮起來的剎那，秦義飛的心重重地收縮了一下。母親疲憊而憔悴的臉上，使勁擠出一絲很不自然、甚至完全不必要的討好的笑意。而她身上穿著的，還是那套多少年沒變的出客衣服：一套煙灰色的、袖口早已明顯磨毛了的粗呢上裝，緊繃繃地裹在身上；而手裡拎著的，還是那只秦義飛非常眼熟的印著上海兩個字的黑色提包，包上的拎手也早就磨破，又被母親用線繩裹了幾道。這只包還是母親多年前上班時用的，至今還沒捨得汰換。

秦義飛的心立刻又添了幾分煩懣。他滿懷狐疑地問母親什麼時候到的，為什麼不先給自己打個電話好去接她？

母親顯出一副滿不在乎的樣子說：「打什麼電話呀？你們都忙得很。我到藩城後，就換了一趟公車，很容易就摸到家了。」

「那你知道家裡沒人，也該到公用電話上給我打個電話，好早些回來嘛。」

「我又沒有急事，幹嘛影響你上班哪？」說著，母親萎黃的臉上泛起微微的紅暈：「我呢，也是心血來潮。成天在家悶著也怪無聊的，突然就想著來看看你們和真如吧。於是就……這不就太太平平地找到了？嗨，你們的家裝潢得可真不錯呀，居然還鋪了地板吶，這要好多錢吧？嘖嘖，還拾掇得這麼乾淨，齊佳工作也很忙的呀，沒想到還這麼勤快。不錯不錯！」

「可是，你忘了齊佳不在家嗎？那天我打電話回家時，不是說過，齊佳休年假，和同事帶著貞如到浙江玩去了？」

「哦，我還以為他們去兩天就回來了呢。沒關係的。我能看到你不也沒白來嗎？」

看著母親那始終有點閃爍不寧的眼神，秦義飛總覺得母親的突然到來有點兒怪異：「你……沒什麼別的事嗎？」

「嗨，我一個成天在家坐吃等死的老太婆，能有什麼特別的事呀？莫非你不歡迎我來嗎？」

「那怎麼可能？」

二

聽母親這麼說，秦義飛懸著的心稍稍鬆泛了些。於是想先吃過飯再說。可是母親死活也不願意隨他下樓上飯店。她從提包裡取出一大包自己在家攤好的雞蛋面餅，遞到秦義飛鼻子前讓他聞聞香不香，秦義飛說真香，她便開心地笑起來。又問秦義飛家裡有沒有雞蛋。秦義飛說有，母親便說，「那不就行了。你不是最喜歡吃我攤的面餅嗎？我來做個蛋湯，我們在家吃雞蛋餅不比外面的飯菜好嗎？幹嘛去浪費那個錢？」

秦義飛知道，讓母親在沒有客人或特殊理由的前提下上飯店吃飯是不可能的事情。另一方面，他對母親的不速而至多少仍有些疑惑，因而也沒心緒再下樓去館子吃飯。於是便把放油鹽醬醋的地方，和液化氣的用法告訴母親，由母親去忙乎了。

不一會，熱騰騰的番茄蛋湯就上了桌，倆人吃著母親在鍋上炕得香噴噴的面餅，秦義飛倒也覺得十分可口。他確實很喜歡吃母親攤的面餅。母親的手藝也沒說的，面調得厚薄均勻，餅子軟硬適中。除了雞蛋，面裡還添了少許韭菜葉，有幾張則是撒一些芝麻，用得也是澤溪鄉里人自榨的菜籽油，油香氣特別濃郁。問題是，想到現在人們的生活普遍提高了，可是母親仍然將這種面餅視為上品，平素自己還是難得吃一回，總要等秦義飛回家才特意做給他吃；可以說，到現在她過著的，仍然是十來年前的舊日子。念及此，秦義飛心裡又隱隱地覺得不是滋味。

而且，另一個令秦義飛有幾分不安的感覺是，母親吃了半張餅子就放下了筷子，只若有所思地喝幾口湯，然後便看著秦義飛狼吞虎嚥。

在澤溪見了自己總是問這問那的她，今天卻幾乎無話，寒暄過後，便多半是秦義飛問一句，她答一句，用詞也簡單得很。她的神情也總覺得有些異樣，要麼怕他什麼似地躲閃著他的視線，間或卻又會偷眼瞟一下秦義飛，似乎在探詢他什麼；要麼又扭頭去瞟一眼牆上的掛鐘——這一點尤其引起秦義飛注意。

無論過去在藩城讀書期間，還是現在在藩城定居多年，母親從來沒有單獨來藩城看過他，所以對母親的突然出現，秦義飛總有些難以釋疑。而且，儘管她意圖顯出自如的神態來，實際上眉宇間分明流露出某種心事。她總不會為不習慣我這兒而感覺拘束吧？對了，是不是和父親吵架或者鬧什麼彆扭啦？這麼一想，他脫口便問了一聲：「媽，你來我這裡，爸爸知道嗎？」

「知道知道……不過，我出門的時候他還在學校沒回來，我就給他留了個條。這個沒事的，你放心好了。」

「你不會和他吵架什麼的吧？」

母親哈哈笑出聲來：「吵架我還會給他留條嗎？我就想著，我是你親媽，難得來看兒子一趟，你總不會不歡迎我吧？」

「這個當然不會。問題是，我想想都有些擔心呢——你電話也不打一個，要是我今天也出差了，或者在外面有飯局，老晚才回來的話，你該怎麼是好呢？」

「那怕什麼，我又不是孩子，了不得在你門口打個盹唄。」

「我一夜不回來呢？」

「那……你不是回來了嗎？」

「話怎麼能這麼說？而且……我怎麼總覺得你今天好像有什麼心事似的。」

「別瞎想，我現在過得好好的，能有什麼心事？身體也硬朗得很。」

說到身體，秦義飛不禁伸手去摸了摸母親的膝蓋。母親退休後，右腿臏骨就出了問題，醫生曾勸她做手術，母親說怕做不好更糟，始終沒同意。其實家裡人都知道她是捨不得那個錢。母親退休早，以前又沒有醫保，看病做手術要自己掏一半的錢。老這麼硬撐著的結果就是腿疾反反覆覆好不了，走路一搖一晃的，還喘個不息，於是輕易就極少下樓去。在家站著時，也總習慣性地將肩靠著牆或者衣櫃，用一條左腿支撐身體。可儘管這樣，她還是一刻也閒不住。一手包攬了家裡除了買菜買米換煤氣之外的全部家務活。

更讓秦義飛想起來就心酸不安的是，到現在她還在拖著條病腿拚命苦錢——當教師一輩子，從來沒做過手工活的她，竟在居委會攬到一個為絲綢廠「劃花」的活，每月從絲綢廠領回一到兩匹印花白坯綢來，然後用剃鬚刀一刀一刀地將其背面的毛頭劃開。具體怎麼算是劃好了，秦義飛也搞不清楚，但他清楚地知道母親為劃花簡直到了廢寢忘食的地步，白天一有空就坐到桌前，晚上有時甚至弄到成更半夜，還戴著老花鏡，在十五瓦的節能燈下嗞啦嗞啦地劃個沒完沒了。

而且，儘管腿腳不好，但除非哪回腿痛得太厲害了，每次領活計和交活計，她都自己用自行車推著沉重的布匹來來回回——據父親說，一個月快的話，她能劃上兩匹綢，拿到五十多塊加工費！秦義飛每次回家時，都再三苦勸母親別吃這個苦了，還責怪父親不該再容忍她這麼玩命下去。實際上他是在冤枉家人，父親和妹妹沒一個贊成母親這麼做的，總是母親自個在堅持，還說是這樣挺有趣的，要不然自個成天悶在家裡，還不跟等死一回事。

其實秦義飛再清楚不過了，她退休工資雖然不多，但對於除了吃飯，幾乎從來不添任何衣飾的母親來說，也是綽綽有餘的了。為來為去，還不是為了我，為了那個讓她魂牽夢縈的孫子！

就這樣，母親還「心血來潮」到藩城來，肯定不會沒有原因。而且，這七層高的樓，天知道她是怎樣捱上來的！

「我的腿現在好多了。」母親說著，還故意抬起右腿輕輕跺了跺。話是這麼說，可她的神情明顯又不自然起來。而且，又一次抬頭看了眼鐘。

秦義飛乾脆點穿了她：「媽你幹嘛老看鐘？齊佳和真如今天是不會回來的。不過你既然來了，就多住兩天再走，他們後天就回來了。」

可是母親卻又說她明天就得回去，要不然他爸就會著急了。而且明顯想轉移話題，起身在屋裡東看看、西摸摸，反過來問了秦義飛一大堆生活、起居之類無關緊要的問題。

秦義飛越發狐疑了，她這麼匆匆來又匆匆去的，到底是為什麼呢？母親退休後，在澤溪也很少出門的。今天突然就這麼一個人摸了過來，肯定不會像她說的是心血來潮什麼的。莫非……

他的腦袋突然嗡地一響：會不會和徐曉彗有什麼關係呵？

三

他這麼想不是毫無道理的。母親的性情他很清楚，自從知道自己出了徐曉彗這個事，尤其知道有了言真後，每次他回澤溪去，母親雖然很清楚秦義飛的心理，不想給他添堵，也很少主動問及徐曉彗或言真的情況。但又總會趁一個身邊沒人（尤其是齊佳和真如不在）的機會，悄悄塞一個信封給他。裡面裝著或兩百或三百的錢。無論秦義飛怎麼推拒，最終還是不得不收下。儘管體諒得到母親的一片苦心，秦義飛深心裡還是希望父母都能淡化對孩子的掛念。否則，他拿著這錢非但沒有半點安慰，反而倍添自己的負罪感。

雖然母親從來不明說這錢是給誰的，但秦義飛很清楚她的用意。於是每回在家都顯出副很輕鬆而愉悅的樣子。同時編一套關於徐曉彗和言真的假話來安慰她。或者說，我現在和徐曉彗相處得很正常，言真的情況也很好。徐曉彗比以前通情達理多了，除了按期來拿言真的生活費外，很少額外再要什麼錢。畢竟她現在有了一個穩定的家庭，丈夫收入相當不錯，人也很厚道等等（母親有回問過他徐曉彗丈夫是幹什麼的，他隨口便說好像是一個大公司的工程師，知書達理，對言真也視若己出云云）。至於言真，他雖然從來沒見過一面，卻說自己是見過幾次的，只是為了不影響他的心理，故意不多與他交往。但從見面的印象來看，他長得挺結實的，還相當帥氣。並且說他學習如何努力，成績優秀且生活如何正常。有一回還說，他和徐曉彗商量過了，等他上大學時，就倆個人一起把真相告訴他，由他取捨和自己的關係，並確定一種妥善的相處模式云云……總之全是報喜不報憂，哄母親安心。

然而編這類謊話對他自己又實在是一種無異於自殘的折磨。所以他越來越怕回家，更怕單獨面對母親。看到她那殷殷渴盼卻又強作沒事的神情，心就像刀絞一樣作痛。

母親今天來，會不會就是寄希望於我，想要看到言真啊？恐怕真是的，看她心不在焉，扯這扯那的，獨獨就是不提徐曉彗或言真一個字，恰恰說明她……

起碼，她不是特意為此而來的，肯定也會有這類的願望！

這麼一想，便想著試探一下：「媽，你這次來還真不巧，那個……徐曉彗她……言真不是放暑假嗎，有天她給我打電話說，要帶著言真一起去上海住些天，她在上海不是有個生母嘛？聽說她對言真疼愛得要命，所以……」

沒想到母親一下子挺了腰杆：「不可能！前兩天她才跟我說過，她會讓我見見孩子的……」猛然間，她又意識到了什麼：「哦，不是不是，是我記錯了，她說的是……」

秦義飛騰地跳起來：「這麼說，你最近見過徐曉彗？她上我們家去了？」

母親不知所措地漲紅了臉，支吾著不知說什麼是好。

秦義飛更惱怒了：「果然讓我猜到了！這個混帳女人，怎麼就不肯消停哪？真想一巴掌拍死她！」

「義飛你瞎說什麼！」

「什麼瞎說？我再三關照過她，一切都是我的事，不許她上家去煩你們，她也口口聲聲說什麼要飯也不會要到秦家門口——她都跟你說什麼了？你居然就相信了她的鬼話？你給她錢了吧？給過多少回？媽，我不是說過，我現在的條件是很好的，經濟上半點也不會虧待他們。他們的日子過得好好的，讓你不要瞎操這個心，不要理睬她嘛！」

母親顯然是被他的暴怒震呆了，幾乎變成了個做錯了事的孩子，嘴唇一個勁哆嗦著，好一陣答不出話來，臉色也青一陣白一陣地，只雙手扯住秦義飛衣襟用力抻著，分明在乞求他趕快息怒。

秦義飛發洩了一通，也意識到自己的失態，尤其是意識到自己這麼說徐曉彗，等於是在打自己耳光——和自己以往對母親說的那套，完全不是一回事。

他頹然坐了下來，點起枝煙狠命吸了幾口，努力放緩了語氣：「媽，你別著急，我只是感到她……媽你是不知道呀，徐曉彗她要是真的能讓你看孩子，我也不會生氣。可是，我太瞭解她了，她是絲毫不會考慮別人感受的。不信你看吧，到這時候連個影子也不見，而且事先也根本沒給我說一聲，她肯定是不會來的。而你還真信了她的鬼話，也不先跟我通個氣就……」

母親這才開出口來：「都怪我太冒失了。我先還以為，她應該會告訴你我要來的……」說著她又抬頭看了看掛鐘，神情更沮喪了：「都這會兒了，我想她真是哄了我了。」

秦義飛也抬頭看了眼時間，掛鐘已指向八點半了：「那你快告訴我，這到底是怎麼回事？」

母親無奈地歎了口氣。半晌才囁嚅著把一切都告訴了秦義飛。

原來，兩三年前，徐曉彗就到家裡去過。後來又去過幾次，每次去都在下午兩三點鐘，這時候秦義飛父親和妹妹都在上班，家裡只有母親一個人在。徐曉彗說她在澤溪有個親戚，和他們一起做點小生意，所以來澤溪時就順便來看看母親。並且每次去都會帶一些禮品給母親，還說她從一開始就對母親有好感，秦家門裡唯一能理解她，真心善待她的就是母親一個人。因此她不希望見到家中其他人，也不希望母親對其他人說……

「你一定給她錢了吧？」

母親支吾著說：「也沒幾個錢。而且，我真覺得她並不是為了錢才來的，好像就是為了想跟我說道點什麼。她給我的感覺還是蠻真心的。說到底她並不容易呵。而你那孩子，怎麼說呢，我總覺得這孩子太可憐了，不管怎麼說，我總是他奶奶呀……」

秦義飛像當頭挨了一悶棍，滿腔怨憤一下子化作了難言的酸澀，傾刻淹沒了身心。他頹喪地歎了一口氣，趕緊轉移話頭：「這麼說，這回真是她讓你來藩城的？」

母親無力地點點頭：「也怪我，總問她孩子怎麼樣，什麼時候能帶他來家讓我看一眼。那天她又來的時候就說，孩子要上學，帶澤溪來不方便，哪天我去藩城時，她會讓我看看他。我說義飛知道怎麼聯絡你嗎？她說知道。於是我又說，那我想後天就去一下藩城，你真能讓我看一眼言真嗎？就一眼，也不用告訴他我是誰。我這輩子也沒什麼別的想法了，只想能看上孫子一眼，死了也閉得上眼睛了……她就答應了，還說好了，今天晚上把言真帶到你家來跟我見面……」

「她真的這麼說了？」

「要不我怎麼會跑過來？現在看來……會不會她不知道你現在的住處？」

「她當然知道，我搬到哪兒她會不知道？而且她還帶言真來過這裡……」

「她真帶孩子來過你家裡？那孩子他……還好吧？」

「怎麼不好？完全和正常家庭的孩子一模一樣！長得也結結實實的，真的好得很！」

話是這麼說，秦義飛臉上擠不出一絲笑容。悶悶地躲著母親的眼神，半晌沒再出聲。

實際情況是，每每想起這事，他心裡就湧上一股怪怪的滋味——那是他此生第一次，也是至今唯一一次親眼見到自己的兒子。

是搬進新居幾個月後的事情。那天他下班回家時，一眼看見徐曉彗站在自家單元門前的小花壇前，令他血脈賁張的是，她身後竟有個五六歲大的小男孩，正在花壇上轉著圈子玩。

徐曉彗看見秦義飛，立刻把孩子抱了下來。笑眯眯地迎上來對秦義飛說：「吶，看看這是誰吧。」

秦義飛吃驚地打量著這個大頭大腦、身子卻瘦伶伶、怯生生的小男孩，一時不知所措。後來他張開雙臂想去抱孩子，孩子卻一扭身，躲到了徐曉彗身後。一直在關注著秦義飛表情的徐曉彗，一時也顯得很是激動，她漲紅著臉，顫著聲對秦義飛說：「他平時不這樣的……我沒告訴他你是誰。」

秦義飛酸澀地點點頭，趕緊說，「那快上家裡去坐坐吧。」

徐曉彗說：「不了，我帶他有點事，正好路過這裡。他要玩，我就讓他玩一會，沒想到你就住在這裡。」

秦義飛根本不相信這是巧合，但也無暇和徐曉彗扯這些。又請他們上家裡去坐坐。徐曉彗眼珠子轉了幾下，便抱起孩子跟著他上了樓。

走到二樓時，秦義飛想起家裡什麼也沒有，就對徐曉彗說，我家在七樓，你先帶言真上去等我，我到門口買點東西就來。說著就飛奔到大門口的鹵菜店斬了點醬鴨，又在小店裡買了一些餅乾、果凍之類小食品，飛快地跑回樓上。可是半道上卻碰上了從樓上下來的徐曉彗和孩子。說是時間不早了，我該回家了。無論他怎麼勸，徐曉彗態度決絕地就是不肯進屋，更不用說吃晚飯了。

秦義飛無奈，就把買的東西遞給徐曉彗，讓她帶回去。

可是徐曉彗還是堅決不要。

正當此時，發生了一個此後讓他耿耿於懷，始終在心裡尤其是偶然的夜半夢醒時分縈回不已的細節——秦義飛和徐曉彗推讓時，注意到言真正巴巴地盯著他手裡的東西，於是把托著的醬鴨包遞到他面前：「言真，你一定餓了吧，來，嘗一塊醬鴨吧。」

言真怯怯地望了一眼徐曉彗，同時真的伸手拈了一塊醬鴨，可是他剛要放到嘴邊，卻聽徐曉彗「你敢」一聲斷喝，隨即啪地一下，將那塊醬鴨打落在地上。

言真猛一哆嗦，哇一聲哭開來。

「你這是幹嘛？」秦義飛惱怒至極，卻又不便當著孩子面對徐曉彗發作。於是強忍住怒氣想安慰言真一下，不料徐曉彗一把抱起他來，腳步啪啪響著衝下樓去，不一會，就不見了影蹤……

一個巴巴地望著醬鴨的眼神，一隻顫顫地拈住醬鴨的小手，一張委屈地啜泣的小臉——這就是秦義飛此生唯一看見並怎麼也忘不了的孩子的神態！

想到這裡，秦義飛情不自禁地捶了下大腿：「這女人！一點也不通人情……媽呵媽，你怎麼能相信這女人的話喲！這些年裡她忽天忽地，忽東忽西地耍得我——」他猛然又意識到失言，趕緊改口道：「問題是，到這個時候還不見她影子，十有八九她是不會來的了！」

母親眼中最後一縷期盼的火苗也熄滅了。但她強打起精神來安慰秦義飛：「說不定她……這也沒關係的，我看看你不也一樣嗎？只要孩子他……」她忽然又紅了眼圈，趕緊站起身來去廚房拿水杯喝水。

回過身來時，母親幽幽地看了秦義飛好一會，才又說：「義飛，聽媽一句話好嗎？我是說，你也別生氣了。尤其是，別跟她計較什麼。到底來說，她也是咱們孩子的媽。一個女子……一個這樣情況下的孤苦女子，她的心思有點那個，也是不奇怪的。說到底，咱們總還是有責任的。所以，不能跟她一般見識，好嗎？」

秦義飛沉痛地點了點頭：「這個我明白，其實我嘴上這麼說，平時對她……不過，媽你也要聽我一句話：往後她要是再去找你，千萬別輕信她的任何話了。尤其是，一定不要給她錢了——你什麼都可以不信我，但是一定要信我一句，我是言真這孩子的父親，無論什麼情況下，我絕對不會虧待他的……」

母親認真地點了點頭。末了又表情複雜地接上一句：「我估猜著，她也不會再來澤溪了。」

看著母親那黯然神傷卻又強作無所謂的樣子，秦義飛恨不得狠狠抽自己一頓耳光。

四

靜夜聽雨，僅僅這幾個字，就賦予我們多少詩意！最是那溫馨的春夜，淅淅瀝瀝的細雨，撫著恬怡的春夢、綠肥紅瘦的江南，是何等美妙意境？

靜夜聽風可就大不同了。如果說前者宛如絲竹悠悠、清泉淙淙，後者則渾似江河破堤、大漠飛沙。尤其是無雨的冬夜，聽虎嘯龍吟般朔風動地而來，門窗劈啪，雨蓬呻吟，耳畔嗖嗖如有利箭飛掠，心頭瑟縮似萬馬狂踏，落英狼籍。那心境，無論如何是找不到一絲美感來的。何況晚來的風總給人以淒涼的暗示，靜夜的喧囂每不免讓人心驚肉跳。所以，我們難以聽到對夜風的嚮往或謳歌。尤其是不眠的長夜或病痛的僵臥中，聽蕭蕭風過，黯淡的心境更如夏日雷雨將驟，飛沙走石，天昏地暗。

今夜正是如此。雖然現在不是冬季，卻是颱風頻發之時。受到傍晚在閩浙一帶沿海登陸的今年第九號颱風週邊的影響，藩城的夜晚籠罩在一片風吼雨嘯之中。好在風聲雖唳，雨勢並不太大；若在平日，那一陣強一陣弱、細碎的劈哩聲敲打在緊閉的窗扇上的聲音，恰似音樂，適足讓心情坦蕩之人睡一個安穩覺。但秦義飛畢竟心裡有事，情緒正如室外的夜空一般晦暗陰鬱。以至在床上輾轉反側，久久沒法入睡。

惺忪混沌中，忽然意識到母親似乎很長時間還沒從衛生間裡出來——先前他隱約聽到客廳裡響過一輕一重的腳步聲，想像裡便看見母親一顛一顛地起夜上衛生間的情景——時間不短了，母親怎麼還沒回房睡覺呢？

秦義飛不由得疑惑起來，生怕出什麼意外，趕緊跳下床，躡手躡足地出了臥室。發現衛生間門虛掩著，卻看不到一絲燈光，不禁更為不安。於是靠近衛生間，伸只手進去按下牆上的開關。燈光亮處，竟見母親還坐在馬桶上，雙手捂著臉似在啜泣。

乍見燈光，母親眯細著眼睛抬起頭來，隨即又抬手遮住雙眼，順勢卻快速地用衣袖在眼前揩了一把。但她紅腫的眼泡和模糊的淚痕卻瞞不過秦義飛的雙眼：

「媽……你別這樣，有什麼事的話……」

「沒事沒事，我能有什麼事嘛。你別瞎擔心。啊？」母親勉強擠出笑容。說話間，她已提起褲頭，慌慌地回了自己房間。

秦義飛不放心地跟過去，想和母親好好談談，但母親已關上了房門。

他呆呆地站在客廳裡，垂著頭，心頭波瀾起伏，好一陣都在暗暗地責罵著自己：秦義飛呵秦義飛，都是你做得好事！罪人，罪人，你這個十惡不赫的不孝之子呵！這輩子你還有什麼辦法彌補母親心中的大痛哪！

而一想到徐曉彗，他更是恨得牙根都要咬碎了：你個混帳女人，我對你和孩子夠可以了，你怎麼還能做出這種可惡的事來？你不肯讓她見言真也罷了，幹嘛還這麼欺哄她？你這不是把她當猴子耍嗎？你這不是在往我們淌血的心尖上捅刀子嗎？

這時候徐曉彗若站在面前，他真不能擔保自己不會衝進廚房去，拿把菜刀來砍翻了她……

回屋前，他無意中向沙發上瞟了一眼，發現母親的黑拎包下，似乎壓著什麼東西，過去一看，原來是一套手工編織的毛線衣褲。拿起來一看，毛線衣下面還壓著一個信封。展開信封一看，裡面又是五百塊錢！

秦義飛渾身又毛刺毛刺地燥熱起來。哆嗦著再展開那毛線衣褲，唉！那尺寸，那大小，不用問，就是母親為想像中的言真打的！

眼前頓時閃現母親在昏暗的燈光下，戴著深度老花鏡，滿懷著虛妄的憧憬，一針一針編織著毛衣的情景。

他像挨了火燙一般將毛線衣褲扔回了沙發上。同時一個勁地搖起頭來：媽哎，我的媽哎！你也是的！怎麼就不能想想開去，卻把心思都吊在一個沒有結果的夢上呵……是不是她退休太早了，腿腳又不便，幾乎沒有任何社交，沒有別的寄託，整天一個人悶悶地待在家裡，所以才更容易胡思亂想呢？

不要說母親是空歡喜一場也白忙了一場，母親這毛衣顯然是無法親手交到徐曉彗手上，或者看著言真穿上身了——問題還在於，秦義飛幾乎可以絕對肯定，即使徐曉彗今天真帶著言真來了，這一針一線都藏著母親縝密而深沉眷愛的毛衣毛褲，徐曉彗也是根本看不上眼的，更不用說她會真讓言真穿它。

秦義飛這樣想，不是沒有根據的。

就在去年國慶前夕，他們還住在單位大院沒搬家的時候，齊佳得到個去廣州出差的機會，這在當時是很稀罕的事情。回來後，她給真如和言真各買了一套衣服。言真比真如大三歲，他那套衣服自然也大一些，而且是此時藩城還不多見的新款運動服。店家說這是原裝進口的，雖然未必是真，上面畢竟還繡著耐克的商標，因此小小的一套孩子的衣服，也花去了八十多塊錢。

秦義飛起先覺得齊佳是浪費錢財，純屬多此一舉。轉而又覺得這畢竟是齊佳買的，代表著她的一份心意，也是她向徐曉彗伸出的一葉橄欖枝，如果徐曉彗肯接受，或許會有助於緩和她對齊佳和自己的對立心態。

不僅他，齊佳也一直希望他和徐曉彗雙方都能面對既成現實，在一種相對和平、理性的狀態下相處，這樣對大家的生活和孩子也有好處。

於是，秦義飛就聽了齊佳的話，在徐曉彗有一天來電話時，試探著請她晚上到家裡來一下（那時他雖然還沒有自己的房子，但因為齊佳也調來藩城了，科技局在四樓上騰出一間庫房作為他們臨時的住房）。

沒想到徐曉彗爽快地答應了。

儘管她在家裡沒坐滿半小時，而且齊佳親手給她泡的茶和端上來的從廣州帶回的芒果她堅持沒有碰上一下。但她的態度始終是平和的，或者說是克制的。她就那麼微微笑著，身體板直地端坐著一動不動，只兩隻眼睛在其目力所及的範圍內棱巡著，似乎在暗暗打量他們的室內裝飾，或者考量著他們的生活水準。同時，她幾乎一語未發地聽著齊佳的寒暄，偶然不無矜誇地笑上一笑，或者點一下頭。

秦義飛自然是緊張難堪而極不自在的。對於這種局面，他非常地難以適應，總覺得荒唐而彆扭，對徐曉彗的這種作派也頗覺反感。因此他始終回避著徐曉彗的目光，坐在徐曉彗側面悶著頭抽煙，也難得出聲。

出乎秦義飛預料的是，對於齊佳給言真的衣服，徐曉彗卻痛快地接受了。雖然齊佳從包裝袋內取出衣服向她展示，並詢問她是否合適時，她並沒有對衣服的好壞作隻字置評，也沒有接過來細看一下或說聲謝謝，卻還是點頭說了聲：「我覺得差不多吧。」

等到齊佳把衣服重新裝進塑封套裡遞給徐曉彗時，她站了起來。彬彬有禮地向齊佳彎了彎腰，說了聲「那我走了」，看也沒看秦義飛一眼，兀自開門走了出去。

齊佳跟到門口客氣道：「這就走啦？要不讓秦義飛送送你吧？」

話音未落，門已在她面前碰上了。

更沒想到的是，第二天他還睡在床上，起早到外面市場上買菜的齊佳氣急敗壞地回到樓上，一進門就陰著臉不停嘀咕道：「氣死我了！天知道徐曉彗怎麼做得出來！剛才我買菜回來，剛巧看見清掃院子的老李頭，在大院門口和看門的說著什麼。我近前一看，老李頭手上拿著一件包裝得好好的孩子衣服，喜滋滋地跟門衛說是出鬼了，一老早就白撿著一件漂亮的運動服。也不知是什麼人這麼有錢，竟然把這麼好的一件衣服給扔了。」

「門衛說這包裝都還沒打開，怎麼可能是故意扔的，得打聽一下是誰不小心掉了的。老李頭說不可能，我這是在垃圾箱裡倒出來的，誰會把好東西掉進垃圾箱裡去啊？」

「我湊過去仔細一看，差點沒把我氣昏過去——明明就是我剛送給言真的那件衣服嘛！這個莫明其妙的徐曉彗，你不要就不要嘛，居然就把我的一片好心當作驢肝肺給扔垃圾箱裡了……」

秦義飛怔了半晌，悶悶地說了句：「那你怎麼不把衣服拿回來？」

「我憑什麼證明那是我的？人家就是相信那是我扔的，還不當我有病呵？再說，我們本來就送給徐曉彗了，她不要扔掉是她的事，我們還要回來，看著不也是找氣受嗎？」

五

母親悻悻離去第二天，徐曉彗就來了電話。

這本在秦義飛預料之中，徐曉彗慣常會這樣，寫給你一封信，或者說過些什麼話、發生過什麼事，回頭一定會以此為由頭，來電話探探情況什麼的。令秦義飛怒火中燒的是，這回徐曉彗顯得很輕鬆地在電話裡東拉西扯，沒話找話，分明是在試探什麼，就是不主動提及母親來沒來的事。

他終於按捺不住，突然間大吼一聲：「徐曉彗，你到底搞的什麼名堂？一個滿懷期望的老人，對你和孩子那麼真心，你就忍心這樣作弄她？我反覆叫你有事找我，別到我家去給家人添麻煩，你卻三番五次往澤溪跑！這還罷了，你既然答應我媽讓他看言真，為什麼她來了，你卻放了生？你三天兩頭折騰我、報復我還嫌不夠嗎？明知道我媽年紀大了，腿腳又不好，還去欺耍她，你到底是安得什麼心啊你？」

「我什麼時候三番兩次到澤溪去了？上次去也完全是出於好心。你們秦家門裡只有你媽算得上有點良心的人，所以我去看看她，有什麼不對嗎？也好，既然你這麼害怕我見你媽，我就明白告訴你，從今往後，你就是八抬大轎來抬，我們也決不會再登你們家一次！」

「你什麼混帳邏輯，明明是你……先不談這個，你必須告訴我，為什麼你總是言而無信、反覆無常？這樣做對你到底有什麼好處？你這麼作踐一個真心待你和孩子的老人，真的就不知道對她來說是多麼大的傷害，多麼地不道德嗎？」

「瞧你這話說得，我們倆到底是誰傷害了誰，你到現在還沒搞清楚啊？倒好像你成了個可憐兮兮的受氣包了？算了，我不跟你計較這個了。這麼說，你媽還真到藩城來了？」

我那天也是隨口那麼一說的事，你媽還真當了真了？再說，我實在告訴你，昨天我還真打算帶言真去你家的。不巧的是言真發燒了，燒得喲，我都嚇傻了，我老公又不在家，只好一個人背著他上醫院，樓上樓下地跑，差點沒把我累得背過氣去。幸虧去得及時，醫生說是急性支氣管炎，馬上就讓他住了院。」

言真住院了？真有這麼巧的事？秦義飛很難相信這是真的。靈機一動便說：「真這樣的話，那是我錯怪你了。這樣，我和我媽馬上去醫院看看他，你告訴我他住在哪個醫院，幾病區就行了。」

徐曉彗明顯沒防著這一招，語氣頓時支吾起來：「這就不必了吧——你媽身體也不好……她還沒走嗎？」

秦義飛更加確信徐曉彗又在撒謊，不由得指著話筒，心裡恨恨地罵了聲娘，嘴上卻繼續演戲：「她辛辛苦苦來一趟，沒看到言真怎麼肯走？這下聽說孩子生病，她還不更急著要看到他了？快告訴我他住哪裡吧。」

「我憑什麼要告訴你這個？再說……再說他今天燒退了點，我剛剛把他接回家了。」

「那我帶我媽上你家看他一下，就一會兒，總可以吧？」

「不可以！我家有人，他們到現在不知道真實情況，你們去了我怎麼交代？」

「那這樣吧，等言真病好了，你再帶他來我家吧，只要能見到言真，我媽等多久都沒有二話的。」

「不行，她等多久也是白等！」

「我再明確告訴你一聲：我這輩子都不可能讓你們家人看到言真的，不信你們就等著吧！」

秦義飛剛要再說什麼，喀嗒一聲，徐曉彗已把電話掛了。

六

一晃，又是十二個年頭悄然流逝。

時光最怕回頭看。尤其是人過中年以後，偶一回頭，看到的多是紛亂而模糊的往日，如一地雨打風吹、狼籍飄零的落英，令人惆悵無奈而多少有些傷感地感歎：人生哪，真是「譬如朝露，去日苦多」喲！年輪呵，真想大聲地問一問你，轉速何太急？而且，簡直就是一年快於一年，甚矣哉！

所幸，現實的羈絆、糾結與對未來的期待與憧憬，對衝了人類對光陰流逝的悵傷。而歷史的指標也正赫然指向一個令人倍覺鼓舞的全新世紀——二十一世紀的第一縷曙光正風馳電掣地向著地球馳來。

可是就在特殊的時刻，有天清早，急促的電話鈴聲把秦義飛從夢中揪醒——「哥哥，你快回來吧！」妹妹在藩城驚惶而泣不成聲地嚷著：「媽媽她……」

眼前突然一片昏黑，窗戶、電視機、掛衣架、牆上的掛鐘和畫一陣亂旋，小桌上的書本、筆筒，櫃子上的雜物則疾速跳躍。秦義飛緊閉雙眼，抱緊頭，竭力告誡自己要鎮定、鎮定。好一陣後，眼前的一切才歸於平復。

扔下電話，腦子裡仍是一片混沌的秦義飛，顧不上洗漱，也沒心思吃早餐，一邊哆哆嗦嗦扣著衣紐，一邊就衝下了二樓，把館裡的司機小夏叫上，立刻向澤溪馳去。

此時，他已是新任不久的藩城市科技館館長，館裡也有了一台局裡配發的桑塔納兩千。而經濟的突飛猛進，也使得高速公路普及到藩城的每一個縣境。過去要顛簸四五個小時的車程，現在快的話，一個多小時就可到家了。

在路上，他給局長和已上班去的齊佳分別打了個電話，向局裡請假，並讓齊佳下午帶上真如趕回澤溪去。

即使在打電話的過程中，他的頭腦裡也始終像一股固執的旋律般盤旋著一個歎息：媽呀，媽呀！還有幾天就進入新世紀了，你怎麼能突然拋下我們走了？

一進家門，當頭撞見一架竹榻。母親靜無聲息地躺在竹榻上，再也不會像以往一樣，一看見他回來就顛顛地迎上來，歡歡喜喜拉著他手叫著：「義飛，你來家啦……你還好吧？怎麼又瘦了點啦……」

迎接他的，只有一股難聞的香燭燃燒的煙氣、妹妹紅腫的眼泡和悶坐在飯桌旁、早已戒煙多年、現在卻重新包裹於一團濃重煙霧裡的父親那恍惚而哀傷的神情。

秦義飛沒和他們打招呼，直接撲到母親身邊，卻又不知所措地在她頭前驀然怔住。

妹妹輕輕掀開蒙在母親臉上的床單，沙啞地哭訴道：「媽，哥哥回來啦！你再睜一下眼睛，好好看他一眼吧！」

秦義飛定睛看了一眼母親那枯黃而略有些臃腫的臉龐，迅即把頭扭了開去。也許是不想讓自己心裡留下這可怕的印象吧，他再也沒看母親第二眼。

秦義飛後退一步，使勁搖手示意妹妹把布蒙上。妹妹卻兀自捧著母親的臉哇哇地嚎啕開來。直到妹夫把她勸出去，秦義飛才上前一步，小心地把蒙布給母親蓋上。

但他卻依然偏著頭，回避著母親的遺容。

退到客廳來時，父親默默地遞了枝煙給他。父子倆隔著飯桌吸了一陣煙後，父親搖著頭開了口：「義飛呵，你也別太難受。死生有命，富貴在天。誰都逃不掉這一關。你媽她，走得還算那個的……也該怪我。以前她偶然會對我說胸口堵，心發慌，我也要她上醫院查查去，她總說沒事的，就是累了點……」

「也不能全怪爸，媽就是這樣脾氣，太那個了。我也不知對她說過多少次，要帶她上醫院去做做體檢什麼的，可她就是不聽……」妹妹插嘴說：「而且，你不知道她的心境……這幾年明顯不對勁。我一直就懷疑她是不是得了老年憂鬱症什麼的。反正……有回我回家來看她，黑漆漆的黃昏裡，屋裡燈也不開一盞。只見她獨個兒趴在陽臺護欄上好像在抹眼淚。我開門進屋，她也沒聽見，也不知都在瞎想八想些什麼名堂。我問她幹嘛這麼晚了還站在陽臺上。她剛說了聲沒想什麼，卻突然一把摟住我哇哇大哭。我扶她回到屋裡，她還嘟噥著什麼，人老了真該早點死掉……」

「現在看，很明顯，她心臟有毛病不是一天兩天了。你看看，你看看，這些都是我收拾她床鋪時，剛從她枕頭下和被褥下發現的，你說她究竟是個什麼心理？這麼些個沒用的空塑膠袋、舊信封、老八輩子的公共汽車票還有什麼半點用也沒有的舊票據，全疊得整整齊齊地壓在身下邊。這都不去管它了，你看這好幾個風油精的空瓶子……媽哎，你這是何苦呀——爸你也真是太糊塗了，還說她走得爽快，沒吃什麼苦呢——媽哎，你肯定是平日裡忍著、受著不說呀！可這種名堂，對心臟能有個屁用呵，我的媽哎……」

七

儘管父親和秦義飛都沒有什麼老觀念，但妹妹和妹夫認為應該按風俗辦母親的後事，至少要讓母親在家裡停靈兩天再火化。秦義飛和父親都沒有反對。秦義飛還堅持由自己來守夜，理由是自己長年離家，理應最後彌補一下自己的不孝。

雖然近幾天氣溫比較偏暖，但畢竟正值隆冬，上半夜還好些，後半夜氣溫陡然下降，秦義飛在正常外套上另裹了件棉軍大衣，仍然覺得脊背發寒，渾身像結了冰一樣，徹骨冰涼。

更涼的是心。彷彿已經木僵了，似乎失去了搏動的能力。

母親側面的五斗櫥上，擱著妹夫下午從照相館洗放出來的遺像，那還是好些年前照的（為什麼我就沒想到多帶母親出去玩玩、看看，好換換心思，或者多勸她到藩城住住，好給她拍幾張開心點的像片呢？）。照片上母親穿著的還是那件似乎穿了一輩子的灰呢外套。這兩年秦義飛和齊佳倒是給母親買過好幾套新衣服，可是她總怪他們浪費錢，除了過年偶然穿件把，平時總是鎖在衣櫃裡——媽哎，你這刻苦自己、固步自封的脾氣到死也沒有改呵！真不知你是怎麼想的，又是何苦呵。

秦義飛的視線也始終回避著這個鏡框。因為遺像上母親的笑容在他看來是非常勉強而甚至有幾分悽楚的。

為了讓父親的情緒能有所緩解，妹妹把他接到自己家去睡了。此時家裡除了他陪伴著母親外，再也沒有別的人了。秦義飛很想趁此機會向母親慟哭一場，把內心的積鬱宣洩一下。奇怪的是，他就是哭不出來。而且，他不無恐懼地意識到，不僅是現在，從聽到噩耗開始，他就沒有落過一滴眼淚。

他不禁打了個激凌：我這是怎麼啦？誰碰上這種事能忍得住眼淚呀？是我太沒有良心嗎？還是……是我心裡有鬼吧？可是無論如何，媽哎，你應該知道我的，這個世界上再也沒有比你對我更好的人了。我也真的很心痛……真的想痛痛快快地哭上一場呵……如果有用，哪怕能讓你活回來幾分鐘，把我的淚和血都哭乾，我也會在所不惜！

他無奈地晃了會腦袋，漸漸地，腦細胞似乎恢復了一些活力，心裡開始紛紛亂亂昏昏沉沉、落葉般翻飛起無數的與童年與母親與自己相關的往事。

記得有一年，自己好幾天吃不下飯，面黃肌瘦，走幾步路就渾身疲軟得想要蹲下來。母親在醫院裡等待自己的化驗結果時，突然一把將自己緊緊攬在懷裡，有一陣摟得他差點喘不過氣來。她汗涔涔的臉上和衣領間熱乎乎的汗味和體味，至今又鮮活地彌漫在心中；她那撲簌簌的淚珠順著自己脖頸往下流，那熱乎乎又逐漸變得涼絲絲的感覺，宛如就在此刻……

定居藩城後，秦義飛每次回到澤溪，母親必定會做的幾樣菜，如她親手烹製的活鯽魚燉豆腐湯、紅燒鱔段、加上少許乳腐汁烹製的紅燒大排，還有她那噴香可口百吃不厭的雞蛋攤餅，也栩栩如生地陳列於眼前——而那時的秦義飛早已不像兒時難得有此口福那樣大快朵頤，悶頭大嚼了。母親因此而常常露出費解而傷感的神情——或許她是以為自己心情不好吧？秦義飛卻懶得解釋，置之不理或漫不經心地伸上幾筷子就扔下碗筷躲開去。

後來他甚至越來越討厭母親在餐桌上那慣有的表情。

一家人都在吃飯，有時還有妹夫和她的孩子。可母親的筷子卻遊移著，幾乎從不往自己碗裡和任何別的家人碗裡挾什麼，卻時不時地把魚肉或大排往自己碗裡搛，而別人搛一筷鱔魚或大排時，母親又總會下意識地向他們瞄上一眼。彷彿那是他們不該吃的。秦義飛逐漸意識到母親的心理，不僅緣於對自己的偏愛，還緣於自己的離家和某種特殊境遇，或許這是她特有的一種代償心理吧？但雖然明白，感情上卻日益不能接受她對自己的這份偏心，甚至還反而感到莫名的壓力和悲哀。都什麼時候了，魚和大排又不是什麼燕窩魚翅，誰想吃就吃，不夠就下回多燒點，多大的事情？怎麼母親的觀念還停留在那個早已過去的貧乏年代？所以在家吃飯使他感受到的常常不是溫馨，而是某種說不出來的異樣和彆扭。至少，他不喜歡母親或任何人如此厚待自己（潛意識裡認為自己不配？）。有時候，他會忍不住把碗抬起來閃開，拒絕母親搛過來的菜，並且大聲說一句：「媽你別這樣，你自己吃嘛，大家一起吃嘛！」

「我吃著哪，我……不喜歡油膩的東西。」

秦義飛卻毫不留情地繼續頂撞（現在想來真是懊悔莫及）：「你別找藉口了，那回你到藩城，我們帶你吃自助餐的時候，你盤子裡堆得滿滿的，不都是大油大葷的東西嗎？」

——唉，那時的自己也老大不小的啦，怎麼還那麼愚蠢而任性地傷害母親的心呵……

還有那次，自己還住在頂樓的時候，母親苦巴巴地揣著滿懷希望和一針一線為言真編織的毛衣褲，跛著腿擠上擁擠的長途客車，又跛著腿一步一捱地爬上七樓，期期艾艾地等到的，卻是一個極度的失望和以後漫長而無奈的絕望——這以後的十來年裡，雖然她極少主動問起言真的情況，但秦義飛可以完全確信，母親一刻也不會停止對言真的牽掛和見上一面的期盼。先前妹妹不還說嗎，她這幾年一直處於悽楚孤獨而落寞的心境中不能自拔，而這原因，多半是在我身上。

她獨自趴在昏黃的陽臺上，期望著的，恐怕還是並不遙遠卻可望而不可即的言真的身影呵，而結果卻是……

驀然間，突如一聲從天而降的霹靂般，腦海裡轟嗡一震，秦義飛如夢方醒般跳起來，攥起拳頭，狠狠地捶向自己的大腿——媽哎，我的親媽哎，我怎麼到現在才意識到這一點？你到現在還從來沒有見過言真一面呢！這麼多年了，我怎麼就沒想到應該多少滿足一下你這個絕不過分也並不是完全沒有希望的心願？至少，徐曉彗再那個，我耐心做做她的工作，想辦法讓你見上言真一面的可能總應該有的，可是我卻一拖再拖，以至鑄成這再也無法彌補的大錯！

可是也未必，即使我再努力恐怕也是白搭。徐曉彗這人實在是太頑固也太不通情理了……不不！問題在於你並沒有努力過！你無非是怕惹麻煩，怕面對某種難堪的境地，甚至骨子裡也許還怕真實地面對言真而苟且偷安、得過且過，以至忽略母親的心願而放棄了應有的努力。根本上還是在逃避自己的責任——媽哎，我太對不起你了，我根本就不該給你惹下這麼個大心病！我太混帳了。而今生今世，我再也沒法彌補你這個大缺憾了！你一定就是因為絕望，才早早地棄我而去的吧？

媽哎，你饒了我吧，要不然我……

雙膝忽然一軟，秦義飛一下子跪在母親身邊，一把掀開她臉上的蒙布，死死地盯住沉寂無語的母親，嗚哇一聲，淚水終於奪眶而出……

八

不久後的一天上午，秦義飛正在局裡會議室參加中層幹部會議。手機在褲袋裡咕咕震動了一下，飛來一條短信。

順便說一下，將手機調成單純的震動，從他使用手機開始就成了習慣。因為徐曉彗時不時就會發來短信或打來電話（在間歇而至的瘋狂時期，他的通話紀錄顯示的這種資訊或來電，一天裡曾有多達幾十條的紀錄），在單位裡、尤其在開會時顯然是很不便的。

秦義飛定睛一看，頓時面如土色——短信是徐曉彗發來的。

那時，他剛用上手機不久，也不知道徐曉彗怎麼這麼快就摸到了他的手機號碼，而從來電號碼看，顯然她也用上了手機。更讓他不寒而慄的是徐曉彗短信那命令式的語氣：

「你馬上來一下，我在河邊等你。」

除了特殊情況下，護城河邊是他們多年來基本固定的見面地點。雖然離單位並不遠，但是現在他正在開會。更何況，這個季度該給的言真撫養費，他上個月剛剛給過徐曉彗。突然又來這麼條資訊，她又要出什麼鬼了嗎？那口氣裡分明蘊含著什麼特殊的意味在呢。他心煩意亂地考慮了幾分鐘，回了條短信，說自己正在局裡開會，有什麼事就發資訊談吧。

沒想到徐曉彗沒再回信，直接將電話打了過來，口氣似乎平穩，言詞卻讓人頭大：「你聽好了，我現在已經在河邊了。你要是不便來，我可以到你單位去找你。」

秦義飛一聽這個就軟了。搬出單位後，徐曉彗總算比較有數，除了個別時候威脅過並真的衝到他單位來一下而外，基本上沒再到他單位來過——所幸她還是挺給秦義飛面子的。只是一言不發地突然出現在秦義飛辦公室（此時他已經有了一間單獨的辦公室），就那麼定定地看他一會兒，掉頭就走。秦義飛隨即便會乖乖地下樓去。

如果他不乖乖地跟下去，隨後會發生什麼，秦義飛沒有底，也從來不敢如此造次。他太清楚真要把徐曉彗惹毛了的話，她會作何反應。

於是，秦義飛不敢再延宕。掏出手機貼在耳朵上，假裝要到外面聽電話，溜出會議室後，騎上車直奔河邊。

一看徐曉彗那一身黑衣黑褲的裝扮，秦義飛心上一動，即刻明白了她的來意：她又從哪兒探到了母親去世的消息。對此他並不驚異，知道有關自己的重大消息，很少能瞞過徐曉彗的。讓他頗感意外的是，過去經常塗得臉上紅白燦爛的徐曉彗，今天竟也是素面朝天，黃巴巴地不見一絲脂粉，而且兩隻眼泡明顯紅腫著，一副剛剛哭泣過的戚容。

這好像不是裝的。但母親的死，真會對她有這麼大的衝擊嗎？

秦義飛突然像吃了隻蒼蠅一樣，說不出來的噁心。

他無奈地慢慢靠近徐曉彗，面沉似水，警誡地等待她的反應。

果然，徐曉彗劈面就甩過來一句尖利的質問：「你媽還這麼年輕，怎麼就突然走了？你也是的，這麼大的事情，怎麼也瞞著我？」

秦義飛避開她那咄咄的目光裝糊塗。心上卻很是不屑：你是我什麼人，憑什麼我要通知你？何況，這事上我不來怪你算得上很客氣了。她生前你要有一點真感情，會讓她帶著莫大的遺憾早早離開人世嗎？

其實，治理母親喪事期間，他也曾考慮過把消息透給徐曉彗。但又覺得已沒有任何意義和必要。斯人已去，頂多讓我來看她假惺惺表演一番。萬一她一時衝動，跑來澤溪作些什麼，只會讓父親和家人多一份心理牽累，甚至反而在親友面前暴露自己的這一隱私。或者，如果她因此知道了些什麼——比如她如果要求到母親墓地去看看的話，保不准會受到什麼刺激。因為墓地買的是一個雙穴，碑上的祭奠人刻著的是自己和齊佳、真如，還有妹妹妹夫和外甥女的名字，沒有也不可能有徐曉彗和言真的名字……

「我知道你不把我放在眼裡。可是言真總該有知情權吧？他是你媽的孫子，你媽生前總是牽掛著他的……」

不聽猶可，一聽徐曉彗這樣說話，秦義飛突然就爆炸了：「虧你說得出這種話來——這麼多年了，我和我媽都多次要求過，你就是不讓她見上言真一面，現在卻來怪我……」他一時哽咽，說不下去了。

卻不料徐曉彗並沒像他想像得那樣反唇相譏，反而被他戳疼了似的，一下子呆愣在那裡，嘴唇哆嗦著忍了半晌，突然哇一下哭出聲來。聲音那樣響，嗓門那麼粗——快二十年了，秦義飛記憶中還幾乎沒有徐曉彗當著自己面慟哭的印象。

這一反應實在是太出乎秦義飛的預料了，他的心一下子軟了。又覺彆扭，又覺得有些慚愧地暗想：女人的心思，尤其是這個女人的心思還真是不可思議呵，她還真把自己當成什麼人了？居然就真像有什麼深情厚意似的！也許，她還真不像我想像的那樣冷酷或邪惡……或者，也許我還真沒有真正讀懂過她？

徐曉彗嗚咽了一會，顯然也意識到了自己的失態，趕緊轉過身去，強抑的哭聲漸而變成哽咽，好一陣才拿紙巾拭著眼睛，同時從小包裡摸索出個信封來，抽泣著遞給秦義飛。

秦義飛以為那是錢，迷惑地後退了一步不肯接。

徐曉彗便把信封裡的一張紙掏出來，重重地拍在秦義飛手上：「我和言真在慧福寺給你媽做了個佛事。」

秦義飛定睛一看，那是個五百塊錢的收款收據，上面蓋著慧福寺的收款章，事項欄寫的是：王芝芬女士（母親名）祈福儀式。

「你這是……何必呢？我們家從來不信這些的。當然……你的好意我……我代我母親真心感謝你……和言真。」說到這裡，他突然靈機一動，順口就編了一個謊言：「哦對了，前些天我做過一個夢，夢見我媽對我說，她知道你的苦衷，所以從來就沒有怪罪過你的意思。」

徐曉彗的眼裡突然大放光芒，顯然她是很相信這些的：「你媽還說了什麼沒有？」

「還說了……夢裡的事，我也記不清了。但有一點是肯定的，對你和言真的好意，我媽一定會感到欣慰的。而我，卻沒能想到這一點。所以，非常感謝你和言真的好心，但這個錢，應該由我來出——」

他伸手去摸錢包的時候，徐曉彗像受了奇恥大辱一般瞪圓雙眼，大聲咆哮開來：「秦義飛！你怎麼這麼混帳啊？你太不把我們當人了！你知道言真聽到這事有多麼痛苦嗎？他在佛像前一直在求菩薩保佑奶奶在天幸福，還說……」她又泣不成聲了：「說奶奶你放心吧，我會努力生活的，我會發憤自強，做個讓你放心的，最有出息的好孫子……」

「對不起。我，我只是覺得……」

「告訴你，別把我們當傻子。我完全知道你在想些什麼。也完全明白你害怕的是什麼。我可以再明白地告訴你：你媽是你們秦家唯一真心對待我的人，我會永遠感恩她、懷念她。過去我是有一些有愧於她的地方。但你媽會明白我的苦衷。她要怪也不會怪我，而是你，還有你那個不講道理的老子——這回要是他死了，我和言真只會放一串長長的大鞭炮！你可以放心，從今往後，我和言真都不會到你媽墳上去，也永遠不會到你家去半步！但我們會繼續真心誠意地用我們的方式，為她祈福。相信她的在天之靈，一定會比你和你們家裡任何人更在意我們這片誠心！」

轉眼之間，徐曉彗就像一陣風似地，飄散得無影無蹤。

護城河畔經過市里的大手筆投入和改造，已經變成藩城十大景觀帶中最吸引人氣的地方。長長的河流兩岸，都遍植花木，修築了碎石通道，安放了石椅石台。有些地段還修了親水準台，供人俯瞰靜靜的流水。據說河裡還放養了許多觀賞魚，但秦義飛從來沒看到過游魚的影子。只有片片殘枝敗葉，無精打采地隨著近乎凝滯的水波，慢悠悠地漂向它們命運的終點。

秦義飛疲軟地倚在護欄上，渾身仍在微微戰慄著，大口大口吞吐著香煙，久久不想動身。

他想把手心裡攥作一團的那張票據扔到河裡去，但鬆開手掌的那一刻，他又改變了主意。他把紙團展開來，慢慢捋平，放進口袋裡。

畢竟，她能這麼做就很夠意思的了。我不該輕慢她的善意。

但這到底反映了她的什麼心理呢？

媽呵，如果你真還能看見這一切，你會作何感想？

起碼，言真對你說的那些話，會讓你有所安慰吧？

那麼媽，你就放下心來吧。如果你真的在天有靈，可能的話，就多多保佑保佑他吧。

唉！鼻子忽然一酸，秦義飛趕緊捂住雙眼，但兩行難得的淚水，還是熱辣辣地從指縫間漫下腮邊——媽哎，我怎麼會活成這麼個勁喲……

第七章 崩潰

一

雖然後來想起來，自己的精神異常至少在半年前就有了諸多先兆。但秦義飛還是把一九九八年十二月三十一號這一天，也就是元旦的前一天，認定為自己大崩潰的起始點。

好長時候了，他的臉上總是烏雲密布，怎麼也晴不了。心裡則莫明其妙地像煮著一鍋粥，咕嘟咕嘟翻騰不已。一點小事都會琢磨半天，搞一篇小報告或者什麼材料，都會看得特別重，竟然個把星期拿不出來。不是沒寫好，就是反反覆覆地改來改去，就是不滿意，就是不敢輕易往外拿。有時候聽得同事們在耳邊說說笑笑，似乎有著無盡的樂趣，自己側耳聽聽，卻覺得半點意思也沒有，別說跟著笑一笑或者插句把嘴了，反而覺得這班人太無聊，甚至有時候胃裡也一陣陣泛起酸水來，欲吐非吐地，還時不時響亮地、抑制不住地乾噯氣，弄得別人又一齊投來異樣的目光。

他還經常會想到老館長。他在六十歲臨退休那年突發腦溢血，倒在了辦公室裡。秦義飛和同事手忙腳亂把他抬到救護車上，醫生翻開他眼皮看了看，淡淡地說了句：「沒用了。瞳孔已經散大了」——這個場景，多年來時不時就閃現在秦義飛眼前——多好的人呵！人人都說他宅心仁厚，尤其是對我，有著太多的寬容和提攜（秦義飛後來在一次和徐曉彗的爭執中，偶然證實了，當年徐曉彗的確給汪館長去過兩次信訴苦，他也給徐曉彗回過兩次信，卻全是對她的開導和勸慰；對自己則除了在一次喝酒時暗示了幾句，絲毫沒有另眼看待，而且也從沒有對任何人洩露過一個字）。他是我道道地地的大恩師啊！居然說走就走了，還死得這麼淒慘……

每當這時，他就會突然感到一陣心慌，伴隨著極度的恐怖和絕望。萬一我也就這麼死過去，豈不是太不值了嗎？我才四十五歲呵，竟然就……死了？

二

「四季新元旦，萬壽初春朝」。

中國人應該都知道，這元是「初」、「始」的意思，旦，指的是「日子」，元旦合稱即是「初始的日子」，也就是一年的第一天。這從宇宙或時間之長河的角度上來看，幾乎是毫無特別意義的一天，卻因為在人類的曆法上象徵著新的一年的開始，從古到今就總被無論是王公貴冑還是下里巴人寄予了太多太多的希望和期盼。

秦義飛也不例外。每年到了此時，他也會自然而然地像大多數人一樣，生出幾許期盼，幾許感喟。然而，今年這個他睜著雙眼看著第一縷微光泛現的元旦降臨之際，他內心唯一的祈願就是，希望從今開始，自己能夠振作一些，開朗一些，正常一些。至少，不那麼沮喪、虛弱、莫名焦慮或自我折騰。

因為，過去一年的最後一夜，他又在欲罷不能的窮思竭慮中煎熬而幾乎一夜無眠。而且，此後的實際狀況也恰恰與他的祈願相反，新的一年帶給他的是更多的疲憊和困頓，甚至還有了更多的（很多時候完全是無名的）憂傷和恐懼。他經常感覺自己越來越像一片徒勞地掙扎於漩渦中的枯葉，有心安生卻無力回天。

突出的一個標誌是，他幾乎在一夜之間突然喪失了起碼的自信心。尤其是春節過後的一段日子裡，他越來越恐懼地感到，自己無論是精神還是生理上，一定是出了什麼大問題了。

這個春節，他們照例是帶兒子真如在澤溪過的年。期間，齊佳告訴過他，過了節，她要和財務總監一起到上海培訓五天，以適應公司新配備的人力資源管理軟體。以前夫妻倆都隔三岔五會出差幾天，彼此之間早就習慣了這種臨時的小小變化。但這次卻突然有了巨大的異樣。就在回到藩城上班後的第三天晚上，秦義飛看見齊佳在收拾行李，突然覺得心怦怦亂跳，氣也喘不順，一時間，呼吸竟也變得困難起來。

秦義飛期期艾艾地對齊佳說：「你也知道，我最近身體好像很不對勁……你沒覺得這一陣我睡得很差嗎？飯也吃不下，上下班走幾步路，有時都會出一身虛汗，還常常打噁心……更那個的是，我有一種強烈的直覺，我恐怕是得了什麼重病了……怎麼沒查過呢？春節前我幾乎一直在跑醫院，只不過怕你擔心或者不理解而沒告訴你罷了。總之我驗血、拍片、B超都做遍了。甚至還做過一個胸以上的CT——這個過程本身都快把人磨死了……什麼問題？暫時還沒有查出什麼結論來，但是這不等於就沒有問題嘛……是的，醫生也這麼說，說我可能是神經衰弱、疑病症。但疑病能有這麼嚴重的病態感嗎？爬幾步樓就喘個不停，吃不下睡不好也罷了，還動不動就噁心想吐，天旋地轉的，這不是有了實質性的疾病還能是什麼？」

「恐怕還是你精神太緊張，睡眠不正常造成的。我的直覺還是……我看你還是應該去看看心理醫生為好！」

「又來了！我的當務之急還是要先查清楚，我到底有沒有器質性疾病再說嘛。你不知道，有一天我在會議室差一點就休克了。兩條腿抖得……要不是同事拉了我一把，幾乎就站不起來了。還有一次，我去下面做講座，講著講著就覺得氣喘不上來，差點就又厥過去了。」

「我的天哪，真沒想到你竟會軟弱到這種地步！」

三

因為總覺得自己是患了大病，秦義飛覺得自己應該趕緊把後事安排一下，至少，寫上幾句遺囑留給齊佳，好讓她少點麻煩；而從另一面看，言真畢竟是我的親骨血，我對他也總得有個交代才是呢。

於是一天夜裡，照例在床上輾轉反側的他一咬牙，想想反正也是睡不著的了，索性掀開被子下了床，躡手躡腳走出臥室，關上門後，在客廳裡找出紙筆，然後點起枝煙來，竭力凝神思慮了一會後，很快就寫定了一份遺囑：

立遺囑人秦義飛，立囑時神志清楚。考慮到人生變幻莫測，為防萬一，特就本人身後遺產事宜處置如下：

一、本人去世後，依法屬於我和妻子齊佳名下的家庭全部財產（除一張卡號為「××××××××××」的招商銀行儲蓄卡外），其餘一切財物，包括房屋及房屋內所有家具家電等巨細物品、現金、存款及其他有價證券等全部財產，全部歸妻子齊佳及兒子秦真如繼承並自由支配之。任何人不得以任何理由訴求或繼承這些財物。

二、我曾與徐曉彗女士非婚生有一個兒子，名言真，生於一九八一年十月六日。言真出生至今，我完全並超過法定義務要求對言真履行了應盡的撫養義務（具體可參見徐曉彗女士的部分收據、書信等證）。考慮到言真依法享有繼承權，我將上述那張卡號為「××××××××××××」、密碼為「一九八一一二六」的招商銀行一卡通上的全部存款，歸由言真繼承。卡上的具體金額以我去世之日上面的實有款額為准。自我去世之日至言真本人憑身分證簽受此卡之日，任何人無權對此卡進行存取操作。

三、本遺囑完全係本人真實意願的表達。指定遺囑執行人依次為齊佳或秦真如或秦予卉（他的妹妹）。

立遺囑人秦義飛

其實，很多年以前，就在徐曉彗生下言真不多久之後，得悉消息的秦義飛在冷靜下來之後，也曾間或估量過這一重大變化對自己的小家庭和徐曉彗母子將來關係的影響問題，只不過當時還很年輕，又窮於應對眼前的撫養費等緊迫問題，對自己的身後問題並沒有心思也不願去多想。

待到彼此關係相對穩定一些，而自己和齊佳的工資等收入也隨著職務和時代變遷而不斷遞增而使經濟上的壓力明顯緩解後，他又對未來作過一些盤算和實施。雖然仍舊是斷斷續續的，畢竟逐漸養成了一個習慣性的作法，他開始在正常支付言真的現實生活費和各種隨時冒出來的雜費之餘，努力開源節流，暗中將各種工資之外的零星收入及外出講課、培訓及寫作產生的小額收入存聚起來，甚至有時到下面開會等收到一條兩條名煙，也從來不抽，而是拿到小店變賣後積攢起來。與此同時，自己的一切開銷，包括衣物添置、抽煙的檔次等都能省則省，壓縮到最低限度。這樣長期持之不懈（也絲毫不敢懈）地集腋成裘，結果就有了上面他遺囑中提及的那張銀行卡，至今算算，累計已頗可觀了。絕對數額雖然不算太大，但秦義飛畢竟還年輕，他的目標是，等自己退休時，這張私房卡上的新增額加利上滾利效應，起碼能達到五十萬元以上。

起初，秦義飛的主導思想，仍是為了應對將來言真大起來而新增的教育、婚姻乃至生育等可能產生的額外需索。後來就逐漸形成了明確的預期：人生禍福難測，保不准哪天自己就會發生意外，所以，只要不是萬不得已，這筆錢就堅決不動，以備作自己意外去世後留給言真的遺產——雖然至今緣慳一面，畢竟是自己骨血，並且付出過遠較一般子女更多的心血，他對言真還是有感情的。而且，他是懂一些法律的，早就知道非婚生子女與婚生子女一樣，具有財產的繼承權。這些年電視等媒體上最常見的法制類節目內容，多半是婚姻或遺產糾紛，看著那些子女們在螢幕上口沫橫飛、拍桌打凳甚至明火執仗地為了某所房子或某筆財產掐得你死我活的畫面，他的心裡總不免陣陣發毛：弄不好的話，我死後齊佳也可能面臨這樣的困境呢——不，決不能允許這種糗事在我的後人身上發生！

以遺囑的方式儘早分配處置好自己名下的遺產，以絕後患，同時又依法適當兼顧到言真的利益以使自己無愧於他的想法，就這樣越益成形。

之所以認為給言真留一筆錢而不計其他，即可問心無愧。秦義飛也是作過一個大概的盤算的。

鑒於彼此都清楚的原因，秦義飛和齊佳在婚後並沒有經過多麼認真的計較，就默契地實行了秦義飛自認為是半ＡＡ制的家庭理財方式。即秦義飛每個月（根據收入遞增狀況調整）將個人收入大約三分之一交給齊佳。其餘歸他個人處置。主要用於他支付言真的費用及平時全家買米買菜及其個人煙錢、零用開銷。而家裡的大宗開銷，小到添置家電，衣物，大到真如的生活學習開支甚至買房款等一切開銷，概由齊佳負責。當下，他交給齊佳的錢數從八〇年代的四、五百元，遞增到了一二千元。而實際由他支配的數額則在每月二千元以上。難能可貴的是，對他交的錢額，齊佳從來都是欣然領受，卻從沒問過他給自己究竟留了多少。偶爾與親友們一起議及收入情況，齊佳會對秦義飛的實際收入狀況表露出某種關切（不論出於何種考慮，希望他收入多一些也是人之常情）；但每當此時，秦義飛往往語焉不詳或岔開話題。所幸齊佳亦未深究。

顯然，秦義飛對自己收入的自主範圍相當可觀。而他的個人開支大頭無疑就在言真身上。僅從這點考慮，秦義飛也深深感到，自己對這個小家庭是有愧的。同時，對齊佳長期來的寬容和體諒，他也深深感念於心。因而，這也決定了，在對將來屬於對自己名下的遺產分配上，自己雖然依法享有一半的處置權，但在具體處置上，不可能不以自己這個家庭為重。言真儘管也是自己的骨肉，但一來長期沒有共同生活，自己至今也甚至永遠也無法見上他一面，在這種情況下，自己能顧及到言真的利益，應該已經不錯了。

終於就有了上述那份遺囑。

之所以將房產或自家可能有的錢物等一切不便分割也不必要分割的財產都明確歸屬齊佳和真如，原因首先在於他在法律上只有一半的處置權。而這一半中自己的實際貢獻有多大，自己很清楚。其次，他覺得有一筆在現在或將來看來都對言真不無小補的現金給言真，首要的意義在表明自己是愛他的，認可他的，並且也是尊重他的權益的。其象徵意義應該是遠大於具體數額的意義的。如果完全按照法理，鑒於自己的言真關係的不正常現實，和徐曉彗長期來的種種不情表現，哪怕自己一分錢不留給他，於法也是有據的，於情也是不無理由的。

最大的顧慮是，遺囑該由誰來執行？就是說，遺囑留給誰？

當然不可能直接留給徐曉彗，甚至還不能過早暴露自己有後事處置方案，否則只會節外生枝，比如她很可能追究具體內容，或竟又提出諸如現在就給我們，將來保證不再要求之類絕不可信的要求。把遺囑留給言真更不可能，我連面還沒見到過，談何其他？

留在父親處也不合適，不出大意外，他肯定是走在我前頭的。妹妹呢？雖然她一開始就知道徐曉彗和言真的事實，但許多內幕情況她是不清楚的。對徐曉彗和言真也缺乏必要的感情或瞭解，把遺囑留給她也是不太放心的。

找個知心朋友委託他執行？但這涉及我的隱私，怎麼能輕易讓人知道？

找個律師事務所，委託他們來執行？具體該怎麼做不清楚，何況一定會收費，更何況，把隱私洩露給他們就一定可靠嗎？

思來想去，最穩當而可靠的執行人，還得是齊佳。

畢竟，這份遺囑的根本目的，首要還在於避免她今後可能面對的麻煩和最大限度保護她和真如的經濟利益。由她來執行遺囑應是最自然的選擇。

以他對齊佳性格的瞭解，以及齊佳在此事從頭至今的態度來看，雖然心境不好的時候，她也偶有牢騷或揶揄秦義飛幾句，但總體而言，她對徐曉彗這個問題始終是寬容乃至體諒的。因此秦義飛直覺上還是相信齊佳會理解他對此問題的基本態度的。但這畢竟涉及對依常情本當完全屬於她及真如財產的處置，她會作何感想？或者，把遺囑留給她，她是否竟會因為某種不滿而不予理睬？這應該不會。畢竟，她不是那種量少器窄或毫無信義之輩，而這又是我意志的合法體現，遺囑可以成為她應對將來幾乎可以肯定會面對的徐曉彗或言真的訴求的利器。

關鍵是，我的財產處置在感情上和尺度上要讓齊佳能夠接受，從而產生諒解甚而最好是心悅誠服地接受。

事實上，無論如何，我會著重考慮齊佳和真如的實際利益而不使她或真如有被剝奪感和傷害感……

四

護士喚到秦義飛的時候，他沒有應聲。遲疑地看了齊佳一眼後，他含糊地嘟噥了一聲：「我看還是……」

「這怎麼行？」齊佳一眼看出了他的心思，毫不猶豫地一把抓住秦義飛胳膊，不由分說地拉著他走向診室。

大約前頭已談了一個的緣故，醫生用手掩著嘴打了個呵欠。外面的什麼響聲也沒聽見似地，一邊快速翻著秦義飛的心理測試表，一邊例行公事地問了些姓名、職業之類問題。

秦義飛漫不經心地哼哈著，兩眼卻總向窗外翻。醫生順他目光看去，只見窗外天色昏暗，玻璃上模糊不清，偶爾看得出紛亂的雪片打在玻璃上的閃光，令人不寒而慄。他趕緊收回目光，加重語氣道：「這麼說你是初診。表格上好像也沒什麼特別問題。那我們就隨便聊聊？」

「聊啥呢？」秦義飛悶聲道。

「這要問你呀？比方說，你到這兒來主要想求助什麼。或者，有什麼心裡話或苦悶什麼的，無話不可對我說。心理諮詢嘛，你首先應該對我們有信心，對自己的心理狀態有個基本的認識，對不？你看這地方暖和和的，又沒旁人。我們的職責之一就是為患者保密。所以，此時不說，更待何時？」

可秦義飛沒聽見似的，歪著腦袋連哼也不再哼一聲了。

本來，隨著漸成沉屙的心理困擾，他早已飽嘗其苦。生理上的檢查做了不少，驚嚇也吃得夠夠的，卻始終查不出什麼明確的疾病，本以為這是好事，畢竟身體無恙，心理慢慢會鬆弛下來。可結果卻絲毫沒能改善自己的心理狀態，反而可說是每況愈下，可能是注意力失去了關注的目標了吧，一些自己冷靜時想起來都覺得可笑可怕的怪念頭、怪症狀反而也層出不窮地湧現。這使他逐漸又添了一層新憂，真怕自己哪天突然就瘋了、傻了——那豈不是比死還可怕嗎？而這類念頭一經產生就頑固不化，越恐懼它、排斥它，它反而還越發地囂張，搞得他成天坐臥不寧，太陽不出盼天明，天明以後又覺得白天過於漫長，恨不得太陽趕快下山，長夜儘管漫長，輾轉反側儘管可怕，畢竟還有一張安靜的床榻，可以讓自己躲在無人的黑暗中靜靜地舔舐傷口……因此，他早有尋求心理支持的意願，但每到臨頭，卻又被心中那個更大的絕望絆住而遲遲下不了決心。

這個絕望就是：我又不是傻瓜，甚至，那些心理醫生未必會有自己的智商。而自己的事自己最清楚。根本無須向任何人諮詢或談什麼，他們可能說的那一套，不說我也有數，根本不可能解決我的任何實際問題，也決不會改變自己面臨的既定命運。既如此，那又何必來白費口舌？

沉默中，見多識廣的醫生也多少也有些意外地觀察著秦義飛。見他剛進來時紫脹的臉上已恢復了青灰、憔悴的本色，說話時眼神矜持而緊張地溜著視窗，就是不向他這兒看。但插在褲袋裡的兩隻手卻一直在鼓鼓突突、握緊鬆開地不安份著。經驗豐富的醫生馬上叫他坐得放鬆些，把手從褲袋裡拿出來。

可秦義飛的表情突然驚慌起來，怎麼勸也不肯把手拿出來，反而口是心非地強調自己好好的，什麼心病也沒有，完全是老婆瞎胡鬧，把自己硬哄來的。

「既然這樣，我們更可以自然相處了。」醫生表示寬容地笑笑：「我也最好你什麼事也沒有，樂得輕鬆。只是有一點我該提醒你，別忘了你們一大早從市中心趕這郊外來，打車費不說，還要付給我們錢的。一小時啥也不說，那八十塊花得就有點冤哪，這費用又沒法找公費醫療報銷……不，你現在走也沒用，不足一小時按一小時收費。」

秦義飛垂頭喪氣地坐回原處，兩手卻更緊地捂在褲袋裡。醫生不出聲地又等了幾分鐘，見他仍不說話，突然提高聲音說：「那你說說看，你愛人硬把你哄這來是什麼意思？莫非你好好的，有什麼心理障礙的倒是她？」

秦義飛下意識地偏頭看了醫生一眼，似乎想說什麼，可眼光一落到他桌上的檯曆上，頭又刷地扭開去，臉一下紅起來，呼吸也變得粗重。而兩手又在褲袋裡一陣亂折騰。醫生敏感地叫他回過頭，看著自己的眼睛說話，他就是不肯。

醫生神色陡然嚴峻，喝問他是否對自己有什麼不信任？他使勁搖頭。

「那你在我身上或這桌上看到了什麼？某種令你恐懼的怪物？或者，這枝筆變成了一把利劍？」醫生逼視著他不放，力圖判定他是否出現某種幻覺：「說，說出來，大膽說出你的真實感覺！把手拿出來，拿出來，手！」

最後一個「手」字，醫生幾乎是命令式的叫喊，把秦義飛嚇得直往後縮，額頭上也突然沁出一層冷汗。他不得不抽出一隻手，哆嗦地指著醫生面前的檯曆：「請，請你把它拿、拿開吧。」

「為什麼？」醫生一步躥到秦義飛面前：「為什麼它會使你害怕？你覺得它是什麼？」

「檯曆呀，一本普通的檯曆呀？」

醫生坐了下來。徐徐道：「那你為什麼害怕它？」

「也不是害怕，就是有點……緊張。因為我老覺得它放得不夠正。」

「這不好好的嗎，有什麼不正？再說，它放得正不正跟你有什麼關係？」

「我也知道沒關係。可是……總覺得不舒服。」

「想把它擺擺正？」

「是呀！你怎麼知道的？可我怕你笑話我，就只好……」秦義飛諂笑著靠近桌前，可伸出去的手被醫生擋住了：「試試看，你今天不去擺弄它會怎樣？」

秦義飛臉色驟變，雙手一下子又插進了褲袋裡。

醫生恍然地歎了口氣。回到座位上考慮了一會後，又換上和顏悅色的神態，柔聲道：「還是隨便談點什麼吧，對我不要有任何顧慮，從心理學上說，一個人能把心裡的鬱悶傾吐出來，至少能緩和一下情緒的張力。」

秦義飛的頭搖得更重了：「對不起醫生，我實在想像不出這有什麼意義。我的問題是沒有任何疑問。一切都清楚明白，就是看不到出路在哪裡。也看不到……」

醫生笑了笑，又換了個角度：「那麼，可以告訴我最近的情緒怎麼樣嗎？比如，是否失眠，是否感到疲倦，沮喪，是否做什麼事都提不起精神來，是否有什麼具體的難以排解的恐懼或者憂慮……」

秦義飛對此的回答是一律報以沉重的點頭。

「這麼說，你可能還有——哦，你的表格上對是否有過自殺念頭的回答是否定的。」

「對，這點我可能又和人不同，我非但從來沒有輕生的念頭，恰恰相反，我對死亡避之唯恐不及。甚至還常常顧慮到死亡以後的問題，起先還只是窮思竭慮一些玄奧而抽象的問題，比如人為什麼一定要死亡，世間究竟有沒有鬼神，究竟有沒有天堂或者地獄（有一陣我極度恐懼地擔心自己死後可能會被打入地獄，那就永無寧日了），世上林林總總的宗教中，究竟哪一門教義更接近真理，為此我最近一年來幾乎把所有宗教的教義都翻了個遍，有時感到振奮，有時感到絕望，最終仍然感到找不到一門可以放心踏實地讓我信仰的宗教去皈依……」

「呵呵……到底是知識份子，你很哲學，很形而上，這沒有什麼不好嘛。從根本上來說，物質都在不斷運動變化之中，人和生靈怎麼可能不生生滅滅呢？可以理解的是，渴望長生是有思想的人類最古老而悠久的夢想。所以，人類的一切宗教、哲學可說都是人類為抵禦死亡的恐懼而不懈探求的產物。可見，害怕死亡也很正常呵，畢竟，誰又喜歡死亡呢？」

「但我……有一段時間簡直無時無刻不在擔憂，不僅害怕這個問題，以至還升級為更加害怕這種病態的怕了。而且……很多時候我又分明是害怕生，害怕活……總之我怎麼都不如意，怎麼都振作不起來，怎麼都沒法對自己的一切感到哪怕是絲毫的滿意。」

血液不知不覺開始沸騰，秦義飛的臉上又開始脹紅，情緒也隨著自己的敘述而亢奮以至竟手舞足蹈開來：「起先我擔心自己生了什麼大病，可是跑了無數次醫院就是查不出任何器質性疾病來。後來我反而羨慕起那些擠在診室門口愁眉苦臉、哼哼哈哈的病人來，我寧肯像他們一樣明確自己生了什麼病，肝炎、或者肺結核，哪怕是斷了兩根骨頭也好，這種肉體上的痛，比起精神上的痛，在那時的我看來，簡直是一種享受了……還有，我現在經常會無端地羨慕一切比我過得好的人。不，我不是說那些掙大錢的款爺或者走鴻運的達官貴人。錢財和官位現在對我毫無吸引力。我更羨慕的是那些被人視為低賤的頭腦簡單卻四肢發達，吃得香睡得穩的勞力者。比如夏夜晚上，我看見那些進城賣菜的人赤著膊睡在拖菜的三輪車上，蚊子就在他們臉上盤旋，他們偶然伸手抓上一把，照樣酣聲如雷；我會感慨，他們至少還有酣甜的夢境，我連做個好夢都成了奢望！」

「但就是這些人，他們不會被魔鬼迷魂一樣毫無止境地思慮生呵死、病呵痛或者意義呵，使命呵，職責呵這些崇高而折磨人的問題，他們在過去的我看來，多半是迷信而愚蠢，庸俗而無能的，但他們的精神世界實際上卻比我單純而輕鬆得多。或許就因為，他們輕易就會相信自己的一切都是前世命定的，自己的生命意義就是苦錢，就是吃苦受罪，就是做一天和尚撞一天鐘，結果呢？他們反而能隨遇而安，過得輕鬆而快樂。而我呢？似乎什麼都懂，什麼都明白，或者因為不明白而要反反覆覆地弄個一清二楚，想個萬全之計才安生，結果反而是活得渾渾沌沌、疲憊不堪而又欲罷不能——如果你一定要我說出個問題來，我眼下的最大問題就是：人生在世，真的是難得糊塗嗎？怎樣才能停止我的那些偉大的思考，或者說怎樣才能停止我的焦慮？」

「這個……應該是可能的。但現在……」醫生把原珠筆在手上繞來繞去地擺弄了好一會，微微一笑，便站了起來，說是要請秦義飛暫時出去一下，他想先和他愛人談一談。

五

和秦義飛正相反，齊佳顯然早憋了一肚子話了，聞一開就嘩嘩狂瀉。好像來諮詢的倒是她：

「醫生你猜得真不錯。他的性格確實比較內向，做起事來也丁是丁卯是卯，一點不帶含糊。

但他也確實像你說的，是個心地相當善良而敏感的人。單位裡搞的捐款什麼他從來都是積極分子，外面碰上缺胳膊斷腿的要飯的，總要掏幾個錢給人家。就是搬家公司幫我們搬完家後，付錢時他也要多給他們幾個，說他們是在透支健康，拿命換眼下的生活，太苦了……可這顯然不是他得病的原因呵？而且，過去他一直好好的，在外面人緣也不錯。在家裡除了有時候脾氣倔一點，沒啥太出格的。可現在……細想，也就這幾年裡的變化，他越來越怪，越來越……有時候簡直是走火入魔，還死不承認有心理疾病，反而成天擔心自己要早死，查這個查那個，醫院門檻都快踏斷了！」

醫生會意地微笑著點點頭：「那麼最近呢，是什麼促使你們來這兒了呢？」

「說起來這也是一大怪，懷疑自己有這個病那個病的，跑醫院像上菜市場，就是忌諱看心理門診。近來實在是……比如我家床對面牆上掛的那畫，不知怎麼就礙著他了。怪的是不躺上床他好像一點也看不到那畫，一躺到床上就嘟囔著要我看那畫怎麼又歪了。起先吧，我看著也是有點歪。就幫他撥撥正。可他那個攪勁哪，天下哪有絕對正的東西呢？明明我看著很可以了，他卻死活不通融。一會兒指揮我左一點，一會兒又指揮我右一點，反正怎麼也覺得那畫沒掛正！

弄到後來，我們家所有的畫框呀、條幅呀、鬧鐘啊反正一切要擺正的東西，能摘的我都給摘完了。摘一樣，他好像太平幾天，過不了多久，又瞄上另外件東西。反正他就是走火入魔——對，就像你說的『強迫症』。你注意到沒有，他現在常常把手插在褲袋裡。說是非這麼著在有那些東西的地方心裡才輕鬆點，否則就煩躁、緊張、冒冷汗，甚至，據說厲害起來還會胸悶、手抖，甚至要死過去似地喘不過氣來。有回我見他大腿兩邊都是一溜的青紫塊，以為得啥病了。原來他在單位裡，有時伸手撥弄掛畫什麼的欲望太強，就用手隔著褲袋掐自己！」

說到這裡，齊佳心頭一顫，嗓子發哽了，不得不停下來擦淚。

醫生忙開導她一番，多少也吐幾句心裡話：「……總之，任何一種心理異常，都有誘發它的性格基礎和心理誘因。目前我們要做的，首先還是理解和同情，其次就是要通過細緻的交談，摸到其深層的原因以對症疏導，再輔以一定的藥物治療。其實呵，很多問題都是個觀念或視角問題，凡事也都在於你怎麼看待它。人生不如意事常八九，很多矛盾都跟如何適應現實有關。起碼，從我的職業角度看，勸不了社會，就只能勸人。根本上胳膊是擰不過大腿的。比如說生老病死的客觀規律，哪怕你貴為天子，照樣逃不脫它的制約。但我們可以通過改變自己看待死亡的態度來改變我們的心境。陶淵明有幾句詩，就是一種有獨到認識和參考價值的明智態度，你不妨給你愛人看看。詩曰：『縱浪大化中，不喜亦不懼。當盡便須盡，無複獨多慮。』。」

「現在，他的處境的確夠窩囊，其內心的痛苦和掙扎，正常人怎麼想像都難以體會真切。但不論他遇到什麼精神困擾，首先應該樹立起勇於面對的達觀態度；記得有位聖人曾對信徒說，他能讓前面的大山走過來，但他連喚幾聲，山絲毫不為所動。你猜他怎麼說？『山不肯過來，那我就走過去……』品味一下，是不是我們也都應該有一個靈動的人生觀來調整我們的觀念，應對面臨的種種矛盾呢？凡事如果能換個角度看的話，其實就會有不同的感受……」

齊佳全神貫注地聽著醫生的話，連連點頭，又從手袋裡摸索出一個小本子，翻開一頁請醫生看：「你看看，這是我從他電腦鍵盤下面發現的，不知是他自己寫的還是從哪兒摘錄的一首詩——他貼在鍵盤下，肯定想經常看看來寬慰自己。」

醫生一邊看，一邊就吟誦起來：

面對著一切不幸，我坦然。

面對著任何失落，我坦然。
就這樣承認，就這樣接受，
不幸與失落不再是一種痛苦，
生活的必然更包含著不幸與失落。
除了一份快樂，一份喜悅。
我就不再埋怨，不再指責，不再遺憾；
現實的一切便是生活所饋贈與我的一切。
就這樣坦然，生活就不再會如此沉重與壓抑。
確信這不是一種屈服——
坦然地對待，生活就變得如此灑脫與自在。

「挺實際的一種人生態度呵！」醫生點頭讚賞道：「和《菜根譚》強調的「嚼得菜根，吃得百苦」是差不多的意思吧，都是鼓勵人們敢於承受挫折、敢於與不幸共處，從而克服挫折和不幸的辯證觀念。」

六

不知不覺間，又是半個多小時悄悄流逝了。直到齊佳停頓下來，拿紙巾拭著眼睛，期望地望著醫生的時候，他才溫和地發表了自己的意見：

「現在我明白了，這才是你先生表面上林林總總的心理症狀的根本所在。他的那些奇裡古怪的強迫症狀和強迫性思維，不過是他的潛意識為逃避這一根本矛盾而表現出來的假像。但這並不是一個可以快刀斬亂麻就得以解決的問題。所以他才流露出看不到出路的消極心態。顯然，他心中也為此充塞了太多的懊悔和內疚、自責，想要面對現實又無能為力，想要逃避這一切又無處遁形。於是只能在情緒層面上轉移這種焦灼，並拚命為自己尋找開脫的理由……」

齊佳連連點頭：「其實他也不是不明白這個道理，只是現實往往不讓他有喘息的機會或者說辦法。比如，我很清楚，他其實是很掂念那個孩子的，對其一直懷有深重的負疚感。但現實卻是那個女人從來就不給他接觸的機會；而同時，隨著孩子一天天長大，他又越來擔憂與他可能的見面或直接聯繫，憂懼的就是，這可能打破現有的生活平衡，甚至擔心他又會像他母親一樣不可理喻而成為一個新的對立面，或者，生出種種新的煩擾來；以至他有點像葉公好龍一樣，陷入日益加劇的患得患失而不可自拔……」

「你分析得有道理。希望他本人也對自己的問題有明確的認識，並在下來的疏導中也能有你這樣積極配合的心態。這需要過程，但我現在有數了。你先去叫你先生進來，我再和他好好談談，擬個詳細的疏導方案吧。請你們都放心，只要有積極配合的意願和的治療的信心，再加上適度的心理和藥物治療，相信他的狀況會有改善的。」

沒想到，齊佳出去轉了一圈後，卻慌慌地跑來說秦義飛不見了。

醫生忙跑出去，齊佳指著候診廳牆上的掛鐘和貝雕畫，直怪自己大意，有這些東西在，秦義飛一個人自然呆不住那麼久。

醫生點頭，卻相信秦義飛不會跑遠，肯定到哪個沒這些東西的地方貓著了。於是，兩人出了診室到外面來找。

外面寒氣襲人，雪越下越大。隨風亂飄的絮絮團團打得人不敢睜眼。兩人踩著嘎吱作響的積雪直找到醫院大門口，也沒見著秦義飛的影子。齊佳又急又氣，忍不住又抹開了眼淚。

終於，倆人在診室後一拐彎，住院部前的老雪松後，發現了秦義飛。

老雪松虬枝紛披，巍峨而孤獨地挺立於大雪之中。枝上枝下和四面圍護的冬青叢上都積墜著沉甸甸的白雪，唯獨樹冠下裸出一圈，枯黃的松針上躺著只呢帽和圍巾。再看那秦義飛，此刻卻雙手大展，滿面通紅地站在冬青圈內，孩子般一個接一個捏著雪團，然後使足吃奶的勁，嗨哈有聲地向著老雪松那粗壯的主幹上狠命砸去。雪團碎開成朵朵白花，蒼勁的樹杆上布滿點點白斑……

醫生捂嘴偷偷樂了：「好一個撼樹蚍蜉！」

齊佳剛想喊他，肩上被醫生拍了一下：「別管他！難得有個宣洩一下的樂子，你還想讓他把手窩在袋裡掐自己？」

第八章 恭喜你，你當爺爺了

一

「生在此岸，
死在彼岸。
溝通兩岸的，
是一艘叫愛的小船。」

秦義飛先生：

收到我的信，你應該不會驚訝吧？雖然差不多有三年沒有和你聯繫了。但是不管你會怎麼想，反正我是不會一去不復返的。

上面摘錄的那幾句詩你喜歡嗎？反正我很喜歡，你看看玩玩吧。順便說一句，這三年我可沒有白過，讀了不少書，想了很多事。深深覺得，讀書可不像有些大師說得那樣，僅僅能消解人的寂寞；讀書第一等好處是大大開啟了人的心扉，讓我的視野開闊得多了，有時候真覺得自己越來越像那顆心明眼亮的彗星，在廣闊的星空中自由地飛翔。

想想過去，我真是太幼稚了，也給你添了不少煩惱，你還在生我的氣呢，還是在暗自高興終於擺脫了我呢？不好意思了，我最終還是從上海回到藩城定居了。

我沒法忘懷這裡，這裡到底是我的家鄉和刻下我最深最深的生命烙印的地方。回到這片故土，仍然讓我感到親切。小巷的煙火氣、鳥兒的歌唱聲，護城河裡的蝌蝌水汽和夜半時分那催人振奮的汽笛聲，還有，你們科技局院落裡香樟的清香。那幾棵高大偉岸的老樹，真是閱盡人間滄桑呵。什麼都在變，只有它們飽經風霜的英姿還一如既往。是呵，二十幾年時光，對於它們來說，算得了什麼啊。一切都讓我想起你……

其實這幾年裡，我有時還是會忍不住回到藩城小住幾天。你雖然不知道，但是我很幸運，還是能瞭解到一些你的生活片斷。尤其是春天的時候，有一天你和愛妻嬌兒一起在郊區散步的情形，現在想起來，還讓我感動。齊佳看上去雖然老多了，但還是那麼美麗而有氣質。真如都成了帥氣的大小夥子了。算起來，他差不多該從大學畢業了吧？沒想到他也比你高多了。兩個兒子都比你高大英俊，你該覺得自己很有福氣吧？

不錯，我應該承認我仍然有些妒恨齊佳。雖然我知道對於我們的沒能善始善終，這個夠不幸的女人並沒有太多的錯誤，但是我終究沒法忘記她給我帶來的傷害。你不會相信，有些別人聽來細微的言語，對於一個處於我這種位置的女人的傷害，可能比刀割輕不了多少。但是實際上，我在冷靜時，還是會承認，你們倆的確也是很般配的。而且，我看得出你現在過得很幸福。這讓我感到安慰。請你相信這一點。雖然我過去的某些幼稚之處讓你很是惱怒，但從我的真心來說，從來都是希望你幸福的。我拿人格向你保證這是真心話！

至於你們的真如，我想他可能還是不會知道自己還有個比他大幾歲也高幾釐米的血親哥哥吧？想起這點我難免有些酸楚。但是我也清楚，人生在世，死生有命，富貴在天。人和人是不一樣的，哪怕是親兄弟，走的也必然是兩種人生道路。所以，我也會真心為真如的幸福人生而高興，到底他也是你的親骨肉呵。

那天，我看見他是那麼活潑，那麼有活力，和你們有說有笑的，大大的眼睛好像會說話，就像晴朗的天空，雲彩飛揚，一刻也安靜不下來。這點上，言真可真比不上他呢。唉，各人有各人的命運，不能比，比不得，否則真是會慟死人的。言真這孩子也許是過於早熟，過於老成了，總是沉默寡言的時候多。你不會想像得出，他那默默地盯著天邊那空洞的眼神，有多麼地讓我憂傷！

雖然這樣，他對我卻向來都十分體貼。他多少次流著淚對我說，『媽媽，我總有一天會讓你成為世界上最幸福最富有的女人！』唉，我希圖的哪是這個呀，但是這孩子真是太懂事了不是？實話告訴你，他也有好幾次對我說過，我永遠不會承認那個所謂的父親，但是我也永遠不會傷害他，就讓他過他的幸福生活去吧，沒有他，我們的照樣可以活出人樣來，照樣可以過得有聲有色……

你們的新家也真夠可以的。如果沒弄錯的話，這是你們搬的第三個住處了吧？那個社區太漂亮了。保安穿著筆挺的制服，汽車進出都需要智慧驗卡，能住在這種社區的，想必都是上流人物了。

看到眼前的一切，你知道我想起什麼了嗎？你一定早就忘得一乾二淨了，可是我永遠記得清清楚楚，在我們還沒分手的時候，曾經路過一片正在拆遷的廢墟，你說，這兒很快就會變成一個現代化的居民社區。我說，要是以後我們的家能安在這裡就太好了（事實上這個社區現在看來是太落伍了），而你當時很不以為然地白了我一眼說，別做夢吧。雖然我後來明白這句話裡還含著更多的意思，但不管怎麼說，你現在住的社區和八〇年代那個社區真是天壤之別了，這是不是又證明我對你的前途是有先見之明的嗎？

對了，我該首先向你道賀的，聽說你今年又升任科技局副局長兼科技館館長了，雖然你年滿五十歲了，但相比起許多人來，你還算得上是年輕有為的呀！老實說，這點上我還真是蠻有眼光的，當年我就說過你，將來一定前途遠大，你還叫我別胡說八道，你真是太小看我了。不過，說到底我也不會怪你，我那時算個什麼玩藝呢？沒學歷，沒文化，又幼稚又任性，比起齊佳來簡直就是個灰姑娘……唉，不說了，說到這些我就想哭泣。真對不起。

但不管怎麼樣，看到你現在的幸福生活，看到你美滿而溫馨的小家庭，我心情會有很複雜的時候，但最終還是會感到很平靜。因為我一直堅信，你是個出色的男人，配得上世界上所有最好的東西和地位，配得上一個好妻子和一個好家庭。雖然，我生下言真這個兒子，後來也曾有過短暫的後悔，他的確給我帶來太多太多意想不到的困苦和辛酸，但到底還是滿足和安慰多於後悔和付出的。當然，他也多多少少給你帶來過一些負擔。

還有最重要的一點是，你應該很清楚，我和他從來沒有給你造成過實質性的麻煩和傷害。比如，哪怕是在我們艱難最悲觀最走投無路的時候，也沒有喪失過我們的意志和人格。你的光輝仕途並沒有受到我們的影響而坎坷沒落，這點，可以說是我和言真最大的自豪和滿足。畢竟我們是太卑微了，除了這，我們還有什麼可以誇耀和相比較的呢？

對了，差點都忘了，我今天來信的目的其實只有一個，那就是告知你一下，你的大兒子言真，已經像一棵風吹雨打中頑強生長起來的苦楝樹一樣，長大成人了。而且他還於二〇〇四年九月十八日結婚成家了。他的妻子叫小玉，是他大學的同班同學。小玉真是個可愛的孩子，又聰明，又伶俐，特別善良特別會體貼人，對言真簡直是言聽計從。小玉的父母都是醫生，所以她非常知書達理，也特別尊敬我、體貼我，想到這一點，我這輩子還有什麼不滿足的呢？

但是，言真和我都沒有告訴她和她家人你的真實身分。小玉雖然是知道一些大概的真情，但是她家人根本不知道你這位親生父親的存在。這是為你考慮，也不想讓小玉和她家裡人過多捲入我們的是是非非。她愛的是言真，管他有沒有父親呢，是不是？

他們倆口子很幸福，我更為他們感到幸福。不管你這幾年裡會不會想起他來，畢竟，你是他生身父親，所以考慮再三後，我還是決定把這個他生命的又一個重大旅程告知你一下。老實說，他們結婚前我曾經猶豫過，要不要請你一下。但是言真斬釘截鐵地說：『我沒有這個父親。我的妻子也不會許可我再認可這麼個不負責任的父親。不許告訴他！』

對不起，我可能又說了不該說的話，但是……算了，請原諒一個雖然已經二三歲，當了丈夫，卻畢竟還是個孩子的負氣話吧。

不必回信，也不必來找我。我的老家早就拆遷了。你要找也是找不到的！

不能不再出現的人

二

科技館的收發員把這封寫著地址內詳的徐曉彗來信，放在秦義飛辦公桌上的時候，他正在觥籌交錯的酒席上意興橫飛——省科技館館長來藩城了，作為藩城的科技館長，秦義飛自然得設宴款待。而且，自然得首先喝好，這才算得上敬意。一來二去，這酒就難免高了。

所以，當他把客人送進酒店午休，自己打著連串的酒嗝回到單位，想在沙發上眯上幾分鐘的時候，免不了就有點步履踉蹌，頭重腳輕。好在腦袋還算清醒，胸臆裡更充斥著難得的暖洋洋的幸福感。以至上樓梯時，差不多已是一步一晃。

可是他剛跌坐在沙發上，心裡突然像墜落一塊千斤巨石，猛地濺起一股狂濤；眼前隨即又條件反射般跳閃出一張淒苦、蒼白卻又始終模糊不清的臉龐；那個時斷時續，總是陰魂般躲在心深處窺伺著他的念頭，冷不丁也跳將出來——

秦義飛，燈紅酒綠之際，你還記得我是誰嗎？

你現在倒好呵，事業有成，小日子幸福，三天一小醉，五天一大醉；你可曾想過我在幹什麼呢？這麼長時間了，你也不問問我在哪裡，我過得好不好！你就打算永遠這般裝癡作傻，逍遙下去了嗎？可是你知道我過得都是什麼日子嗎？你在臺上慷慨陳詞，在席間推杯換盞之際，沒准我正在哪個陰鬱的角落裡暗自垂淚，你倒真是安生哪……

這麼一想，他不禁晃晃悠悠地站了起來：這是什麼話？我怎麼又在這個迷障裡繞了？每個人都是他自己，你又不能代替他生活，怎麼知道他會怎麼想？而一個王孫貴胄，和一個販夫走卒，雖然生活形態千差萬別，但根本上都脫不了苦樂酸甜之輪迴。他的日子再苦，也自有他的甜，我的日子再甜，也自有我的苦，況且……

他猛地向空中伸出手去，使勁揮舞著，試圖拂去那可怕的陰影，同時在心裡激動地大叫著：言真呵言真！你可不能這樣看我呵！你應該明白最基本的一點：根本上就不是我要你這樣生活的！你的命運從來都不在我的掌握之中。我從來都希望你也幸福快樂，甚至希望天下人都幸福美滿，可是我愛莫能助！

你對於我，其實也是一種萬般無奈的失落，你知道不知道？

我也是人，我總得活下去，我也有趨利避害的本能和權利，總不見得老讓我淒淒慘慘、痛不欲生，兩敗俱傷，再把我自己也賠上啊！

那麼，你站在我的角度想一想：我就是把我自個兒也給愁死了，對你又有什麼益處？最終損害的，還是你和我倆人的根本利益，你懂不懂呵，我的個兒哎……

心頭一熱，兩行淚水竟奪眶而出。他顫抖著捂住臉，殘存的幾分意識則竭力抗拒著，且痛悔不已地嗚咽開來：秦義飛呵秦義飛，你未免真是墮落呢！叫你不要多喝不要多喝，可你卻一次又一次借機買醉，你真的不可救藥了嗎？就是你把自己麻醉成泥，又能於事何補哇……

他掙扎著撲到桌前，想去拿茶杯喝點水清醒清醒，不料那手在中道上猛地縮了回來，他像驟然見了怪物一樣止住了嗚咽，雙眼直勾勾地盯著桌上躺著的徐曉彗的來信。那「秦義飛先生親啟」幾個字，燒成灰他也一眼認得出是誰的筆跡！

他竭力站穩腳步，一把抓過信來，就那麼一晃一晃地倚在桌前，一目十行卻字字入心地一口氣把信看完後，隨著一聲近似於哀鳴的長歎，他的臉色早已由紅轉白，由白而青，腦門上的熱汗也早已變成細密的虛汗，淋淋漓漓地沁個不停。

來了，果然又來了！

他喃喃地嘟噥著：「我就知道她不可能放過我的……」鬼話！滿紙鬼話！什麼三年，最多只不過兩年多一點。就這兩年，你也何曾放過我？居然還在暗地裡監視著我的行蹤，窺探著我的一切！

這還不是最恐怖的。最恐怖的是，秦義飛再一次明白一個淺顯而致命的道理——我這一輩子，都別想太平！我這一輩子都將上天無路，入地無門，乖乖地聽命於徐曉彗的擺佈了！

而她又是怎樣使我俯首貼耳的呢？她怎樣迫使我順從，我又為什麼會屈從這種命運，會滿足她的欲望，會戰戰兢兢地隨著她的指揮棒和節奏去動作，去生存呢？是因為她有什麼特別的地位和權力，是因為我在經濟上或者其他方面依賴於她，還是她有什麼特別過人的手段、力氣或幫兇？毫無疑問，不是，不是，都不是！

只因為她手裡捏著自己的命門。這個命門的拉栓是兒子言真。門後還躲著一個獰笑著的，令秦義飛不寒而慄的魔獸——環境、或曰輿論。環境或輿論本身是並不可怕的，但對於它的恐懼卻是致命的。這種恐懼是會殺人的。它殺人是靠槍炮或者匕首嗎？當然不是。它只須醞釀或泡制一些兒口水、白眼和流言蜚語。感受到它或想像到它的人就可能無疾而終或身敗名裂、惶惶不可終日！

徐曉彗何等聰明之人？她明白自己根本不需要直接訴諸環境或輿論的威力就足以讓秦義飛乖乖就範。不到萬不得已，她不需要任何明槍暗箭；她只需要針對秦義飛的恐懼、心虛、懦弱和對兒子的愧疚，巧妙地吐出暗示或明令的蛛絲；一根兩根蛛絲或可扯斷，但現如今她的蛛絲已然編織成網，任你有多大的力氣和意願，本質上不過是只嗡嗡營營的蒼蠅的秦義飛，就再也無法從網中脫身了，而越是掙扎，結果也只能是越陷越深了！

而眼下，即便什麼都不去論它，就是徐曉彗的這封來信，在秦義飛看來也是表面上溫情脈脈，通情達理，實際卻暗藏機鋒，語語帶著譏諷和怨懟，其對秦義飛的心理壓迫感，也絲毫不比以往那種劍拔弩張、明火執仗來得稍輕！

不過，細細再想，徐曉彗的時間倒說得不算離譜，差不多就是兩年半前吧，正是秦義飛結束心理治療，開始按醫生囑咐逐漸減量並最終停止藥物，準備著以新的姿態，承受自己的命運之際，徐曉彗給秦義飛打來了最後一個電話，從而也實實在在地給了他一個及時的心理緩衝。

雖然這兩年多裡，他從來不相信徐曉彗會真的像她言之鑿鑿的那樣，「你走你的陽關道，我們過我們的獨木橋」。畢竟，她確有兩年半之久沒有再露過一次面，也沒有再來過片言隻語或一個電話。也不知究竟出於什麼原因，她還真就這麼決然而然地人間蒸發了。

那時，據徐曉彗最後的電話所言，正是言真從大學正式畢業的日子。「雖然我和言真從來不相信你是心甘情願的，但你到底還算履行了你應盡的義務，使得言真能按期完成他的學業，我們會記得你這份情的」。

確實如此。在此之前，新世紀開始前夕的那個夏季，言真快滿十八歲的時候，徐曉彗和秦義飛見面取錢的時候，也曾認真地表過一次態：「到了十二月份，言真就滿十八歲了。你以後可以不用付他的生活費了。我今後也再也不會和你有任何聯繫了。」

但是秦義飛對此一口否定：「謝謝你們的體諒。實在說，如果按照法律規定，言真滿十八歲後，我的確可以不承擔他的生活費了。但是我不會這麼做。因為他還沒有生活能力，還要上大學。所以我將繼續盡我的能力，給付他必要的生活和教育補貼。將來怎麼辦，至少到他大學畢業再說。

費用也只會增加不會減少。」

徐曉彗當時似乎很受感動。因此同樣態度決絕地表示謝絕：「我知道你的，收入應該比以前提高了不少，但你也有個兒子，正是花錢的時候。我們有你十八年的照顧已經感到很幸運了。不信你走著看，從此我們真的不會再要你一分錢！」

但秦義飛並不贊成，也不相信這是徐曉彗的真心話。於是在下一個季度開始前，主動打電話給徐曉彗，表示要繼續按兩年前已調整為每月八〇〇元的下季度生活費，和言真今年的生日紅包兩千元一併給徐曉彗。

起先，徐曉彗在電話裡表示拒絕，但最終還是按約定時間和秦義飛見了面。就這樣，他又續付了兩年費用給徐曉彗。

兩年后最后一次見面時，秦義飛依然表示，只要言真還沒有成家，只要自己條件許可，他將繼續給言真以補貼。這不是責任的問題，而是對自己骨肉的感情問題。

記得徐曉彗當時深深地看了他一眼，沒有說任何話，掉頭就走了。

秦義飛以為過不了幾天她自會與自己聯繫的。沒曾想，這一次她卻真的一去不復返了。秦義飛始終等待著她的出現，而這一天居然真就破天荒地等到了兩年半之後！

而這些在秦義飛看來，都還屬次要。令他深感突兀而不無遺憾的是，再也沒想到，言真才剛過二三歲呀，居然都結婚了？無論是出於感情，還是某種現實的考慮，一個剛走上社會的男孩這麼早就結婚成家了，未免太有些草率了吧？而且他們事先連招呼也不打一個，似乎這種時候自己就不再是她口口聲聲的「生父」了！

唉，言真的人生似乎永遠在走著一條自己陌生而無奈的路徑。那麼，他現在起碼是有工作了？

這工作理想嗎？他具體又在幹什麼呢？

關於這一點徐曉彗信中沒有提起，以前也從來沒提起過隻言片語。言真讀大學的時候，秦義飛偶然小心翼翼探問過，並暗示如果今後就業有困難，自己可以幫忙想想辦法。但徐曉彗一句話就把他封住了：「我們的事不用你操心。」

秦義飛對此的理解是，徐曉彗不想讓他插手言真的就業問題，可能是他們對此有信心，更可能的是她怕會洩露言真的工作單位等資訊，自己就會甩開她暗中與言真產生聯繫。或者，真像她一貫的說法，是言真不願見他，因而不允許她透露與自己有關的任何資訊也未可知。

其實，秦義飛也願意這樣糊著再說。他始終有一個深深的隱憂，就是擔心長期接受徐曉彗對自己妖魔化薰陶的言真，會在某一天找上門來，和自己算帳或變本加厲地索取什麼。如果他人品好、能通情達理倒好，如果也像徐曉彗那樣胡攪蠻纏就太可怕了。那樣，經濟上還不是太擔心，社會影響什麼的就難以預料了。至於言真的工作，如果當初他真想找自己安排，自己其實是沒有多少關係和辦法的；更麻煩的是，即使自己有辦法幫他解決，但是經由自己安排的工作，那必定是熟人關係，接收者會怎麼想，長期來看，言真是不是會在單位裡露出些什麼來，都是很難預料的。現在這樣也好，省去很多麻煩和隱患。

但總這樣含糊著，終究不是一回事。將來究竟怎麼與越來越大的言真相處，能否相見，或相見後能否平安和睦，已然成了秦義飛心中最沉重的一塊石頭。許多時候，這種隱憂大大超過了他與親骨肉關係正常化的渴望。以至有時候他竟會暗自慶幸，幸虧言真不是個女孩，否則，女孩的情感更脆弱，其生態肯定比男孩更糟糕；而自己後來又生得是兒子，那還不更讓自己牽腸掛肚呵？

也幸虧自己從小沒帶過言真而感情模糊。如果共同生活過幾年卻又長期不得再見，那滋味，豈不更糟？所以每每看到電視上那些做父母的痛不欲生地苦苦尋找被拐賣兒女的情景，他總會感同身受地特別為他們揪心，同時也常會在心裡對自己說：卡耐基說得真是沒錯呵：「我憂愁，因為我沒有鞋；可是那個人，他沒有腳」——比比這些不幸的父母吧，他們含辛茹苦帶大的孩子卻一朝失蹤，生死未卜，毫無找還的希望。而我，至少還知道言真的下落，無論如何也還算是幸運的吧！

現在，看到徐曉彗的來信，秦義飛雖然萬分驚訝而惶恐，冷靜下來后，卻也不無喜悅地暗想：這麼說，言真至少應該有了過得去的工作，否則，談何婚娶呵？如此看來，言真的生活現狀至少還是可以的呀……

不，徐曉彗的話從來就該打上個問號的！所以事實到底怎麼樣，恐怕還得走著瞧。而且這信的意思裡，分明又充滿著某種暗示甚至是威脅呢……

嗞，我怎麼越想越覺得這是個不祥之兆啊……

胸口越來越緊迫，胃裡也一陣陣劇烈地翻江倒海。他一把揣起信件，趕緊鑽進衛生間裡，衝著馬桶就是一陣狂嘔。紅紅的酒液，綠綠的菜葉，黏稠的胃液嘩嘩嘩啦啦地噴薄而出——若不是及時蹲下去，雙手抱住馬桶沿口，他恐怕會一頭栽在地上，人事不省……

三

幾乎整個下午秦義飛都在蒙頭酣睡。時間是怎麼流逝的，地球是怎麼轉的，世界上又發生了什麼，乃至天是什麼時候黑下來的，他一概不知，也一概不想知。

依稀還記得自己一直在做一個漫長的夢，一個飛翔的夢。張開雙臂就像只大鳥般自由自在卻十分吃力地一直在山川大海間上下翻飛。

「楊柳輕煬直上重宵九」——似乎還真的到了月亮上。

但月亮原來決不像想像得那麼美麗皎潔，它的表面坑坑窪窪，全是環形山，那是被小隕石撞的。事實上，月亮本來也就是一顆來去自如、狂放不羈的小行星。上百億年前和地球猛烈相撞，巨量的地球碎塊衝出太空，最終和這顆小行星相互吸引、交互作用，形成品質約相當於地球多少份之一的月球。

他始終在想著該在什麼地方降下去，可下面不是通天大火，就是萬丈深淵，就是找不到一個可以落腳的地方。

直到臥室門被齊佳推開，電燈大亮，他才猛然豎直身子，懵裡懵懂地地捂著眼睛驚問了一聲：「誰？」

他使勁揉了一會眼睛，再看齊佳，發現她手中捏著幾張紙——正是先前自己回家時扔在飯桌上的徐曉彗的來信。

他悶悶地歎了一聲，重又攤倒在床上。

齊佳卻笑嬉嬉地在他身邊坐下來，抖抖手中的信說：「真是士別三日當刮目相看哪，她現在的文筆大有長進呢。」

秦義飛不屑地哼了一聲：「鬼話連篇。不少字句保不准是從哪個報刊散文上拼湊來的。」

「能拼湊到這樣也是水準嘛。但我不是傻子，字裡行間她的艾怨和嘲諷我還是辨得出來的。不過實事求是說，人總是會有所變化的，我覺得其中有些話，多少還透著幾分誠意。很明顯，她對你的感情還在。可能你害怕的正是這一點。但總比她情死而生魚死網破之心好得多吧？而且，有一點她也說得沒錯，長期來的事實也證明，她再怎麼糾結，再怎麼攪你、纏你，始終沒有壞你的根本。這一點，說明她還是有一條底線的。而在你來說，畢竟有個孩子在她那兒，這是個永遠無法改變的事實。所以她今天的出現應該就是意料中的事情。當然，你今後的麻煩恐怕還是少不了的。但只要不影響根本，你何苦就一下子萎成這副樣子？就像從前心理醫生說過的，作好承受最壞現實的準備，該怎麼應對就怎麼應對就是了。」

秦義飛的眉峰舒展了幾分，隨即又深深地歎了口氣道：「不說別的，我們出去散會步她都會看到！不是跟蹤又是什麼？僅僅想到身背後老是有一雙眼睛在盯著你，我就渾身不自在……你看出來沒？她信上說不要找她，其實正希望我去找她。我到底是順水推舟不睬她，還是主動去找她？唉，想到又要面對她，我就——如果能直接面對言真，可能事情就簡單多了。偏偏她到現在還是滴水不露，還反覆強調言真不想見我……」

「你本來不就擔心言真和他直接相處會產生難以預料的麻煩嗎？但我敢肯定，言真不想見你是暫時的。他不是結婚了嗎？等他自己有了孩子，就能體會到當父親的心境了。而且，說他不願意承認你或者見你，始終只是徐曉彗的一面之詞。我估計他現在只是出於對母親的同情而不那麼做，等將來他更成熟了，徐曉彗未必還管得住他。畢竟血濃於水嘛，父子之間再那個，還是有著強大的向心力的。只是現在，你對與他相見有種種顧慮，他又何嘗不會如此呢？不過，當務之急對你來說，就是要一如既往地作好你這個父親。她不是明白地告訴你言真結婚了嗎？這可是人生的頭等大事，你不去找她，豈不又給她一個妖魔化你的理由了嗎？」

齊佳說著，摸出自己手機，念出一個號碼來：「回頭把這個手機號記下來，趁早給她打個電話過去。人家客客氣氣、有章有法，你也要表現得有理有節，有風度些，別像以前那樣動不動就跳腳……」

秦義飛霍地蹦下床來，氣急敗壞地嚷道：「你哪來的徐曉彗的新號碼……哦！她給你打過電話了？什麼時候打的？這個女人！很久以前我就嚴厲告誡過她好多次，有任何事直接找我，別麻煩你和家裡人，她根本不當回事……」

齊佳神祕地一笑：「下午快下班前她來的電話。那個熱絡，那個體己，彷彿我們是從無芥蒂，莫逆了好多年的小姐妹。可她一多半時間是在說你的言真，似嗔實誇地，說他怎麼善良寬厚，怎麼通情達理，怎麼善解人意，怎麼深受丈人丈母疼愛。還說兒媳小玉怎麼崇拜言真，怎麼知書達理。總之，有一點你可以放心，言真的婚姻美滿得很，他現在生活得好得很。」

「她說了自己的情況嗎？她不是還有一個兒子嗎？她男人是……」

「她以前不是說過，她和這個丈夫離婚了嗎？好像她和這男人生的小兒子也跟著男人過了──真這樣的話，對言真倒是件好事，到底不是親生父親，在一起生活多半不是好事。」

「可對我決不是什麼好事！你想她正當壯年，老一個人悶著，小兒子也不在身邊了，還不成天沉溺在舊情中，滿腦子琢磨著我的事……」

齊佳吃吃一笑：「也沒那麼可怕的。她好像現在生意做得蠻順手的……什麼生意她也沒明說。而且，對了，她也說到過那個小兒子。說是高中畢業就當兵去了，不知怎麼又讀了東北的什麼軍校。至於她自己，我也想探聽一些具體的東西，比如她現在在哪上班或者做什麼生意，小玉的家或者他們的小家庭安在哪裡等等，徐曉彗真是精怪極了，無論她說得有多興奮，我一提到這些她就虛晃一槍，把話頭繞沒了。不過，字裡行間也流露出幾句進貨呵，出樣呵，發傳真呵什麼的，對了，好像還說到什麼臺灣表哥的事……」

「臺灣表哥？她什麼時候又冒出個臺灣表哥來了？」

「這我們就不必管她了。她明確說到，她在跟臺灣表哥做什麼生意，好像還到臺灣去過……總之她談來談去並沒有一個主題。不過，後來我就澈底明白了，她其實就是估摸著你該收到她的信了，所以就把自己的新手機號通過我來傳達給你。你就心平靜氣地接下這個彩球再說吧。」

「說什麼呢？」

「這還用問？你兒子結婚成家了，你這個當父親的，雖然事先不知道，但總得有點兒表示吧？」

秦義飛心莫名地跳了起來。但他仍然佯裝不明白地觀察著齊佳的表情，小心翼翼地說：「總不見得又要給她錢吧？」

齊佳毫不客氣地瞪了他一眼：「別跟我裝糊塗了。這麼多年來，你該給什麼錢和東西，我什麼時候小氣過？再跟你說一遍，你這個兒子你還算見過一面，我從來不知道他長得什麼樣，因此談不上有什麼感情。但愛屋及烏，他是你的兒子，也就是我的兒子。將來他要是肯叫我一聲媽，我就當他親生的看。永遠不睬我，我也永遠不會反對你親自己的骨肉。所以無論關係怎麼樣，錢你肯定是要出的。至於出多少，你自己看著辦，手頭不夠就跟我說一聲。」

秦義飛沉重地垂下頭，不敢正視齊佳的眼睛：「我一直都是有所準備的。但是實在說，如果是言真本人來找我，要多少都好說。但給徐曉彗……誰知道她到底都用在誰身上了？」

「徐曉彗不是早就說過，兩個兒子，如果只有一口吃的，她肯定毫不猶豫地給言真。這話我信。人總是會有點偏心的，到底她跟小兒子的爹不會有什麼真感情……」

「我還是覺得不能一下子給太多，欲望是無止境的，那樣只會刺激她的胃口，不如細水長流來得好。何況，我總有一種預感，誰知道她後面還會生出什麼花樣來！所以，我覺得，就給個萬把塊錢再說，你看呢？」

沒想到齊佳卻直搖頭，顯然她也是早就有過某種思想準備了：「萬把塊少了吧？另外，你想過沒有，總得給你的兒媳婦一點兒實在的心意吧？雖然暫時恐怕是見不成面的，但見面禮總是要有的吧？不過，

既然已是事後的表示了，你少給點錢也行，比如給他個兩萬塊，我覺得也湊合了。但還是應該再買個像樣點的項鏈或者鑽戒什麼的給小玉。這跟錢的意義到底是不一樣的，就言真來說，尊重他妻子，恐怕比尊重他還高興呢。」

秦義飛再一次探視了一下齊佳的表情，見她十分真摯的樣子，就點了點頭。

四

不僅沒費任何嘴皮子，而且，徐曉彗這一回表現得格外的爽快。秦義飛反而倒有點兒狐疑了。聽到秦義飛說要給言真一點心意，她咯楞都沒打就回了一聲：「好吧。」只是，稍後她又補了一句：「本來吧，我覺得是無所謂的事情。只不過言真小倆口暫時還住在小玉父母家裡，言真也是要面子的人。你有個態度，會讓他在女孩面前光彩一點。我先代他謝謝你了。」

還有一點讓秦義飛很不舒服的是，徐曉彗接到他電話時表現出來的驚訝。裝得什麼似地一個勁問秦義飛怎麼會有自己手機號的。「我不是在信上叫你不要來找我的嗎？」

秦義飛心裡直喊，你裝什麼蒜呀！嘴上也多少帶了幾分火氣：「你不是給齊佳打過電話嗎？」

「喔，對對，」徐曉彗剛想起來似地說：「齊佳可真是你的好老婆，什麼都跟你說呀？其實我只不過是一時心血來潮，想找個人說幾句沒法跟外人說的閒話而已，根本沒別的意思。算了，不說了，反正她比我有涵養。所以我也不跟她計較什麼了。」

「計較？」秦義飛立刻警覺起來：「你這是什麼意思？難道她說你什麼了？」

「這倒談不上。但是，當年她……現在又來扮演這種角色，我也不又是三歲小寶寶了，何必呢？算了，算了，我要在她這個位置上，也會這麼說吧……這麼多年都過去了，我早就沒心思再跟你吵吵鬧鬧了。我也再也不是過去那個什麼都裝不下的淺薄女人了。反正我心裡清楚她是個什麼心態就行了……也是，也是，我承認她也是不容易的——我們還在老地方碰頭嗎？好吧，那就明天中午老時間，老地方見吧。」

照例又不容秦義飛分說，電話就掛斷了。

出乎意料的是，兩年多沒見，徐曉彗還真讓秦義飛刮目相看了一把。

當然，主要是外貌上的。遠遠地望見她的身影，秦義飛的心就莫明其妙地蹦噠起來。再看她那身穿著妝扮，秦義飛頓時覺得看也不是，不看也不是，眼睛完全沒地方放了。

過去那個總是穿著隨意甚至有時候有點落拓相，且常常一臉戚容的徐曉彗，如今突然變成個珠光寶氣的貴婦人！本來矮小細瘦的她，突然猛躥了一頭似的，明顯變高了也變得富態了。一襲深青而收腰的短風衣，緊緊地繃在身上，肩上還挎著個不知是真是假的名牌皮包。胸前則露出嫣紅的繡花絨衣，還有條亮閃閃的珍珠項鏈；兩個耳朵上也晃蕩著兩隻不知金的還是銀的大耳環。

近了再看，個子高的原因，是她穿了雙坡跟的半腰皮靴，那靴尖高得，讓她的身子明顯向前傾，秦義飛不禁為她捏了把汗；而氣色明顯精神的原因，多半也與她那塗得黑青拉烏的眼圈和過多的脂粉有關。畢竟也四十多的人了，她的臉龐分明胖了一圈，身子也明顯臃腫了些。但若與她的年齡相比，仍然是不成比例。尤其是眼角，不笑的時候幾乎看不見一絲皺紋。最奪目的還是她的頭髮。過去的馬尾辯，如今變成了高挽的蓬鬆大發笈，鮮豔奪目的紅黃挑染，活像只大紅公雞趴在她頭上，顧盼自雄地跳蕩在陽光下，卻讓秦義飛心裡說不出來的膩怪。

但這份感覺轉瞬便被別一種複雜的滋味淹沒了。

徐曉彗兩隻手上各提著一隻大大的塑膠馬夾袋，那袋子的分量顯然不輕，腳上又套著雙高跟靴的她，一歪一扭吃力地走來，早已是氣喘吁吁，臉上油晃晃地泛出一層細密的汗珠子。

因為拿不准那是不是徐曉彗帶給他的東西，秦義飛猶豫著該不該上前幫一把，徐曉彗大大地瞪圓了眼睛：「接一下呀。一點小東西，不值幾個錢的。言真說，難得你有這份心意，所以他也想表示點自己的心意。」

這麼一說，秦義飛覺得不好不接。可是接過來掃視了一眼，又大大地抽起了冷氣。一個袋子裡是兩瓶五糧液，另一隻袋子裡是兩條紅殼子香煙，秦義飛一眼認出那是中華煙。還有一大盒包裝十分精美的烏龍茶。

他突然煩躁起來。心裡非但不高興，反而恨恨地騰起一股怨氣：這是什麼意思？請客送禮要辦事，還是作為對我錢財的交換哪？這些華而不實的倒頭東西，對官僚權貴並不稀罕，他們家裡隨地亂堆的都比這票貨色好得多，但你們是什麼人？除了花自己的錢還有什麼來路？可我給你們錢是過日子的呀，花在這上，豈不等於在糟蹋我的錢！

他想說出這種心思，卻又意識到不妥。一時張口結舌，猛地從口袋裡摸出自己的煙盒來：「你看看，你看看！我平時抽的都是十來塊錢一包的煙，又實惠又便宜。你這種名煙名酒，我平時單位裡應酬時吃點喝點也夠了，你們卻花大價錢去買來，豈不是太……不僅糟蹋錢，也太見外了嘛！」

也許是後一句話讓徐曉彗受用，她不僅不生氣，反而咯咯笑起來：「你現在也是局長大人了，知道你不稀罕好煙好酒。想不到居然還在抽這種爛煙，也不覺得丟自己的面子嗎？再說了，言真的一片心意，總不見得也買十來塊錢的香煙孝敬老子吧？」

「你不是說他……這真是言真買的？」

「這還有假！我才不會花這個冤枉錢呢。我也說他的，他還跟我頂嘴，說我不該這麼小心眼，要麼根本就別睬他，要麼就做得大氣點——你是不知道喲，這臭小子，現在說話的腔調也越來越像你了，動不動還教訓我呢。就說這事吧，我問他，你老子非要給你點心意，你說怎麼辦？他一開口就把我嗆個半死——『讓他給自己兒子留著吧……』我說你怎麼能這麼說話，到底他是你親老子，雖然傷過你的心，對你也還算不錯的。現在兒子結婚給點錢，也是人之常情的事，你不要的話，不是太傷他心了？我告訴你喲，這小子還真是蠻像你的，嘴上凶得很，骨子裡很善良的，特別懂情理……後來他就一定要我把這些帶給你……」

秦義飛心裡酸酸地湧起一股暖流，不禁脫口道：「既然這樣，那你幹嘛不叫他一起來見見我？我知道他對我會有些想法，但到底他也是快當父親的人了，如果他肯和我對對話，我相信他最終會理解我的苦衷的……」

沒想到，一下子捅了馬蜂窩。

徐曉彗倏地收住笑容，兩眼瞪得溜溜圓，死死地盯了秦義飛好一會，突然放開了嗓門：「你不要難為他好不好？怎麼到現在還這麼自私，一點都不考慮他的心理和處境？你站在他角度上想想看，這麼多年了，他心胸再寬，也不可能對你沒想法。我毫不誇張的說，他心裡積鬱的苦，只怕比冰山還要厚呢，你倒說得輕巧！怎麼也得讓他有個思想過程吧？」

「這我知道，可再怎麼說……」

「別說了！很多事你根本就不明白，自從他知道自己的身世後，向來就反對我要你的一分錢！他還反覆表示過，永遠不會認你這個所謂的生身父親！現在，他能有這份心意就很給你面子了，你倒好意思……」

「好吧好吧，實在不行就慢慢來……」

「別以為我不知道你的心思！我可以說，你從來就沒把他真正放在心上！」

說著，徐曉彗的嘴唇一歪一歪地扭曲起來，緊接著一個急轉身，竟捂住臉跑開了！

秦義飛大驚失色，扔下東西追上去，大張雙手攔住徐曉彗：「好了好了，怪我說話欠考慮。今後我一切都聽他的。什麼時候他原諒我了，就……否則，只要他能夠生活得好，心情愉快些，我一切順其自然。」

說著，趕緊把懷裡的大信封掏出來，遞到徐曉彗手上。

徐曉彗噗哧一笑，深深地剜了他一眼：「你這個人哪——」

突然便放下手中的東西，一把奪過秦義飛手中的信封，打開包包放了進去。

沒想到轉眼之間，手中又多了件厚厚的東西，羞澀地一笑：「我沒事時打的。只是遠遠地見過真如，是估摸著你的身材打的。要是他穿不下，就你穿吧。」

說著往秦義飛懷裡一塞，掉過頭，咯噔咯噔地，飛快地走遠了。

秦義飛知道再追也沒意思了。便收住了腳步。再看手中，沉甸甸的，是一件咖啡色的加厚長毛衣。

他非但不覺得高興，反而像捧著一團火似的連聲哀歎：「幹嘛又來這一套呀嘛！我要的就是一個太平！你卻偏偏……」

他恨恨地跺了下腳，一屁股坐在石凳上，渾身酥了一般，好久沒力氣站起來。

「我的個天哎！」他抱著頭嘀咕道：「想見的見不到，連說說都不行！不想見的，只怕你到死都躲不了！我怎麼就擺脫不了她的掌心呢？……」

五

雖然有了思想準備，總覺得下來又會重演過去的一切，不斷地發生些什麼。

可是接下來的近兩個月裡，徐曉彗竟然毫無動靜，一個電話沒打，一封信沒寫。秦義飛繃緊的神經漸漸地鬆弛下來。不由得暗自慶幸，看來還是旁觀者清呵，齊佳說得不無道理，自己對徐曉彗的成見恐怕是太深了些；而人家還真有變化呢，起碼，比過去識趣得多了……

這麼一想，別一種情愫就湧了上來。有時獨自在靜夜裡醒來，不禁又有些牽掛地想起，會不會他們真就打算這樣和我保持距離一輩子下去了？如果真這樣，我也該順其自然嗎？

但言真到底是怎麼想的？都結婚成家的人了，早就該有了自己的性格和意志，為什麼他至今還不和我聯繫一下？他真的會這麼決絕地不願意認我？也許他當真有什麼我體會不到的苦衷在？也許，一個有著他這樣特殊經歷的人，就是會有這種反應？畢竟，我只需考慮並應對他的存在；而他，作為一個兒子，又是徐曉彗含辛茹苦地拉扯大的，他和母親的感情肯定要大大深於我，考慮問題就決不會如我這麼簡單，必定要首先顧及徐曉彗的感受。如果他認為會有傷母親的感情，肯定就會有所猶豫而寧可捨棄我。何況，這樣的孩子對他從未謀面的所謂父親，思想感情會有多複雜，可能真不是我或一般人所能體會得到的……

秦義飛越發地愧疚起來：或許我真是自私了些。這麼多年來，有意無意地，總把徐曉彗和言真的存在視作一種負擔，而太少從他們的立場和情感上考慮問題……

尤其是徐曉彗。長期的糾結下來，秦義飛越來越深刻地感覺到，這個初看瘦弱而嬌小、骨子裡卻分明是剛強而頑恝，甚至還瘋狂而偏執的女人，是多麼地與眾不同。她身上總是有一種不同尋常的特質呈現出來。但是，細想想，她的所作所為，她的一切的一切，或許又的的確確是和我息息相關的！而我，不管有意還是無意，恐怕又真是多麼明顯地，多麼嚴重地摧殘了她的神志，她的性格，她的理性，甚至她的一生呵！她的拚命掙扎、反抗、搏鬥甚至胡攪蠻纏、倒行逆施、詭計多端、永無魘足，實質上不過是想報復自己的命運，或者重新掌握自己的命運吧？

可是我，實在也是無可奈何呀，實在也是給她搞怕了！世道人心也不能不讓我有所顧忌，以至忽略了他們，尤其是言真的內心感受；他的心情肯定要比我痛苦得多，複雜得多。也許至今我們的這一格局，也根本不是他所期望的，但他卻忍辱負重而不得不咬牙承受自己的不幸……

唉，細想也是呵，這麼多年來，徐曉彗的忮刻和任性（顯然還有刻意的報復和作亂），對自己雖然有過許多傷害，但客觀上還真是沒有傷害過我的根本呵；而我，情感上卻始終視之為包袱甚至敵對者，而取一種能躲就躲，不能躲就應付的態度；站在她的立場上想想，恐怕也就越發地咽不下這口氣呢……

如此看來，倒是我虧欠他們更多一些呢，尤其是對言真！

怎樣才能改變這一惡性循環的尷尬局面呢？

六

正是在這種背景下，彷彿有著某種心靈感應似的，突然就飛來了一個差點沒要了秦義飛命的可怕消息。

是一個中午，在市里開了一上午會的秦義飛，正倚在辦公室的沙發上打盹，電話鈴驟然大作。他迷迷瞪瞪地抓起話機，不料那喂的一聲，竟是徐曉彗的聲音，他霎時蹦了起來。

「秦義飛啊，你不要著急啊，因為事情太急，我只好向你求助，所以……」

秦義飛像是被誰突然間推了一把，身子一下子搖晃起來，他慌忙扶住桌子，失聲叫道：「什麼事？」

「言真哎！言真他，他……」徐曉彗突然抽泣起來，嗚嗚咽咽好一陣才說出話來：「言真他……昨天夜裡，他在家洗澡的時候，突然昏倒在衛生間裡，頭撞在浴缸邊上，當場起了個大血包……幸虧小玉發現早，跟她爸撞開門進去，又打一二〇喊了急救車……說是急性心肌炎發作，幸虧腦子沒事，搶救得還算及時……」

秦義飛哼了一聲，突然覺得透不過氣來了。幾分鐘前還陽光明媚的室內，突遭烏雲般一片灰暗；電話機、桌子，桌上的筆筒，牆上的裝飾畫，眼前的一切都一陣遠，一陣近，一陣清晰，一陣模糊地幻化出金紫紅藍的怪異光澤。緊接著，大腦一陣嗡嗡的悶痛，他雙腿一軟，癱倒在沙發裡，大口大口喘息著；心裡急著說話，嘴裡卻一個字也吐不出來。

「我一大早得到消息，就急急忙忙趕到澤溪來。所以錢沒帶夠。醫生說要先交八千塊押金才能住院，小玉要讓家人把錢墊了。可我覺得，言真他本來就是寄人籬下，現在又突然生了這種要命的病，再讓他們出錢看病，不是更要讓小玉家人看輕他嗎？可是我走得匆忙，身上只帶了兩千多塊錢，你能不能……喂，你怎麼了？怎麼不說話？喂，喂！」

秦義飛的手還緊緊地抓著話筒，嘴裡那颳風般粗重的喘息聲，顯然嚇著了徐曉彗，她突然哭喊起來：「秦義飛！秦義飛你怎麼啦？你幹嘛不說話？你開一下口呀，你要把我嚇死啦……」

秦義飛大口大口地喘息了好一會，終於覺得胸口松了點，他伸手一摸，滿頭滿臉的虛汗，於是竭力掙起身子，拿過桌上的茶杯，抖抖地喝下幾口水，這才覺得有所緩解，於是加大聲音說：「我沒事的，他……現在怎麼樣？」

「不行，你先告訴我你怎麼了？千萬別也……秦義飛你一定要挺住呵，要不然我……媽呀，我的命怎麼這麼苦呀……」

「別胡思亂想好不好？我剛才就是有一陣頭暈。最近血壓比較高，心率也快了些……但我一直正常用著藥的……」

秦義飛說得是實話。往年的體檢中，他就被發現血壓高，在一六〇／九五。經過二十四小時動態血壓檢測，被確診為高血壓，而且後來做的CT也提示，他的大腦中還有一處陳舊性的腔梗灶。心臟彩超倒沒查出什麼明顯的問題，但是心率偏快，經常超過一百，醫生認為這和血壓有關，也與他長期來的神經衰弱表現有關。秦義飛自己更清楚，這無疑和自己長期的心志不暢、精神包袱過重分不開。好在經過堅持服藥，症狀已得到控制。今天想必是消息來得太突兀，以至血壓驟然升高才造成剛才幾乎暈厥的現象。

他不停地勸慰著徐曉彗，終於把事情的經過瞭解清楚了。只是讓他疑惑的是，「言真怎麼會在自己老家澤溪發病？」

徐曉彗說：「這個我沒告訴過你嗎？是這樣的，他和小玉不是大學同學嗎？小玉是澤溪人。畢業後他因為沒有房子，就暫時住在小玉家裡，自然也就在澤溪找工作了……嗯……他大學學的是土木工程，現在在一家監理公司做工程監理。工作是不錯的，但是年輕人剛到新單位不久，什麼苦活累活不都得他們做嗎？言真現在真是苦得要命，成天被派在各個工地上跑，髒得嘛，有時回來就跟個泥猴子似的，還動不動就加班，真是沒日沒夜哦……我早就叫他不要這麼苦自己，他還說這怎麼行，我就要趁年輕好好幹出點名堂來，將來也好多掙點錢，省得你再為我吃辛咽苦，我說我寧願一輩子做牛做馬，也不要你……」

「他現在哪家醫院？我這就趕去看看他……」

「幹什麼？你自己都……你就別給我添亂了好不好？醫生說，他現在問題不大了，小玉家人也都是醫生，他們都在看護著言真呢。再說，言真是心臟的問題，最受不得刺激的，你還是保重好自己要緊。」

秦義飛覺得徐曉彗的話也有道理。他私心裡雖然很著急，實際上也存著某種顧忌，身體也依然覺得很軟弱；如果不是情況危急，他也並不真想在這種情況下去看言真。於是遲疑片刻後，他便順水推舟道：「也行，但我是知道的，心肌炎有時是很危險的。如果他……萬一病情加重，或者有什麼別的情況的話，你一定要在第一時間……那我怎麼把錢給你？」

「這樣吧，我給你個銀行卡，你先打個五千塊錢到我卡上，等言真病情穩定下來，我就把錢還給你……」

放下電話，秦義飛剛邁出一步，就覺得天旋地轉，渾身還在痙攣地哆嗦著，怎麼也停不下來。

他扶著桌角，閉著眼睛使勁在心裡激勵著自己，一面高一腳低一腳、身子飄忽地趕往附近的銀行。

填單子的時候，他剛寫下五千塊的金額，忽然又停下了筆。言真現在恐怕還沒有醫保什麼的，這種病，五千塊怎麼夠呢？於是扯掉單子另換一張，毫不猶豫地填了一萬塊。

可是，剛剛走出銀行的旋轉門時，他忽然愣了一下；一個不期而至的念頭，天外來石一般，驀地砸進他心海：要是他這回沒有救過來的話，會是個什麼局面？或許對我來說，倒是個好事呢——

想什麼呢你！他猛地打了個激凌，抬手就敲了自己腦袋一拳：他可是你的親生兒子！

七

「一萬塊呵？你……你可真夠大方的啊！」

望著齊佳突然瞪圓的雙眼，秦義飛心裡突地一沉：對自己在經濟上的這類額外開支，以往齊佳基本上是並不介意的。怎麼今天會是這般反應？

他不禁暗自後悔，不該把實際數額告訴她。可是，齊佳向來是很體諒自己的呀，也許她今天有什麼不開心的事情？或者，這個數額突破了她的某種心理底線？可是，言真得的可不是一般的毛病呵！

於是他慌忙辯解：「這可是救命的事呀！你可能不知道心肌炎是什麼性質的毛病吧？這可是非常兇險的毛病，有著相當高的死亡率。原來我在澤溪學校的一個女同事，多漂亮多出色的一個優秀教師呵，就是心肌炎猝死的！剛生了個女兒，還不到三十歲就……」

果然齊佳並不以為然：「這種情況畢竟是個別的。事實上言真不是已經脫離生命危險了嗎？而且，老實說，我怎麼總覺得這件事似乎有點玄乎呢……你過去不也常常懷疑徐曉彗言詞的真實性嗎？怎麼這回就毫不猶豫地相信她了？」

「這個……生老病死，人之常情。過去徐曉彗是經常欺騙過我，但這回……況且，我也不是沒有頭腦的人。徐曉彗這人很迷信的，經常提到她會到哪兒哪兒去燒香拜佛，而她對言真是愛之入骨的，要是言真沒病沒災的，她肯定不會拿他的身體健康來說事。」

「你可真是好了瘡疤忘了疼哪。徐曉彗沒拿言真的健康說事？我記得你跟我說過的就不下三四回。有一回，還是言真上高中不多久的時候吧，徐曉彗說他得了肺炎住在醫院裡，也是要死要活的。你前前後後給過她多少次錢？你還跟我說，後來你實在受不了了，拉住徐曉彗，死活要跟她直接上醫院看個究竟；這以後，她才不大拿生病說事了。而這回，我總有一種直覺……你想，都病得這麼重了，為什麼她還是不讓你去看言真？」

「這是因為……我覺得她的理由還是有道理的。再說，其實我也不想真去澤溪看言真。別的不說，那邊人多眼雜，女方家的人也都在，我去了可能反而會節外生枝。更麻煩，也只會花更多的錢！」

「行了吧。我看啊，就是你這種得過且過、花錢買平安的的心態，讓徐曉彗牢牢抓住，才得寸進尺，玩弄你於股掌之中。」

「花錢買平安？難道你不也是這麼想的嗎？還一直這麼勸我的，今天怎麼……」

「我想是我的事，你想就是你的事了！起碼，你在還沒弄清到底是怎麼回事的情況下，就大把燒錢，頭腦也未免太簡單了……」

也許是被齊佳戳到了某種痛處，秦義飛突然焦躁起來：「作為一個父親，遇到這麼緊急的情況，自己又不便、或者說不想過去看上一眼，給個一萬塊錢就過分了嗎？還燒錢呢，我都急得差點沒中風休克，你卻只知道心疼這幾個臭錢！真沒想到，你居然會在這種時候跟我唱對臺戲……」

「你好大的口氣，一萬塊錢還是臭錢哪？」齊佳的嗓音也陡然尖利起來：「你拍著心口想想，這麼多年了，你付出了多少臭錢了，我什麼時候跟你唱過對臺戲？而且，同樣是你的親生兒子，真如去年在大學軍訓摔斷了胳膊，一個人痛不欲生地躺在武漢的宿舍裡；我要你一起去接他回來，你說工作太忙走不開。我帶他乘飛機回來花了兩千多，你居然說太破費了，胳膊斷了又不影響坐火車。而且整個過程中，你一共給了我多少錢？區區三千塊！你說這算不算臭錢？」

「話怎麼能這麼說？真如和言真都是我的兒子，我怎麼可能偏愛一個而薄待另一個呢？如果真要說有，那也只能是薄待言真。畢竟真如是我們從小就呵護有加地帶大的，而言真他一天也沒有享受過應有的父愛……」

「真如就享受過你的父愛了嗎？從小到大，你關心過他的學習還是關心過他的冷暖？偶爾我顧不過來，要你到學校參加個家長會還推三諉四的。而平時你和他有多少溝通交流？回到家裡總是一副神不守舍的冷漠表情，真如有什麼困難和心事從來不敢跟你說，偶爾問你個什麼事也總是哼啊哈的一副不耐煩的樣子——老實說，有一個想法悶在我心裡也不是一天兩天了——我真的懷疑你，是不是出於某種陰暗心理存心折磨真如，以求得自己的心理平衡！」

「你也太誇張了！我不否認言真的事牽扯了我很多精力，但你是知道的，我不過是覺得……我對他的命運無能為力，所以，想在經濟上補償一些，根本上也是為了安慰自己的良心。」

「這個我也不否認。我也不是真在斤斤計較真如和言真間的得失，更不是反對你對言真好。但你卻應該明白，我們這個家庭面臨的這種極不正常的局面，根本上不是我和真如造成的。我可以理解你，體諒你，你卻不能因此而理直氣壯地忽略我們母子的感受和正常的生活內涵。實在說，我自已倒都無所謂。但對真如來說，我也相信你不會有意刻薄他。但是由於你長期以來，主要精力和財力都有意無意地傾斜在言真身上，結果就造成真如應有的關愛和生活品質，客觀上受到了影響……這點你能否認嗎？」

秦義飛猛地吸了口冷氣並誇張地攤開雙手，亟欲否認卻突然間失卻了底氣。怔怔地看了齊佳半晌後，他虛弱地癱坐在椅子上，不得不承認道：「這個，也許……」

「而且，你想過沒有？真如到現在還絲毫不知道自己還有一個同父異母的哥哥在。要是他知道了，會作何感想？而這種格局對他是不是公平，我們又能瞞到他哪一天，如果有一天必須告知他或讓他意外得知了真情，我們又該如何告知或面對他的情感反應等等，你都考慮過沒有？」

「當然考慮過。可我又能怎麼是好呢？而目前這麼做完全是出於對真如的愛護……你明明知道，我也是不得已呵！」

「可是這種局面何時能改變，哪裡是盡頭？暫時我們都可以不去多管他，但樹欲靜而風卻不止，眼看著又有了越來越變本加厲的勢頭，你讓我……」

「小孩生病畢竟還是偶然的事情。而且，言真畢竟成人了，將來……」

「正因為他成人了，正因為想到將來，我心裡才更沒有著落呢！你想過沒有，恐怕要不了多久，你兒子就有兒子了！兒子你可以不多管了，孫子的冷暖安危你總不會不放在心上吧？而子子孫孫是沒有窮盡的！」

腦子裡嗡地一響，秦義飛張口結舌，再一次愣怔地看著齊佳，心裡頓時亂成了一鍋滾粥，咕嘟咕嘟地翻滾起無盡的錯愕與悲涼。

顯然，今天齊佳的態度，與她心中這巨大的隱憂不無關係。但這，何嘗不是秦義飛自己的隱懼呵！

同時，他也突然十分恐懼而絕望地感到，那個一向在自己心目中坦蕩、大度而善解人意的妻子，突然間變得陌生起來。或者說，真實起來。

無疑，齊佳並不像自己想像得那麼毫無芥蒂或輕鬆自適。她也有不滿和傷感，她也有失落與悲憤，她也有憂慮與絕望。只不過長期以來，她總是以理性和寬容的隱忍，將這一切酸楚和屈辱深深地壓抑在內心。一旦某種壓力突破她的心理底線，就像被巨壓突破的高壓鍋氣閥一般，突然迸發。

而秦義飛卻不能不承認，這種爆發是合情合理的。齊佳的言詞也是無可辯駁的。今天這種極不正常的現實，帶來的決不僅僅是他個人的厄運……

而出路何在？

根本就望不到頭！「子子孫孫是沒有窮盡的」——豈不就是這回事嘛……

「齊佳，你說得都沒錯。其實我也很清楚這一點。但事已至此，除了直面現實，我還有什麼更好的對策呢？但是你千萬還要一如既往諒解我呵，否則，後院再失火的話，我就走投無路了。」

沒想到，這句話卻更深地刺激了齊佳，宣洩了一通的她本已平復了些，現在一下子蹦了起來：「後院失火？到現在你還在「我我我」的思維裡打轉轉！我是你的後院，你是我的什麼？我跟你過到現在，何曾有過一天的安逸日子？不光是後院，前院也早就濃煙滾滾了，你不知道嗎？而且你看好了，總這樣下去的話，總有一天我們這個家都要給燒個精光！」

說完，一頭鑽進臥室，怦一聲碰上了房門。

大驚失色的秦義飛愣了好一會，終於還是覺得自己理虧，便硬著頭皮推門進去想再勸慰一下，卻見齊佳已鑽進被窩，頭蒙在被子裡，任他怎麼賠罪、道歉，就是一言不發。

秦義飛閉上嘴巴，無趣地坐了一會後，默默地退回書房裡。心裡恰似塞滿了一堆陰燃著的濕茅草，不起火卻猛竄煙，灸烤得他坐也不是，站也不是。

長籲短嘆了好一會後，他終於感到疲憊不堪了，索性躺在長沙發上想心思。迷迷沌沌間，也不知過去了多少時候，秦義飛耳中突然鑽進一串嚇人的驚呼聲：「抓小偷！抓壞蛋……快來抓小偷啊……媽哎，媽哎，救救我，快來救救我……」

他一躍而起，快步衝進臥室，這才明白，又是齊佳在說夢話。藉著客廳透進的燈光，他看見齊佳在床上掙扎著，一隻手捂住臉，嘴裡還含混不清地吶喊著。

齊佳做這樣的夢，說同樣的夢話早已不是第一次了。以前秦義飛也常常在夜半被她驚醒。習以為常的他並沒有太當回事。今天，他卻突然有了一種頓悟式的深疚——別看她平時幾乎從來不責怪我什麼，從來都自然而然地順從著、協助我應對所面臨的一切；實際上在她心裡，壓力還是在不斷地積聚著呵！這樣的夢，無疑是她的潛意識對心理的調適，對壓力的一種釋放呵——她幾乎從來不向我呼救，而總是乞求於自己的母親。不僅因為這是一種本能，更因為她清楚自己的困境是我所無能為的。而她的娘家人，至今沒有一個知悉我的內情。難為她守口如瓶這麼多年，其本身，也是一種莫大的心理壓力呢……

那麼，是誰害得她這樣緊張、絕望？

是誰「偷」走了她的生活？

毫無疑問，是我，是徐曉彗。

而根本上的「壞蛋」，還是我！

等他一覺醒來，室內已是大亮。豔豔的陽光洇過薄薄的窗紗，瀑布一樣流瀉進來，萬千浮塵則在一長道窄窄的光暈裡歡快地旋舞著，讓他心裡多少也浮起了一絲暖意。但家裡卻靜得沒有一絲聲息。

他掙坐起來，衝外屋喊了幾聲齊佳，毫無反應。摸出手機一看，都過了八點半了，想必齊佳已經上班去了。

他一躍而起，這才意識到，身上不知什麼時候蓋上了一條被子。

八

他心裡一熱，鼻子竟酸了起來。

齊佳的話會不會真有幾分道理呢？徐曉犇難道真的又耍了我一回？

他決定給徐曉犇打個電話探探情況。可是剛按了幾個號碼又放棄了：何必多事呢？真有什麼變化，徐曉犇一定會再找我的。而錢都打過去了，再探究又有什麼意義？不就是幾個錢嗎？我倒寧肯這是假的，言真太平不比什麼都強嗎？

恰在這時，手機上咚地一響，飛來一條短信。

徐曉犇說的是：「醫療費已付清了。非常感謝。我正在回藩城的汽車上。」

他的心寬慰了一點。但只是短短的一瞬，隨即又繃緊了：徐曉犇這是什麼意思？言真病得這樣，她怎麼又回藩城來了？

想了想，他決定不回信，免得惹出什麼新的煩事來。

什麼時候能和言真建立起直接關係就好了，那樣徐曉犇還有什麼理由再來煩我？但是這樣的話，恐怕正是徐曉犇所忌諱的。而她還要想煩我，有得是辦法和手段！而且真那樣了，誰知道會不會又是別一種煩惱的肇端呵……

但是不回徐曉彗的信，終究是個困擾的事情。他太瞭解她的脾性了，任何時候都容不得他有半點輕慢。所以上班的時候秦義飛總是不由自主掏出手機看看，徐曉彗是不是有新的短信過來。

果不其然，十一點多的時候，桌上的電話機裡真切地傳來徐曉彗的聲音：

「我給你的短信為什麼不回？」

「我，在開會……」秦義飛趕緊轉移話題：「言真情況怎麼樣？好點了嗎？」

「病情穩定了。但要出院還早。你不知道他多麼虛弱哦，臉上沒一絲血色，說話也輕得像蚊子叫。不過，我跟你說老實話，他知道我把病情告訴你，非常生氣，堅決要我把錢退給你……我說了，我說他也是一片好心，他也急得不得了，你不能傷他的心……後來他——你下來一下好嗎？我就在你們馬路對面的大紅樓酒店門口……沒什麼事情，就是他讓我帶點東西給你……」

秦義飛頓時氣不打一處來。電話線不知怎麼纏住了他的左肘，他也無心管它，就那麼用緊緊握拳的右手有節奏地在空中揮舞，彷彿一個在臺上慷慨激昂的演講者一樣喊著：「你就為這事扔下言真回藩城來的？」

「我回來拿點自己和他的生活用品，下午就要趕回澤溪去的。言真這個病不是短時間恢復得了的，我決定在澤溪租個房子專門照顧他。」

聽到這話，秦義飛心裡稍稍鬆弛了幾分：「但這樣你們不是更需要錢了嗎？幹嘛還亂給我買什麼東西？」

「不瞞你說，我也這麼想的呢。可是，誰讓他是你的兒子呢？」

秦義飛本能地伸出頭去看了看樓下，什麼也看不見。心裡的煩躁又添了幾分。他實在不想為了拿什麼東西而跑出去見徐曉彗，更不想在人多眼雜的單位附近去見她。對於他來說，相安無事，精神的安定，永遠是第一位的需求，否則任何物質都無補於此。何況別人的東西還罷，每回收了徐曉彗和言真的東西，對他而言都無異於一種折磨而不是快慰。於是他加重語氣說：「那你就告訴他，他的好意我心領了，東西就自己用吧。告訴他一定要放鬆心情，安心養病。」

「這怎麼行？回去我怎麼向言真交代？你要是不想下樓，我送到你辦公室好了。」

秦義飛頓時語塞，只好答應立刻過去。可是扔下電話後，心裡的火卻越發地大起來。腳邊正好有一隻裝滿書刊的紙板箱，於是狠狠地踢了一下，紙板箱滑開幾尺遠，騰起一片顫抖的塵霧；他猶不解氣，眼睛四下裡掃了一圈，恨不得有沒有別的東西可供自己再踢或者用拳頭砸它個稀巴爛。

正是快下班的時候，大院外已有三三倆倆的同事出門回家。秦義飛窩著火，貼著牆跟，躲躲閃閃地避著熟人，出了院門先向左出溜過去，走了一長段再越過馬路到對面，反向迂回到了大紅樓酒店門前。一眼看見徐曉彗正笑眯眯地迎著他，而她身邊的臺階上，放著兩隻大大的手提袋子。

他差點要破口大罵了，一轉眼看見徐曉彗滿面通紅，額頭沾著縷縷亂髮，心不由得軟了：「唉呀！你這是何必嘛？」

他快步上前，一把拎過袋子：「謝謝言真了！但是千萬千萬要告訴他，以後再也別跟我客套了。要知道，這反而讓我……唉！」

一面嘟噥著，一面已扭過頭慌慌張張地走了。過了馬路，又覺得自己這樣的表現未免過火了些，便又回過頭去，想向徐曉彗打個招呼，卻發現徐曉彗已經不見了。看來，她倒還是蠻拎得清的，知道有所回避……可這麼一想，心裡又泛起幾分歉疚。

回到辦公室，趕緊給徐曉彗發去個短信，不提別的，說了一番感謝和關心言真的話，以期示歉。

可是徐曉彗並沒有回信。

再看那兩袋東西，不由得又倒吸了幾口涼氣：又是兩條軟中華香煙，和一個木盒精裝的XO皇家禮炮大禮盒。這種酒秦義飛公家應酬時喝過，但自己沒有買過，所以不知道要多少錢。但粗粗一估摸，這麼些東西沒有個兩三千塊錢，肯定是下不來的……

九

二〇〇五年十月下旬，又是一個突如其來、百感交集的日子，猝然楔入秦義飛的人生。

說它突如其來，說它猝然，並不等於就是說，秦義飛從來就沒有關於它的任何思想準備。而是因為，在此之前幾乎毫無關於這個事實的跡象。和以往的一些重大狀況，如言真讀大學、就業、結婚一樣，徐曉彗之前幾乎從不談起。秦義飛偶然問到言真好不好，最近怎麼樣了，回答多半是說還好，或者就這樣唄。因而某種消息總是在事實成形後才傳遞給秦義飛，讓他陡生一種說來就來，猝不及防的感覺。有時便不免怨恨徐曉彗行為怪戾，故弄玄虛。細想想卻又在情理之中。這就是徐曉彗，這就是徐曉彗風格。主動操在她手中，她也完全有卓爾率性的資本或砝碼。而你，不敢拿自己的名譽地位和既得利益賭博或與之較真。也沒有精力和興趣陪她玩情感遊戲。所以她愛怎樣想就怎樣想，她愛怎樣做就怎樣做。何況，時間如逝水，不舍晝夜，生命如列車，日夜驅馳。孩子的生長形態千變萬化，終究都有一個自然的共性，他們也要如我們一樣，一天天長大，駛過自己人生的一個又一個驛站。

特別的是這封來信。秦義飛拿到手中一捏，就有一種硬梆梆、顯然夾著什麼東西的感覺。一種與前不同的預感油然浮起，總覺得又有什麼重大事件發生了。雖然看過之後仍然是驚愕甚至惶恐多於喜悅，耽憂乃至傷感多於滿足，幾幾乎不願相信這是真的。

秦義飛先生：

雖然你不一定會感到高興，但是我，還有言真，還是要萬分高興地說一聲：恭喜你，你當爺爺了！

就是說，不管你情願不情願，你現在已經有了一個白白胖胖的孫子了！五十一歲就當爺爺了，你會把它看作自己的福分，還是累贅呢？你現在是在歡笑，還是在顫抖呢？

言真說，管他怎麼想呢。我當爸爸了，這就足夠了！我只想找個沒人的地方，痛痛快快地向著高山大海吶喊：感謝蒼天！感謝命運！從今以後，我只為這個可愛的大胖小子而活！我是他唯一的守護神！

我太自豪了，所以，送兩張滿月照給你作個紀念。看看這臭小子，有沒有幾分像你？說真的，我怎麼越看越像啊，看他抿緊的嘴唇，看他炯炯的眼神。對了，我還沒有告訴你孫子的名字呢。他叫言如一，是言真起的。小玉家人起先還說，這有什麼意思嗎？言真說，沒有特別的意思，我喜歡而已。只有我明白，他在想什麼——兒子呀，兒子！從此我只為你而活，只為如如活！天塌地陷，赴湯蹈火，萬死不辭……

典型的徐曉彗風格。雖寥寥數語，包含的內容一點兒也不少。但這並沒有激起秦義飛多少感情的漣漪。此時他關注的不是徐曉彗的想法，而是這個事實本身。雖然早就明白這個事實遲早會要來到，但它真正降臨之際，那份難言的感受，那種突兀的衝擊，決不亞於一場暴雨，嘩嘩地傾注在靈魂深處。

拿照片的手一直在微微顫抖。多年以前看到言真的嬰兒照的情景，恍若就在眼前。所不同的是，那時他看了幾眼就把照片合過來放在桌上，心悒悒地絞個不停。此後，那照片就一直保留在自己的抽屜深處，偶然翻到時，也始終不會多看一眼。似乎這樣心情就會輕鬆一點。

這回卻不同，他戴上老花眼鏡，捧著照片呆呆地看了好久，過一會又忍不住走到窗跟前，藉著陽光又細看了一遍，嘴裡不停嘀咕著：言如一？始終如一？如如？搞什麼名堂嘛，肯定是你的主意……

兩張彩色照片都是繈褓照，小傢伙倒真是圓頭圓腦的，長得煞是可愛。尤其那兩隻烏溜溜的眼睛睜得大大的，似乎對這個世界充滿了好奇，又似乎在打量著秦義飛是個什麼角色。

照片上用紅字印著「如如」、「百日紀念」。中間有幾行淡藍色的小字——

生於：二〇〇五年七月二十八日十九點二十分

身高：五四釐米

體重：三七〇〇克

體況：良好

——秦義飛突然一陣衝動，對著這個孩子輕輕地親了一口……

十

多年來，秦義飛始終抱定一個宗旨，關於徐曉彗及其一切問題，都要毫不隱諱地告知齊佳。不僅因為這種姿態本身就表明了自己的立場，更因為她從一開始就不是局外人。對自己的這個問題，她總體而言是持著一種積極而理智的姿態的。躲躲閃閃沒有必要，反而會使自己多一層思想負擔。而有了她的體諒與寬容，秦義飛的精神壓力就小得多。面對著徐曉彗及言真的問題，許多時候，秦義飛會有把不准火候甚至一籌莫展的感覺。齊佳的具體意見和態度，不僅讓他茅塞頓開，還大大地提升了他應對的信心與意志。

這回也這樣，儘管此前有過一些不愉快，但他仍然毫不猶豫地決定把這一新情況向齊佳通報。令他感到困惑的是，不知徐曉彗出於什麼心理，這回，齊佳又是不待他通報，先已從她口中得到了這個消息。

讓他頗感安慰的是，齊佳的態度比他想像得要自然得多。

「照片呢，把你孫子的照片讓我看看。」她一進門就扔下包包，喘吁吁地向秦義飛索要照片。秦義飛故意顯出一副不以為然的態度，淡然地說：「有什麼好看的，就那麼回事。」

他更想知道的是徐曉彗都說了些什麼。齊佳眉毛一揚：「還能說什麼？顯寶唄，大肆炫耀唄。跟以前一樣，呱呱呱呱淨是她的話，我都插不上嘴去。說什麼……是叫如如吧？如何如何聰明，如何伶俐，如何討人喜歡，門口人都說難得見到這麼聰慧可愛的孩子；她還說，如如都會牙牙學語了，昨天晚上小玉媽媽哄著她讓他叫自己婆婆，沒想到他開出口來竟然是『爺爺』！」

「哧！」秦義飛像吃了個蒼蠅似地直擺手：「怎麼可能的事嘛，明擺著都是她編出來的，你還當個真啊？」

「只要她高興，愛怎麼說就怎麼說唄。我非但不會去戳穿她，還會和著她。只要她能心情舒暢，心理失落不也會減輕些嗎？對你的怨氣不也就能小一些嗎？」

秦義飛把徐曉彗的信遞給齊佳看。齊佳匆匆掃了一眼，咯咯地笑開了：「還好，她的語氣還是比較客氣的，至於今後，管她會怎麼想呢，只要彼此能相對客氣些相處下去，就是你的福氣了——不過你孫子的名字可不簡單哪，始終如一地熱愛他的爺爺吧？你覺得這真是言真起的嗎？」

「很大的可能是徐曉彗的主意。」

「也說不定，徐曉彗的話你是不能完全從正面聽的。我總覺得言真這樣的孩子，儘管不可能對你沒有怨尤甚至憤懣，但骨子裡還是不會太仇視你的。要不然他都這麼大了，還不早就打上門來了？」

說著她拿起如如的照片端詳起來，一連看一邊多少有些訕訕地笑：「秦義飛呵，其實你真應該學學徐曉彗的思維方式呢，所謂禍兮福所倚，你這不是因禍得福是什麼？看你這小子，長得還真不錯哎，蠻神氣的。」

秦義飛心裡暖暖地跳了一下。但只是一轉眼，這股溫情就被別一種不期而至的憂戚驅逐淨盡。這對我真是福嗎？恐怕未必。一個孩子從小到大，會有多少煩人的事呵！況且，誰知道以後會是什麼樣的局面呢？難道還像言真一樣，老死不相往來麼？孩子大起來快得很呢！一旦他也知曉了自己和父親的身世，又會作何感想喲……

可能是察覺了秦義飛的思緒，齊佳把照片裝進了信封裡，同時婉言勸慰道：「別又這副憂心忡忡的模樣了。我還是那句話，一切順其自然。至少從目前來看，情況還是逐步向好的或者相對平和的方面演化的。你呢，也應該樂觀些，繼續把自己的角色扮演好就是了。」

「這是他們的事，要我扮演什麼角色？」

「還用說嗎？爺爺對孫子的降臨，也該有個意思吧。」

「不。從法律上說，我對這個孩子是沒有任何經濟義務的。何況我不可能是他的監護人。徐曉彗信中也隻字不提今後讓不讓我看這個孩子的事，既然這樣，我頂多發個短信給她，表示一下道賀就行了。」

齊佳正色道：「儘管我也曾經有過些怨言，但那是特殊情況，對於你們之間正常的人情往來和必要的開支，我是不會唱反調的。何況，必要的情份對你不僅是應該的，而且也有助於緩和與他們的關係，他們的心理平衡了，對大家、首先是對你自己都有好處。」

秦義飛默默地垂下了頭。

其實他的話原也是半真半假，自己並不會顧惜幾個錢。只是有過前車之鑒，所以想先試探一下齊佳的態度。同時，具體該給多少數額合適，他心裡確實覺得沒什麼底。給多了，齊佳可能有想法，自己心理上也總有些不情願。給少了，徐曉彗會覺得自己小氣不說，更會上綱上線看成自己對言真和孫子沒感情。齊佳說得沒錯，她這個人，本來就敏感透頂，真要是來了氣，那折騰起來的滋味，秦義飛早就領教得夠透夠透了。

秦義飛想了想說：「如果要給錢的話……」

「我覺得，給個萬把塊應該可以了。到底總是你親孫子，又是頭一次。」

「不需要這麼多！我覺得有個幾千塊錢就足夠了。真要有一天她讓我見孫子，叫我一聲爺爺我就給一萬都可以……」

齊佳的神色忽然有些不自然：「到底還是親爺爺呵……可是你想過沒有，不讓你見，某種程度上可能還是運氣，哪天真上了門，爺爺爺爺抱著你叫，恐怕你又成了個葉公，顧慮的就不是多少錢的問題啦！」

秦義飛驀然張大了嘴巴，想要說什麼，怔了片刻卻閉上了。

實際上，對於未來的迷茫和不確定感，始終如芒刺般扎在秦義飛的心尖上。一切問題的實質就在於這裡，如果徐曉彗是個通情達理或明智的女人，這麼多年下來，彼此即使不能友好相處，至少也能磨合出一個雙方都能容忍的相處模式，這樣，許多問題就迎刃而解了。矛盾就矛盾在，儘管也付出金錢，儘管也付出心力，卻始終無法走出現在這種似好非好、似正常非正常，進不得也退不得的怪圈去（和言真的關係尤其讓人怵惱，如果不是徐曉彗對自己的妖魔化，他對我的態度未必會如今天這般讓人摸不著頭腦）。那麼，在如今這麼一種怪誕的模式下，見不見面，見了面又能夠如何相處，會不會比現在更難應對，真的是難以預料更難言利弊的兩難呵。

最終，倆人議定，先給徐曉彗六千塊錢表示心意，以後有什麼具體情況，比如過不了幾個月就快過年了，再以後，孩子的生日之類，節點多著呢，到時候再酌情辦吧。

說到這些，秦義飛心裡突然又飛落顆天外隕星般，轟然一聲炸了開來——這個如如，也是要吃五穀雜糧的，自然也少不了會生病，會上學，會有七情六欲、三煩四惱，會有種種意想不到的變數和人情、人際牽扯。你不管，不可能。想管，又鞭長莫及。到那時……唉呀，兒子的事還不知什麼時候是個頭，眼見得又來了個孫子，我這輩子絕對是再也別想有雲開霧散的那一天了！

第九章
叫兒子太沉重

一

一出機關大樓，秦義飛就感到一陣迷眩。

再也沒想到，此刻的氣候如此明媚而豔麗。正午的太陽愉快地佇立於南天，視野裡再也不見一絲霧藿，整個天宇像水洗過的藍緞，無限深遠而高曠。間或才有一小團乳白的雲絮慵容而悠懶地從天邊慢慢漂來，周身鑲嵌著耀眼的金邊，看得人目馳神迷。想到幾個小時之前，自己還困在幾乎伸手不見五指的彌天大霧之中，心中充滿悲涼，秦義飛不禁浮起隔世之感。

萬萬沒想到，就在他拉開車門的瞬間，車身後面突然傳來聲響：「你好呵，秦局長，今天心情不錯嘛？」

他扭頭一看，霎時呆成了木雞——眼前惡夢般飄然而至的，居然是徐曉彗！沒等他收回臉上的笑容，她已經似笑非笑地站在了他的跟前！

他張了張嘴巴，卻什麼聲音也沒有發出。只有腦袋還靈清，急忙扭回去四下顧盼了一番。還好，他停車的地方距大院的主道較僻遠，今天又是出來得晚的一個，單位裡的人大多都已回家或者正在食堂裡用午餐。

回過頭來時，目光正好和徐曉彗咄咄而不無玩味的視線撞在了一起。但他只瞟了一眼，旋即像躲避瘟神般，避開了她的目光。

那目光讓他心裡發毛。分明有著太多他熟悉而厭倦的東西，更有太多他此刻分外畏懼的東西。似乎有幾分癡迷，似乎有幾分嘲諷，更多的是還是那簡直一點就爆的怨恨、懊痛甚至是妒憤和決絕。

徐曉彗見他不出聲，哼哼一笑：「不好意思，但願我沒嚇到你。」說著，用錐子般尖尖的靴尖輕輕地踢了下他的車胎：「沒想到，局長大人也要親自開車？」

「別說這種話好不好？我這車子很低檔的，純粹為方便回澤溪看我父親買的。」秦義飛買車的事沒有告訴過徐曉彗，生怕她會有什麼想法。所以他立刻反守為攻轉移她的視線：「你這是怎麼回事？有事可以打電話，幹嘛又到單位裡來？還這麼神神祕祕的！你不覺得這……簡直像盯梢嘛！」

「盯梢？」徐曉彗挑戰似地瞪圓了雙眼：「也不想想你配不配？我只是剛好到你們局裡來辦點私事……」

徐曉彗突然沉默了。兩眼又那麼直勾勾地盯注著他，似乎要從他臉上勾出什麼東西來，又似乎有什麼難言之隱。秦義飛發覺她今天的氣色其實很差，面容不僅蒼白如紙，還略有點浮腫。而她的神色雖然呆滯卻依然咄咄逼人，但就是不開口，久久不發一語。

秦義飛被她盯得渾身發寒，暗自覺得，應該說幾句緩和徐曉彗情緒的話，便問她：「言真怎麼樣，他還好吧？如如呢？上次我……」

不料徐曉彗狠狠地白了他一眼：「他們好不好，和你有關係嗎？」

秦義飛被她搶白得一頭怒火，一時也不知說什麼是好了。他又偷偷環顧一下身後，眼看有幾個人從遠處的食堂裡出來了。他只好硬著頭皮又問了一句：「那麼，你要是真沒事的話，我……我還有點事。」

說著，他一頭鑽進了車裡。徐曉彗順著他視線掃了一眼，分明注意到了他的顧慮，嘴角一歪，臉上浮現出一絲快意：「老實告訴你吧，我就想看看你的駕駛技術怎麼樣——」說著一把推上車門：「走你的吧。」

秦義飛尷尬地搖下車窗，用央求的口吻說：「要不這樣吧，我帶你一段，邊走邊說好不好？」

徐曉彗像受了什麼奇恥大辱似地，斂起冷笑：「就你這種破車，我還不稀罕坐呢——前面都是陽關大道，快快樂樂地走你的吧，小心別撞了人！」

說著，一閃身躲到了車後去。

秦義飛一咬牙，真把車開走了。

一邊卻仍然從後視鏡中觀察徐曉彗的反應。只見她木然地愣怔了一會後，彎下腰去，從車尾後面的小樹叢後拎出一個大大的馬夾袋來——天哪，她不會又拿什麼東西來給我吧？

二

回到家裡的秦義飛，依然心思重重。因為齊佳今天不回家吃飯，他也就懶得做什麼，胡亂吃了幾口隔夜的剩飯，就扔下了筷子。平時總要眯上一會午覺的他，現在儘管頭腦昏重，卻不敢躺下，電話更不敢掛起。而是支愣著耳朵，一杯杯呷著濃茶，一枝枝吸著香煙，心裡則七上八下地在屋裡惶惶地轉悠著，既期望徐曉彗別來電話，又希望那電話早點響起。

午後的社區異樣地沉靜，人們或者上班沒回來，或者都在午休了吧，耳畔聽不到一絲雜音。忽而有幾聲尖細的雀噪吸引了秦義飛的注意力。那是一隻嘴巴黃黃的小麻雀，在窗臺外的空調外機上跳跳蹦蹦，還歪著頭看了屋裡的秦義飛好一會。秦義飛輕輕吹了聲口哨，它立刻振翅飛開了。秦義飛追到窗臺前，看見小麻雀又棲到西側的屋角上，彷彿一隻小母雞一般，用尖尖的喙梳啄著羽毛。

於是有絲絲暖流，輕輕地拂過秦義飛的心田。他不禁出神地陷入了癡想：做個人和做只鳥，到底哪個更愜意一些呢？唉，索性做一隻無憂無慮的雀子也不錯呀？首先它是自由的，終日裡飛來飛去，無拘無束。其次它是非常容易滿足的。有幾粒草籽就有溫飽，有一隻蟲子便已樂極。而一個人呢？如我這般的狀況，一般人看來算得光鮮、理想了吧？實質上呢？一家不知一家的事。而我這輩子究竟是怎麼搞的嘛？怎麼就沒有舒心的時候呢？到底是我的心理太脆弱、太悲觀了，還是我的宿命就是如此？許多事根本就由不得自己，更可悲的是這種狀況始終看不到一個盡頭。想也不敢多想，就是多想也是白搭。就像死亡，一旦觸到它冷硬而黑暗的外殼，誰都會打個寒戰，望而怯步。但它根本不會顧及你的感受，鐵定了一條心，就拿著根索子在某個地方伺候著你……

他感到身上有了些融融的暖意，不禁又抬頭望天，太陽比先前又低了一些，剛劃過南窗，緩慢而堅定地向著它既定的西天滑去。太陽也有意識嗎？如果有，她的生命感受是不是要比人類好一些呢？

不管怎麼說，對於生命來說，有太陽的日子終歸是美好的。

可是，我的人生裡怕是再也沒有晴朗的日子了……

恰在此時，電話鈴尖銳地嚻叫起來。秦義飛慌忙撲到話機前，剛看了一眼來電顯示，心裡便「哎喲、哎喲，你怎麼真的來了呀」地叫起苦來。

我就不接一次，又能怎麼樣？幹嘛總讓她牽著自己的鼻子！

可是，電話鈴不管不顧、不屈不撓地撕扯著他的神經。秦義飛下意識地向窗外探了探頭，那只悠閒的小雀子已然無影無蹤。而徐曉彗那陰冷的目光卻倔強地閃爍在窗上。他一個哆嗦，趕緊拿起了話筒。

「喂……」他故意讓自己的聲音聽起來軟弱無力。沒想到徐曉彗根本不吃這一套，她中氣十足地嘲諷道：「幹嘛不接電話？怕我吃了你還是怎麼啦？」

「什麼話？……其實我近來非常忙，因此血壓也控制不好。」

「那好，我也沒功夫跟你囉嗦。而且，本來我根本不想再給你打電話的，這些天我反反覆覆考慮過多少次了，是時候了，永遠也不再見到你，也永遠斷絕一切聯繫──從此以後，你走你的陽關道，我們過我們的獨木橋。這是真的，絕對不騙你……」

「屁話！」秦義飛在心裡恨恨地罵開了：「你這不明明又來了嗎？而且完全是老調重彈，這麼些年來說過多少次你自己都記不清了！還不是照樣一輪又一輪地折騰我嗎？可是，最近你應該沒有理由和我過不去了呀？兒子結婚了，孫子又抱上了，我也始終小心翼翼地圍著你的節奏轉，你還有什麼不滿足的？」

「你在想什麼？」彷彿窺透了秦義飛的心思，徐曉彗突然停住絮叨。

秦義飛慌忙打起精神：「我還能想什麼……我不是在聽著嗎？」

「哼，我知道你在想什麼！不過我今天真的不是去找你麻煩的。我最近心裡亂得很，已經有好多天了，莫明其妙地睡不著覺，做什麼都提不起精神，整天像丟了魂似的。」

秦義飛頓時警覺起來：「你這是……累了吧？按理你現在有了如如，應該高興才是呀？多少人根本就巴不到你的福分。」

「嗨，快別跟我提這個臭小子了！老實說都是有了他，我才又……你不知道這小子有多煩人哦，一天到晚就愛纏著我，他外婆都吃醋啦！只要我一進他們家，小東西就從他婆婆懷裡掙出來，張著手要我抱他。而且，鬼才知道這小子是不是中了什麼魔——反正我現在是越看越覺得，這小子怎麼越長越像你了呵？而且，不是說心有靈犀一點通嗎？如如他根本連點都不用點！想到這個，我就覺得心裡難受……要知道，言真小時候，簡直就跟現在的如如一個模子裡澆出來的。那時候的他，跟著我吃了多少的苦呵！這些天裡，我幾乎是夜夜不敢閉眼睛；我真的不想沉浸在過去，可是只要我一閉上眼睛，往事就一點一點，一件一件在我眼前過來過去呀……回過頭來想想，我過去實在是太無能了，我本來應該讓言真過得好一些的。可是，你知道我吃過多少苦哇，我真是沒辦法啊，偏偏這孩子從小到大從來沒有埋怨過我一個字，還經常安慰我，為我分憂。就是他在學校讓同學欺負，說什麼從來沒見他爸爸來開過家長會，你是不是個沒有爹的野雜種，他都笑著跟我說，我才不跟這些沒半點素質的真正的野雜種計較呢——要是沒有他，我現在骨頭都不知道在哪裡，我真的早就死過好多回啦……」

徐曉彗的聲音明顯悽愴卻越漸亢奮起來，而且間或還傳來抽鼻子的聲音。秦義飛則越聽越覺得恐怖，越聽越不敢聽，不由得把話筒往遠處伸，巴不得她趕快結束。心裡則狂風亂卷、落英繽紛，完全亂了方寸——都什麼時候了，她怎麼突然又沉醉在這些陳年記憶中？而這些話，都是過去年代裡她彈過了無數遍的老調了！總以為這麼多年過去了，一切都會慢慢地好起來，再也沒想到，她居然又變成這麼一副精神狀態！簡直就像是時光倒流了嘛！

僅僅是觸景生情，還是某種刻意的鋪墊？瞧她這亂七八糟的，到底是要向我表達什麼意思喲。

可是看看錶，徐曉彗這個電話居然已打了快個把小時了，到底是什麼主題，自己還懵然不知所以。他不由得渾身燥熱，終於失去了耐性：「對不起，我最近特別忙，而現在，下午上班的時間都過了。我只想問你一句，今天你來我單位，有什麼具體的事情嗎？」

徐曉彗沉默了。好一會以後，她突然說：「好吧。我就想問你一句話。」

「什麼話？」

徐曉彗又沉默了。電話裡又傳來輕風般齉齉的啜泣聲。秦義飛竭力克制著，也堅持著不再催促。終於，徐曉彗又開了口：「我就想問你一個問題：秦義飛，希望你能夠真實地回答我：當年你到底有沒有……哪怕是一點點，愛過我？」

絕無思想準備的秦義飛，像猛地被誰抽了個嘴巴一樣，戰慄著泛起一身雞皮疙瘩：都什麼年頭的事了，居然還來談論愛不愛的問題，簡直是匪夷所思！

但是他很清楚，自己是不能這麼說的。於是他小心地斟酌著詞彙，吞吞吐吐地答道：「這個，恐怕不是個簡單的愛不愛的問題，而是……畢竟過去這麼多年了……還是現實一點為好吧？」

「正因為這麼多年了，所以我……我知道你是無所謂的，但對我不一樣。因為這關係到我這一輩子的價值！如果你當年真是欺騙了我，那我這麼多年的辛苦付出和滔滔血淚，就更沒有任何意義了！」

「怎麼就沒有意義呢？言真和如如，就是你的最大收穫和價值所在，當然，也是我的最大收穫和價值所在。至於騙，我可以坦然地重申，我從來都沒有欺騙過你。而且，這麼多年來，我承認你過著極其艱難的生活，言真也始終在困厄中掙扎。雖然我當年早就警告過你這種悲劇的不可避免，但我仍然要對此深表歉意。但是你也不能不看到，我同樣也面臨著非常沉重的、多重的生存壓力……而今我可以絕對肯定的是，我從來不想傷害你和言真。甚至，我一直希望你早日解脫出來，希望你和言真都生活得美好，起碼也順利而平和一些，這樣我才會感到心安……」

秦義飛越說越激動，但聲音卻越來越消沉，越說越沒了底氣。

忽聽徐曉彗發出一聲古怪的尖笑：「秦義飛呵，我真是越來越佩服你的口才了，永遠是這麼好！而且，照你說來，你是多麼了不起，多麼完美的一個正人君子嘍？一切都是我的錯，一切都是我自作自受，對不對？」

「我有這樣的意思在嗎？」

「我最近一次次給你打電話，發短信，今天又來找你，以為我不知道你的厭煩和躲避嗎？可這都是都是因為我心裡有太多的東西憋著，憋得我吃不下，睡不好；而為了顧忌對你的影響，許多話我根本就不可能跟任何朋友或者家裡人說，就只能希望著能和你好好溝通溝通。可是你呢？拿面鏡子照照你那副尊容吧，活像我就是個惡鬼一樣——你還有個聰明伶俐又老謀深算的好老婆為你出謀劃策，商量對付我的辦法，扮演老好人角色；可是我呢？我能跟誰去說這種事？難道到你們局裡去大哭小叫嗎？」

秦義飛渾身一顫，口氣頓時軟了幾分：「你這是在暗示我什麼嗎？」

「哈！那樣我不是太小看你了嗎？你秦義飛多麼聰明老到，多麼有手腕的一個人哪！幾十年我都被你玩得團團轉，打落牙齒往肚裡吞，還時時刻刻要看你的臉色，顧全你的處境和心情。老實告訴你，要不是看在你是我兒子的骨血父親面子上，我早就……」

「別用這種口氣說話好不好？我從來不否認我也有種種不是，首先在我們的關係上，我是要負主要責任的。其次在孩子的問題上，我也是有愧於他的；而你，的確也承擔了比我多得多的艱辛和責任。但是，你是不是也應該看到，在孩子問題上我始終處於被動的地位上？許多時候我心有餘而力不足……」

「孩子？你覺得你還有臉面跟我談論孩子嗎？」

「為什麼不能？這麼多年，如果不是因為孩子，我們都是有夫之婦和有婦之夫了，還有什麼必要繼續維持這種莫明其妙的聯繫？」

「呸！你越說越混帳了！」

「難道不是這個理嗎？徐曉彗，衷心希望你冷靜點，理智點看問題好不好？何況我們都是老大不小的人了，應該正視現實，向前看；應該互相體諒，顧大局；這樣才能避免兩敗俱傷，對我們雙方，對孩子都有利。」

「混蛋！你個騙子！好意思來教訓我？滾你媽個蛋！」

喀嗒，通話又一次沒頭沒腦地戛然而止！

嘟嘟嘟嘟的忙音，恰似一串重錘，聲聲敲擊著意猶未盡的秦義飛的耳膜，砸得他目瞪口呆，眼冒金星！

三

不知是誤吃了不潔食物，還是這一天裡承受了太多乍霧還晴，乍喜忽驚，以及過度的且憂且憤的情緒顛蕩之故，秦義飛坐在晚餐桌前，呆呆地望著紅紅的肉塊和綠綠的青菜，竟是一律的噁心泛胃；腹中則咕嚕咕嚕，越發地鬧騰。終於扔下筷子，一頭鑽進衛生間，唏哩嘩啦，半天也出不來。

其實下午就開始鬧騰了。接過徐曉彗電話後，他匆匆趕往單位，途中就腹如刀絞，憋得他一路都呻吟不已，豆大的汗珠直往下滾。好容易捱到館裡，一頓狂瀉後，趕緊找出抽屜裡的黃連素，一氣吃下五顆。以往這種藥對秦義飛的肚痛腹瀉可謂一貼靈。不料此番照樣失靈，到齊佳回來熱了點飯菜端上桌時，他已在馬桶上坐了七八回了。

看著他面白如紙，哎喲不斷的慘狀，一向樂天的齊佳也不免緊張了：「要不到醫院看看吧？這樣下去會脫水的。」

齊佳說得沒錯，根據後來醫生的診斷，秦義飛患的可能是當下流行的的腸胃型感冒。變態反應般的腸胃劇烈蠕動，連喝水都要給你排出去。體液和電解質不斷流失的結果是，秦義飛頭暈目眩，呼吸局促，兩腿軟如柴禾，心中更是焦慮恐懼到極點：如果再這麼瀉下去，我真得死在馬桶上呢。

於是，秦義飛在齊佳陪護下，虛弱地呻吟著，趕到藩城第一人民醫院去看急診。

再也沒想到，正是晚上八點多鐘的時候，這個一流醫院的急診中心裡，卻僅有一名內科、一名外科兩位值班醫生。焦急而漫長的等待、化驗之後，秦義飛好不容易掛上了水。

輸液室照例也是人滿為患，一進去，便覺一股濃重的濁氣撲面襲來。也許是心境太灰暗了，急診輸液室在秦義飛眼中活脫脫就是觸目驚心的人間地獄！病員們那一張張蒼白而死氣沉沉的臉不說，廁所門口的走廊上還有個斷了臂的民工滿地打滾，血污一地地在哀歎著：「我要死了，快救救我啊……」可是他的工友一遍遍進出候診室後，能安慰他的只有同樣的一句話，「快了快了，就快輪到你了……」

偏偏這一不堪的過程中，徐曉彗還在添亂。

中午與她通過話後，秦義飛鬱鬱地開車上班途中，手機就哇哇地吵個不斷。因為在開車，肚中又翻江倒海著，他沒有接手機。待到單位，還沒進辦公室，就聽屋裡的坐機在執拗地叫喚。此時他腹痛難耐，急欲進衛生間，也沒理睬。等他重新回到辦公室，座機又響了。趕緊拿起來，耳膜立刻被刺得尖疼：「你這是什麼意思？不接我電話就萬事大吉了嗎？告訴你秦義飛，你就是躲到天邊，我也能把你找到！」

秦義飛勃然大怒：「我連接不接電話的自由都沒有啦？」

徐曉彗明顯怔了一下，旋即冷冷地道了聲：「好哇，從此我澈底給你自由。」隨即掛斷了電話。

真這樣，秦義飛倒要謝天謝地了。可是沒過半個小時，手機便嘟嘟嘟地一條接一條飛來七八條短信。內容其實大同小異，就是把先前通話時和她自己歷來的怨憤、委屈和落寞重複一番，再就是針對秦義飛的「謬論」痛加批駁，字裡行間充斥著痛苦、辛酸、斥責和眼淚鼻涕。

那時的短信容量有限，一條稍長的信會變成幾條分別飛來。於是手機上就格外熱鬧，一條剛來，又來一條；秦義飛又懊悔自己先前的不冷靜，幹嘛又把她給惹毛了呢？於是強忍著腹絞間或回上幾條，語多謙抑，以期息事寧人。結果卻無論是自我辯解還是表示歉意，統統引來徐曉彗更多的反詰或更大的委屈。於是他便謊稱自己正在開會，不便回復，請徐曉彗有事晚上再說。徐曉彗顯然並不相信或並不期待有理想的回復，顧自又連發了好幾條才暫告休止。

可是晚餐前後，新一輪轟炸又開始了。秦義飛此時已瀉得心慌意亂，等到他決定上醫院時，看看手機上又已積起十來條之多的新信息。他焦慮得了不得，一咬牙回了一條：「我突發急病，現去醫院看急診，請饒了我吧」，便把手機關了。

事實上，這個世界上五花八門的心理疾患中，如果有一種謂之手機恐懼症的話，秦義飛必定是患者之一。

此後的漫漫時日中，徐曉彗彷彿突然找到了一個樂子，或者說完全已走火入魔而樂此不疲，她幾乎每天都會給秦義飛狂發短信。不回不行，回了更不行，有時一天裡從早到晚可以發來數十條之多。結果秦義飛一聽到手機鈴響就惶恐不安，以致不斷更換新彩鈴以緩解這種刺激。可是要不了多久，那鈴聲又讓他不堪忍受了。有時同事的手機響起，因彩鈴耳熟，也會讓他心驚肉跳。更糟糕的是，他還不敢輕易關機。否則徐曉彗就會直接往他家裡或單位裡打電話。那嗡嗡不已的電話鈴同樣令他恐懼，更別說在家裡接她的電話，要擔心兒子真如在的話會聽出什麼問題來；而單位更不方便，隨時隨地會有人進到辦公室來談事情……

配備手機之時，秦義飛再也料想不到，手機，這當代人須臾不可或缺並極大地縮短了時空距離，極大地方便和影響著人們生活乃至思維方式的利器，居然也是一柄雙刃劍，操控甚至左右著人們的幾乎一切精神空間，並且成為自己揮之不去、無處遁形的惡夢。八〇年代到九〇年代中期，徐曉彗甚囂塵上、咄咄逼人的那些日子，現在想來簡直是太幸福了。因為除了找上門來，徐曉彗只能寫信或打固定電話。這樣多少還有一些容自己喘息的時間。現在則不，手機成了自己給自己套上的緊身衣。秦義飛曾嘗試過換號，可是徐曉彗沒幾天就要到了他的新號（據她說是認識科技局的人，秦義飛的判斷是，你不可能吩咐單位裡的所有人不向外人透露自己的手機號。而她只要以辦公事名義打電話到單位要號碼，一般人都可能告知她）。有時候為了討幾分清靜，他晚上十點前就關了手機、拔掉家裡的電話插頭，隔天徐曉彗便氣急敗壞且理直氣壯地痛斥他，實質是想逃避對言真和如如的責任——這是秦義飛最怕聽到的罪名。有一回他謊稱自己正在外地出差，手機花費太大，徐曉彗不慍不惱地說：「那好吧，你用座機給我打過來，不說話也可以」——座機號一看就知道人到底是在哪裡，秦義飛沒料到她有這麼一著，從此再也不敢跟她玩這種小兒科心機……

徐曉彗還是仁慈的，如果你晚上十點以後到早晨八點之間關機，她可以容忍。但此時段中並不等於她不再給你發來待複的短信，所以每天早晨開機時，對秦義飛也無形中成了一種痛苦，因為立刻就會連續響起一個個未收短信的提示，嘀嘟、嘀嘟，令他頭皮發麻。

有時候僅僅看到來資訊的時間，就足夠秦義飛吃上一驚，不知徐曉彗哪來的這般精力，更不清楚她現在到底有沒有上班、工作的概念，她在哪天夜裡零點左右發信來是正常的，凌晨一兩點甚至三四點還發信，也屢見不鮮。如果你在她容忍的時間之外關機或遲遲不覆信或電話，她會就此問題立刻給你打來坐機或發來更多的短信，嚴正警告：「你別給我耍滑頭……你再不回復，我就到單位找你……」

至於時不時混雜在日常短信中的其他威脅性的言詞，秦義飛領教得就更多了，對他震懾最強大的是這一類：「我的私人資訊都在電腦裡，要不是看在言真的份上，我早就到網上開博客了……你們局長不是某某某嗎？他的電話號碼是某某某吧？你們局紀檢書記的手機號碼是某某某吧……你再跟我玩花樣，我就把所有信件都發到博客上去，到時你就是躲到月亮上，人肉搜索也輕鬆地把你揪回藩城來……」

——這對秦義飛是最為致命的。想到網路上沸反盈天地播散著一個地級市的副局長和他的私生子的故事、照片與書信；或者一個含冤遭棄、忍辱負重而含辛茹苦的純情女子的悲情或血淚控訴之類醜聞，他就頭皮發麻、如坐針氈。更糟糕的是網路不是別的場合，別的場合你或許還可以自我辯解，網路上你恐怕只會越描越黑……

乖乖就範，是秦義飛的唯一選擇。

此後的某一天，當他忍無可忍，打算為自己飽受騷擾積累證據，而設法將徐曉彗手機的來電來信資料列印出來時，再沒沒想到那印表機竟吐了個沒完沒了。

愣愣地望著那已經長達數米還在喀喀喀喀往外吐著數據的單子，他欲哭無淚，悲涼把心臟凍成了結結實實的冰砣。

僅憑這一點來看，我的人生，還有春暖花開的一天嗎？

他曾和齊佳反覆琢磨著，何以在一切都似乎有所轉機、獨立成人的言真生活也步入常軌之際，徐曉彗竟突然像瘋了一般捲土重來，又一輪狂「作」不已？她沒有自己的生活嗎？她的目的究竟何在？

齊佳的結論是：更年期綜合症。雖然還不算太大，畢竟也是四十五歲的人了，徐曉彗或許也正飽受著更年期的心理抑鬱和舊日情感失落的悲慘記憶之驅迫。此時再受到某種外因的刺激，諸如秦義飛當了副局長、開私家車、住新房的「美滿生活」，和在秦義飛自己可能並不以為然，在徐曉彗看來卻都足夠引發妒羨和失落感的種種其他細微資訊所形成的心理落差，或許還有她自身可能面臨的某種不為我們所知的現實危機（比如，秦義飛始終不清楚她現在是否有丈夫，或夫妻關係是否正常），都足以促成這一輪異乎尋常的大爆發。

秦義飛覺得有這種可能。而如果真是這一原因反倒不可怕了，更年期畢竟是更年期，它來得再猛也有消滅的一天。令他暗自恐慌的是，他總覺得情況沒有這麼簡單。激發徐曉彗這一輪心理危機的根本誘因，只怕還是那四個字：舊情複燃。點燃這一導火索的，就是如如的誕生。恰如她反覆提及而最令秦義飛恐懼的，就是她怎麼看怎麼覺得如如長得很像他秦義飛。而如如的嬰兒期，促發她記憶起言真嬰兒期及後來成長過程中的諸多辛酸悲苦和失落，這正是點燃她舊情和新怨的熊熊烈焰。

果如是，這一波狂潮哪一天是個完？

而隨著言真人生形態的不斷變化，和如如的不斷成長，他們間的整體格局亦勢將發生更多無法逆料的新變局。那麼，自己所被動承受著的所有的這一切，究竟還會有一個改善或終結的可能嗎？

四

——無論如何，這都是後話。對於此刻微閉雙眼，軟軟地倚在椅子上輸液的秦義飛，眼下最為焦灼的是，掛了多半瓶水了，這該死的水瀉，怎麼還沒有休止的跡象？不會是醫生的誤診吧？如果這竟是更為兇險的疾病之先兆，那我……

也罷，索性一了百了也算它娘的了！

想得美吧！許多事根本不是你想了就了的——徐曉彗會作何反應？言真又會作何反應？鬧不好，身後的亂像足以讓驟失棟梁的齊佳和真如的日子雪上加霜！

他不禁又出了一身冷汗，下意識地睜開眼皮，覷了一眼身邊坐著的齊佳，恰好看見她瞿然挺起身子，兩眼直勾勾盯注著走廊方向——順著她的視線一看，他也倏地瞪圓了雙眼——那個左顧右盼棱巡著過來的女人，怎麼這麼像徐曉彗？

他以為自己是太虛弱而出了幻覺——以前也多次有過類似狀況，馬路上走得好好的，突然看見徐曉彗出現在前面，張惶失措好一氣，才確認是自己認錯了人——可是現在，他使勁揉了揉眼睛的結果是，那一臉焦灼的女人，分明就是徐曉彗！

說時遲，那時快，徐曉彗已快步來到秦義飛跟前。此時已過夜裡十點，穿著羽絨衫還裹著件棉大衣的秦義飛猶覺陣陣虛寒，想來外面氣溫不低。但徐曉彗的臉上卻是紅僕僕的，明顯滲著一層細密的汗珠；外套敞開著，高挽的頭髮也散了一綹，亂蓬蓬地一看就是副焦躁樣子。

她一見秦義飛便緊緊捂住了心口，喘吁吁地嚷起來：「哎呀我的媽呀！總算把你找到了。你這是怎麼啦？要緊不要緊啊？我在你家附近白白找了好幾家醫院……」

秦義飛不知所措地想站起來，可是徐曉彗把他緊緊按住了。顯然因為見證了秦義飛沒有騙她，她也亂了方寸，話音裡明顯帶著哭腔，一迭連聲地追問秦義飛到底得了什麼病。秦義飛尷尬地偷窺周邊，見身邊的病人和家屬都瞪大眼睛看著他們，心裡亂得更是一句話也說不出來。

還是齊佳冷靜。她拉住徐曉彗安慰她道：「沒關係，沒關係，他就是拉肚子，雖然瀉得比較厲害，但沒有大問題。你放心好了。」

「哦，我還當你是心臟出了問題呢，以前老說血壓高血壓高的，沒想到……」

「他血壓也真是很高的，心臟也有問題。好在今天可能就是吃壞了，或者受了什麼風寒或者精神刺激才瀉得這麼厲害。」

再也想不到，徐曉彗竟然一臉茫然地問秦義飛：「精神刺激？誰刺激你了？你也是的，都五十來歲的人了，怎麼還這麼沉不住氣呀？現在的人，五花八門奇裡古怪的太多了，都跟他們當了真的話，你還活不活啊？」

一聽這話，秦義飛哭笑不得，緊皺起眉頭想反駁她，忽見齊佳在向自己使眼色，便把滿腔惱怒硬憋了回去。

不料徐曉彗一邊說著話，一邊從胸前摸出個厚厚的信封塞到秦義飛手裡，秦義飛像捧著塊火炭似地倏地推了回去：「你這是幹什麼？不行不行！」

「哎喲，都什麼時候了，你就別跟我倆煩了好不好？」

秦義飛猛地站起來，差點把手上的輸液針給帶脫：「我是有公費醫療的，根本不需要花錢。你把錢用在言真和如如身上才是正經。再說……我跟你說句實在話好不好？我現在最需要的不是錢，不是物，不是任何東西，而只有一個字：清靜。」

「你什麼意思？」徐曉彗倏地瞪圓了眼睛，那神情像是要和秦義飛幹一仗：「我又沒有故意不讓你清靜——我也給你說個實話，你真不要的話，我這就把這破錢撕給你看！」

好在齊佳及時伸出手來，一把接過了信封，一邊笑著說：「他不要，我要。你的心意，我代他領了。」同時就勢擁著徐曉彗往外走，一邊走一邊悄聲安慰著徐曉彗什麼，徐曉彗也就此走了。

待到齊佳回到秦義飛身邊，秦義飛衝著她就瞪眼睛：「你真的收下啦？」

齊佳看了看周邊的人，倚著他坐定後，耳語道：「不拿怎麼行？你也是的，以後也該好好檢討一下自己的態度。不管怎麼說，她那麼著急地找過來看你，給你錢，都是一種善意的表達，你何苦當著這麼多看熱鬧的人讓她下不來台？你沒看見她那副就要哭出來的神情？那可是裝不出來的。再看她跑得那一臉的汗。」

「可是我不想看見她，更不想要什麼錢！哪天她能給我幾分清靜，就謝天謝地！」

「這我當然知道，可是——你知道她還跟我說什麼？她怪我沒有照顧好你，說你的氣色太差了。反覆關照我以後要多用豬蹄子煨黃豆給你吃，還要加什麼枸杞子和黃芪……」

「多少錢？」

「三千塊。就快過年了，到時你多給孩子點壓歲錢就是了。」

秦義飛不由得又放大了喉嚨：「可是幹嘛她要來這一套啊！當我是孩子啊，打一巴掌，又捋一把——想要的永遠得不到，不想要的連生病都躲不掉！」

齊佳輕輕捅了他一下：「這麼多年了，你還沒摸透她的脾味？她分明是吃軟不吃硬的嘛。而且，按說這人是難弄，我也不該向著她說話，可是我總覺得，你的精神有時也太脆弱了些——口頭上你總說順其自然，承受現實，根本上你還是時時刻刻想著回避這件事，回避這個人！而她呢，頂看不得的不就是你不把她當回事嗎？老這樣你們倆不嘰哩嘎啦反覆對抗才怪呢！其實，不就是這麼個人，不就是這麼回事嗎？你要是真正從心底裡接受了這個現實，遇事多忍著點，多順著她、糊著她一點，少跟她論天道地的，不就消停得多了？」

「呵喲！事情有你說得這麼輕巧倒是我的造化了！樹欲靜而風不止，你再怎麼也不是當事人，根本體會不到我面對她的心境。許多時候根本就不是耐性不耐性的問題，而是她壓根兒就沒想讓我、甚至讓她自己清靜的意願！不信你走著看，總有一天我會讓她攪得當場爆炸，一命嗚呼！」

齊佳也深深地歎了口氣：「說到底，你們倆都存在一個怎樣面對現實的問題。在她呢，終究還是沒法擺正自己的位置，心裡始終咽不下當年那口氣。在你呢，恐怕始終還是想澈底擺脫她的存在而後快；卻又捨不得，當然也不應該放得下你那個兒子，還有寶貝孫子——對了，有一招應該是蠻靈的，以後她再糾纏不休的時候，你就多跟她提她那寶貝孫子。剛才我隨口問了她一句如如怎麼了，哎喲，立馬雲開日出，那一臉的笑，才真叫個心花怒放呢……」

五

秦義飛先生：

真真實實說一句，那天在醫院，看見你沒有一絲血色的臉，還有白蒼蒼亂糟糟的頭髮，我的心真的好痛。原來你真的會生病，原來你真的老了。

不知道在那個悲危的時候，你想到言真沒有？還有可愛又可憐的如如，他沒見到過爺爺，卻爺爺爺爺放在嘴上。你想過他們不能沒有你嗎？你想過他們再有怨恨，也盼望你幸福健康嗎？希望你快點恢復起來！說不定哪一天，我這酸痛累累的臂膀再也不能抬起，他們還能去依靠誰？

現在我每天在所有人面前還強作歡笑，可是在背後卻辛酸淚洗面。我早就是斷了翅膀被命運拋棄的孤雁。我的精神也一天天死亡。不，比死亡更可怕的是絕望。我清楚感覺自己越來越偏執，越來越暴躁，越來越不知道笑容和溫暖。越來越不能忍受你的冷漠和辱罵。我看見那些電視節目裡的抑鬱、瘋狂的女人，我知道我也快成了報復一切的瘋女人。很多事如果不再處理好，我不是跳樓就是真狂、失控，傷害親人，毀滅親情，魚死網破，兩敗俱傷，不，是幾敗俱傷！

誰想難過，誰想痛苦，誰想毀滅？誰想變成一團亂麻，越解越亂，越纏越緊？

現在我只有一肚子傷痛能夠向你傾訴，不為別的，只希望你能夠耐心聽聽。這些話都是不能向別人說的，我的家裡人一個也不行，連言真也不行，因為我不想再增加他的苦惱，我知道為了讓我早點快樂起來，他早已耗盡了自己可憐的心血。可是，這一切你知道不知道？你口口聲聲這麼多年過去了，可是這麼多年就這麼容易過去了嗎？刀砍在古樹上的傷口你沒有看見過嗎？你口口聲聲孩子帶給我們價值，可是孩子自己的價值在哪裡？他們的成長你攙扶過嗎？他們的辛酸委屈苦痛你品嘗過嗎？你以為像個駝鳥一樣把頭鑽進沙漠裡，就萬事大吉了是嗎？

從分手那年開始，你一直在講承諾，怎麼我到現在也不清楚你承諾了什麼？看見如如月亮一樣光滑潔白的小臉蛋，我就要流淚，我就一夜一夜失眠。我不能看，我真的不能看，但是我又不能不看，不捨得不看，我只有看見這個可愛的小生命才能活得下去。

現在你實在是坦然得很，風光得很。是的，你沒有拋棄過兒子的責任，你沒有對我說孫子沒有你的責任。你覺得為他的出世送上六千塊錢就夠了。你真是做了好多好多，我們欠你的真是也很多很多，可是我還能不能問你一聲，你想過孫子很快也要像兒子一樣面對困惑的生命，面對冷漠的世界，面對永遠的絕望嗎？你曾經在在短信中說，你已經仁至義盡，我們應該面對現實，總不能為了他們的名分，而讓你現在的家庭破裂，讓你的真如失去父親，你說得多麼得好啊！可是我的現實是什麼，言真的現實是什麼，我們孤苦伶仃的娘兒倆的現實，幾十年來和你的一樣嗎？幾十年後會改變嗎？你的兒子和我的兒子（雖然也是你的兒子）面對的曾經是，以後還有可能是一樣的現實嗎？

也許我不該對你過多希望。也許我和真兒早就應該離開你遠走高飛，別再出現攪亂你的幸福生活。也許我們只應該用自己的方式來品嘗自己的苦寂，用自己的心靈來抵抗幽暗無邊、風雨如晦的日子。而不應該希望你的一雙手和一對耳朵，一顆同樣做父親的心，能夠發發慈悲，能夠把精神交付，能夠放棄傲慢和傷害的言行，從你真誠心靈中透出一點光線，讓我和兒子孫子開始新的生活。

但是讓我扼腕唏噓的，是你媽的事情上，我的確也有深深的自責。可是事情並不像你以為的是故意的欺騙，只是上天沒給我解釋的機會就把她帶去天國。把許多的哀痛懊悔又留給我獨自承當。承當不住的我只能把許多真情竹筒倒豆子給兒子。兒子在他艱難的孤獨人生裡早已承受了太多。但是為了母親的屈辱他咬斷牙齒。我下輩子也忘記不了那個夜晚，得知我們又爆發激烈爭鬥的他，一個人喝下半瓶白酒，坐在寒風凜厲黑暗無邊的大河邊，因為他知道，那裡是我和他並沒有死去的生身父親定期碰頭和吵鬧不斷的地方！

我找了他大半夜，結果是倆人抱頭慟哭，相互鼓勵才沒有一起跳進河裡。相互攙扶我們才跌跌撞撞回到家中。這就是他為什麼會得心肌炎的真正原因！幸虧上天可憐，幸虧他為了我頑強抵抗才沒有棄我而去。我告你說是他在工地上勞累才得病，只是為了不想再讓你精神受累。可是你後來的一系列態度那麼讓我失望！你居然還說什麼：『你想讓真如也沒有父親嗎』這樣的狗屁話！你不覺得它要比刀子更快一百倍嗎？

二十一歲。二十一歲的我生下的兒子，如今早過了二十一歲。他的生命代替了我的生命。沒有這條生命，還要我的生命有什麼價值！可是他至今沒有得到他生命應有的起碼東西！

我自嘲，我憤怒，我哀歎，我咽不下的東西太多太多。二十多年前你給我吞下的棗子吐出的核，早就入地長成了參天大樹。今天結出的是棗子還是毒果都不重要，我要把它統統歸還給你，我受夠了，我受不了了！但是我已沒有任何要求，只有靜靜地轉身離去。

可是那些灰暗無光的日子就是不肯離我而去。那計畫經濟的日子，二十出頭躲躲藏藏偷著養比灰色還要灰色的私生孩子，連戶口也是幾經波折，花了好多錢，好多年後才報上。難上加難，苦不堪言，沒有一天輕鬆！所以我會對你的父親發下毒誓：這孩子我有能力就自己帶，沒有能力我送給外人，也決不會送到你家門上。現在我還要再對你重複一遍：今生今世，我決不會讓你們秦家人看見這個沒爹的孩子！

要不是孩子先天後天都體弱多病，我有一點辦法也決不去找你。可是那回在建國路上，你惡狠狠指著我鼻子：『難道你還要我犯罪給你弄錢嗎？』我有過這種心思嗎？那還是計畫經濟年代，一切都沒有。沒有電話，沒有計程車，我租住的小屋離最近的公車站要走二十多分鐘。得肺炎那個深夜，真兒高燒超過四十度，我叫天不應，叫地不靈。我只好用被子裹起滾燙的孩子，抱著七、八十斤重的真兒走到最近的醫院去，一路走，一路默默地流淚。兩條胳膊像要斷了，兩條腿抖得撐不住身體，只好在馬路牙子上坐一會再走一會，寒風刺骨的深夜，等到醫院我裡裡外外的衣服全都濕透。

可是為了不傷真兒的心，可憐的兒子從小就只知道父親在很遠很遠的地方工作，每個月會給我們寄回錢來。大起來實在瞞不下去了，我說你生病死了。有一天房東告訴我，說是你家小真心腸真好，昨天晚上在牆角落裡偷偷燒紙，是不是給他外公燒的呀？我再也忍不住放聲大哭，我知道他是給誰燒的。那天夜裡我和他沿著護城河走了一夜，說了一夜。我不能再隱瞞他任何東西。我只有一個要求，永遠永遠不要把真情說給外面人聽。兒子回答我一句，「總有一天我要親手殺了他。」我從來沒有碰過他一個指頭，那天唯一一次打了他一個耳光：「你敢這樣做，我就敢殺你！」

幾年後他上大學，你說，「我能在網上查到他上沒上大學。」你又強調：「他已經十八歲了，我可以不負擔他任何費用了。不過我還是可以給你們。」你以為我沒聽懂你的雙關語嗎？你這是在施捨你的親生骨肉啊！直到今天你還在繼續用你的雙關語，用你的雙關手段！可是你從來不知道，他在大學時候，知情好友一再勸告我，你可以向這個兒子的生父爭教育費和醫療費。我說的是，他給的一些錢裡包含了所有的費用。我不想再多要什麼了。我想的是你也不易，你也有兒子，有你要負擔的家庭，還有社會和家族壓力。

真兒大學畢業你沒給過特別的錢，我也從來沒有提起過。可是真兒不明白這些，他大學一年光學生公寓要交一二〇〇塊錢，你給的錢還頂多只夠交學費加上點伙食費。真兒他讀書期間格外自卑，因為窮苦寒酸。有一天他偶然聽到朋友和我的對話，口袋裡放著小刀，向我要你的家庭地址，要去和你拚命。我哭著抱住他哀求：「你再苦再累，永遠不能走這條路。你真要有本事就爭口氣，將來活出個人樣來給他看」。

秦義飛，你不要以為我這樣做都是為了你，我是為了我的兒子，我不能讓他為了賭氣毀掉自己。當時我強吞眼淚，在心裡暗暗發誓，就是我永遠也不讓你今後見到真兒！永遠！

你無法也不會相信，真兒在大學裡打了三份工：一，晚自習後九點多清掃一層樓面一二間大教室。二、打掃廁所。三、做家教（三站路他經常步行）。你知道嗎？中學六年他喝自來水，從未買過一瓶飲料。我在乎我的兒子呵！夏天再熱他不許我買一根冰棒。他笑著說他從來不喜歡這種東西。他拚命掩飾孩子天性。我愧疚失聲躲在被子裡哭過多少個夜晚。深深自責中深深恨你。他也是父親生的，雖然你沒有斷過他生活費，你給他的是麵包模型，給秦真如的是飛機模型！

快畢業時候，所有孩子為工作奔波焦急，你主動關心過問過他嗎？有些關鍵時候你也幫助過他，可那是我要求你做的，不是你自覺自願的。想起這些我心裡就有一種說不出的疼痛。如果是你的真如，你會這樣冷漠嗎？這份太不完整太差別的人生，我們永遠要忍受下去。這也是今天我想要大度結束一切卻不容易的原因。

他畢業了，他走進婚堂，他想減輕母親壓力，可是他沒有基礎，沒有靠山，沒有給予他生命的人的一句祝福。他在婚禮上流著淚只講了一句就再也講不下去：「謝謝今天來為我祝福的每一個親友，我的生命再也不缺什麼了……」

他的生命是那麼脆弱渺小，他的成長是那麼艱辛孤獨。他也需要父親的安慰和人生指點，他和天下所有孩子還有你的寶貝真如一樣是孩子！他雖然說過一些昏話氣話，但他從來沒有真正做過一件傷害你的事情。他在婚禮上那樣說，是在思念你，維護你，體諒你。

我有許多缺點。許多話語和行為是在威脅你。為的不是自己，是氣不過真兒。我其實有點像殉道者，自律而不是要求你。我早就知道你是個萎縮、懦弱，得過且過而且害怕承擔責任的自私者。但是我並沒有忘記你是言真的骨血父親，你也有單位、家庭、家族壓力。所以我一舉一動總是考慮不能真正傷害到你。你肯定不知道這些，也可以不管這些。但叫自己快樂，哪管別人死活！那天在單位車位看見你，汽車像人一樣神氣活現，人像汽車一樣目中無人，可真是了不起呀。到底是作領導的人了，看見有人來，反應很是機敏，表現有夠到位。習慣的動作，必備的表情。我無地自容，羞愧難當，我們的差別越來越大，不配再有什麼想法。但是如果不是為了兒子，我何必一次次看你的冷臉！

我是曾經報復過你。但我至今在我家族任何親人和你單位人面前守口如瓶。我任性卻無助，不知是出於什麼心理，有時非常本能幾乎想澈底衝出去，可是在最後一刻總是有力量拉住我。我知道我除非澈底瘋狂，今生不可能做得出傷害你根本的事情。我知道自己身上醜陋、自私、報復心重，心理陰暗。但是你不能忘記你給我留下的陰影！我們只能也只有像兩條平行線或兩個離心圓，走著兩條不同的人生道路。我怎麼樣都無所謂，可是我無法忍受真兒也永遠這樣命運。

我承認我也擔心過真兒有一天站到你身邊，但不是自私，而是擔心他和你沒有真感情而發生衝撞。從來沒有在一起生活過的陌生父子，會有和睦相處的可能嗎？還有，他肯定受不了你的父親家人還有齊佳而難以和諧。還有你的真如，他們從小到大種種差距都如此巨大，他的心能受得了種種鮮明深刻不同嗎？真兒不能再有任何刺激和新一輪的傷害，他的身體和感情都缺乏承受能量，會不會造成雪上加霜和不必要的後果？如果那樣情況，他完全可能會被絕望而不是疾病澈底毀滅！

面對著兒子未來的種種迷茫矛盾和不可知，我的心越來越沉重黑暗！我不停發短信打電話控制不住，根源大概就是用這種方式渴望交流，讓可憐疲憊心靈得到一點寬慰。可是我得到什麼反應？告訴你，我的故事有人千方百計想得到，我甚至可以拿它賣大錢你信不信？可我清楚這不可能。

我能承受的到今天我都拚命承受了。我太累了，但是我知道我必須承擔，只有承擔。他們是我活下去的唯一理由。但願累累血痕中我不會繼續折磨你，實際上更折磨我自己。

是時候了，我會堅決果斷抽身離去！

請把這麼多年你給言真的費用總數告訴我，我砸鍋賣鐵儘快退還！還有你以前給言真的照相機、電子辭典、手機等東西，他根本都沒有用過，你約個時間吧，統統還你！

六

扔下這封長得出奇的來信，秦義飛彷彿被什麼鐵籠框住了，毫無動彈或掙扎的力氣。他頹喪地癱在圈椅上，頭垂在胸前，雙手使勁搓揉著酸澀的眼睛，久久沒有改變姿勢。

正是午休時分，樓道裡空無一人，辦公室外聽不到任何動靜。但這並不能使秦義飛的心境有所安寧，反而變得更敏感而脆弱了。偶爾從樓下的草坪上傳來幾聲模糊的對話，雖然隨即被颯颯的風聲吹散，聽來也會讓他無端地心悸。陽光其實很好，此時剛好漂移到窗外西南向的樓角處，但凜厲的西北風和薄薄的雲層遮蔽了她的鋒芒，使她看起來就像是一張蒼白無力的病婦的臉，散亂的光線彷彿她慘澹無力的眼神。

真正慘澹的無疑是秦義飛的心境。他這間辦公室其實是不久前新裝修過的，喑黃老舊的桌椅櫥櫃全都讓位於漆水光亮的大班桌和柔軟宜人的真皮沙發、旋轉圈椅。按說這樣的環境是相當舒適宜人的，而秦義飛從來沒有感受到這份愜意。是的，如今一切都在變，國家的經濟狀況、單位的辦公水準，個人的收入待遇，一切都在向好，向新、向美。但這又有什麼意義呢？如果你的心境一成不變，甚至更加陰晦，如果你的命運毫無新意，甚至更加糟糕？

他吃力地站起來，想在屋裡活動活動僵硬的腿腳。但踱了幾步又軟軟跌坐在沙發上不想動彈了。似乎渾身的力氣和興致都被窗外的朔風吹沒了，別說動了，現在聯想問題的精力也消耗貽盡了。

使他疲憊衰弱的感覺無疑是徐曉彗的信帶來的。一摸到這封信的厚度他就戰慄不已。讀信的過程則無異於經受一場皮帶抽打加辣椒水的酷刑，甚或就是在恭聽一篇針對自己的道德檄文。其實這信他不看也知道都寫了什麼，絕大多數內容是在重複近期來連續不絕的短信轟炸，只不過是把零零碎碎的槍彈掃射變成了集束炸彈——他不能不無奈地直面他不敢直面的現實和內心深處的良知對自我的又一次譴責——她和言真的經歷和情感確乎有著自己難以想像卻無可否認的艱辛和悲苦。上天對言真也實在過於苛苦和不公。長期以來，自己為求心地安寧而含含糊糊苟且偷安的結果，實質上確是對言真的一種漠視和不公。

然而他也有許多有口難辯或辯也無益的苦衷和委曲在心頭沸滾。在徐曉彗的筆下，似乎一切的一切都是我造成的。至於其他似是而非的指責、詰難和斷章取義式的發難，雖然有些不無道理，有些有情可原，但多半也還是她偏執的臆測和情緒化的強加（比如說言真十八歲後的生活費問題上，他純粹是出於好心，自我要求繼續，在徐曉彗筆下竟成了在她的要求下的不得不為之），完全就不值一駁。

不過，這封信分外使他驚愕和焦慮的，是其中透露出來的某些新的資訊。一是徐曉彗居然要他把歷年來自己給的錢物如數奉還。這令他憤濾難當又大惑不解，我曾經有過哪怕絲毫這種意思嗎？她又在打什麼鬼算盤？

更令他驚訝和絕望的是，雖然一直就有某種思想準備，相信言真對自己會有許多芥蒂和隔膜，總以為時間和自己的真誠終有融化其堅冰的一天，再也想不到這小子居然曾帶著刀要來殺我！當然這只能是毛孩子一時的憤激之想，自己也不可能因此記恨他。但問題在於，這畢竟已不是某種誤解或一時的衝動，而是貨真價實的仇恨的反應。如果資訊對等，如果能和他有所溝通，如果能讓他與我有些起碼的接觸與直接交流，那他的仇恨從何而來？冰凍三尺非一日之寒，毫無疑問，這是我們至今不能正常溝通，也是言真長期偏聽偏信而徐曉彗又長期有意無意地妖魔化我的必然結果！

這樣的局面再不扭轉，或者我繼續得過且過含糊下去的話，未來我繼續受到他不公正看待倒在其次，真正受蒙蔽受傷害的還是他言真，而且這種傷害、曲解、誤信，必將隨著如如的迅速長大而貽害無窮，甚至直接會影響到如如將來對我的感情和認知……

彷彿有一道電光橫空劈下，他陰鬱死寂的內心突然閃過一道耀眼的強光：是時候了，再不能這麼瞻前顧後畏首畏尾地苟且下去了！與其繼續與徐曉彗這麼無休無止反反覆覆地僵持、爭執、扯皮下去，不如拋棄一切顧忌，全力尋求與言真的直接對話。這才是問題的關鍵所在！

如果說，過去她還可以以言真監護人身分代表他與我糾纏，現在的言真早已長大成人，憑什麼我還要繼續繞過言真而與她扯皮？相信只要假以真誠和機會，言真應該會願意與我交流。而只要假以時日，知悉真情，他一定會對我有逐漸正面的認知。

是時候了。哪怕她因此而進一步威脅我，甚至撕破一切遮羞布大打上門，那結果也不見得比永遠這麼被動挨打慘多少！

他突然像個充足了氣的皮球，一躍而起，呼吸急促地坐到桌前，凝神默想了一會後，他毅然抓起手機，給徐曉彗發去回信。

七

——「來信看到。對你們的種種不幸深感歉疚自責。過去我確有許多不到之處，雖然我本意一直希望你們能生活得好一些，但是許多自私和任性的言行確實也傷害過你們的感情。唯求你和言真海涵！為了彌補過錯，改善困局，希望你能讓我和言真見面，我要當面請求他的寬恕」。

——「我信上不是說得很清楚了嗎，言真還沒有準備好，他現在不會同意和你見面。請你不要再提這個問題。」

——「這怎麼行？他都結婚生子了，我們早應該直接對話，這才能消除誤解，解開他的心結。希望你首先不要有顧慮。對過去的一切，我絕對不會多說什麼，絕對不會損傷你作為母親在他心目中的既定形象。」

——「我的形象你想損傷也損傷不了。言真和我共用著一顆心，我就是他，他就是我。你別以為我怕你才阻止你們見面。我和以前不同了，我早就勸說他和你相認，但是他說要為家族整體考慮，態度非常堅決。他身體還弱，目前我不能強迫他。」

——「太好了，感謝你有這種認識。請相信我，一定會以我的真誠打動他，哪怕只見一面，你也可以在場。我只求一點，希望能當面向他致歉，求得他的諒解。哪怕他痛打我一頓也可以。至於今後要不要接觸、怎麼接觸，可以和他再協商。」

——「我剛才打過電話給他。他說不行，至少現在還沒到見面的時候。希望你不要逼他。」

——「那麼，請把他的手機號碼告訴我一下，我給他發個短信總可以吧？」

——「對不起，沒有他同意，我不能給你號碼。」

——「他為什麼會不同意？」

——「怕你會糾纏他吧？或者也可能是怕自已經受不起感情衝擊？他到底還是不瞭解你。」

——「事實是，你我之間反覆糾纏，反而誤解不斷，矛盾加劇，彼此都萬分痛苦。我保證不會多給他打電話。或者，你先給我號碼，什麼時候要打給他了，我會事先問你。」

——「請不要為難我了。他現在成熟了，他要考慮很多方面。小玉的想法，和她家的想法。也可能他也會擔心我有想法。以前我對他說過，永遠不要認你。還是等我慢慢再做做他工作吧。別忘了，他心肌炎還不算澈底好了，這時候刺激他，會有什麼結果？」

——「那麼，你信上說要把錢和東西還給我，是什麼意思？言真知道嗎？是他的意思？我做夢也沒有過這個意思，你是在諷刺我給得不夠嗎？」

——「我敢諷刺你？你給得夠不夠，你自己沒有數？老實告訴你，言真早就不許我跟你來往，不許我要你的嗟來之食！所以我現在決心澈底給你解放，澈底了斷。而且你口口聲聲身體不好，心理有病，要求安靜，現在我給你安靜，澈底離開也不對嗎？」

——「這種話你說過多少次了？我可聲明，我從來沒有要求你，更不可能要求言真永遠離開，只希望大家理性相處，少吵鬧。我的確疾病纏身，需要安靜，這有什麼錯？我還是希望你把言真的手機號給我。再這樣下去實在是太不正常了。我必須和他直接見面或者通話。我作為他盡到了撫養職責的的父親，有這個知情權，你無權剝奪我的合法權利！」

——「呸！我從來沒有剝奪你權利，我也剝奪不了。我就是剝奪了，你準備怎麼樣？」

——「果然如此，我就知道一定是你在中間打壩。否則，我不相信他會絕情到這種地步。」

——「好，我不打壩！我明天就把他拖到你單位去見面！不信我赤腳的還怕你穿鞋的！」

——「又來這套了，你真的以為威脅就能解決問題？我要個兒子的電話號碼也不可以嗎？」

——「當然可以，原因我說過了。現在不行，以後再說。要不是看在兒子面上，我現在就衝到你單位去！」

呼吸在顫慄，雙手在發抖。不，是整個身子都在發抖，胃部和後背都跟著痙攣起來，秦義飛感到坐著都無法呼吸了。他不得不站起來在屋裡徘徊，身子卻戰抖得更厲害了，以至佝僂著肩背無法站直。眼前則一陣陣昏黑，紛紛亂亂地迸發著塵埃般密集的金花。

他趕緊又趴伏在桌子上，閉著眼使勁喘息著，暫時停止了回信。腦海中則依然風起雲湧，翻滾著滔天心潮。

要不我真就豁出去算了！

心裡想著，手上又哆哆嗦嗦地揿出一行字：「你來！我現在就在單位恭候你！」

可是就在按發送鍵的一瞬間，他又停止了動作：冷靜點，冷靜點，小不忍則亂大謀，秦義飛你千萬別賭氣！這個人你終究是邪不過她的。而且我的身體……秦義飛，你可千萬別倒下呵——他趕緊放下手機，轉到抽屜前，抖抖地摸索出一個小瓶，倒出一粒安定吞下去。重新坐定在椅子上，緊緊地閉上眼睛，這才覺得屋子不那麼晃悠了。

熱血又一次呼呼作響地竄上腦門，秦義飛霍地又站直起來，咬緊牙關，快速重寫了一條短信，毫不遲疑地發了過去：「不管你要怎麼做，立刻把言真的手機號給我！」

猶覺不解恨，不等徐曉彗回復，他嚓嚓嚓嚓，瘋狂地按著重複按鍵，把同樣內容的資訊，一遍又一遍，連珠炮般發向徐曉彗。

好一陣異樣的沉默之後，他收到三個字：「你瘋啦？」

他嗵地一拳，砸得桌上的茶杯蓋咯喇喇亂響。哈哈，他熱血賁張地大笑了一聲：「我就瘋一回給你看看」——嚓嚓嚓嚓，一口氣又是一頓狂按，把那條資訊至少又重複了十多遍……

五分鐘後，沒有回音。

十分鐘後，還是沒有回音。

他試探著撥通了徐曉彗的手機，回答他的是：你撥打的用戶已關機。

八

整整兩天徐曉彗沒有任何動靜，她及她的一切資訊，就像滲進了沙子的水一樣，消失得無影無蹤。這種狀況在近期是極為罕見的，似乎她真的要兌現永遠離開的承諾了。果如此倒是我的造化了。但這種念頭也像一滴水一樣，無聲無息就蒸發了。秦義飛太瞭解徐曉彗了。離開、給你清靜之類言詞近期她說過不知多少回了。從來沒有兌現過。每回短暫的靜默後，她又會掀起新一輪聲討或訴苦的狂潮。就像以前從來沒有說過或做過任何事一樣，一切重頭來過。分明她還樂此不疲或精於此道，儼如一個高明的拳手，偶爾的下蹲或收回拳腳，只是為了更兇猛的攻擊。

不過，這回也有一個明顯的不同之處。秦義飛一時性起憤而回擊的那一通短信狂飆，似乎無意中擊中了她的一個要害。否則，以她吃軟不吃硬的習性，是不會甘心以長久沉默來向秦義飛的短信潮示弱的。

那麼，我擊中她什麼了？

而且，她為什麼就這麼頑固地不讓我和言真聯繫？說什麼言真沒有準備好，他不願意等等，統統不過是她自己的托詞罷了。關鍵還在她自己身上！

根本上，恐怕她也是虛弱的，心中有鬼的。可想而知，從小到大，她給言真灌輸過多少關於我的謊言，來強化自己聖潔、博大、忍辱負重的光輝形象（甚至，我給沒給錢，給多少錢言真是否真實知情也未可知）。一旦讓我們直接見面或溝通，這些謊言就會像陽光照射的雪人一樣化為稀水。她的形象崩潰之際，我的形象自然會大大匡正；加之我的真情燭照，言真感情的天秤未必會澈底傾斜，對我的向心力肯定會大大增加，這或許也是她最不願意看到的吧？

唉，如果她通情達理，放掉一些幻想或癡迷，我豈會破壞她作為母親在兒子心目中的既定形象？如果她真正從兒子出發，為兒子的根本利益著想，難道不應該捐棄私憤、努力促成我和言真的和睦與諒解？

現在的問題是，萬一她真的一去不復返，我會不會也就此永遠失去與言真溝通的可能？還有，言真他真的知道我和她之間發生的一切嗎？他會因此更恨我，還是因此逐漸有所感觸而回軟？他對我的瞭解，實在也像是我對他的瞭解一樣，太片面太抽象也太多誤解了，而這種局面實在也太久遠，太不正常了。

唉，我的顢頇遷延、瞻前顧後甚至為一時心安而虛與委蛇也太長久、太過分了些。至今我連個言真的手機號都沒有，徐曉彗是一個因素，我的姑息遷就也難辭其咎。難怪言真對我一直心懷芥蒂，遲遲不能悅納，恐怕這也是內因之一。

問題是，他也老大不小了，徐曉彗再怎麼，他總該逐漸有自己的判斷和是非理念了吧？如果有心，他完全可以很方便地來找我，或者主動給我打個電話也好呀（徐曉彗不是說過，他曾多次偷偷地到我單位和住址來偷看過我嗎）？

唉，感情這東西呀……即便是我，如果從小撫養過言真，或者有過一些比較正常的接觸，也決不會含糊苟且，至今都「順其自然」而不積極主動尋求與他的聯繫，以至弄成今天這種積重難返、矛盾重重、誤會深深的僵局了……

忐忑、自責之中，秦義飛白天始終處於一種繃緊的璉條般的緊張之中。電話鈴響，立刻驚起，首先察看是不是徐曉彗來的；既希望是她，又畏懼是她。走廊上或樓下有什麼響聲，心立刻嗵嗵亂跳，唯恐真像徐曉彗威脅的那樣，她，或者真的還有言真，一起衝到單位來了。而夜裡，他則幾乎沒睡成一個囫圇覺，總是渾渾噩噩、處於半夢半醒之間。那夢境也連翩起伏，惡狀百出，常常驚出他一身身的冷汗。

怪的是，依然一如既往，他的夢中從來沒有實實在在出現過徐曉彗，更別提言真了。記憶中只有一回，也是隱隱約約地看見一個面目不清的男青年向自己遲緩地走來。他的個子出奇地高大，幾如姚明一樣卻比姚明瘦弱許多，步態也怪異地搖搖擺擺，似乎一陣風都將把他吹倒。但當他來到目瞪口呆的秦義飛面前時，卻甕聲甕氣而分外清晰地喊了他一聲爸爸——他想回應，卻發不出聲來，他想去握兒子的手，眼前的那個模糊的人影卻已化作了烏有——滿懷期待的手只摸到一把糊滿自己面頰的熱淚……

九

徐曉彗的來電終於又響起來的時候，已是第三天的傍晚，他正在開車回家的路上。

一見那個熟悉的號碼，他即刻打了右轉向燈，把車停穩在路邊後，竭力以鎮定的語氣回應了一聲。哪知電話裡出來的是一個讓他大為驚詫而陌生的聲音。他趕緊又察看一下手機上的顯示，分明是徐曉彗那個燒成灰他也絲毫不會認錯的號碼。而對方，也準確地報出了他的姓名：「請問，你是秦義飛先生嗎？」

他狐疑地嗯了一聲：「你是……」

「是這樣的，我是一個心理諮詢醫生。現在正在為我的一位患者作心理治療。瞭解了她的全部情況後，我感到很有必要和你也談一談，以利於對她的疏導。」

秦義飛頗覺意外地挺直了身子。當年自己求助心理醫生的一幕幕霎時閃現在眼前。沒想到，她也去看心理門診了。這倒未必是壞事，近期她的心理狀態顯然是異常的，問題是……

他試探地說：「可這個電話是……」

「沒錯，是我要求她撥通你的電話讓我來說的。現在她應我的要求到外面去了。希望你不要有任何顧慮，能配合我一起做好她的工作。這樣對緩解你們雙方的矛盾和心理障礙都是有利的。我聽說，你也曾經作過心理治療？」

「……是的。請問你想對我說什麼？」秦義飛稍稍鬆了口氣，只是心裡仍然有點說不上來的疑惑。這種事他還是頭一次遇到，一時不知該如何應對。抑或，這也與那位心理醫生頗有些突兀的出現，和頗有些特異的嗓音有關吧？他的那種古怪而似乎十分遙遠的語音是秦義飛幾乎從來沒有聽到過的，似乎有些失真，聽起來也有些蒼老，卻又有些斷續的尖腔夾雜在其中，口齒因而顯得甕哩甕哩地不太清楚；甚至，還有幾分不男不女的怪異感。

然而這個醫生顯然真是十分瞭解他們的情況了，以至在他貌似中允而溫和的言詞後面，秦義飛隱隱地看見了一位戴著寬邊眼鏡，神情不無嚴肅卻相當通情達理的老醫生那副銳利的眼神，他的戒備心漸漸地融化了。

「秦先生，我不是法官，不會對你們倆人間的恩恩怨怨發表道德評判。作為心理醫生，我也完全能理解你們各人的難處，也不會僅僅根據一些表面現象來判斷是非。所以我主要想提醒你的是，因為目前徐曉彗處於一種非常特殊的精神狀況，她的情緒非常不穩定，而且有偏激衝動的意願，這是不利於她的治療的，也是不利於你們還有孩子之間關係的。所以，麻煩你能配合我一下，今後儘量克制自己的情緒，儘量不要再和她發生衝突，也不要再給她新的壓力，以利於她的心理康復。」

「配合你完全沒有問題。但是要說到衝突的話，這實際上正是我竭力想避免的。可是樹欲靜而風不止，事實可能並不完全像徐曉彗告訴你的那樣；幾乎每一次衝突或者誤解的發生，都是徐曉彗挑起來的。而且，許多話，許多事情都反反覆覆解釋、爭執過無數遍了，可是過不了幾天她就會老調重彈。而實際問題，比如，你一定知道孩子的事了吧？我和孩子的關係問題卻始終沒有任何改善！」

「這個我也是知道的。你們面臨的都是非常特殊的狀況。不過徐曉彗也對我表示過，她也不想激化矛盾，只是有時候精神失控而身不由己，希望你能多加體諒。說到底她是一個孤獨而弱勢的女性，幾十年來承受著比你大得多的心理壓力，和獨自撫養一個私生孩子的種種困難。因此她的實際處境和心理狀態更不穩定，更多危機。而長期的沉重的精神創傷和壓力，是會使一個女性的心理發生扭曲，反過來也使她更容易被感情所傷害。相比起來，你的實際處境和家庭環境要比她好得多，所以就需要你對她多加包容和體諒。」

「可是醫生，這都是表面現象哎。實際上二十多年來，我的日子也可以說是一天也不好過。我不否認徐曉彗也確實有她的種種困苦和艱辛，我也完全可以想像到孩子在成長過程中的種種艱苦、屈辱和特異的感受。這也正是我精神心理出問題的根本原因。所以我總是盡可能地給予他們經濟補償以減輕內心的歉疚。可是這麼多年來，我幾乎總是在單方面的付出，至今連孩子的面也幾乎沒有見過，你認為這種局面正常嗎？」

「是不正常。可是我希望你配合的，主要是這個問題。你是文化人，又是幹部，應該想像得到，這個問題的主要責任並不在徐曉彗，而是孩子大了，有自己的性格和想法了。長期不正常的生活也給他的心理造成許多負面影響，使他對你也形成了嚴重的不信任感。而且他暫時不想與你見面、聯繫，也有他的種種理由，總之是從大局考慮，從整個家族的方方面面考慮。你想過沒有，現在徐曉彗已經不能隨便支配他了。而你還一再逼她交出孩子或者是他的聯繫方式，她就陷入更大的矛盾和壓力之中了。現在這麼逼她，實際上是讓她陷入被動，甚至還會和孩子的關係產生裂痕……」

「鬼話！這種謊言她對我說過無數遍了！醫生你是太不瞭解她了，如果她真有良好意願，起碼在孩子還小的時候，她是完全可以讓我見見他的吧？可是實際上這麼多年我只見過這孩子一面，還是連家門也不肯進就匆匆地被她帶走了。更不能原諒的是，她還多次欺騙我的老母親，甚至約好時間讓腿腳有病的老人趕到藩城來見面，結果卻讓滿懷希望的老人大失所望，直到她死也沒見成孩子一面——這件事也對我的心理造成巨大陰影，至今想起來都無法饒恕她和自己。」

「怎麼是騙她呢？你母親來藩城的時候，她正好有事，而且，原本她們並沒有約好，是你母親自己一廂情願找過來的。」

「這是徐曉彗對你說得嗎？你看看這個女人是多麼的不誠實！實際情況我母親當時都明明白白地告訴過我。困難年代，說小孩生病，說有這個那個困難，總之編出種種理由，違背約定，額外逼我給錢或出這種那種難題，就是她的家常便飯。老實告訴你，醫生先生，我最近才突然醒悟到，自己過去是多麼的糊塗和懦弱，多麼地卑怯和自私。她總是對我說孩子怎麼怎麼想，怎麼恨我，怎麼不願意見我，甚至要來殺我，其實恐怕都是她的謊話！而害怕自己的的謊話現出原形，害怕孩子得知許多真情會對她不利，恐怕才是她設置重重障礙，死活不敢讓我和孩子見面、聯繫的根本原因！一句話，過去她是拿孩子做幌子，好來訛我的錢，現在她依然想拿孩子乃至孩子的孩子來作籌碼，好來訛我的感情，毀壞我的生活，以平衡自己的心理……」

「放你娘的狗屁！你越說越不像話了！你才心虛，你才有鬼，你才怕別人得知真情，你才想毀壞別人的生活呢！有種你試試看，我明天就到你單位去，我們倆當面對證，把一切都原原本本告訴你單位領導，讓他們來評評這個理！」

活生生就是晴天霹靂，話筒裡竟然炸響了別一種口吻。聽聽還是醫生的腔調，話意卻絕對就是徐曉彗的！

秦義飛大張著嘴巴，半晌回不過神來，卻聽那「醫生」一發而不可收拾，潑髒水般大發其淫威：「你個混蛋的東西，你才是騙人的老手呢！欺騙我感情，玩弄我身體，還口口聲聲關心孩子，你關心個屁！你從來就只關心自己的兒子，自己的小家庭……」

「你……你是徐曉彗？你的聲音怎麼……那個醫生又是怎麼回事？」

「不關你屁事——」話筒裡的口音魔術般地，突然變回了徐曉彗本人的聲音：「你個混帳王八蛋，我就知道你背地裡不會說人話，果然讓我套出來了。原來你就是這樣看我的？告訴你秦義飛，我跟你沒完！這輩子你都休想有安生的時候，更別想見到言真。有本事你就上法庭去告我，全中國的媒體都在等著你和我打這場官司……」

秦義飛一下掐斷手機，狠狠地扔在副駕座上，然後呆呆地癱在坐椅上，好一會還像是剛剛被人剝了衣服般哆嗦個不停。心裡則昏天黑地地彌漫著無邊的悲涼和憤懣。

她這是在幹什麼呀？

她到底想要得到什麼？

只有一點是明確的，她有得是功夫和精力，有得是詭計和陰謀，從來就清楚地看准了我的軟肋，決不會輕易放棄她手中的牛鼻繩，真得會讓我永無寧日地攪下去。

怎麼就讓我攤上了這麼一個人喲！

十

直到和齊佳說起這事，秦義飛才哭笑不得地弄明白，原來手機上有一種魔音功能，可以讓男人模擬女人或者女人模擬男人、年輕人模擬老年人，總之是改變一個人的口音，達到欺蒙別人的目的。怪不得那口音聽起來變像一回事，感覺上總覺得怪怪的。這種事朦朦朧朧好像聽說過，居然也讓自己碰上了！

「荒唐！簡直是荒唐之至！這種小兒科的把戲都要出來了，徐曉彗還真比以前能耐多了。起碼那心理醫生的口吻還真叫她模擬得活像那麼一回事。可是我實在鬧不清楚，她反反覆覆糾纏我不休，到底想達到什麼目的嘛？」

齊佳沉吟了半晌，冷笑一聲說：「這種女人的目的你永遠也別想揣摸透。實際上也沒有揣摸的必要。有時候她就是看你過得好了不順眼，想來騷擾糾纏你一下；有時候就是想圖點個錢財，撈到一點就補償一點心理的不平。歸根結底恐怕還是生性偏執，幾十年前的那口氣始終出不掉，自己活不好也不讓你好過。所以讓你哭，讓你跳，讓你渾身不舒服卻又不至於會死掉，彷彿是貓戲老鼠——恐怕就是她的某種潛意識。」

秦義飛絕望地在屋裡打起轉來，好一會才無奈地看著齊佳說：「現在我真是忍無可忍了。只要一聽到她聲音，不，看到她的來電號碼就頭皮發麻心發慌！」

「要不你再試試這一招看——曉之以理不行，就動之以情；你不是早就連言真的遺產都準備好了嗎？你告訴過徐曉彗這個事了嗎？」

秦義飛疑惑地搖搖頭。

「那好，你這就發個短信去。先來點哀兵之策，就說你鑒於自己百病纏身，恐怕不久於人世，所以已預留了遺囑，給言真準備了一筆遺產；但前提還要取決於他們的態度，如果她今後通情達理，不再胡攪蠻纏就兌現，否則一個子兒也別想要。」

秦義飛一個勁地搖頭：「徐曉彗現在可以說是走火入了魔，完全是油鹽不進的四季豆。瘋起來她才不會管將來怎麼樣；弄不好則反而刺激她變本加厲來打我的錢財主意。」

「可人心畢竟都是肉長的，你這樣至少可以傳遞給她兩個資訊，一是你對言真確實是一腔真情，連身後還想著他的利益。她不是總指責你對言真沒有真情嗎？這回怎麼也要受點感動吧？況且，徐曉彗多精明的一個人啊？涉及到言真重大利益的事情，她可能不有所考慮？社會上到處都有這一類遺產糾紛案例的存在，對她的心態會沒有暗示或影響？這一陣她突如其來甚囂塵上地折騰得這麼凶，誰知道骨子裡是不是也對你身後言真的利益有沒有保證有所不安卻又不便明說，因而她心理才格外沮喪、失衡？這個資訊，對她沒准就是一粒定心丸呢。第二個就是，她現在再怎麼瘋，畢竟沒有喪失理智，基本的利害關係應該還是把得准的。如果她一意孤行，就有可能讓言真失去一大筆錢財，她不是視兒子如命嗎？怎麼著也得有所收斂吧？起碼，什麼作用也起不到的話，你實打實真準備了這筆遺產，讓她、尤其是言真本人及早有個數，也是應該的吧？即使有一天，你的事給抖到社會上去，憑這事，輿論也肯定會對你有利一些。」

秦義飛吟哦了一會說：「那我再試試看？我覺得至少會緩解一下今天這場衝突造成的緊張，免得她明天真的瘋到單位上去。」

秦義飛摸出手機，斟酌著，修改著，很快擬就一條短信，遞給齊佳看後，齊佳也表示認可。於是又反覆看了幾遍，一咬牙，點了個發送——

「鄭重聲明：我對言真歷來真誠看待，並且早已對他將來的利益有所準備。鑒於自己多病纏身，精神每況愈下，為防萬一，特立下遺囑並委託了可靠律師，一旦我不測身故後，言真會得到我預留的遺產。決不食言，此信為證！但今後你若繼續有嚴重損害我精神或名譽的行為，那麼實際受損的將是言真。因為我將修改遺囑，取消其繼承權，決非戲言！」

——出乎意料的是，整個晚上徐曉彗靜悄悄的，竟毫無反應。秦義飛不禁擔心她是否收到，於是在十點後又複送了一次。結果還是沒有回音。

第二天，第三天，徐曉彗還是沒有任何動靜。

當然，亦如既往一樣，她也沒有出現在秦義飛單位裡或有其他意外動作。

這一招真有這麼靈？不可能吧？徐曉彗真會有給我太平的一天？真這樣的話，她倒還算得上有理性的人了。

秦義飛反而更忐忑了。他有一種預感，自己正處在暴風雨前的短暫平靜期。

十一

然而，又是一個星期過去了，徐曉彗依然杳無音訊。

難道她對我的「遺產」會沒有興趣？抑或是她玩的魔音把戲露了餡，她自覺無顏再來糾纏了？可是，這恐怕不符合徐曉彗的性格吧？

管她呢！秦義飛不禁又冒出了得過且過的心理：反正我該說的都說過了，該做的也都做到了。接不接招完全是你的事了。你永遠不來最好，我樂得安靜。至於言真……

只有這點，他無法釋懷。歷來如此，稍稍感到生活的快意或愉悅時，歉疚或不安便會蝨子般冒出來啃上他幾口。也不是沒有作過最壞的考慮。實在這輩子見不到他也就順其自然罷了。但願人長久，千里共嬋娟吧。人不能總被親情牽絆一生。好在言真長大成人了，他現在的生活狀況也還說得過去。將來真過不下去，不信他不來求我。真的永遠不來找我，說明他過得下去，那也就是了。人不能總套著親情的繩索。小狼大了，母狼還要把他趕出去獨立謀生呢。人也差不太多，即便一個正常家庭的子女，也不都會和父母廝守一生，大起來有的出國，有的下放，有的四海為家獨立生存，父母子女之間一年裡甚至一輩子見不上幾回面的大有人在，那麼，我就權當他離家遠遊就是了。況且，無論是什麼樣的人，無論你家境優裕與否，成了人終究要自己承擔自己的人生。具體而言，所有人各自的生活形態如何，物質上固然有差異，精神上，富豪也罷，窮光蛋也好，根本上都脫不開喜怒哀樂之四字輪迴，可說是大同小異。

無疑他這是在找理由安慰自己。秦義飛自己也很清楚，越是這麼想個不停，越說明自己並沒有真正「放下」。可人生在世，誰又能真正「放下」？真正放下了，如僧侶，如大哲，他們的人生就一定是美滿的嗎？除非你有朝一日真能升仙進天國！

這天晚上，秦義飛正和齊佳在餐桌前共進晚餐。

雖然自打真如在外上大學後，家裡成天只有老夫老妻倆個人形影相弔，未免有些冷寞。但因近來「外事」相對平穩，而今天又是真如的生日，倆口子剛剛和他通過一通電話，秦義飛心情頗覺寬鬆，齊佳又特意烹製了幾樣秦義飛喜歡的小菜，算是他們為兒子過了生日。所以今晚的氣氛還是算得上融洽。只是倆人都心有靈犀，絕口不提徐曉彗或言真的名字。

他們是很少有這樣的機會的。平時倆人都很忙亂，中午是各自在單位吃各自的，晚上下班到家的時間也相差著一個多小時。如今這年頭的一大特徵就是應酬成風。稍有點頭臉的人總斷不了會有這個那個的飯局。故倆人除了週末能在一個桌上吃飯外（這時也常常是在外面的飯局上），平時基本聚不到一塊在家裡吃上一頓熱乎的晚飯。

電話響起來的時候，秦義飛正和齊佳說起自己這兩天做過的一個夢。

他家的座機設了語音來電提示，一聽區號，秦義飛那酒氣薰染的臉上就失去了光澤，他騰地蹦起來，直撲臥室。

是澤溪的區號，他以為是父親或者妹妹來的。

實際卻是一個完全陌生的、聽起來還有些怯生生的年輕小夥子的聲音。

齊佳發現，他剛剛聽了幾句，突然間就繃緊了身子，沉重地喘息起來：

「言真？你……你真是言真？」

他一邊大叫著，一邊緊張地按住話筒，向湊過來的齊佳作了個手勢，要她也靠近了聽聽：會不會又是「魔音」？

齊佳貼近話機聽了一會，很肯定地向秦義飛搖了搖頭。

秦義飛自己也覺得這個聲音很正常，完全沒有那種異樣而失真的感覺。霎時，他渾身的血液像突然被點燃的汽油一般，呼呼爆燃著，直衝腦門。

但他使勁掐著自己的大腿，並竭力調整著呼吸和語氣，以免驚著言真。

「言真呵……這麼說我終於聽到你的聲音了！謝謝你，謝謝你！你……你現在哪裡？」

「澤溪。」

「澤溪？哦，對了對了，你就是在澤溪。你還好吧？工作還適應嗎？哦，心肌炎恢復得澈底嗎？」

「嗯，還好的。」

「啊，這就好了……哦，你妻子叫小玉是吧？聽說她很不錯的。我真為你高興。還有如如，如如也很好吧，應該會說話了吧？」

「是的，會喊爸爸媽媽了。」

「太好了，太好了！我真的是為你感到高興，不管怎麼說，終究有了自己的家庭和理想的妻子，還有了這麼可愛的兒子，我真是太為你高興了，當然……」

「你們不要再為了我吵來吵去了。見不見你是我的想法，你不要再逼她了。」

「這……好的好的，我明白你的意思，我聽你的，我一定會注意的。但是……」

「我有我的生活，過去的一切我不想再翻它。你也有你的家庭，也有兒子。希望大家都安心生活。我沒有別的想法了。」

「可是言真啊，有些事情……唉，說起來實在是一言難盡，希望有機會我們能當面細說。可是無論如何，我的家庭並不會成為你的障礙，我們之間完全可以也應該能夠正常相處，如果你願意的話……」

「我什麼都知道。」

「呵，都知道就好。過去的一切……我的意思是，要緊的還是你，我和你媽之間的問題，我覺得並不完全是一回事……其實也沒有什麼了不得的問題。而你有你的人生，你的小家庭，你的孩子，所以，應該理直氣壯地過好自己的日子，完全不必為上人的問題擔心。而且，不管怎麼樣，有一點是絕對共同的，那就是我們都希望你生活得好，如如也能夠有一個健康快樂成長的理想環境。真的，你要相信我，相信這是我真實的心願！」

「謝謝你。我們蠻好的。你也……多保重。時間不早了，你就早點休息吧。」

「不不，時間還早呢，你……你沒有別的事情嗎？我是說……可能的話，我去澤溪看看你可以嗎？不必驚動別人，甚至小玉和她的家人，暫時也可以不驚動的。你放心，我沒有別的意思，就是……你媽在也沒關係，我只是覺得，這麼長時間了，你也成家立業了，無論如何也應該見個面了。」

「這個……」

「如果暫時還不能那個的話，今後，我們還能再聯繫嗎？你能把手機號碼告訴我一下嗎？你儘管放心，我絕不會多打擾你的。」

「這個……」

「哦……那就等你覺得合適的時候再給我也行。但以後無論你有什麼想法或者困難，希望你隨時給我打電話。畢竟現在不同了，你也是做父親的人了，相信我們是有溝通的基礎的。當然……我們都需要時間，需要瞭解，……我知道我有太多太多的錯誤，甚至罪過。我……最對不起的就是你了。真的對不起！這麼多年了，我明明知道你受了太多的委屈和苦楚，可我卻……有些話我一直想有機會當面對你說——一切都是我的錯，許多時候我確實是太自私也太懦弱了……但是你一定要相信，我從來沒有忘記過你。所以，我現在能說的，只有請你原諒，當面向你致歉。而你，完全有理由不原諒我，甚至恨我，或者當面罵我一頓、打我一頓，我也完全可以理解。所以，要是可以的話，請你一定要給我個機會，哪怕先見上一面……」

「這個……你還是早點休息吧。」

「哦……你媽她在邊上嗎？」

「再見了！」

喀嗒一響，言真竟掛上了電話。

秦義飛期期艾艾地望著手中的聽筒發了好一會怔，才悻悻地扔到座機上。

「這孩子……」他一把扯開衣襟，抹了把額頭的冷汗，回過身來望著齊佳說：「我都說了些什麼？」

「懺悔啊，道歉嘛——實在說，我覺得你說得很好，該你說的都說了。除了……他叫你一聲爸了嗎？」

「好像沒有。」

「你也一樣，叫一聲兒子就這麼難？」

「其實我心裡還真的想……嘴上就是出不來。而且，也許他來得太突然了吧？總有一種莫明其妙的感覺在心裡梗著我……老實說我實際上還有點想抗拒什麼似的——你能肯定他真是言真嗎？不覺得他的反應未免也太淡漠了些嗎？感覺他幾乎就沒什麼要說的話嘛？恐怕他也有和我類似的疏離感吧？到底我們是太陌生了。而且，我怎麼覺得這孩子有點讓我說不上來的味兒呢……說話也有氣無力的，根本不是想像中那個言真呢！是天生性格軟弱呢，還是他特殊的經歷造成的？總之，我真有點失望呢。還有，他總是吞吞吐吐的樣子，會不會徐曉彗就在邊上聽著，所以他不敢多說什麼呢？」

齊佳點點頭。

「你覺得她這麼做，到底是怎麼想的？真是遺囑的事起作用了？」

「這個就不必管她了。何況她從來就不是你我能夠捉摸得透的人。你走著瞧就是了。但是，這肯定是個破天荒的好事。而且，你不覺得，言真毫無氣勢洶洶或者咄咄逼人的姿態，起碼預示著，你們將來的關係不至於再差到哪去了？」

說著，齊佳又翻開電話上的來電顯示看了看：「不管怎樣，先把這個號碼記下來，說不定以後會有用。」

秦義飛也湊上去看了看：「是座機。你覺得會是言真或者小玉家裡的電話嗎？」

「十有八九不會。」

「管他呢，反正他能來電話就不錯了。這點倒真是出乎我的意外，尤其在現在這種局面下。不過我現在更加確信，只要言真和我逐漸地有所聯繫或接觸，早晚我會以真誠感化他。他也會發現，我秦義飛並不是他既定印象中的那個壞人！」

「這個我倒有點不同的看法。徐曉彗的性格和情感有多複雜，可以說我們怎麼想像都不為過。

這麼個深不見底的人，肯定會歪曲許多事實，給言真造成不良印象；但是，她也決不可能把你描得一團黑。否則，她也就不成其為徐曉彗了。」

秦義飛若有所思地垂下了頭。齊佳卻像要拂去什麼似地使勁揮了揮手，臉上忽然露出一種微妙的神情。默默地看了他一會後，她輕輕一笑，隨即吐出一句讓秦義飛心頭猛地一震的話來：

「你可要準備好呵。說不定，歷史就此要掀開新的一章了。」

——實際上，就是齊佳自己也沒有料到，僅僅個把月以後，她當時這句並無太多深意的戲言，居然真的一語成讖！

第十章
天哪天哪我的天哪

一

儘管還心存疑惑，儘管對齊佳「歷史將掀開新的一章」的說法並不敢抱有太高的期望，但言真的來電，還是讓秦義飛興奮不已，或者說，大費躊躕。畢竟這是一個史無前例的突破。他的直覺是，只要有了第一次接觸（而且言真這個來電的基本姿態還是出乎意料地友善），就奠定了一個基調，開了一個好頭。今後言真繼續來電並進而同意見面、直接溝通就不再是一種奢望。而只要能與言真保持適度聯繫，彼此知情，溝通便利，徐曉彗的代言人身分就失去了繼續存在的理由；她也就沒有多少空間可能再上下其手，繼續騷擾或添亂，自己期望的和平相處、相對安定的局面，就有可能成為現實。

當然，對徐曉彗也就特別要保持足夠的耐心和智謀，乃至必要的體諒。首要的一點是儘量回避再與其發生衝突，這既是爭取言真的必要前提，也是對徐曉彗能作出這個積極姿態的一種回應。畢竟，不管她出於什麼樣的實際考慮，沒有她的同意或勸說，言真無疑不會主動給自己來這個電話。細細想想，自己以前可能還是有錯怪徐曉彗的地方。她肯定打過壩，也肯定會擔憂自己與言真相處太好的話，她本人會受到冷落，但其真實心態或動機，也未必如自己想像得那麼簡單；或許她仍然是矛盾的甚而是多變而狡詐的，但她畢竟還是有從言真長遠利益出發，希望自己和他能正常相處的意願在；否則，自己和言真恐怕永遠只能隔河相望，徒喚奈何而老死不相往來。

然而，接下來的事態，卻又像一盆潑面冷水，再次澆熄了秦義飛心中剛剛燃起的希望的火苗。並無情地證明了，他在某些方面幾乎是無可救藥的幼稚。

就在言真來電的第二天，沉寂了十來天的徐曉彗又出現了。

一大早，簡直就像是掐準了秦義飛的生活節律，他剛剛擰開辦公室門鎖，桌上的電話就響了起來。毫無思想準備的秦義飛大步跨到桌前，也沒想到看一眼來電顯示，就喘吁吁地拿起話筒，用平時慣有的溫和語氣先應了一聲：你好，我是秦義飛（如果預先知道是徐曉彗，他可不會使用這種口吻。耐性再好的時候也頂多有氣無力地哼上一聲，通常都是他不出聲，而等徐曉彗先發話才冷冷地哼上一聲以示某種厭煩或抗議）。

「是我哎……」徐曉彗的聲音很清脆，聽上去今天的精神似乎不錯，分明還透著幾分自得或自信在。可秦義飛的感受卻恰恰相反，他的心突地一下痙攣後，音調陡然降了好幾度：「哦……我剛上班，今天還要開會。」

那意思是暗示她長話短說。

沉住氣，沉住氣，不管她說什麼，千萬別跟她吵！他拚命提醒著自己，並豎起耳朵，緊張地捉摸著徐曉彗的每一個言詞。

奇怪的是徐曉彗像根本沒聽見秦義飛的話，沒事人似地呱啦呱啦地扯了一通秦義飛聽來幾乎是不著邊際的廢話。大意是說，她剛從菜場回到家，買了些什麼什麼菜，並準備回頭就煨個老母雞湯給言真他們送過去。說是如如現在可能吃了，尤其愛喝雞湯，還喜歡吃魚。並且，這「臭小子不知哪來的毛病，大人給他剔魚刺還不讓，非要自己剔，又不會剔，經常弄得滿桌滿身都是——都是言真他丈母娘給寵出來的壞毛病，我非要好好調教調教他不可了。」

秦義飛忍不住插了一句：「這麼說，你現在也在澤溪？」

徐曉彗分明怔了一下，緊接著便說：「就是啊。都怪言真，結了婚倒像是更依賴我了，三天兩頭打電話讓我過去。背地裡還嫌他丈母娘太嬌慣孩子了，做的菜又不對他的胃口，如如也不喜歡吃，我就只好兩頭跑跑了。不過我也經常說他的，你現在是寄人籬下，住在老婆家裡頭一條就是要敬重上人，看上人臉色行事。不搞好關係將來有你們的苦頭吃。」

「小玉娘家條件還好吧？」秦義飛儘量顯出漫不經心的語調，實際上則想趁機刺探點他感興趣的問題。

徐曉彗似乎並無戒備，很自然地接腔道：「不是還好，而是相當好了。都是醫生嘛，老丈人還是醫院的外科主任醫師，很吃得開的。」

「是嘛？哪個醫院的主任啊？」

「這個……我也搞不清。反正我是不會去求他們什麼的。小玉家房子也很大，一八〇多平方，外面還有個很大的露臺。老丈人讓人運了很多泥土上來，種了好多花花草草的。房間也足夠，所以他們祖孫三代住著還是很寬敞的。就是那丈母娘喲，你根本就沒法想像她有多少窮講究，尤其是衛生方面。潔癖就不去說它了，家裡面連浴缸都擦得照得見人影。我在他們家吃過一次飯，碗呵筷呵都先在消毒櫃裡消過毒的，用的時候還要再用滾水燙一遍。挾菜也一定要用公筷，吐骨頭一定要放在專門的盤子裡。真不知道言真是怎麼忍受他們的。所以後來再叫我吃飯就死活也不肯去了。好在我租的房子離他們家不遠，去澤溪的時候就做點言真喜歡吃的菜送過去。要看如如，也讓言真把他抱到我這兒來。告訴你，我還把如如留在身邊住過好幾個晚上呢。小傢伙黏我黏得不得了，晚上就像只小巴兒狗一樣，一夜到天亮都緊緊拱在我懷裡，害得我動也不敢動。可就是他們家人喲，一天也捨不得，千叮囑，萬關照的，天天催言真趕緊把如如抱回家。這倒不去跟他們計較。可他們也真是太過講究了，連客人坐過的凳子都要用酒精棉花擦了又擦。拖地板的時候，聽言真說，有時還要用醫院裡的那種消毒水，搞得滿屋子都是怪味道。真不知道如如那麼嫩的肺能不能吃得消……」

「這應該沒什麼問題的。還有，人家是醫生嘛。你可千萬尊重人家的習慣，什麼也別說。一定要處理好與他家的關係，否則對言真是不利的。」

「我才沒閒心管他們家的是非呢，又不跟他們住。可是言真習慣不了哎，成天背地裡跟我訴苦，昨天夜裡還跟我說，要拚命苦錢，儘快湊夠首付的錢，自己買房子單出來住……」

彷彿被一根銳利的鐵指重重地撥了一下，秦義飛的心弦驟然間發出錚錚的顫音——這個問題倒是他以前沒怎麼考慮過的。他不禁十分敏感地想：「徐曉彗這是在暗示我什麼嗎？」

按理我是可以裝糊塗的，沒有哪一條法律條文規定我必須有所表示。但是，如果一點意思也沒有，似乎又顯得太那個了些，尤其是在現在這種時候。可是真要那個的話，買房可不是個小事情哪……心裡一躊躇，嘴上便結巴起來：「哦……這倒也是，如果他們真有這個可能的話……」

徐曉彗似乎並無特別的意思，自己就把話鋒轉開了：「對了，他昨天給你打電話了吧？」

「這個……」秦義飛剛有點放鬆的心情一下子又揪緊了。因為他把不准這事言真有沒有告訴過徐曉彗。然而再想想當時的情景，徐曉彗多半是就在身邊，於是乾脆說實話：「是的。」

「這個臭小子！我是後來才知道的。言真平時寡言少語的，對我總是言聽計從，從來不會隱瞞我任何東西，沒想到這回跟我耍了滑頭。哼，我算是看透了，這小子以前嘴上總說是怎麼怎麼的，實際上還真是十足的大孝子一個。我問他，你老子都跟你說什麼了，他說沒說什麼，就是聲音聽起來怎麼那麼蒼老啊，是不是他也有什麼苦衷啊？還問我，他老婆厲害嗎？我說你別瞎說，他老婆賢慧得很的。他也就是年紀大了點嘛，身體是不太好的。後來你知道怎麼了？他就那麼一個人趴在陽臺上，悶著頭一個勁抽煙了。我忍不住又去問他，是不是你親老子說你什麼了？他一張口就把我衝得多遠喔——你別瞎猜疑好不好？以後你們都不要再為了我互相怪來怪去的好不好？我自己的事，我自己完全能作主了。你們都老大不小的人了，省省心不好哇！」

秦義飛心裡頓時酸酸地，不禁動情地說：「他給我的印象也是很懂事的。跟我也就是強調了同樣的意思，要求我們不要再互相埋怨了。這事我也想過了，應該是我的責任更大一些。許多方面，他的想法是可以理解的，也很有道理。我過去是有一些誤解甚至是錯怪你的地方，所以今後……請你一定告訴他，不要多為我們的問題操心，集中精力過好自己的日子才是正題。至於我和他今後的相處，我相信時間會慢慢緩和一切，畢竟感情的培養需要一個過程。」

「可是你想得到嗎？昨晚他打完電話回到家裡，就和小玉大吵了一架哎。」

秦義飛大為不安：「能告訴我他們為什麼會吵架嗎？」

「還不是為你！」

「我？小玉不贊成他和我聯繫？」

「這也是一方面原因。小玉以前的確是對你有意見，覺得你對言真的感情完全是應付式的，不得已而為之。但是你也千萬別生小玉的氣。你想想，她不像言真，跟你再怎麼生分，總還有一根血緣的紐帶牽連著。她跟你沒有任何感情，純粹是站在旁觀者立場上看問題，難免會有……可以說是偏見吧。所以，她聽言真說了你的一些話後，隨口就插了一句話——你這個親生老子啊，他要真關心你，也不問問你現在的日子都怎麼個過法啊？比如最要緊的房子，買了沒有？還說什麼留給你遺產，那都是忽悠人的，幾十年以後的事情，誰知道到時候會怎麼樣？真有那個心，不如現在就拿點出來，幫我們解決下燃眉之急。」

秦義飛大為窘迫：「遺產和現實需要，可不是一回事啊。」

「就是呀。所以言真一下子就跳了起來，指著小玉鼻子，罵得那個凶哦，具體都說了些什麼，我也沒在場。只是今天一大早，小玉打電話跟我訴苦，還哭得一抽一抽的。這不，我趕緊買點菜過去勸解勸解吧。言真也太不像話了，很多話說得也太難聽了。聽說言真還跳著腳說，要搬到我這兒來住。怎麼能這麼任性呢？小玉再不懂事，也有發表意見的權力嘛，況且她的出發點也不完全是胡說八道。遺產不遺產的，本來就是靠不住的事情，所以我也根本沒當回事。至於房子的事，我也明確表了態，有本事就自己打拼自己掙，誰也別打別的主意！」

心情煩亂的秦義飛正猶豫著該怎麼說，又聽徐曉彗這麼說話，忽然覺得很不舒服。怎麼越聽越像是有所指了嘛？他急速地思量了一下，立刻提高嗓門道：

「這樣吧，徐曉彗，既然提到了這個問題，我不妨再鄭重承諾一遍：遺產的問題我決不是信口說說的，早在十多年前我就一直有所準備的。實在說，到現在確實也有了一定數額的存款在了。至於在我身後，言真是不是真的能夠拿到手，我可以負責任的告訴你，這個問題我也早就考慮過，並且在預留的遺囑中指定了合法可靠的遺囑執行人，這一點你們不必有任何懷疑。但要我現在就把這筆錢給言真買房，這個……老實說我暫時沒有考慮過。但是如果言真本人也有這個意思，是先取一部分，還是怎麼辦，我可以再考慮；或者和他磋商後再決定。但是有一點，我也把醜話說在前頭，我必須和他本人直接洽商這個事。畢竟這是僅屬於他個人的財產。而這個錢的性質，不管最終他預支多少，協議上也必須寫清楚，還應該屬於我給的遺產……」

「呸！」

萬萬沒料到，話筒裡震響的，竟是徐曉彗如此響亮的一個呸！滿以為表現得仁至義盡的秦義飛，頓時驚愕得像是踩中了一顆地雷。

「你個老滑頭！言真才不會跟你來談什麼遺產不遺產的屁事呢！他從來就不稀罕你的臭錢，他就是住馬路，沿街流浪也不會要你的錢來買房子。更不要說你死了以後的什麼破遺產了！小玉算把你看到骨子裡去了，活該你要給她罵！」

彷彿有一萬響連珠炮，砰哩啪啦在秦義飛心頭爆響。被炸得七葷八素、金花亂冒的他，忍不住又扯直了嗓子：「徐曉彗！你怎麼回事？有話不能好好說，怎麼突然又耍起潑來？我好好跟你講道理，你非但不領情，反而罵起來人了？難道我又說錯什麼了？」

「沒錯，沒錯！你永遠正確，我永遠不對，可以了嗎？再次告訴你，這輩子你永遠也別想見到言真！」

喀嗒——如同先前的無數次結局一樣，電話嘎然而斷。

眼前又是天昏地暗。

二

我究竟說錯什麼啦？這女人實在是太不可理喻了！

久久地沉浸在濃濃的煙霧中，秦義飛悶悶地思索了好久，就是想不明白自己到底又刺中了徐曉彗哪根神經，竟使她突然翻了臉。唉！如此乖戾無常、不可捉摸的女人，你如何設想能和她有正常相處的一天？

有一點是清楚而明確了的，她這個電話完全是有備而來。甚至，言真那個突如其來的電話（也許他未必與謀）也是有備而來。而其苦心孤詣，無非就是覬覦那筆遺產。

這倒還無可厚非，畢竟言真寄人籬下的現狀秦義飛也為之不安，深心裡已然有了幫他一把的念頭。令人費解的是，自己的態度夠大度也夠通情達理的了。你徐曉彗就是不滿意也盡可商量，何至於光起這麼大的火來？

或許她只是她的一廂情願，而我卻要和言真直接洽談，她知道言真是不會要我的錢，或者，不會接受這種辦法的？

但是，買房資助款可不是小數目。何況這畢竟還屬於我將來要給言真的遺產，難道我可能不經過言真而再由你徐曉彗來處置這筆鉅款？

不可能！言真早已成人，徐曉彗早已不成其為監護人，她一手遮天的局面無論如何也不能繼續下去了！

還有一個問題是：如果言真知道了今天的事情會作何感想？

恐怕他未必知道。就是知道了，也不過是徐曉彗的一面之詞，她還不知道會對言真如何歪曲甚至誹謗我的真意呢！

對，這是關鍵。如果言真知情並願意接受我的幫助，然後親口向我授權她來談這個事，那也未嘗不可再考慮。可是，具體方式方法我仍然需要慎之再慎。

問題還在於，言真恐怕真是不會要我的錢的。或者，他即使有這個心，恐怕也開不了這個口，所以徐曉彗就親自出馬了。如果這樣，似乎也還情有可原。

唉，要是言真能再來個電話就好了。我就可以直接和他本人談開這事了——對了，何不主動打過去試試看？畢竟這不是個小事情，不能算是對他的一種煩擾吧？說不定這個號碼真就是他單位或小玉家的號碼呢？這是大事，既然他母親談到了，我正好有理由給他去電話。

他一躍而起，從手機上翻出言真來電的號碼。真要撥號的時候，他還是猶豫了好一會，終於還是屏住呼吸，果斷撥通了號碼。

畢竟是生平頭一回給言真本人打電話，話筒裡回聲響起來的時候，他的手也不由自主地哆嗦起來。

然而，回應他的，是一個陌生而蒼老的女人聲音。好在還挺客氣。秦義飛起先還以為他可能是小玉的母親，小心翼翼地請她找一下言真。回答卻是不知道這個人。再問她是不是小玉家，回答竟是：「什麼，哪個小玉？」

秦義飛失望地探問這電話是哪裡的，回答是澤溪美華家園社區煙紙店的公用電話。

悻悻地放下電話，秦義飛陷入更大的迷團之中。胸臆中也充塞著濃郁的失望和怨艾。這事未免吊詭，但手法卻顯然是徐曉彗的作派。這不奇怪。問題是言真，顯然他的確是對徐曉彗言聽計從，對自己也缺乏起碼的信任和諒解。否則何至於到現在還對我如此戒備？

這倒罷了，可是以後如果言真不再主動來電的話，我豈不是又一次失去了與他聯絡的可能？而出了今天的事，再加上徐曉彗肯定會別有用心的恣意渲染，無疑會加深他對我的誤解。那麼，今後他還會再來電話嗎？

即使再來，必定仍然是徐曉彗手中牽著的木偶。我仍然無法洞悉他的真實內心。而只要有徐曉彗在他邊上，他也決不敢亂說亂話。這樣的溝通又有什麼意義呢？

言真呵言真，你也老大不小的了，怎麼就不能單獨和我聯繫一下？哪怕客觀地聽聽我的聲音，那對我也是一份尊重；對你自己，即便無益，至少也是無害的呀！

正焦心著，桌上的電話忽然響了。他警惕地看了一眼，確認不是徐曉彗的手機，便拿起了話筒。頭一句話，就把他震懵了：「告訴你，我媽都是為我好。但是你放心，現在，將來，永遠，我都不會要你一分錢的。沒有你，我也會生活得很好。沒有我，你也會生活得很好。所以，以後我們各走各的路吧。我不會再給你打電話，你也不要來找我。希望你多多保重。」

「——言真你聽我說一句好不好？」

可是，秦義飛的話頭還沒落音，那頭的電話又嘎然而止。

秦義飛懊喪地扔下話筒，心底突發狂飆般騰起一股惡氣，禁不住狠狠一拳砸向桌面。霎時，杯蓋落地，筆筒亂跳。而隨著心頭錐刺一般一陣尖疼，整個右手背上火燒火燎地滲出絲絲血星。

他呲牙咧嘴地猛抽著冷氣，同時本能地伏向話機，再次看了一眼來電顯示，居然驚愕地發現，這個來電仍然是先前自己剛剛打過去的那個號碼。

嗯？他心頭一震，有一種極其特異的靈光，閃電般照澈腦海。他立刻抓起話機回撥過去。可一連好幾遍，回答他的一直是忙音。

等到他終於撥通電話，已是十分鐘以後了。

接電話的，又成了先前那個蒼老的女聲。但是，令他萬分訝異而激動的是，當他詢問前面是誰打過這個公用電話時，那個女人告訴他的，居然是社區門口的一名保安！

「保安？這怎麼可能？他很年輕嗎？他邊上還有沒有旁人在一起？」

「買東西的人多呢。」

「請問你認識這個保安嗎？能不能告訴我一下他的姓名是不是叫言真？」

「言真？不是吧？我就知道他叫小金。」

「哦？對不起我再請問一下，小金來打公用電話的前後，還有沒有別人來你這兒打過電話？」

「沒有。這麼大會兒，只有他一個人打過電話。哦，還有我剛才也接過一個電話。」

——嘖嘖！居然有這種事情？秦義飛大為吒舌，心中則翻江倒海，泥呵水地混沌一氣，澈底糊塗了。

咄咄怪事，咄咄怪事！他拚命吸著煙，像一頭剛被人痛打一頓的孤狼，懊喪地耷拉著腦袋，在辦公室裡來來回回徘徊了好一會，越想越覺得蹊蹺費解，越想越覺得不可思議。

除非自己癡了，呆了，傻了，否則，剛才來電話的人，無論是從其口音還是內容來看，除了言真，再不可能是旁人。可是他怎麼忽然就成了保安了呢？

哦！莫非徐曉彗原本就在忽悠我，言真壓根兒就不是什麼建築公司的工程監理，而就是在這個社區當保安的？

可是不對呀，人家明明告訴我他姓金而不姓言哪？

難道，言真這個名字也根本就是假的？言真他原本就姓金，而徐曉彗騙我是姓言？

可是，徐曉彗再那個，有什麼必要編個假名字來騙我？而且二十多年了，她從來沒露過口風或馬腳，這可能嗎？

——為什麼我就不敢相信，打電話給我的，的確就是個不相干的保安，而非言真本人？

這就更不可能了。一個毫不相干的保安，怎麼可能知道我和我的電話號碼，並且兩次冒充我兒子給我打電話？其目的何在，緣由又何在？

哦！莫非是徐曉彗叫他打的？

可是徐曉彗憑什麼要支配一個不相干的保安來冒充言真？保安又憑什麼會聽從她支配？只有一個解釋：真正的言真不受徐曉彗的支配！她只好想出這種李代桃僵的拙劣手法，沒想到百密一疏，弄巧成拙，竟讓我無意中窺到破綻？

如果真是這麼回事的話，那麼，真正的言真到底是怎麼想的？更重要的是，如果確實另有個真正的言真，那麼，他現在到底在哪裡？又為什麼至今都從來不肯露面，連個電話也不願意給我？

腦袋嗡嗡地嚣叫起來。與此同時，隱隱地有一種尖銳而異樣的感覺，似乎是一種臆想，或者就是某種隱秘的預感，好像逐漸清亮起來的號角一樣，從遙遠而蒼茫的心底升騰、扶搖，迅即充盈了整個腦海。血液也莫名地沸騰，翻滾，以至他感到渾身異常發熱，面頰發燙，肢體顫慄，手心裡也黏黏地攥出了一把汗。

有文章，有文章！這裡面肯定會大有文章！

無論如何，這回我再不能含糊苟且了。就是踏破鐵鞋，我也非把這件事搞清楚不可！

他立刻撲到桌子前，抓起電話撥通了齊佳的手機。

三

藩城到澤溪的高速公路，長驅直行於濕地和丘陵之間，一路都是好景致。

老天也似乎有意幫忙，以往印象裡多半是灰濛濛的天空上，今天又澄澈如洗。天藍得渾似一方大藍花布，縷縷雲彩就是鑲嵌於期間的朵朵碎花，路邊那眾多的大小湖蕩和水泊，彷彿也受到感染，閃閃爍爍地輝映著天公的喜悅。而遠處，那不斷地盤旋後退著的大片田野，色彩斑駁的花木、村落，還有那薄霧縈繞著的淡青色的丘陵，時隱時現於地平線上，幾欲讓人誤以為進入了一個奇妙的夢裡。

齊佳一直在東張西望著，不停地讚歎著車窗外的綺麗風光。

專心開車的秦義飛雖然已多次往返這條公路，新鮮感遠沒有齊佳強烈，且不可能像齊佳那樣自如地顧盼，畢竟那美酒一般濃洌的鄉野氣息和天然渾樸的自然風物是難以抗拒的，尤其見齊佳表現得陶醉而輕鬆，漸漸也舒展了出城前一直緊擰的眉峰，感到心情敞亮了許多。

「其實這人哪，你不覺得有點悲哀嗎？」心情一開朗，秦義飛情不自禁地發起了感慨：「實在是枉擔了自封的宇宙之精華、萬物之靈長的美名。其中絕大多數還不是永遠也擺脫不了世俗慣性的兩腳動物。利祿之心熏然，視野和生活空間越趨逼窄，卻還沾沾自喜於幾座污濁、擠迫的城池中樂此不疲。實際生活品質哪比得上那些沒有智性的飛鳥走獸，看上去它們只活了個本能，實際上它們才真正享受到了自然的精粹，自由之本質呢。你說是不是？」

「什麼意思呵？怎麼我聽不明白呢？」

秦義飛淡淡一笑：「老實說我自己也表述不清楚。只是……這麼說吧，幾乎每次開車回澤溪，我都會望著路畔的景色發一通說不清道不明的幽情。有一回我特地在一處靠近水泊的地方停下來，入迷地長久盤算著，如果有一天，我辭去城裡的職位，賣掉房子，到水邊的村莊裡買一處民宅，然後在水裡釣釣魚，在山裡採採藥，在鄉鄰家喝喝米酒，真正像陶淵明那樣悠哉遊哉地度過餘生，豈不快哉？」

齊佳吃吃一笑：「這種念頭我也不是沒有過。實際上，活在人世間的人，不管你是王公貴胄，還是平頭百姓，鄉野村夫，恐怕都會有或多或少、形形色色的避世幻想，所謂這山望著那山高，別人家的饃饃好吃。再明智者，恐怕都難逃這一大俗套。可是你不同……」她忽然斂住笑，幽幽地看定秦義飛說：「你呵！我覺得你特別應該牢牢記住那句老套話：家家有本難念的經。別太孤魂自憐了。你也應該相信，柳暗花明的奇跡也是永遠可能存在的——說不定這回——說真的，自從聽說你的發現，我心裡就突然像飛升起一顆照明彈，豁然開朗！思前想後，種種過去或多或少在意過卻又被遮蔽了的跡象，也突然像斷線的珠子似地，紛紛在黑暗中熠熠生輝！真的，到現在我都一直感到心裡蠢蠢，興奮難耐。總覺得會有什麼意想不到的事情在等著我們呢！起碼，我有一種越來越明朗的直覺：澤溪之行決不會讓我們空手而歸——只要我們能找到那個小保安，不管他是不是言真，對我們都意味著重大的突破！不信，你就等著看我的直覺是不是靈驗吧！」

「其實我又何嘗不是這樣期望著呢？終究又覺得……不管怎樣，我們還是要特別謹慎地行事才好。萬一不小心，事情沒弄清，反而惹毛了徐曉彗，肯定要吃不著羊肉惹一身膻。她的尾巴可不是輕易可以踩的！」

「你又來了！好好開你的車吧。謹慎行事當然是要的，但我更希望你以後再也不要這麼優柔寡斷、前怕狼後怕虎的了！無論如何，這回我們一定要堅決果斷，抓住這條線索窮追不捨——等著瞧吧，這裡面肯定有一篇大文章在……具體是什麼文章，我現在說不清，也不想亂猜測，總之，希望老天爺保佑我們。」

四

此行澤溪，秦義飛和齊佳目標十分明確，那就是找到美華家園那個叫小金的保安，一探究竟。若不是齊佳的堅持和打氣，秦義飛其實是不想來的。原因無它，長期以來徐曉彗給他造成的印痕太深了，明明發現了可疑或不合邏輯的跡象，仍然充滿畏懼。怕的就是萬一探究不出什麼有價值的內幕，反而驚動了徐曉彗的話，可能引發更多難以應對的麻煩。因此不如再靜觀其變，看看他們今後的反應再作區處。

但是齊佳的態度異常堅決。她從一聽到這個意外情況之後就一直堅信自己的直覺而躍躍欲試。她的看法是，幾十年來，秦義飛始終就像個被動挨打的懦夫，在暗夜裡摸索、躲閃；根本原因就在於自己的心虛和從來無法知己知彼。現在這沉重的黑幕既然已露出一隙黎明的曙光，就要緊緊抓住機遇，努力擴展光明。具體而言，只要小心謹慎，找到那個小金，就一定有可能獲得意想不到的突破。就是找不到他或者摸不出具體的內幕，起碼從面相上也可以驗證一下他有多大可能是言真；是的話，為什麼要對秦義飛說謊？不是的話，真言真到底在哪兒，或許他也能提供有益的線索……

由於車上新裝了GPS定位系統，倆人一下高速，都無心和自己家人聯繫，直奔美華家園。結果是意外地順利。按照GPS的指示，他們三轉兩繞沒費多少功夫，就在城西大華路邊發現了美華家園社區。有點出乎他們意料的是，社區很新，從管理和規模上看，還頗有些檔次。或許剛過上班時間，園區內看上去相當安靜，除了個別東張西望遛噠的老人，一般人很少進出，一派祥和景象。園區裡面除了有兩幢約模有二十多層的高層建築外，還有許多掩映在香樟和銀杏等高檔花木叢中的多層住宅。遠遠望去，社區中心通道還連接著一個規模不小的廣場，廣場後邊還有一個波光閃爍的人工湖；曲曲彎彎的回廊上，有幾個保姆模樣的人抱著孩子在閒逛。

齊佳忽然笑了一聲：「想沒想過？沒準那裡的一個就是你孫子吶」。

進城以後就緊擰眉峰緘默不語的秦義飛，沒好氣的白了齊佳一眼，心裡還暗暗怪嫌齊佳未免有些太興奮了，這種時候還有心思開玩笑。

其實齊佳正是看他神情忐忑，才試圖活躍一下氣氛的。她心裡也七上八下地撲騰得很。正在秦義飛打好右向燈，把車往社區入口處的路牙邊緩緩停下去的時候，齊佳又有些大驚小怪地啊呀了一聲，並使勁拍著秦義飛肩膀，指著正站在入口橫杆後值勤的一個瘦高個的保安說：「你看你看，那個就是小金吧？你不覺得他的臉盤子還真有幾分像你嗎？」

正要下車詢問的秦義飛趕緊又縮回車裡，緊貼著窗玻璃仔細打量了那人一會後，突然感到心跳得快要蹦出嗓子眼了。他深深地吸了一口氣，虛弱而求助地看著齊佳，無聲地點了點頭。

「那我們還猶豫什麼？」齊佳說著就拉開車門，直直地走向那個保安。秦義飛便也打起精神跟了過去。

是齊佳發的話：「這位先生，請問你是小金嗎？」

沒想到，那人頭也沒回地向身邊出口處欄杆後指了一下：「他是小金。」說著大聲道：「小金，有人找你。」

倆人這才注意到，社區出口起落杆邊的小崗亭裡，還坐著一個年輕人。他應聲打開玻璃隔窗，疑惑地看了看他們：你們是……找我的？」

僅僅只瞟了一眼，秦義飛和齊佳就迅速交換了一個眼神。這個看上去很白淨且頗有幾分英俊的小保安，年齡倒和言真十分相仿，看上去就是二十五、六歲的樣子，只是他的臉架子明顯太窄，細眉細眼的，一看就和秦義飛的方臉盤和濃眉大眼不是一個類型。但是再聽他說話，尤其是那口音，秦義飛的心又悠蕩起來：這聲音對他而言，印象實在是太深刻了，不是那個和自己通電話的「言真」，又會是誰？

「你好，你就是小金吧？」秦義飛一步跳到崗亭前說：「我是從藩城來的。我叫……我姓秦，最近你是不是和我通過電話？」

乍聽此言，小金驀然一怔，臉上隨即掠過一絲慌亂，答話也明顯支吾了：「我……我是姓金。可是……我不認識你，怎麼會給你打電話呢？」

「是這樣的，我……說來話長，能不能請你借過一邊說幾句話？」

「不行。你沒看我在班上嗎？再說我說過了，我不認識你，也沒給你打過電話。你一定是搞錯人了。」

深感意外的秦義飛一時不知再說什麼好，齊佳卻果斷地插上話來：「小金呵，不好意思，打擾你了。但是請你一定放心，我們不是壞人，因此對你決無惡意，也決不會給你帶來什麼麻煩。我們是特地從藩城趕過來的，目的就是想諮詢你幾個問題，請你耐心幫幫我們好嗎？」

小金略一遲疑，齊佳緊接著又問：「首先想請問一下，你是不是認識一個叫徐曉彗的人呢？她是一個中年婦女，個子不高，年紀有五十歲了……」

「我不認識她。」

「那麼，言真呢？你認識一個和你年紀相仿的年輕人，叫言真的嗎？或者，對不起呵，我可以不可以冒昧地請問你，是不是曾經用過叫言真的名字呢？」

「沒有。我從來沒有用過任何別名。」

「這就怪了……其實我們真正想找的，正是這個叫言真的人。因為曾經兩次接到過他從邊上那個小店裡打來的電話，而結果……」

沒想到，小金的神態忽然變得非常冷峻，不等齊佳再說下去，伸出手來一個勁地搖晃起來：「對不起，我根本不認識你們說的任何人。也沒有給什麼人打過電話。希望你們別影響我工作了，還是到別處打聽去吧。」

秦義飛和齊佳急了，倆人一起開口，力圖再詢問幾句，不料小金已唰一下關嚴了崗亭的玻璃窗，並且背過身去檢查一輛出門車輛的收費憑據了。

五

垂頭喪氣地開了一陣車的秦義飛，突然使勁踩了一腳剎車，扭頭對齊佳說：「我們還是回藩城算了，家裡下回再去吧。反正也沒跟他們打招呼。」

齊佳猶豫了一下，還是點了點頭。可正當秦義飛打算向右邊拐上出城高架時，她又不甘心地說：「既然都到了澤溪了，總該回家看看的。再說，我們不還帶了那麼些東西嗎？」

秦義飛歎了口氣：「也行。但還是先歇一會再去吧。這副嘴臉回家去，他們還當我們出什麼事了呢。」說著把車停向路邊，掏出枝香煙來，點上火狠狠地吸了一大口。

「你也是的，我覺得沒什麼嘛。至少我們證明了一點，這個人肯定就是小金，也肯定不是言真。這不就是收穫嗎？」

「話是沒錯。可是我和你想問題的角度恐怕是不一樣的。因此，這結果對我有什麼具體價值嗎？更要命的是，這一來反而暴露了我們自己，萬一這個小金把今天這事告訴了徐曉彗，她會作何反應？我現在可以肯定的是，以後這個所謂的言真恐怕也不會再來電話了。那麼，我該怎麼辦？」

「什麼怎麼辦？直截了當地戳穿徐曉彗的謊言，叫她交出真言真來。」

「那樣她就會交了？說到底，她這個人你還是不如我瞭解。她不想交你就是打死她也沒用。反而會以攻為守，編造更多的謊言來圓這個謊言。總之是利用這事做新的文章，給我頭上安上更多的不是，讓言真更加怨恨我；甚至，氣勢洶洶打上門來聲討我不信任他們，不真誠什麼的；起碼，我少不了又要面對一連串電話、短信甚至真的衝到單位來糾纏的新糾結了，唉……」

「可是，正因為希望避免這樣的折騰，我們才冒這個險的。問題是，小金為什麼會這麼抗拒我們？他和徐曉彗到底是什麼關係？還有一點你意識到沒有？既然小金不是言真，那麼言真到底在哪裡？徐曉彗為什麼寧願讓小金來冒充言真，也不讓他本人和你聯繫？還有……」

正在這時，擱在儀錶板上的手機嘀地一響，秦義飛拿過來一看，立即大驚失色：「徐曉彗的！這個小金！一眨眼就向她報告了！」

齊佳一把搶過手機，點開短信一邊看，一邊念給秦義飛聽：

「媽，後來我仔細想想，那天我們還是太不冷靜了，不應該給他打那個絕情的電話。他也不容易，年紀又這麼大了。不管怎樣還能想到要給我留一份遺產。錢我可以不要，但是不應該讓他傷心。所以有機會請你轉告他一個謝字。今後我還是不和他有任何聯繫為好。命運早已註定，現實無法改變。不如大家寬厚大度，免傷和氣，各人過自己的日子最好。真兒。」

——倆人面面相覷，幾乎同時叫出聲來：「言真的信？」

「言真給她的信。」秦義飛強調道。

「我知道。這說明徐曉彗還不知道我們來找小金，這是好事。你要回復的話，可要用心想好措詞。」

「現在回了就沒完沒了了。回去再說。」

「可是，她把言真的信轉給你，是何用意？」

「這還不是她的慣伎？也不是一次兩次了。吵了，罵了，那個所謂言真也打電話來下過最後通牒了。可是，根本上她從來就沒打算放過我。話說得再狠，事做得再絕也毫無關係，輕輕地為自己製造一個迴旋的理由，緊接著又可以若無其事地繼續來糾纏我了——現在再清楚不過了，這封信根本就可能是徐曉彗本人編造出來繼續糊弄我的。真正的言真或許壓根兒就不知道我們之間這前前後後的整個過程，假言真的出現就可以證明這一點……」

齊佳突然一把按住秦義飛，重重地搡著他，而且嗓音都激動得有點變形了：「我想的不是這個意思！你也應該換個思路想想看，難道就沒有這樣一種可能——你別在意呵，我的意思是……老實說，這麼些年來，我斷斷續續總有過這麼一種隱隱約約的直覺，也可以說是疑慮吧，只是從來沒敢往深裡想，也不敢對你說；但是，今天看來就更像了——就是說，會不會存在著這樣一種可能，那就是——壓根兒說，徐曉彗就拿不出這個言真來？」

秦義飛霍然瞪圓了眼睛：「你胡思亂想什麼？你這種念頭……還不如直截了當地說，我根本就沒有過這麼個兒子？」

齊佳卻越發堅定地點了點頭：「怎麼是胡思亂想呢？這麼多年了，疑點其實還是很多的，只不過你從來不敢這麼想罷了，而我其實也……」

「別癡心妄想了！那是絕不可能的！當年我親眼看見她挺著個大肚子來的。而且，你忘了，小時候她還把言真帶到我家來過，雖然沒進門就走了。況且，她再會編故事，前前後後來過的那麼些關於言真的信裡，言真的照片、成長的經歷等等都說得那麼細緻，真實……不可能，不可能，絕對不可能！你就別跟我瞎扯了，想自我安慰也不是這麼個安慰法的！」

齊佳還想說什麼，可看見秦義飛那副氣急敗壞的樣子，苦笑了一下，沉默了。

見她這副樣子，秦義飛口氣也緩和了一些：「老實說，過去我父親也有過和你一樣的懷疑。記得孩子很小的時候，我父親還當面跟徐曉彗表示過，如果她不把孩子給他看就不承認有這回事，所以徐曉彗至今恨我父親。就是我本人，也不是絕對沒這樣想過。但我心裡還是很清楚，這不過是人的心理自我保護機制在起作用。絕望到極致，就希望事實根本就不存在。唉……我現在真正憂慮的倒是，種種跡象顯示，言真的命運會不會比我想像得更糟糕呵？比如，由於當年各方麵條件等限制，他根本就沒和徐曉彗共同生活過？或者說，言真現在也未必贊成徐曉彗的種種做法，但出於無奈或者像我一樣不知情等原因，他才沒辦法或不願意和我聯繫。而更可怕的是，我心裡時隱時現過的一個最可怕的隱懼——我曾經多次做過同一個夢，夢中見到衣衫襤褸的言真，在遙遠的地方伸著手向我哀求著什麼——你說，會不會因為當年就沒法帶他，或因其他特殊原因，言真從小就被徐曉彗或者她家人送了人或者怎麼了？你看電視上，這種報導也比比皆是。如果真是這樣的話，言真可太慘了，這比任何一種情況都難以令我接受呵。」

「怎麼可能？你這才是胡思亂想呢！真要是那樣的話，徐曉彗還不比你更焦急？她還不四處找他去了，還有什麼心思、什麼底氣來跟你折騰這麼多年？」

正說著，她包裡的手機也響了起來。她摸出來一聽，臉色忽然漲得緋紅：

「對對對，就是我，就是我……好的好的，我們馬上就到！」

關上機，她突然神情大變，活像個得勝凱旋的將軍一樣，滿面春風地狠狠拍了秦義飛一巴掌：「趕快掉頭，回美華家園去！」

「怎麼回事？」

「小金的電話，他同意和我們談談了！現在就在美華家園東門口一家汽車美容店等我們！」

——剛才臨走時，齊佳硬塞了張名片給小金，希望他方便時能給她打電話。居然就起了作用。

六

車到汽車美容店門口，倆人剛想下車，小金卻打了個阻止的手勢，並拉開車門坐了進來：「我們就在車裡談吧？我時間不多，也怕萬一會碰上徐阿姨。」

兩人異口同聲叫起來：「徐阿姨？就是徐曉彗吧？她住在這裡？」

小金點點頭：「我們就是這樣認識的。」

秦義飛想起來了：「她是說過的，言真結婚後，她在澤溪租有房子，而且靠小玉家很近，這麼說，言真也應該就住在附近。」

小金的回答卻讓他大為驚訝：「不會吧？因為據我所知，徐曉彗的房子是她幾年前就買下來的。那時候我還沒到這個社區來上班。」

「是嘛？她居然在澤溪買了房？那麼，你和她也是你來這裡工作以後才認識的？」

「那兩個電話也是她讓我打的。」小金顯得有些心虛。他雙手握拳，下意識地反覆揿著指關節，雙眼也始終躲閃著倆人的注視，面露愧色說：「其實我是很不情願做這種自己也莫明其妙的事情的，尤其在電話裡聽到你那麼動感情的反應，猜到這裡面一定有非常特別的原因。我很懊悔自己扮演了一個欺騙玩弄別人感情的角色。後來想起的時候，心裡也一直感到不踏實。所以那天徐曉彗又要我再幫她打一回電話時，我明確對她表示不願意再摻和了。可是經不住她的央求，硬著頭皮又打了一次。但是我沒想到你們會找到我。因為怕惹麻煩，所以剛才也沒敢說實話……但是看到你們都是很誠懇、很有教養的樣子，心裡又很不是滋味。思來想去，還是把事情跟你們說清楚的好，否則我恐怕會一直內疚下去的。」

「真是太感謝你了。你儘管放心，我們和徐曉彗是有著一些特殊的關係，但決不是違法之類的問題。這也純屬我們之間的私事，決不會連累到你。所以，還是希望你一定告訴我們一下，打電話等等，到底是怎麼回事？」

「我來這裡當保安以後，徐曉彗經常出出進進，慢慢就熟悉了。有時她會讓我幫她拿個東西或者做些個雜事什麼的。她覺得我很機靈能幹的，說很喜歡我。有一回還說起，要認我做乾兒子。我當她開玩笑的，沒想到後來她見了我就問寒問暖、兒子呵兒子的叫。有時還送給我衣服、茶葉什麼東西，讓我好是過意不去。後來我老婆生了兒子，滿月後她帶過來看我，臨時借住在社區南門綠化隊的房子裡。徐曉彗一見我兒子就歡喜得不得了。說你是我兒子，如如就是我的孫子啦，又送我們奶粉，又送好多小衣服的；有一次還跟我要兒子的照片，我就給了她幾張。」

一聽這話，秦義飛腦袋裡轟地一聲，又閃過一道電光：「對不起，能告訴我你兒子叫什麼名字嗎？」

「金如鋼。小名叫如如。」

秦義飛和齊佳同時驚叫起來。

秦義飛激動地從皮包裡摸出個信封來，拿出他特地帶來的徐曉彗給他的那兩張如如的照片，遞給小金說：「麻煩你看看，這照片上的孩子你認識嗎？」

這回輪到小金驚訝了，他瞄了一眼照片就一口斷定：「這就是我兒子的百日照嘛，你看，上面還有如如的名字。怎麼會在你們手上？哦，是徐阿姨……」

「對了。」

小金第一次正過臉來，認認真真地打量了秦義飛一下，一臉茫然地說：「真不知道你們到底是什麼關係呵？」

「這個嘛，一言難盡，能不能先不談這個？」

小金點頭表示理解：「可有一點我還是不明白，徐曉彗明明告訴我，托我打電話是為了幫她姐姐一個忙的，她姐姐……」

「她姐姐？」秦義飛又是大為詫異：「徐曉彗有個姐姐？怎麼我從來沒聽她說起過啊？恐怕又是她編造的。」

「這應該是真的吧？因為我親眼見過她的。長得跟徐曉彗簡直一模一樣，待人也客客氣氣的，很客氣的一個人。就是比她個子高一點，也胖一點。」

「哦？那你知道她叫什麼名字嗎？她也住在澤溪嗎？」

「好像叫……徐曉智。對，那天我們在門口碰到時，徐曉彗給我們互相介紹過，說我是她的乾兒子。她姐姐因此對我很熱情。是她自己告訴我她叫徐曉智的。但她不在澤溪住，那回是來澤溪看徐曉彗的，她在藩城工作。好像是……對了，她姐姐當時告訴過我，說她在藩城郵政局城西支局工作，叫我到藩城時，上她那兒去玩呢。」

齊佳暗中碰了秦義飛一下，並把話岔開道：「那麼，打電話的事，也是徐曉智親口叫你幫忙的嗎？」

「那不是，那以後我就再沒見過徐曉智。那天是徐曉彗找到我，說是她姐姐遇到些麻煩事情，具體是什麼事，她說你也不必知道了。只是她姐姐自己不便出面，需要有像我這麼一個人幫她打個電話，而且拿出一張紙，上面寫好了幾點要說的話，請我以某一個人的兒子的身分打一下，不管對方說什麼，你都不要多說什麼。電話是她撥的，打電話的地方也是她定的，就用的社區邊上那個小店的公用電話。我先覺得很為難的，可徐阿姨對我和孩子那麼好，正覺得沒法報答她呢；再想想電話內容也不像是什麼違法犯罪的事，就硬著頭皮打了。」

「我說呢！怎麼你的聲音聽起來有氣無力、斷斷續續的，總有些彆扭，還當是言真性格有什麼問題呢。那麼，你真的就沒有見過一個叫言真的小夥子嗎？算起來，年紀應該和你差不多。或者，她有沒有跟你提起過，自己也有個像你這麼大的兒子，而這個兒子，也剛剛有了個和你的如如一樣大的兒子？」

「這個肯定是沒有。而且我從來沒見過徐曉彗和任何一個這樣的小夥子進出過社區。不過，我倒是聽她提起過有個兒子，比我小幾歲，好像還在外地念大學吧，說是就快要畢業了。」

秦義飛和齊佳對視了一眼，點點頭說：「這個應該是的，她在結婚後是生過一個兒子，現在，據她說也是在念軍校。對了，她和你談起過，是怎麼到澤溪來的嗎？」

「這個我就不太清楚了。」

「那她丈夫呢？你見過她男人嗎？或者，她有沒有提起過男人是幹什麼的呢？」

「我見過。但他男人很少露面，聽說是在外頭四面八方忙銷售。你不知道嗎？他們在澤溪有名的羊絨城裡有個鋪面。想起來了，她男人姓陳……」

「陳建設？」

「好像是的。」

「這麼說，徐曉彗到澤溪來，是因為在這兒有生意啊。」

「是的。應該說做得還是不錯的。店面上雇了好幾個人呢。」

「怪不得她有閒空藩城、澤溪來回地跑呵。」

「聽說她在藩城也有房子的。」

「這麼說，她的日子應該過得還是不錯的呢。可在我面前卻永遠是一副……現在的關鍵是，言真到底在哪兒呢？對了，你還知道些什麼關於她或者言真的情況嗎？」

「確實不知道了。我和她說到底是沒什麼大關係的。但是不管怎麼說……所以，請你們不要告訴她，我們見過面好嗎？」

「這是自然的。而且，這也正是我們希望的。雖然你應該可以猜到點我們的身分和目的了，但我們也只是希望瞭解一點真情，對你、對她都是沒有惡意的。所以你儘管放心，以後你和她該怎麼處，還是怎麼處。甚至，她要是還請你打電話，不便推辭的話，你也照打就是。反正我心裡有數了。」

「那是不可能的了！」小金紅著臉一個勁搖頭，隨即拉開車門說：「我該走了，班上還請人臨時替著呢。」

「等一等。」秦義飛伸手拉住他衣袖，迅速從外套內袋裡摸出一個信封塞到他手裡：「實在是太感謝你了！今天沒時間了，這點小心意算是我們給如如的見面禮吧，以後有機會的話……」

「這怎麼行？」小金漲紅了臉，死活推回秦義飛的紅包：「你們不怪我就夠意思了，這個我死活不能要。」

秦義飛不由分說把信封塞進他口袋，隨即將他推下了車。

可是當他發動車子想掉頭的時候，小金又將信封從齊佳身邊開著的窗縫裡塞了進來，揮了揮手，掉頭跑開了。

秦義飛還想追出去，齊佳把他拉住了：「算了，畢竟還陌生，今後等事情平穩下來後，再找機會來謝他吧。」

車子開動後，她又好奇地問了一聲：「沒想到你還蠻有心的嘛。裝了多少呀？」

秦義飛躊躕了片刻說：「兩千。這還不是應該的嗎？」

「乖乖，出乎我想像呢。不過，還是只少不多的。畢竟他還是個蠻有良心的人，而且給了我們極有價值的資訊。現在看來，太值了。」

「豈止是值？你還沒意識到嗎？我們非但是不虛此行，而且逮到條大線索啊！」

「你是說如如照片和她丈夫的事？」

「知道她丈夫是誰無關緊要。只不過證明了她果然是和我當年照過面的陳建設結的婚，現在看來，這或許倒是她的造化了。但陳建設這個人，我的印象是圓滑而頗有心計，雖然和她肯定是穿一條褲子的，後來的很多事卻未必都知情。因為倆人的關係始終難以揣測。至少，根據我當年的印象，徐曉彗對他是沒什麼真感情的。所以不是萬不得已，我們決不能輕易驚動他。」

「至於假冒如如照片的事，當然有價值！首先這再次證明了，徐曉彗這潭水真是太深了！什麼謊都編得出來，居然還都捏弄得有鼻子有眼的。但目前還不能據此就認為，言真就真的不存在，或者他根本沒結婚生兒子。因為仍然可能他是真實存在的，但在別處生活，小金沒有見過他或他的妻兒而已。或者，仍然不能排除我原先的擔憂，就是徐曉彗和言真之間，因為某種特殊原因而不得不以一種特殊的形式聯繫著；甚至，徐曉彗對「言真」確實是失控著，或者怎麼了。她的人格才會這麼變態。所以對我們來說，現在依然還有很多謎有待揭開。」

「——而要揭開這一切，最有價值的，就是徐曉智！」

七

秦義飛興奮地拍打著方向盤，告訴齊佳說，他一聽到徐曉智的存在就有了靈感。因為，他正巧和藩城郵政局一個副局長是朋友，他們曾經在市委黨校同過學，而且就住在一個宿舍裡。通過他，應該很容易打聽到城西支局有沒有徐曉智這個人，她的基本情況和為人如何。並且，如果請他出面作介紹，應該可以約見到徐曉智。作為姐妹，徐曉智對徐曉彗的基本情況，比如她到底有沒有言真這麼個兒子，言真又有沒有結婚，結婚的話又到底住在哪裡或者在哪裡工作等等內情，肯定是一清二楚的。

可是，聽了這話，齊佳的表情卻不像秦義飛想像得那麼積極。她遲疑著說：「你想找徐曉智瞭解情況的想法我很贊成。但是你想過沒有？徐曉智可不是小金，小金和徐曉彗畢竟是沒有親情的外人，徐曉智可是她親姐姐；即使知情，恐怕也會為袒護妹妹而不向你道破天機。萬一她不配合也罷了，可是她必然會把我們找她的事告訴徐曉彗；到那時，會有什麼後果，你可要想好了再說哦？」

秦義飛不由得又抽起了冷氣：「說得也是噢。可是……你不是老怪我優柔寡斷，前怕狼後怕虎嗎？事情都到了這個地步，疑點也越來越多，如果我們不繼續往下闖，結果還不是和以前一筆糊塗帳沒什麼兩樣嗎？而且，我們還不能輕易跟徐曉彗點破已知的事實，她也肯定會照樣像以前一樣，打著言真的幌子來騷擾或糾纏我，我也照樣還是軟不得、硬不成地聽憑她擺佈，心裡卻揣著比以前更多的疑惑和憂慮，這樣的日子我是一天也過不下去了！」

「不，僅僅這樣也還罷了，可是言真到底是死是活，他和徐曉彗的關係到底是怎麼回事，或者他到底在哪裡？到底生活得好不好，到底有沒有成家，到底有沒有兒子，這些都是以前我沒有過的疑問，現在反而成了新的石頭壓在心上！如果說，以前我還能自我寬慰，得過且過，現在卻怎麼還能糊得下去呢？」

彷彿是要印證秦義飛的判斷，他的話音還沒落，手機又嘀一下響了起來。他摸出來一看，正是徐曉彗新來的短信。他匆匆看了一眼，惱怒地遞給齊佳說：「你看看，就是這麼個反覆無常的女人！明明反覆對我說什麼從此遠走高飛，給我自由之類屁話，才多久沒回復她短信，這不又來了！」

齊佳接過手機看了一眼，信雖不長，看著卻也足夠讓人煩躁：

「轉給你的言真的短信收到了嗎？想到兒子傷感的面容，我的心好痛。為什麼我們到現在還要讓兒子擔憂？為什麼就不能客客氣氣平平安安地相處呢？」

齊佳不由得也上了火：「都是你太窩囊廢，讓她揪準了你的弱點。要是我，乾脆狠狠心，從此再不理她，看她能拿你怎麼辦？」

「怎麼辦？她不是早說過嗎，光腳的不怕穿鞋的！一天幾十條短信給你發過來，說現實，訴苦衷，追憶血淚往事，痛說言真的辛酸……你再不回，就直接打電話，你正在會場上，或者辦公室裡正有人，電話鈴接二連三響個不停，你是接，還是不接？甚至，疾聲告訴你，我就在你單位樓下，你不下來我就上去；再甚至，『二十多年我天天記有日記，不是為了照顧你的面子和地位，我隨時可以發到網上去，等著報紙來採訪你，等著線民來人肉你吧』——你還是不理睬嗎？」

齊佳沉默了。手中卻嚓嚓有聲地把秦義飛的手機揿個不停。秦義飛不安地攔住她：「你在給她回信？」

「對。」齊佳果斷地說：「先穩住她。」說著把寫好的回信給秦義飛看：

「我能理解你的心情，也很感謝言真的通情達理。告訴他，我愛他！希望他安心生活。我在外地出差，過幾天回藩城後和你見個面，我們好好談談。」

秦義飛還想推敲一下內容。齊佳卻說了聲：「都這時候了，還有什麼好推敲的。」隨即按下「發送」把信發了出去：

「開車，馬上回藩城去！」

「你是說……這就去找徐曉智？」

「對。不入虎穴，焉得虎子。要去就趁熱打鐵，省得夜長夢多——不過你放心，我有一個強烈的預感——天就要亮了！」

八

轉過天來是星期天。又是一個很容易讓人記憶的節日，臘月八日。

秦義飛包裹在自己噴出的嫋嫋煙霧中，趴著藩城西邊一家上島咖啡館十二號包間的玻璃窗，望著樓下那從早到晚幾乎都一成不變的滾滾人流和車流，無奈地忍受著等待的煎熬。什麼叫臨戰前的惶懼？什麼叫黎明前的黑暗（如果不出太陽，黎明後照樣可能暗無天日）？恐怕沒有人會比此刻的秦義飛體會得更真切而更入微的了。

天公也太不作美。昨天還豔陽高照、山明水秀的天氣，今天卻陡然變臉。早晨還軟不拉塌地照臨了一小會的太陽，從中午起就被越聚越厚，越變越暗的雲層驅逐得杳無影蹤了。現在是下午三點鐘，眼裡的一切都儼然黃昏。雖然感覺不到一絲風息，街頭的樹梢都靜默得如同丟失了魂靈，那種死氣沉沉令人不安的陰鬱卻反而愈發深重。鉛灰色的雲層似乎預定了一個陰謀，正在不停地集聚、無情地下壓，如一口無形卻不懷好意、讓人窒息的巨網，打算將秦義飛乃至偌大的藩城一網打盡。這樣的天氣分明是在作雪。過不了今夜，不是漫天飛雪，便是又一波凜冽的寒潮將席捲全城。

一想到雪，秦義飛眼前竟又電石火花般綻開了那個塵封已久卻永遠不可能忘懷的雪夜——一晃，距今已超過二十五年！可是世間有多少人，消受得起這恐怖而漫長的一「晃」呵！

即便此刻這短暫的等候，滋味也如此難捱。

此刻的他實際上已是徹底將自己推到了背水一戰、有進無退的的決絕境地，很快到來的晤談如果不能達獲預期的結果，他不敢想像自己還有繼續去面對徐曉彗的勇氣——他簡直懷疑徐曉彗不是人而是有著未卜先知之神靈的妖！幾分鐘前，他剛和齊佳來到包間裡時，手機就尖銳地響了起來。

徐曉彗的聲音裡明顯透著焦灼和疑慮，以至她的語速快而顫慄，詞語幾乎像連珠炮般砸向秦義飛：

「你到底在哪裡？為什麼跟我玩花樣？你以為你耍這種小把戲就能躲避得了我嗎？告訴你，下輩子你也休想甩開我！哪怕你上天入地，我要找到你是分分鐘的事情！」

「我在外地出差，過兩天就回來，到時候就和你見面談。」

「不對，你在躲我！你跟我玩這套把戲還差得遠！我都跟你單位人打聽過了，你根本就沒有出差！我必須馬上見到你，否則的話……」

「又來這套了！」秦義飛幾乎就要破口大罵了，可是一轉眼看見齊佳在敲著自己手錶向他眨眼睛，立刻清醒過來。小不忍則亂大謀，都這個時候了，再跟她計較有什麼意義？於是他深深吸了一口氣，努力放穩語氣說：「有什麼事就不能在電話裡說嗎？」

「不能。因為言真要見你。」

「言真？他……他來藩城了？」

「對，我剛剛和他下汽車，小玉也來了，還有如如。他們明天還要趕回去上班。你不是口口聲聲要見他嗎？真的來了你又想耍滑頭了？你知道他是下了多大的決心才肯來見你嗎？告訴你，錯過這個村就別怪我們不給你那個店！」

莫非這是真的？秦義飛完全沒有料到會有這麼一著，一時竟亂了方寸，支吾著好一陣說不出話來。還是齊佳冷靜。一直湊在他話機旁聽著的她，貼緊秦義飛耳朵出了個主意：「告訴他，你馬上往回趕，今晚一定能和他們見一面。」

秦義飛趕緊說：「那好吧，我這就往回趕。」

「別騙人了！要是五點前見不到你，你就永遠失去了見他的機會。」

到底是旁觀者清，齊佳又教了秦義飛一句話：「請你把電話給言真，我親自和他解釋一下。」

秦義飛又學了一遍。萬萬沒料到，耳朵裡傳來的竟然是「休想」兩個字。他正要抓住機會反擊，喀嗒一下，徐曉彗突然又掛了機。

他慌亂而無奈地看了齊佳一眼：「你看看，她簡直像是有第六感，知道我正要幹什麼似的，存心擾亂我！」

「巧合而已，還不都是她反覆玩弄的慣伎！無非又想試探你。」齊佳說著，果斷地奪過他的手機關了機：「就憑她不敢讓你和什麼言真通話，就可以斷定她又在訛你！」

「是嗎？可是關了機，我可是一點退路都沒有了。」

「你這個人啊！都到這個份上了，你還指望什麼退路？況且這類的事情，以前發生的還少嗎？我敢斷定，你要是真信了她去見什麼言真，到時候肯定又是一場空，她隨便編個什麼藉口就把你打發了。你呀，不是老跟我說什麼很瞭解她的嗎？怎麼臨到頭來又糊塗了？」

秦義飛垂下頭不再言語。但心裡卻還是暗暗地擰上了一個沉重的疙瘩。明知齊佳的判斷很有道理，就是不由自主地不停地琢磨著，萬一這回是真的，我卻不去，豈不是做得太絕了嗎？

九

其實秦義飛本該是感到慶幸的。查詢並約到徐曉智的過程，幾乎不費他吹灰之力就順利完成了。他和齊佳一回到藩城，立刻給市郵政局那個副局長同學成望博打了個電話。他編了個理由，說是自己有一位好朋友，想找徐曉智辦點事，問同學城西支局有沒有個叫徐曉智的人。成望博說當然有啦。徐曉智是城西支局的支部書記、郵政儲蓄部主任，還是省局的先進生產工作者。

秦義飛一聽這個，心裡就樂開了花。真是世界上沒有兩片相同的樹葉呵，徐曉智既然是這等人物，其素質和人品應該決非徐曉彗可比擬。最低限度她也不至於是個作假成性的人物吧？於是對「單刀赴會」又添了幾分信心。趕緊央求成望博幫個忙，約她今天下午三點在城西支局邊上的上島咖啡見個面。只是別提自己的名字，讓他就說是他本人的一個朋友想見見她。成望博說這應該沒問題，他先給她去個電話。五分鐘後他就回了電，到底是他的下屬吧，徐曉智居然一談就通，答應下午可以來！

兩點半不到點，秦義飛和齊佳就早早來到咖啡館，定好十二號包間後，把房號發到徐曉智的手機上，然後強捺著一顆忐忑的心，苦苦地等著那個在他和齊佳的預感中都是非同尋常的時刻的到來。

突然間，樓梯口傳來個脆生生的中年女聲：「小姐，十二號包間在哪呀？」

「徐曉智！」秦義飛和齊佳同時蹦起來，一把拉開虛掩的包間門：「這裡就是！這裡就是！」

但見一個身材適中，燙著雅致的短髮，穿一身合體的深色職業裝的中年女性，大大方方而笑吟吟地站在他們面前。倆人都在心裡暗暗吒舌：小金還真是一點也沒有誇張，徐曉智和徐曉彗不僅名字只差了一個字，那長相和年齡看上去也難分伯仲，差別果然只在於徐曉智稍微胖些也略高一點；若不論氣質和作派，簡直要懷疑這姐妹倆是不是雙胞胎。而若論氣質和作派，徐曉智無論是舉止和面相，分明比她妹妹要端莊沉穩得多了去了。那白淨而紅潤、透著相當的自信和陽光的膚色和氣息，也不是面色晦暗、目光閃爍的徐曉彗堪可相比的。

「請問倆位就是成局長的朋友嗎？」

「是的是的。裡邊請，裡邊請。」

秦義飛恭恭敬敬地把徐曉智讓進屋，一番客氣後，終於讓徐曉智就了上座，回頭暗暗向齊佳使了個眼色，齊佳會心地把包間門給悄悄地關上了。

秦義飛恭恭敬敬地摸出名片，欠著身子雙手遞了過去：「我姓秦，是你們成局長在黨校時的同學。我在市科技局工作。」

徐曉智看了看名片，多少有些詫異地揚起了眉毛：「是秦局長，秦館長呵，幸會幸會！」

「副的，副的。」

「可是……」徐曉智把眼光移到齊佳身上：「應該不會是大局長本人要接見我吧？這位是你太太嗎？」

「是的。」齊佳趕緊也向她哈了哈腰：「我姓齊，叫齊佳。許書記你可真年輕呵，看上去比你妹妹不光是像，感覺還年輕一些呢。能不能容我冒昧地問一聲，你們倆不會是雙胞胎吧？」

「不是不是。不過我只比妹妹大一歲多一點。可是，你認識我家小慧？」

齊佳點點頭，卻又指指秦義飛說：「嚴格講，應該是他認識徐曉彗。」

徐曉智顯然有些摸不著頭腦，立刻扭頭仔細打量了秦義飛一眼，臉上越發顯露出疑惑的神情：「你們認識時間不長吧？我怎麼從來沒聽她說起過你們呢？」

「認識的時間嘛，這個可不短了。只不過……」

猛然間，徐曉智似乎是意識到什麼了，趕緊又低頭看了一眼秦義飛的名片，喃喃地嘟噥了幾聲：「秦義飛，秦義飛，這個名字好像是有點熟哎……」突然，她哦地一聲大叫了起來：你『是不是經常在藩城日報上寫文章？」

秦義飛點頭笑道：「你真是好記性哪，那都是好些年前的事情了。」

「不是我好記性，而是你……怪不得你認識我家小慧。我在她家看到過一本剪報本，上面貼著著好多你寫的文章哦。你有時候用的是全名，有時候就署名叫『義飛』，對不對？」

秦義飛頓時和齊佳面面相覷。秦義飛尤其窘迫，他不自然地撓著耳朵說：「那都是些陳芝麻爛穀子了，我已經有十多年沒寫東西了。」

徐曉智卻一臉崇拜地說：「秦局長太謙虛了。要是你的文章不好，我妹妹可不會收集的。不知你們知道不知道，她這人文化程度雖然不高，心氣可是高得很的。而且她從小就崇拜文化人，還特別喜歡看些書，有幾年簡直是走火入魔，家裡堆滿了她買的各種各樣的書——怪不得你們認識，原來你就是她的崇拜偶像呵？」

秦義飛更侷促了，支吾著一時不知怎麼回答好。還是齊佳機靈，她朗聲一笑，直截了當地說：「他們的關係可不是偶像和粉絲那麼簡單哪。」

「什麼什麼？」徐曉智驀地一顫，滿臉燦爛的笑容霎時像遭了霜打的菜棵一般，迅速蔫萎了：「你的意思是……」

「這就是我們今天來打擾你的原因。」

「噢？那你們幹嘛不找我妹妹？難道她……得罪過你們？」

「不不，」秦義飛慌忙說：「要這麼說的話，當初應該是我得罪了她。現在又連累得你——真是對不起得很，初次見面就讓你受驚了。」

「受驚？我怎麼越聽越糊塗了？」

「怎麼說呢，這個事情相當複雜。但是你儘管放心。我絕對沒有惡意，無論對你，還是對她……」

十

秦義飛垂著頭，臉上紅赤著，手心裡攥著一把把冷汗，力求簡明而扼要卻又多少有些吭吭哧哧地，把自己和徐曉彗的關係和主要情節大致敘述了一遍。

間或，他會偷偷抬起頭來，瞟一眼徐曉智的反應。只見她幾乎一眨不眨地瞪圓著雙眼，異常專心地傾聽著。除了偶爾發出一聲輕輕的歎息或者疑問，大多數時候都死死地盯著他身側的牆角一言不發。然而她的內心毫無疑問正大浪淘沙，洶湧著可想而知的情感巨瀾。這從她起伏不定的胸脯和頻次越來越快的深呼吸上可以明顯看出；雖然齊佳多次給她續水，勸她喝點茶水或用點點心，她都面無表情地拒絕了。她的臉色也越來越難看，一陣陣青，一陣陣紅，一陣又灰黃而終止於毫無一絲血色的死白。

有一瞬她下意識地站了起來，似乎就要奪門而出，遲疑了一下後，她從桌上的紙巾盒裡一張接一張地抽出好幾張紙巾，擤了擤鼻涕後，她低低地說了聲對不起，然後把剩餘的紙巾捂在眼睛上——她的淚水一旦湧出，就好像捅開了的泉眼，怎麼也吸不乾了……

秦義飛求助地看了看齊佳，齊佳示意他停一停再說，他停止了敘述。

徐曉智卻彷彿沒有察覺到什麼似的，依然埋著頭，無聲的啜泣著。

秦義飛有些擔憂地轉過臉來，直視著徐曉智，期期艾艾地再一次表示了歉意：「真是太不好意思了……如果你覺得我傷害了你，我們換個時間再……」

「不不，」徐曉智立刻抬起頭來，作了個否定的手勢：「是我不好意思，做夢也想不到居然會有這種事情——你只管說，我都聽著呢。」

「其實，大概的情況也就是這樣了。許多細節……老實說我也害怕去多說它。現在我最關心的就是，言真他到底在什麼地方？徐曉彗說他在澤溪生活，工作和小家庭都在那裡。可是不瞞你說，我們剛剛從那裡回來，發現曾經兩次和我通過話的那個人，根本不是言真本人。而就在半個多小時前，徐曉彗剛剛給我來過電話，說她和言真乃至言真的妻子和兒子如如，剛剛來到藩城，今天就要見我——我以我的人格和生命擔保，我今天對你所說的沒有半點假話，而且……」

突然，徐曉智果斷地抬起手來，制止了他的敘述。同時，她大聲吸溜了一下鼻子，目光炯炯地看定秦義飛，口齒異常清晰而堅定地吐出一句讓秦義飛和齊佳都大為震悚的話來：

「秦局長，什麼都不用說了。雖然我……我簡直沒辦法相信你說的這些話！我寧肯相信我現在是在夢裡——但是，我也可以憑我的良心，憑我的人格和生命，還有黨性，確確實實地告訴你：從來就不存在什麼言真，更不要說什麼他的妻子、兒子了！你上當了——不，要麼就是我上當了，你根本就是在耍弄我——你們今天到底是不是搞什麼鬼名堂啊？我根本就不可能相信，我妹妹會是這樣一個人，不，她絕對不可能是這麼一個人！她從小就聰明過人，而且，相當善良、正直。不信你們去市里紅十字會打聽打聽，她每年都會捐款、獻血，這幾年做生意條件好了些，她還義養著安徽山區兩個失學女童！」

這時，衝動難抑的齊佳突然打斷了徐曉智的話，她一步蹦到秦義飛面前，伸出長長的食指，狠狠地點著秦義飛的腦門，尖叫道：「我說得吧！我早就有過這種預感了，要不是怕你不高興……」

「這不可能！」秦義飛一把掃開齊佳的手，同時也霍地跳了起來，顫抖地說：「許主任，雖然我理解你的感情，但是我也可以以我的生命人格和黨性向你保證，我說得絕對沒有半點假話！而且……老實說我巴不得你說得就是事實，可是實際上——許主任你可千萬不能糊我呵！你根本不知道你這麼說對我具有什麼樣的意義呵！別的不說，這麼多年了，我無時無刻不在惦念著這個兒子，並且為這個兒子飽受著良心的酷刑和心理的疚痛。更不用說我的家裡人，尤其是我的母親了——她到死的那一刻，還在淒慘地巴望著，能夠看一眼這個等於沒有過爹的私孫子！不行不行，你不瞭解情況，你不能這樣糊弄我！我有太多的事實和依據證明，你也在糊弄我！你看看，你看看，你看看這都是什麼——」

他把懷裡抱著的文件包啪地拍到桌上，哆哆嗦嗦地打開來，把特意帶來的各種照片，徐曉彗多年來寫給他的信件一一攤陳到徐曉智的面前讓她看。

徐曉智則像突然看見了一隻炸藥包或者是潘朵拉魔盒似的，一個勁地往後縮著身子，目瞪口呆地扭著頭，半晌不敢直面眼前任何東西。

齊佳隨手拈起一封厚厚的信遞到她眼前：「許主任，請你無論如何辯認一下，這是不是你妹妹的筆跡？你再看看這內容吧，要不，我來念一段給你聽吧——『秦義飛先生』……」

「不要念！我不要聽！」徐曉智一把奪回齊佳手中的信，匆匆瞥了一眼，哇地一聲又哭開來：「小慧呵小慧，你這是……你是瘋了還是吃錯什麼藥啦？幹嘛要作這個孽啊！」

聽她這麼說，秦義飛又一次瞠目結舌。他慌忙找出一張徐曉彗最初給他的黑白照片，即言真小時候的嬰兒照，遞到徐曉智眼前：「你看看這張照片，這就是剛滿月的言真。難道你從來沒看到過這個孩子嗎？」

萬萬沒想到，徐曉智奪過照片看了一眼後，神情更加沮喪了：「這是我兒子，我怎麼會沒看見過？」

「啊？那麼這兩張呢？」

秦義飛緊接著又找出徐曉彗給他的那兩張言真上初中時的照片給徐曉智看，徐曉智哭喪著臉一個勁地搖頭：「媽呀！這不還是我的兒子張鵠嘛——小慧呵小慧，你到底搞的什麼鬼名堂嘛！」

「這麼說……請問你兒子是哪一年出生的？」

「一九八一年，九月份。」

秦義飛啪地拍了一下大腿：「言真就是這一年出生的！只不過生日稍微有些出入。」

「還言真呢！」齊佳狠狠地白了秦義飛一眼：「你還沒明白嗎？徐曉彗是拿自己外甥當兒子呢！怪不得她從來不告訴你她還有個姐姐，就是怕你會產生懷疑。還有，澤溪小金的兒子竟然也成了她孫子——對了，許主任你兒子現在不在藩城嗎？按這個年紀，他也可以結婚生孩子了呀？」

「沒有。他在澳大利亞讀的大學，現在剛剛在那裡就業，女朋友是有了，就是還沒有結婚。」

「怪不得！所以徐曉彗只好籠絡小金來冒充言真打電話，拿他兒子的照片來冒充什麼如如！這說明什麼？如果她真有個自己的兒子叫言真的，至於連張真照片也拿不出來嗎？更別說那些假電話，假……」

可是，秦義飛仍然一臉的迷茫：「一九八一年那會兒，我可是真真實實，確確切切地看見她挺著個大肚子來見我的呀？」

「嗨！你真是太天真了！女人嘛，懷了孩子想掩飾不好辦，沒懷孕裝個大肚子還不是小菜一碟？電影上演員不就是這麼妝扮的？電視上這樣的真實案例我都見過好幾回，何況是哄你這個心裡有鬼的糊塗蛋！」

「這麼說……有一回，她領到家裡來給我看過的小男孩——哦！想必那也是你兒子吧？」

徐曉智沒有回答，她正在急切地翻看著徐曉彗寫給秦義飛的信。一面看一面又悲哀地抹起淚來：「小慧呵，這麼多年你都是過得什麼日子呵，真不明白你幹嘛要這麼苛苦自己呵！我也是的，也不是一天兩天的事了，我怎麼就一點也覺不出來呢？」

「這就是她的高明之處了……對不起，請允許我再問一個細節問題。」齊佳說：「是關於徐曉彗個人的。就是說，她真是你的親妹妹嗎？還是……」

「你這是什麼意思？」徐曉智猛地抬起頭來，極不高興地掃了齊佳一眼：「你剛才不還在說我們姐妹倆就像是雙胞胎嗎？」

齊佳趕緊表示了歉意，但又解釋說：「我也懷疑這是你妹妹的另一個謊言。因為她多次告訴秦義飛和我說，她現在的父母其實是她的養父母。她的生身父母是上海人，當年被下放在東北，生下徐曉彗後，她父親就病死了。無力撫養的母親把她送給了藩城來的一對工友夫婦，就是你們現在的父母。然後，她就隨著養父母回到藩城生活。她還多次說起，她的生身母親一直生活在上海，她的孩子就是瞞著家人在上海生的……」

徐曉智的臉又一次漲得緋紅，她使勁揮了幾下手，制止了齊佳的話頭，然後垂著頭一個勁地搖頭歎氣。好一陣才有氣無力地吐出了一句話來：「胡說八道。不是她，就是你們，在胡說八道。」

「我家父母從來就沒有離開過藩城，更別說下放什麼東北，收養什麼人了！至於上海，我們家連個八竿子打不上的親戚也沒有，更別說什麼生身父母了。」

「那你媽她，對不起，我的意思是說，她現在……她是不是還在……」

「當然在啦！我爸我媽身體都好得很，年紀也都不算大，你為什麼問這個？」

齊佳還想解釋，秦義飛趕緊向她使了個眼色，打岔道：「沒什麼，沒什麼，她也就是隨口一問罷了。其實這類情況，現在都是無關緊要的了，我們還是談正事吧。」

十一

「我這個妹妹呵……不是我為她辯護，從小就冰雪聰明，喜歡讀書，喜歡幫助別人，還特別喜歡小動物，街上的流浪貓，髒兮兮的賴皮狗，她碰上就把牠們抱回來，家裡人再惱火也沒有用，只好趁她不備再偷偷扔出去。這些，街坊鄰居都是有目共睹的。就是心氣高了點，又生不逢時，脾氣也要強得很，平時總喜歡跟人爭長短，論是非，弄得從小就處不好跟同學和同事的關係。有些特殊事件，可能對她的心理也有影響。小學五年級時改選大隊委，她自認為憑自己的成績和能力當選沒有問題，結果只得到廖廖幾票。發憤圖強的她，初中裡年年打兩次入團報告，直到高中畢業也沒入成。

「而且，她也太愛幻想，太任性也太倔強了點。說起來，也怪我們的老娘，太嬌寵這個小的了。就說一個事吧，打從小一直到小慧出嫁離家，她每天晚上臨睡前，必定要我媽替她掏一遍耳朵，再摟著她親一通才肯睡覺。我媽早早就提前退休了，就是為了讓她頂工作，而那時候我這個大的也沒找到工作。很多時候，不，幾乎是任何事情，只要我跟她拌個嘴什麼的，我媽還有我爸，幾乎從來都不分青紅皂白說我的不是。搞得她呀……有一回我們跟我媽學織毛衣，明明我比她織得好，她織的毛衣兩隻袖子粗細不太均勻，我只是輕輕地笑了她一句，誰知她操起把大剪刀，又是戳又是絞，硬是把一件就快織完的毛衣毀得稀巴爛……」

見徐曉智喁喁地敘述得越來越遠了，秦義飛不禁有些煩躁。按理，確認了真情的他，現在應該滿心歡喜，一身輕鬆了。可是，或許是既定的印象實在太深刻了，他心裡仍然徘徊著一縷陰影。總覺得難以置信，總覺得證明了徐曉彗種種假弊行徑固然要緊，卻不能因此完全排除她就真的沒有生過「言真」這麼個私生子。於是他忍不住再次拋出自己的疑惑：

「對不起許主任，我還想打斷你一下……難道就沒有這樣一種可能，徐曉彗的確是生了個私生子，只不過瞞過了包括你在內的家裡人，就像你和我，互相都從來不知道對方的存在一樣；理論上說，她也完全可能做得這一點。如果她當時在別處租房子住，在別人的幫助下，比如說，她的老公是叫陳建設吧？我見過這個人，挺有心計的一個人，看得出也挺喜歡徐曉彗的。會不會就是在他的幫助下，偷偷的把兒子生下來，偷偷的把他養大……」

「胡說八道，絕對不存在這種可能！」徐曉智斬釘截鐵地一揮手：「我和小慧從小到大，直到她結婚出門，一直都生活在一起。這期間，她從來沒離開家裡半步！生孩子不是倒垃圾，那是要十月懷胎的。那麼長時間住在家裡，我和家裡人能一點兒看不出來？撫養一個孩子就更不用說了，除非我和爹媽都瞎了，否則她長期住在家裡，首先是怎麼去生？其次是怎麼去照顧孩子？關鍵是，她到底是不是說是一九八一年生的孩子？」

「這個千真萬確。」

「那不就是了。一九八一年的時候，我雖然結婚生了孩子，但因為老公在部隊上，我一直還住在娘家的。這期間都是她在照顧我坐月子什麼的，怎麼可能自己也生什麼孩子了？直到我老公轉業回到地方後，我才離開的娘家。而小慧出嫁離開家，和我就在同一年。而那已是一九八四年的事情了。」

「哦……」秦義飛終於長長地出了一口氣，眼睛裡閃閃爍爍地第一次放射出死囚遇赦般極其慶幸的光芒，但為了不過於刺激徐曉智，他仍竭力克制著自己的表情：「許主任，真不知道該怎麼謝你好啊！」

可是徐曉智的眼圈忽然又紅了。她嘴唇抽搐著，好一陣才忍下了淚水。隨即又突然抬起頭來，期期艾艾地看了秦義飛好一會，終於開了口：「秦局長，事情已經出了，你受的罪，不用說我也想像得出有多深。可是，能不能容我問一聲，你……或者這麼說吧，小慧她是不是要過你很多錢？」

秦義飛默默地點了點頭沒出聲。齊佳忍不住插了一句：「豈止是——」可是秦義飛突然拍了她一下，把她的話截斷了。

可是徐曉智卻急切地追問了一句：「我的意思是……總不見得她，一直到現在還會要你的錢？」

齊佳忍不住又接了一句：「這麼說吧，秦義飛連給他兒子的遺產都早早地準備好了。」

「我的媽呀……真不明白小慧她吃什麼藥了？其實她，實在說，八九十年代時，她的確還是困難過的。可這些年，她老公還是很會賺錢的。可以說，她的條件比我還好得多呢，在澤溪和藩城都有房子，小汽車也早就有了，居然還延續著這個彌天大謊，實在是太不可思議了！」

秦義飛也連連搖頭：「其實我也很難理解。現在想想，或許她……根本也是為情所困吧？」

「唉！現在我算是徹底明白了，為什麼她的脾性總是起起落落，簡直是冰火兩重天。有時候她完全就是在自我虐待，好像存心要毀掉自己的生活；極端的時候她能幾天幾夜關在房間裡，不吃不喝也不許任何人去打擾她。陳建設對她那麼好，她卻難得給他個笑臉看！年輕時她還割過腕，這兩年又到處找名山大寺去燒香拜佛敬菩薩，還反覆叨咕過要去當尼姑！原來那病根都在……」

說到這裡，徐曉智突然昂起頭，向著秦義飛投來深深地一瞥，那眼神竟像兩把雪亮的匕首，一瞬間充滿怨毒與憎厭，刺得秦義飛猛地打了個激凌，半晌不敢抬起頭來。

幸而，片刻的冷場之後，徐曉智的心理忽然又發生了某種突變，她埋著頭欷噓了一會後，軟弱無力地歎了一口長氣：「算了，過去的事，說什麼都沒意思了。可是，能不能容我再問一句，接下來——如果我勸說她把錢還給你們，你們是不是能夠原諒她，至少，還會不會起訴她什麼的？畢竟，她也還要……」

「不可能！」秦義飛毫不猶豫地說：「還錢也好，起訴什麼也好，這類問題我從來就沒有考慮過，以後也絕不會考慮。對於我來說，能弄清事情真相，得到澈底的解脫，已經是個做夢也沒敢奢望的、萬分萬分萬分慶幸的結局了！對於經歷過我這種磨難的人來說，世界上還有什麼能比這個結果更可寶貝，更為幸福的呵！老實說我到現在還暈暈乎乎活像是在夢裡，並不敢完全相信這個結果。但無論如何，請你轉告徐曉彗一句話：我從來都只向她要求過一個詞：安寧。現在我終於有希望真正得到它了。希望她也切實踐行這個她也無數次承諾過我的詞彙。除此以外，我實實在在就是一個詞：夫復何言！什麼都不需要了。至於她，我認為從今天起，她實際上也得到了解脫。從今以後，希望我們都好自為之吧……」

十二

謝別徐曉智，秦義飛和齊佳買完單步出咖啡館時，正是華燈初上時分。

本來他們是打算請徐曉智用晚餐的，但分手時徐曉智神色黯然，一臉的沮喪，客氣話也沒說一句，勉強揮了揮手，便扭轉身，兀自像一頭受驚的小羊般，迅捷消失在樓梯下。這種狀況下，顯然是不合適共進晚餐的。秦義飛有些不是滋味，本能地想追上去說幾句什麼；轉念想想，如果是自己妹妹出了這等事，自己又會作何感想呢？於是便隨她去了。

密集的街燈，紅綠的信號，商鋪的彩燈和虹影，競相爭妍，把市區渲染得繽紛熱烈。下班者人頭攢動，趕赴各種飯局者車燈似血，人潮和車流匯聚成一股股熱氣湧動的浪潮。最搶人眼球的，莫過於漫天飄落的雪花。積聚了一天的鬱雪，終於化而為萬千飛蛾，揚揚灑灑地嬉戲於噴火吐焰的光暈裡。那雪片飄落了至多才一兩個小時吧，屋宇、天橋、路面，行道樹的枝頭和一切建築的頂端都積起了茸茸的白雪。腳踏著吱吱作響，眼看著心馳神往，彷彿是墮入了一個撲朔迷離而又讓人心馳神往的童話世界。

倆人向遠處的停車場走去，臉頰上升騰著熱辣辣的虛火，身子裡奔流著莫名的情愫，一路都在搶著話頭熱烈地議論著先前的種種感受。剛拐過一個街角，耳畔突兀起一陣排山倒海般壯烈的轟鳴——「金世界」大酒店門前，哪家正有什麼喜事，上萬響長鞭砰砰炸響，一團團焰火爆燃於紅嫣烏紫的夜空，硝煙味和酒店裡彌出的酒氣乃至附近排檔飄溢的烤肉串的香氣，混合成古怪而又誘人的怪味，澈底擊穿每個路人的肺腑。

秦義飛突然又亢奮難抑，一朵朵心花像光怪陸離的焰火，強勁地綻放開來。他一把扯下脖子上的圍巾，又脫下帽子，大口呼吸著清寒而沁脾的冷氣，猶覺不過癮，索性把羽絨衫拉鏈拉開，大大地敞開衣襟，仰起因激動而越發滾燙的臉龐，讓飛落的雪花一片片棲落在臉上，一朵朵消融在嘴裡，一點點滋潤在火熱的胸臆中。

「你瘋啦？」剛從溫暖的空調環境來到外面，裹緊頭巾猶自瑟縮不已的齊佳，趕緊拉起秦義飛的衣襟，並給他把帽子和圍巾戴上：「凍出病來有你的好果子吃！」

又一團炫麗的焰火騰放在空中，宛如秦義飛熾烈的心聲：「這算什麼呀？我早已經「病」了二十五年，做夢也沒敢奢望有痊癒的一天！今天就是真正地發它一回高燒，哪怕它三十九度、四十度，對我也只會是一種特異的享受！」

灼灼的焰彩裡，映射著齊佳眼裡的淚花：「你呀！真是傻到家了……」

她還是強迫秦義飛穿戴好，伸手挽起他胳膊：「告訴我你的感受。解放的滋味真的的就這麼美好麼？」

「不是美酒，勝似美酒。不，沒有語言能形容我的感受——你要我說實話嗎？」

「這還用說？」

「其實我多少是有點故作振奮呢。我一直在暗暗奇怪，這麼驚天動地的巨變，這麼讓人……可我怎麼就沒有太多特別的感受呢？一切都好像理所當然，本來就該如此——不對，好像總覺得，不應該是這麼個結果似的；不不，也不對，總之我……心裡太亂了！」

「那就什麼也別說了。其實我才可能真正感覺到了什麼是解脫的滋味，雖然這根本上不是我的事，但我就是……我也說不清這到底是一種什麼樣的感覺。」

秦義飛忽然拉過齊佳的手來，使勁地掐了她一把。這一手來得如此突然，他的勁又用得這麼地大，疼得齊佳一個勁地揉著右手，惱怒而驚恐地尖叫起來：「你這是幹嘛？神經啦？」

「哈哈！」秦義飛怪異地大笑了一聲：「我就想試試，我們到底是不是在夢裡。」

「那你也該掐你自己才是呀？」說著她一伸手，狠狠地在秦義飛胳膊上擰了一把，秦義飛哎喲一聲閃開去。隨即又一把拉住齊佳的手說：「不行，無論如何我要好好體驗一下——先別管車子了，找個飯店喝酒去！你也要喝，而且都要喝白酒！這麼多年了，你跟著我……今天我們都要一醉方休。」

很快，他們就手拉著手衝進了「金世界」，坐在了三樓上的一個小包間裡——這是他們執意向服務生要到的，哪怕她說是要最低消費的。在這個特異的時候，在這個喧鬧的酒樓裡，他們是那麼需要一個隻屬於自己的，既充滿人氣，卻又沒有任何干擾的空間，好讓自己澈底地放鬆下來。

點好菜，在服務員退出去準備菜點以後，秦義飛和齊佳深深地對視了一眼，彼此都似乎還有滿腹的言語要盡情傾吐，卻又不知從何說起，一時陷入沉默。

齊佳起身走到窗前，趴著玻璃看窗外群蛾般聚集在街燈下打著漩子的雪花。秦義飛也跟了過來，輕輕地說了一聲：「雪好像更大了。」

「是呵。」齊佳頭也沒抬地應了一聲，繼續專注地望著窗外。同時卻把秦義飛的手拉到胸前，緊緊地握在手心裡。

窗外越發迷離。繁密的雪花把街兩畔密集的樓群間交互映射的五彩燈火攪散成光怪陸離、奇幻世界般的霧靄。倆人緊緊挨在一起，內心都充滿了異樣的寧靜和分外飽滿的欣慰。他們越發真切地感受到，自己精神上的自由真的已經來到了。而且在這個有點像夢遊的晚上，光明也已經實實在在地降臨在下面的街道上，並且滿滿地包裹了萬事萬物和萬千的心靈。他們自己也切實切實地跨進了光明，而且從此還將長久地沐浴在這曾幾何時都不再敢奢望的光明之中——這就是幸福，這就是安詳，這就是溫馨暖人的意境吧？人生中，還有什麼比得上此刻的這份享受更加美好，更加珍貴，更加曼妙喲！

然而，就在他們興奮地斟滿酒，叮鐺一聲碰過杯，滿滿地飲下第一盅香淳而灼烈的白酒之際，秦義飛的手機伊哩伊哩地響了起來。他一看來電顯示，身子霎時僵硬了——進飯店時，他剛把手機打開，當時發現上面提示有七個未接來電，細看時間，都發生在他們和徐曉智會面的那個時段裡。「這個人哪，難到她真的有什麼異秉嗎？」當時他一笑了之，沒有回電的意思。估計徐曉彗很快就會明白他關機的真正原因的。今後，如果自己不去找她麻煩的話，她應該也不可能再來電話了。

再也沒想到，她居然還會打電話來！

他怔忡地望著手機半晌沒有出聲，條件反射般的恐慌剎時又襲滿心頭：

這說明了什麼？她又會玩出什麼新花招來，還是企圖用新的謊言來圓她的舊謊？萬一她拿得出什麼特殊的證據，證明她並沒有撒謊呢？哦！真那樣的話，我的天呀……不不，這不可能，決不可能。事情已經是禿子頭上的蝨子了，假的就是假的，她怎麼可能還有什麼鬼證據！

「徐曉彗？」齊佳探過頭來看他的手機，秦義飛不知所措地點點頭：「這時候，她一定都知道了。」

「知道又怎麼啦？正好聽聽她怎麼說嘛。」

「她怎麼還敢打電話來？難道她還有什麼……真不想再聽到她的聲音！我還是關機的好。」

「幹嘛？到現在還抖霍，你也太那個了吧——接，理直氣壯地接！」

「要是又來一輪沒完沒了的胡攪蠻纏，或者是……」

「她敢！」

秦義飛一咬牙，揿下了接聽鍵。可是聽筒裡只有咝咝的電磁聲，微風般鑽進他耳膜，好一陣也聽不到徐曉彗的隻言片語。

他忍不住道了一聲：「徐曉彗，有什麼話，你就說吧？」

話機裡依然默無一聲，卻有隱隱的喘息入耳。

「我想……你應該知道了，我剛剛見過你姐姐徐曉智。」

徐曉彗還是不出聲。

秦義飛有點沉不住氣了，他求援地看了一眼齊佳，齊佳繼續用眼神鼓勵他放膽說話。他深深地吸了口氣，凝神默想了片刻後，語氣凝重卻聲調鏗鏘地開了口：

「徐曉彗，如果你沒有什麼可說的話，我有幾句話送給你：面對不愉快或者痛苦而可怕的歷史，人們常常喜歡說，過去的就讓他過去吧。可是我覺得這未必有道理。很少能有人如此瀟灑。我覺得更寬慰人的應該是佛祖的一句名謁，對我，對你，應該都是最適用的，那就是：『一切有為法，如夢幻泡影，如露又如電，應作如是觀。』人生苦短，讓我們都好自為之吧。你說呢？」

徐曉彗繼續保持著緘默。回答他的，只有低抑的喘息，或許還有啜泣。

像嚴酷的冰凍一樣鐵硬而徹骨的沉默，讓秦義飛的心也彷彿在一點點地凍結起來。

秦義飛在心裡對自己說：「那好吧，我也不再說話。看你到底開不開口！」

可是他覺得自己顫慄得更厲害了，趕緊示意齊佳再給自己盅裡續酒。齊佳剛斟滿，他端起來一飲而盡，終於長長地籲出一口氣來，於是又補了一句：

「對了，佛祖還有另外一句名偈，同樣也值得你我都好好記取：『不要指責別人。因為你指點別人的時候，另外幾個手指是指向自己的』。那麼，就這樣吧。我是說，一切都結束了！」

說完，他不再等徐曉彗作何反應，毅然掛斷了電話──這在兩個人的糾葛史上，還是第一次。過去，他幾乎從來不曾擁有過主動掛上電話的權力。

而這個一語未發的來電，也成了徐曉彗的絕響。是她給秦義飛打來的最後一個電話。從此她便黃鶴一去無蹤跡，再也沒有了任何音訊──無論是短信，書信，電話，還是她那印象中就一貫是神出鬼沒的形影。

一個月後是如此。

一年以後也是如此。

直到現在，還是如此。

十三

經過好幾天熱烈的、反反覆覆的、有時候還是戰戰兢兢的議論、回味、質疑、反思之後，秦義飛好像陡然間厭倦了這個話題，再也不和齊佳提起徐曉彗及與她有關的任何事情了。倒是齊佳，偶然會漫不經心似地問上秦義飛一句：「今天她還是沒有反應嗎？」

秦義飛面沉似水，簡短地吐出一個字：「沒。」

「任何音信都沒有嗎？」

「沒有。」

「嘻嘻，」有時候齊佳會這麼調侃一句：「她倒真有定力呢，說了就了了。我倒有點欣賞她的性格了。看來你當時的看法是對的，這結局對於她來說，實際上也是一種解脫。像從前那樣，成天五迷三道地深陷其中，實在也夠她苦的呢。」

秦義飛好像有些迷茫地看她一眼，鼻子裡輕輕哼了一聲，不予置評。

實際上他心中又漫天飛雪般，翻卷開無盡的慨歎。他早就感到，而今這個結局，不僅對於自己，對於深陷於某種魔障的徐曉彗，的確也未嘗不是一種解脫。

問題是，究竟是什麼緣故，讓一件普通的情感糾葛演繹成我們之間這場長達二十多年的大悲劇？更可怕的是，倘若徐曉彗沒有作假呢？如果我真的是有一個叫言真的私生子，真的是有一個叫言如一的小孫子，這場可怕的惡夢還會不會有終止的一天？

不可思議啊！

為什麼？為什麼會這樣？

回過神來，回頭想想，實際上這一路糾結過來，徐曉彗的演技或曰騙術，固然有過人之處，其實也絕非天衣無縫呵！家人、齊佳、乃至我自己，實際上也間或有過這樣那樣的疑慮的，為什麼就非要等到「惡貫滿盈」、膿瘍潰破的一天，我才恍然大悟，如夢方醒？別的不說，就說當年一個小細節吧——徐曉彗來拿錢，自己曾要她留過字據。可她每回都簽的是「徐小星」三個字。自己也曾懷疑她有什麼特別考慮，而她的解釋是她改名了：「我本來就是一顆孤孤獨獨的彗星，從此更要一心一意地當我兒子的福星和保護神——」現在看來，她無疑就是心虛，就是在為萬一事情敗露計呵，而我當時卻並不敢向這個方向去置疑。

毫無疑問，我的個性和怯懦、自私、心中有鬼等弱點是主因，而徐曉彗——不，很大程度上還是自己責任更多一點，我實際上早已成了死心塌地配合徐曉彗這個導演的一個忠實角色！

而假如人間有足夠的寬容，我們廁身的環境有足夠的開明，我們耳濡目染的文化有足夠的諒解，我們心中的道德律有足夠的彈性，是不是我的心理會坦蕩得多、理性也會明智得多？而我的命運、甚至整個人類的命運是不是也會因之而寬鬆得多？甚而，徐曉彗的性格和情感也未必會那麼激烈而忮刻吧？至少，她也會因為失卻了某種心理或道德的依憑而不至於如此墮落，如此肆無忌憚地「惡作劇」了吧？

看著秦義飛一副神不守舍的怔忡相，齊佳忍不住追問了一聲：「你怎麼了？不會又心有餘悸了吧？」

秦義飛一時還沒有回過神來，下意識地又搖了搖頭。

「人哪，說起來也真是怪呵。好像沒了這麼個大魔障，也沒覺得你比從前有什麼振奮，或者特別的地方嘛？」

秦義飛淡淡地哼了一聲：「這把年紀的人了，還圖什麼振奮？能不想起那場惡夢，不聽到她那咄咄逼人的聲音；一覺醒來，不再懸憂和歉疚那個無法謀面的兒子和孫子，便是我天大的福份了！」

齊佳哈哈樂了：「你還應該再加上一句：能夠不必再白扔那幾十萬的遺產，等於老天爺給我和真如擲下了一大筆意外之財，不亦樂乎！」

「你要這麼說的話，」秦義飛的表情突然就生動了，他跳起身來，雙眼灼灼噴火，兩手緊緊握拳，咬著牙關，一個勁地揮舞著說：「我最想說的是：我秦義飛，居然還有幸能夠在死前察悉真情，真得要謝天謝地啊！否則這一輩子，我他媽的不是白活了嘛！」

十四

轉眼冰消雪融，天宇一新。接踵而至的春節和元宵兩大佳節，也很快就化而為滿地落英般紅紅綠綠的鞭炮屑子。

而「每逢佳節倍思親」，「遍插茱萸少一人」——過去的這種普天同慶，萬人團聚的大好時節，恰恰是秦義飛心理上最為尷尬、鬱悶，情感和現實心境最受折磨因而也最怕過的日子！

一天天太平無事地悄然流去的時光，逐漸讓秦義飛的心理變得越來越自信，越來越踏實了：過去那種「此恨綿綿無絕期」的日子，終於是一去不復返了。

臘梅和迎春花開過，紅梅和桃花又豔了。熱情似火的油菜花，迎著熏熏的暖風，染黃茸茸綠野的時候，星星點點的紅杜鵑又燃遍了澤溪的每一處低谷和高崖。無論是藩城還是澤溪，無論是市廛還是村野，都日復一日更深更濃地湮沒在春色的氤氳之中了。而又一個「清明節」，也拂開柳絮飄飛的絲簾，悄悄地走近了澤溪。

為了避開屆時的擁擠，秦義飛提前幾天回了趟澤溪，獨自開車來到郊外的翠微峰公墓，看望已長眠多年的母親。

墓園裡果然還沒有什麼人。除了擠擠挨挨排列得整整齊齊的墓穴和墓碑，空曠清寂而肅穆森然的山坡上，只有繁茂的青松和翠柏在靜靜地搖曳著；綿軟而和煦的春風裡，間或有不知名的鳥兒有一聲沒一聲地啼鳴著，那聲音在這裡聽起來，淒切而傷感。

其實這個時候，頭頂上的陽光正豔。幾乎沒有雲彩的天幕，蔚藍、澄澈得如同剛剛用水洗過。但是，肩背上被曬得暖烘烘的秦義飛，只是下意識地抬起頭來，瞟了一眼鮮豔的天色，就深深地垂下了頭；心裡湧動的，竟是莫名的棲惶和絲絲寒意。

他忽然有點躊躕，不敢往上去。可是腳步卻正相反，似乎不願聽從意識的使喚，反而逐漸地加快了。當他順著層層石階，一口氣小跑上高高的第二十九排墓地後，差點就喘不過氣來了。

乍看見母親那幾乎沒有笑意的遺容，他疲軟的雙膝再也支撐不起沉重的軀體，身子一顫，生平第一次幾乎是匍匐著趴跪在母親面前。

他沒有帶任何祭品，也沒帶鮮花，更別說紙錢之類了（我這輩子都沒給母親買過一枝鮮花呢——他腦海中突然閃過這麼個念頭）。他向來不相信也不習慣這些。他總覺得，如果亡者有靈，也早已天人永隔，他們那個世界應該不可能是物質的世界了。即便是物質的，也不可能享用或需要與生前這個世界相同的俗物。而如果逝者無靈，生者所祭獻或藉以表達的一切，都無非是意義不大的自我安慰，甚至可說是某種欺哄式的演劇罷了。

然而此刻，他卻突然生出一種近乎是恐懼和自罪的懊悔。「敬神如神在」。我又未免是太迂執了呢——他迅速掃視了周邊一眼，依然是杳無一人。於是伸手在墓邊的柏樹上，使勁折下一枝新綠茸茸的嫩枝，輕輕地放在母親的碑前：

「媽，我來看你了。如果你果真有知，想必已經明瞭發生的一切。如果你……無論如何我必需要親口告訴你最終的真相：徐曉彗從來就沒有生過我的兒子。也就是說，一切都是虛構，一切都是泡影。從來就沒有什麼言真，更沒有什麼如如。但是，我的輕率和無能，給你造成的創傷和至痛的遺憾，卻是切實存在的，無可彌補的。媽呵，我的媽哎！從小我就承受了你太多太多的偏愛。可是傷害你最深的卻正是我！一切都是我的錯。是我的一夕貪歡種下了邪惡，是我的慵弱和迂闊，是我的自私和苟且，催生和縱容了決不該由您來吞嚥的惡果。

「對不起了，媽！我無顏要求你的寬恕，唯求你從此可以像我一樣，結束這綿長的惡夢，真正地安息吧！」

十五

懨懨地下山，悒悒地開著車，一個疑問仍在不停地糾纏著他：明明我很想慟哭一場的呀，為什麼就是落不下一滴淚來？是我的心腸根本就太冷酷了，還是我的情感已經澈底麻木？

原以為這下心裡會澈底安逸的秦義飛，卻發現自己依然輕快不起來。以至當晚在床上，他還是東想西想，輾轉反側而難以入眠。

迷迷朦朦中，忽聽臥室外有什麼響動。他剛想下床去看看，房門已悄然敞開，定睛一看，居然是母親站在門口！

秦義飛又驚又喜地撲上前去：「媽，你怎麼回來啦？」

「噓……」母親作了個噤聲的手勢，悄悄向身後一指，秦義飛定睛一看，頓時魂飛魄散：母親的身後居然站著個面無表情、蒼白而瘦弱的小夥子。小夥子懷裡居然還抱著個孩子。孩子似乎很畏怯，正扭歪著臉、使勁往小夥子身後掙著，想要離開去——

「呵！這不是小金嗎？」

「瞎說！」母親上前拉住他的手，嗔怪道：「你再仔細看看，這不明明是言真和如如嘛！」

「天哪！可是徐曉彗呢？徐曉彗知道你們要來嗎？還是她不願意過來？」

——秦義飛失聲驚叫著，同時猛地從床上豎了起來。

就在這時他醒了過來。眼前依舊黑乎乎空落落的，一片死寂。只有自己的一顆心，放炮般撲嗵撲嗵蹦跳著。摸摸額頭，滿把的虛汗。

「媽！媽你別走呀……」

他使勁掐了自己一把，尖銳的疼痛終於讓他明白，這真是南柯一夢。

「我說呢……太好了，太好了！這不是真的！根本不可能是真的！」

可是我明明還醒著的嘛，怎麼會做出這麼可怕的夢喲？

驀然間，一個聲音突如其來地震響在腦海中，那是弘一法師臨終留下的最後四個字：「悲欣交集」。當年讀到它時，曾在他心頭引起過洪鐘大呂般的震盪。現在想來，此時才算是真正品嘗到了，什麼才叫做「悲欣交集」！

一股火辣辣、酸滋滋的心潮，猝然頂上心頭。他慌忙捂住雙眼，可是那不期而至的熱淚，早已如決堤的洪水，一洩而下。

他索性掀起被子，緊捂住頭面，盡情地嚎啕。

「你怎麼啦？」身邊的齊佳從夢中驚醒，一把撳亮檯燈，支起身子驚恐地瞪著他。

「我……沒事。只是剛剛做了個怪夢。」

「什麼夢把你嚇成這樣？」

秦義飛依舊啜泣，好一陣才收住嗚咽說：

「你沒看見我哭了嗎？太好了！我終於能痛痛快快地流一回淚了！」

（完）

語言文學類　PG2061　目擊中國23

無語凝噎

作　　者／姜琍敏
責任編輯／陳慈蓉
圖文排版／周妤靜
封面設計／蔡瑋筠

發 行 人／宋政坤
法律顧問／毛國樑　律師
出版發行／秀威資訊科技股份有限公司
114台北市內湖區瑞光路76巷65號1樓
電話：+886-2-2796-3638　傳真：+886-2-2796-1377
http://www.showwe.com.tw
劃撥帳號／19563868　戶名：秀威資訊科技股份有限公司
讀者服務信箱：service@showwe.com.tw
展售門市／國家書店（松江門市）
104台北市中山區松江路209號1樓
電話：+886-2-2518-0207　傳真：+886-2-2518-0778
網路訂購／秀威網路書店：https://store.showwe.tw
國家網路書店：https://www.govbooks.com.tw

2018年6月　BOD一版
定價：430元

國家圖書館出版品預行編目

無語凝噎 / 姜琍敏著. -- 一版. -- 臺北市 : 秀威資訊
科技, 2018.06
面； 公分. -- (語言文學類 ; PG2061)(目擊中
國 ; 23)
BOD版
ISBN 978-986-326-552-8(平裝)

857.7 107006049

讀者回函卡

感謝您購買本書，為提升服務品質，請填妥以下資料，將讀者回函卡直接寄回或傳真本公司，收到您的寶貴意見後，我們會收藏記錄及檢討，謝謝！

如您需要了解本公司最新出版書目、購書優惠或企劃活動，歡迎您上網查詢或下載相關資料：http:// www.showwe.com.tw

您購買的書名：________________________________

出生日期：________年________月________日

學歷：□高中（含）以下　□大專　□研究所（含）以上

職業：□製造業　□金融業　□資訊業　□軍警　□傳播業　□自由業

□服務業　□公務員　□教職　□學生　□家管　□其它_____

購書地點：□網路書店　□實體書店　□書展　□郵購　□贈閱　□其他

您從何得知本書的消息？

□網路書店　□實體書店　□網路搜尋　□電子報　□書訊　□雜誌

□傳播媒體　□親友推薦　□網站推薦　□部落格　□其他__________

您對本書的評價：（請填代號　1.非常滿意　2.滿意　3.尚可　4.再改進）

封面設計____　版面編排____　內容____　文／譯筆____　價格____

讀完書後您覺得：

□很有收穫　□有收穫　□收穫不多　□沒收穫

對我們的建議：________________________________

____

____

____

請貼
郵票

11466
台北市內湖區瑞光路 76 巷 65 號 1 樓
秀威資訊科技股份有限公司 收
BOD 數位出版事業部

（請沿線對折寄回，謝謝！）

姓　　名：＿＿＿＿＿＿＿＿ 年齡：＿＿＿＿ 性別：□女　□男

郵遞區號：□□□□□

地　　址：＿＿＿＿＿＿＿＿＿＿＿＿＿＿＿＿

聯絡電話：(日) ＿＿＿＿＿＿＿＿ (夜) ＿＿＿＿＿＿＿＿

E-mail：＿＿＿＿＿＿＿＿＿＿＿＿＿＿＿＿